김경진 장편소설

남북 2
타오르는 백두대간

들녘

남북 [2]
ⓒ 김경진 1999

초판 1쇄 • **발행일** 1999년 5월 30일
초판 14쇄 • **발행일** 2010년 1월 21일

지은이 • 김경진
펴낸이 • 이정원
펴낸곳 • 도서출판 들녘

등록일자 • 1987년 12월 12일
등록번호 • 10-156
주소 • 경기도 파주시 교하읍 문발리 파주출판도시 513-9
전화 • 마케팅 (031)955-7374 / 편집 (031)955-7382
팩시밀리 •   (031) 955-7393

홈페이지 • www.ddd21.co.kr
블로그 • 일루저니스트 http://blog.naver.com/ddd7381
      미스터리YA! http://mysteryya.tistory.com
까페 • 책들의 도시 http://cafe.naver.com/bookcity90.cafe

ISBN • 89-7527-124-2(04810)
      89-7527-122-6(세트)

저자와의 협의 아래 인지는 생략합니다. 잘못된 책은 구입하신 곳에서 바꿔드립니다.

김경진 장편소설

남 북

2

타오르는 백두대간

남 북
2

차 례

어둠 속의 그림자 ·· 7
민간인 학살사건 ·· 58
불확실한 앞날 ·· 93
안동 입성 ··· 127
잿빛 바다 ··· 173
대규모 도하작전 ··· 208
폭풍 속으로 ··· 248
의미없는 죽음 ··· 298
백두대간 ·· 333

■ 이 소설에 나오는 한국군 관련 사항들은 작가의 상상에 의해 쓰여진 것이므로 실제와 다릅니다.

어둠 속의 그림자

6월 14일 01:35   경기도 광명시

저 멀리 남서쪽 야산 아래에서는 아직도 거대한 화염이 하늘을 향해 끝없이 솟구치고 있었다. 폭발한 탄약창 주변으로 불길이 번져나갔다. 그쪽에서는 아직도 몇 시간째 총격과 폭발음이 계속되었다.
"총알도 안 주고 내보내면 어떡해?"
"젠장! 기냥 쪽수나 채우라는 거지, 뭐."
광명시 노온사동 임시검문소에 투입된 김승욱은 빈총을 들고 웅성거리는 예비군들과 함께 삼거리에서 지나가는 차들을 살폈다. 차량 검문은 현역 사병들이 담당하니 예비군들은 검문소 건물 옆에 서서 멀거니 바라볼 뿐이었다. 예비군들은 실탄도 지급받지 않았다. 사고가 난 곳이 이곳과 멀다는 이유 때문이었다.
밤 10시 이후 통행금지령이 내려 차라고 해봐야 민간차량은 거의 없고 가끔 남쪽으로 달리는 군용차량들뿐이었다. 위치도 한적하고 제59사단 지역 내라서 그런지, 현역 사병들은 제대로 된 검문검색을 하지 않았다.

바리케이드 옆에 서 있는 현역 사병 둘은 오히려 속도를 줄이지 않고 지나가는 차량 선탑자에게 '받들어 총' 하기도 바빴다. 탄약창이 폭발하고 나서 게릴라를 소탕하려고 그쪽으로 투입되는 병력들이 검문소는 신경도 쓰지 않고 지나갔다.

"비상인데 제대로 검문해야 할 거 아냐? 이거……."
"받들어 총 하고 차량 번호만 적으면 다야?"

예비군들 가운데 누군가가 씨부렁댔다. 경계총 자세로 근무하는 현역 사병들은 못 들은 척하고 서 있었다.

"총알 주면 보나마나 사고 칠 텐데, 어떤 지휘관이 훈련도 안 끝난 예비군한테 총알을 주겠냐? 그리고 여길 지나가는 차량들은 미리 이곳에 전화연락이 왔을 걸?"

김승욱 옆에 서 있는 예비군 병장 원종석이 혼잣말처럼 아는 체 했다. 듣고 보니 그런 것 같기도 했다. 그런데 김승욱은 멀긴 하지만 주변 지역에서 간첩들이 설친다는데 빈총만 들고 있으려니 꽤나 불안했다. 옛날에는 대간첩작전에 동원된 예비군들한테 실탄을 지급한 것 같은데, 오늘 같은 상황에서 왜 안 주나 싶었다.

이제 보니 내일, 이젠 오늘 아침부터 훈련이 시작된다고 했다. 김승욱은 이 몸매로 훈련 뛸 생각을 하니 걱정스러웠다. 바지를 구해 주겠다던 소대장은 비상이 떨어지자 다른 곳으로 가서 김승욱은 여전히 몸에 꽉 조이는 바지를 입고 있었다. 이곳에서는 그걸 두고 뭐라 할 인간이 없어 김승욱은 바지 단추 두 개를 풀어 편안해진 상태였다.

김승욱은 검문소 상황실 문 위에 달린 불빛을 좇아 몰려온 모기와 나방을 손으로 휘저으며 주변을 둘러보았다. 시끄러운 개구리 울음소리가 컴컴한 들판을 가득 메웠다.

이곳은 띄엄띄엄 들어선 아파트를 빼곤 모두 넓은 들판이었다. 이 지역 이름은 방죽아래들, 앞논들, 가락고개들, 움벵이들 등 투박한 토박이말로 지어졌다.

검문소는 급조된 1층짜리 벽돌 건물이었다. 옆문 하나와 앞쪽으로 창문이 달린 검문소 안에는 분대장이라는 병장 한 명이 졸린 눈을 비비며 전화기가 있는 책상 앞에 앉아 있었다. 어제 새벽 이후, 전방 군인이든 후방 민간인이든 제대로 잠을 잔 사람은 아무도 없었다.

임시검문소는 바리케이드로 한 차선을 막고 다른 차선으로 양쪽에서 오는 차량을 보내는 식이었다. 광명 시내가 있는 동쪽 길은 바리케이드도 없었다. 이곳은 어느 검문소에나 있을 법한 도로 옆 진지도 없고 막사나 내무반도 없었다. 예비군들은 바리케이드와 검문소 가건물 옆에 옹기종기 몰려 서 있었다. 하나밖에 없는 검문소 건물 옆 진지에는 두 명밖에 들어갈 수 없었다.

"왼쪽에 찝차하고 육공 두 대 떴다."

원종석이 남쪽을 보며 말했다. 그러나 길에 차는 보이지 않았다. 서원농장 쪽 앞에서 시흥으로 향한 도로가 약간 꺾여 있어 남쪽으로는 100미터 정도밖에 볼 수 없었다. 가로수로 심은 플라타너스가 무성해 멀리 보이지도 않았다.

"육공은 빵빵년도 차 같은데?"

김승욱은 원종석이 무슨 헛소리를 하나 싶었는데, 잠시 후에 가로수에 비친 전조등 불빛이 보였다. 짙은 나뭇잎에 반사광이 천천히 움직였다. 시끄러운 개구리 울음 사이로 자동차 소음이 들리는 것도 같았다. 원종석은 신이 났다.

"찝차 소리를 들어보니 세 명이 탔군. 군에 있을 때 검문소에 근무했던 감이 다 살아났어. 후흐!"

먼저 커브길에 차량 전조등 빔이 보였다. 곧이어 차량 행렬이 나타났다. 과연 지프 한 대 뒤로 군용트럭 두 대가 따라오고 있었다. 지프는 속도를 전혀 줄이지 않고 달려왔다.

검문소 사병 한 명이 피아를 확인하기 위해 손을 뻗고 손가락을 몇 번 오므려 지프 전조등을 끄라고 지시했다. 그러나 지프는 전조등을 끄지 않은 채 계속 달려왔다. 김승욱이 실눈을 뜨고 전조등 불빛 너머를 보니 지프에 타고 있는 사람은 운전병 한 명밖에 없는 것 같았다.

"어이~ 찝차에 운전사 하나뿐이잖아? 감은 무슨 감? 곶감이야, 영감이야?"

김승욱이 원종석 어깨를 툭 치려다가 헛손질하고 말았다. 원종석이 있던 곳에는 아무도 없었다. 먼저 엎드린 원종석이 현역 사병들에게 외쳤다.

"적이다! 애들아, 응사해!"

영문도 모른 채 김승욱도 아스팔트 위에 엎드렸다. 그리곤 한숨을 팍 내쉬었다. 차에 탄 이들은 누가 봐도 아군이 분명했다. 북한 게릴라들이 철통같은 포위망을 뚫고 여기까지 올 리가 없었다. 원종석이 삽질한 것이다.

그러면 김승욱과 원종석은 앞으로 전쟁이 끝날 때까지 다른 예비군들로부터 겁쟁이 소리를 들을 게 뻔했다. 김승욱은 창피해서 얼굴이 화끈거렸다.

다른 현역 사병들과 예비군들은 엉거주춤한 자세로 서 있었다. 차량 행렬이 검문소 바로 앞까지 왔지만 아무 일도 없었다. 김승욱이 벌개진 얼굴로 일어서려 할 때였다. 지프에 엎드려 있던 둘이 총을 들고 나타났다. 앞좌석에 앉아 있는 자가 든 것은 M-60 기관총이었다.

― 두투투툿~.

김승욱이 섬뜩한 화염을 보고 화들짝 놀라 다시 엎드렸다. 바로 옆에서 들리는 총소리였지만 그리 크지 않았다. 총소리는 왼쪽에서 오른쪽으로 지나갔다. 워낙 가까워서 M-60 기관총 노리쇠가 연달아 후퇴 전진하는 소리까지 들렸다. M-16이나 K-2 자동소총보다 총알 나가는 속도가 훨씬 더 느린 M-60 기관총 특유의 소리였다.

김승욱은 양팔로 머리를 감싸고 아스팔트에 바짝 엎드렸다. 등뒤로 뭔가 후두둑 떨어지는 것을 느꼈다. 몸이 움찔거렸다. 총소리는 계속 이어졌다. 바로 앞을 지나가는 트럭에서도 검문소와 그 주위에서 놀라 흩어지는 예비군들을 향해 총을 쏘아댔다. 비명이 이어졌다.

"이, 개새끼들이!"

원종석이 쓰러진 사병 쪽으로 재빨리 기어가 총을 집어들고 트럭을 향해 갈겨댔다. 트럭 뒤에 탄 자들이 이쪽을 향해 계속 사격을 가했다. 총알이 아스팔트 위에서 사방으로 튀었다.

― 투룩! 투루룩!

엎드려 있던 김승욱이 고개를 살짝 들었다. 북쪽으로 달리는 트럭 뒤로 뭔가 굴러 떨어지는 것들이 보였다. 트럭이 커브길을 돌자 이내 시야에서 사라졌다.

"젠장! 내가 이럴 줄 알았다니까!"

원종석이 벌떡 일어나며 외쳤다. 주변은 온통 피바다였다. 바닥에 쓰러진 예비군 한 명이 꿈틀거리며 고통스런 비명을 토해냈다. 토끼눈을 한 김승욱과 원종석의 눈이 마주쳤다. 원종석이 제정신을 차리며 김승욱에게 말했다.

"야! 빨리 총 들고 사주경계 해! 너도!"

김승욱과 바닥에 엎드려서 고개만 들고 있는 다른 예비군에게 외친 원종석이 서둘러 검문소 안으로 들어갔다. 김승욱은 바닥에 떨어진

K-2 자동소총을 주운 다음 주변을 살폈다.

컴컴한 북쪽 도로 위로 뭔가 떨어졌는데, 그것이 무장공비인지, 아니면 그냥 어떤 물건인지조차 알 수 없었다. 어두워서 제대로 보이지 않았다. 도로 위에 떨어진 것이 북한 게릴라들이라면, 그리고 그들이 살아 있다면, 이곳이 위험할 수도 있었다. 그러나 알 수 없었다.

겁이 나서 자세를 낮춘 김승욱이 도로 위의 물체 쪽으로 총구를 겨눈 채 주변을 힐끔거렸다. 바리케이드 주변에 서 있던 사병들 셋은 모두 쓰러졌고, 예비군들 중 대부분도 일어나지 못했다. 곽우신이라는 예비군이 부들부들 떨며 간신히 일어나 주변에 널린 시체들을 두려운 눈빛으로 내려다보았다.

그제야 김승욱은 자신의 심장이 콩닥거리는 것을 느꼈다. 위기의 순간이 지나자 신체가 반응하기 시작한 것이다. 조금 전에 그대로 서 있었으면 죽을 뻔했다는 걸 실감했다.

곁눈질로 슬쩍 본 검문소의 유리창은 남아난 게 없었다. 그 안에는 병장 한 명이 책상에 엎어져 있었다. 그 병장은 왼쪽 어깨가 송두리째 날아가고 팔도 달려 있지 않았다. 팔이 붙어 있던 곳에 시뻘건 것이 보여 김승욱은 눈을 돌렸다.

원종석이 전화기를 들고 옆에 튀어나온 손잡이를 마구 돌려댔다. 김승욱은 여전히 트럭이 사라진 북쪽으로 총을 겨누고 있었다. 검문소 안에서 원종석이 외치는 소리가 들렸다.

"통신보안! 여긴 광명 노온사동 검문소. 적이 탈취한 육공 둘, 찝 하나가 방금, 젠장! 저기가 어디지? 그래. 북쪽으로 튀었다. 뭐? 나? 예비군이야, 씨팔! 우리 검문소 현역 넷은 다 죽었어. 예비군들도 많이 죽었어. 씨팔! 그래, 임마! 고놈들이 안산 쪽에서 와서 검문소 작살내고 북쪽으로 튀었어. 뭐야? 그렇다니까! 그리고 빨리 앰뷸런스 이리 보내!

근데 거기 어디야? 뭐? 대대 상황실? 어쨌든 증원병력하고 에무십육 실탄도 빨리 보내! 우릴 다 죽일 셈이야? 엥? 예? 대대장님이시라고요? 충성!"

6월 14일 01:46   경기도 광명시

"시내 쪽 길에서 뭐가 온다! 아군이야?"
"제기랄! 아군인지 북괴군인지 어떻게 알아? 좀 기다려 봐."
살아남은 예비군 두 사람은 초긴장상태로 각자 다른 방향으로 총구를 겨누고 있었다. 이들은 검문소 건너편 길섶에 엎드려 삼거리 동쪽 길에서 장갑차와 트럭 행렬이 고속으로 달려오는 것을 보았다.
"여차하면 쏘고 튀는 거야. 젠장!"
원종석이 북쪽과 남쪽 길을 힐끗 보더니 차량 행렬이 몰려오는 동쪽 길을 다시 주시했다. 북쪽을 맡은 김승욱은 아직도 총구를 도로 위에 굴러 떨어진 물체를 향해 겨누고 있었다.
"살려줘! 으……."
검문소 옆에는 중상을 입은 예비군들이 눕혀져 있었다. 한 명은 의식이 없고, 셋은 숨을 헐떡거리며 비명을 질러댔다. 현역들 빼고 예비군만 다섯 명이나 죽었다. 김승욱과 다른 둘은 워낙 경황이 없어 부상병들을 도와줄 엄두조차 내지 못했다. 물론 부상자 긴급처치요령도 떠오르지 않았다.
"미치겠네, 정말!"
동쪽에는 적인지 아군인지 모를 부대 행렬이 접근하고, 북쪽에는 무엇인지조차 알 수 없는 물체가 도로 위에 있었다. 그리고 검문소 옆에는 부상당한 동료들이 비명을 질러대고, 주변에는 시체가 널려 있었다. 이 혼란스런 상황에서 김승욱은 정신이 없었다.

장갑차가 점점 더 가까이 다가왔다. 전조등에 눈이 부셔 두 사람은 눈을 제대로 뜰 수 없었다. 원종석이 엎드린 자세에서 오른쪽으로 한 바퀴 구르더니 몸을 낮추고 남쪽으로 움직였다. 약속이나 한 듯 김승욱은 북쪽으로 기어갔다.

— 찰찰찰찰~.

캐터필러 구르는 소리가 줄어들더니 장갑차가 검문소 앞에 정지했다. 전조등을 밝힌 장갑차 위로 기관총을 겨누고 있는 사수의 그림자가 보였다. 뒤이어 장갑차 주변에서 지향사격 자세를 취한 보병들이 사주경계를 하며 검문소 쪽으로 접근했다. 검문소 가건물 안에서 부들부들 떨며 전화기 옆에 대기하고 있는 곽우신의 모습이 보였다.

"아군 기동타격대다!"

"아직 기다려!"

길로 나서려는 김승욱을 원종석이 낮은 목소리로 제지했다. 김승욱은 원종석을 한 번 더 믿기로 했다.

두 사람은 저들이 어떤 행동을 하는지 잠시 지켜보기로 했다. 잠시 후 검문소 안에 있는 곽우신이 어떻게 될지 몰랐다. 저 군인들이 아군이면 곽우신은 살아남을 것이고, 그렇지 않다면 살아남기 어려울 것이다. 김승욱은 곽우신을 검문소에 남게 한 것이 미안했다.

"우리 편이야."

원종석의 한숨이 10여 미터 떨어진 김승욱에게까지 들려왔다. 검문소 안으로 들어간 군인들이 곽우신에게 잠시 총을 겨누긴 했지만 곧바로 빠져나온 것이다. 곽우신이 검문소에서 나와 장교인 듯한 사람에게 뭐라고 말하는 것이 보였다.

"됐다. 나가자."

"잠깐!"

나가려는 김승욱을 원종석이 다시 제지했다. 김승욱이 물었다.

"왜?"

"우릴 쏘면 어떡해?"

"같은 편인데 왜 쏴?"

"우리가 같은 편인지 아닌지 저것들이 어떻게 알아? 일단 확인하고 나가자."

"젠장!"

김승욱이 다시 엎드렸다. 잠시 동안 길섶에 있을 수밖에 없었다. 사방에서 모기가 달려들어 따가웠다.

"우신아!"

원종석이 외치자 곽우신이 이쪽을 향해 손을 흔들었다. 그런데 이쪽을 돌아본 군인들 중 절반이 총을 겨누고 한 명이 총을 쏘았다. '찡~' 하는 소리와 함께 원종석 옆에 있는 돌에서 불꽃이 튀었다. 김승욱이 머리를 땅에 대고 한숨을 토해냈다.

"젠장! 정말 죽을 뻔했군."

"우신아! 우리 나갈 테니 쏘지 말라고 해!"

곽우신이 장교인 듯한 군인에게 뭐라고 말하자 그 군인이 주위의 군인들에게 뭐라고 외쳤다. 군인들이 총구를 내리자 그제야 원종석이 몸을 드러냈다. 총을 어깨에 메고 김승욱이 따라나섰다. 피아 구별이 힘든 상황이었다. 자칫하면 오발사고로 죽을 뻔했다.

"저쪽 길에 무장공비같이 보이는 것이 있습니다! 트럭에서 떨어졌는데, 그게 뭔지는 어두워서 확인하지 못했습니다."

원종석이 대위에게 보고했다. 대위가 1개 분대 병력을 북쪽 길로 보내고 나서 다시 돌아왔다. 김승욱은 체구 좋은 중대장이 마치 람보나

코만도처럼 보였다. 완전무장하고 엑스밴드 앞쪽에 수류탄까지 찬 중대장은 위풍당당했다. 옆에 서 있는 통신병은 계속 대대본부와 무선교신을 하며 상황을 보고하고 있었다.

"이게 도대체 어떻게 된 건가?"

"아군으로 위장한 놈들입니다. 찝차 한 대, 육공트럭 두 대에 나눠 타고 오면서 우리 검문소에 총격을 가했습니다. 저희는 얼떨결에 당했습니다."

"그래? 염병할! 포위망에 다 걸린 줄 알았는데, 아직도 일망타진하지 못했군."

중대장이 뒤로 돌았다. 북쪽 길로 갔던 국군 중에 소대장인 듯한 중위가 와서 보고했다.

"중대장님! 아군 복장을 한 적 게릴라 2명 시체입니다. 둘 다 죽었습니다."

"그래? 자네들이 잡았나?"

중대장 눈이 동그래지며 물었다. 중대장은 이미 상황을 파악했지만 설마 예비군들이 총을 쏘아 북한 특수부대원들을 맞췄다고는 믿기 어려운 눈치였다.

"앰뷸런스는 없습니까?"

김승욱이 짜증 섞인 목소리로 중대장에게 물었다. 중대장을 따라온 의무병이 검문소 옆에 누워 있는 부상병들의 상태를 살피고 있었다. 들것병 4명이 부상자들을 트럭으로 실어날랐다. 들것병들도 자세가 덜 나오는 게 아무래도 동원예비군인 것 같다고 김승욱은 생각했다.

"앰뷸런스가 여기 어딨나? 탄약창 주변으로 다 몰려갔지."

중대장의 시선을 따라 김승욱과 원종석이 남서쪽으로 상체를 틀었다. 거기서는 아직도 불길이 치솟고 이따금 총성이 이어졌다.

"자네들 기겁했겠군. 자! 여긴 우리한테 맡기고 그만 부대로 돌아가게. 다른 예비군들도 복귀하고 있네."

그러나 김승욱은 이 믿음직한 중대장과 함께 있고 싶었다. 트럭을 타고 부대로 돌아가다가 무장공비에게 공격을 받을까 겁났다. 그리고 트럭에 있는 시체들을 보기도 무서웠다.

"왜 실탄을 지급하지 않았습니까?"

원종석이 원망스럽다는 듯이 중대장에게 물었다. 중대장은 금시초문이라는 듯이 휘둥그렇게 눈을 떴다.

"무슨 소리야? 아니! 자네 중대는 실탄을 안 받았나? 무슨 일이 이 모양이 됐지?"

6월 14일 02:15   충청남도 서산

서산 공군기지 비행단 소속 각 비행대대에서 선발된 조종사 50여 명이 브리핑실을 가득 메웠다. 한꺼번에 이렇게 대규모 출격이 감행되는 경우는 거의 없기 때문에 브리핑실은 20여 석 규모에 불과했다.

작은 브리핑실이 조종사들의 체온으로 금세 찜통이 되어버렸다. 송호연 대위는 졸려 죽겠는데, 실내가 이렇게 덥자 짜증낼 힘도 없어 머리를 벽면에 대고 간신히 서 있었다.

앞문이 열리더니 작전참모 노일호 소령을 앞세우고 비행단장 김홍수 준장이 들어왔다. 일어서려는 조종사들을 손짓으로 제지한 김 준장이 조용히 브리핑용 탁자 앞에 섰다. 송호연의 눈이 크게 떠졌다.

비행단장이 직접 작전 브리핑을 하는 경우는 매우 드문 일이다. 그래서 앉거나 뒷벽에 기대어 있던 조종사들 사이에 긴장감이 감돌았다. 뭔가 어려운 임무가 주어질 게 틀림없었다. 주시하고 있는 조종사들을 한 번 훑어본 김 준장이 무겁게 말문을 열었다.

"어제는 모두들 잘 싸워주었다. 어제 제군들은 뛰어난 기량으로 내습해오는 적기를 막고 적의 핵심시설을 타격했다."

송호연은 어제 새벽부터 거의 하루종일 각종 임무에 투입된 것을 기억했다. 몇 번이나 죽을 뻔했다. 공대공 임무에서는 별로 겁날 게 없었지만 북한 지역에 들어가 폭격하려니 속으로 엄청나게 떨었다.

강력한 대공화망이 송호연의 전투기를 노리고 포탄이 비오듯 쏟아져 올라왔다. 계속 위기가 닥쳤다. 송호연은 그런 곳에서 살아 돌아온 것이다. 그러나 동료들은 많이 죽었다. 기억하고 싶지 않은 하루였다.

"그러나 본인은 오늘 제군들에게 더 위험하고 중요한 임무를 맡길 수밖에 없음을 안타깝게 생각하는 바이다. 오늘 이 자리에 모인 제군들의 목표는 황해도 황주 비행장이다."

송호연이 천천히 주먹으로 이마를 쳤다. 조종사들 사이에 소리 없는 비명이 퍼져나갔다.

"이미 어제 제군들의 활약으로 적의 전방기지인 누천 비행장은 작전능력을 상실했다. 오늘 제군들이 황해도 일대 적 공군 전력의 핵심인 황주 공격에 성공하면 서해안 전방의 적 항공력은 큰 타격을 입을 것이다. 부디 잘 싸우고 무사히 돌아오기 바란다! 자세한 작전 내용은 오늘 작전의 지휘관인 김영환 중령이 설명해줄 것이다. 다시 한 번 무사귀환을 빈다. 이상!"

김홍수 준장은 '무사'라는 단어에 힘을 주며 조종사들을 한번 둘러보더니 맨 앞줄에 앉아 있던 김영환 중령에게 눈짓을 했다. 김영환 중령이 일어나 탁자 앞에 서자 실내 조명이 어두워지고 브리핑실 정면의 흰 브리핑판에 황해도 지역이 투영되었다.

송호연은 자꾸만 감겨오는 눈꺼풀에 힘을 주어 간신히 눈을 떴다. 임무 중간중간에 쉴 수 있었지만 조종사 대기실에서는 잠이 오지 않았다. 그런데 후덥지근한 이곳 실내에 있으려니 쏟아지는 잠을 물리치기 힘들었다.

"나는 오늘 작전의 군장기를 맡을 김영환 중령이다. 오늘 작전은 여러 비행대대의 조종사들이 함께 투입되는 대규모 작전인 만큼 브리핑 후 각자 비행준비를 철저히 하고 상호 협조하는 자세로 임무에 임하기 바란다."

잠시 말을 멈춘 김 중령이 레이저 포인터를 꺼내 벽면 지도를 가리키며 말을 이었다.

"오늘 작전은 2개 편대군으로 나눠 비행하게 된다. 제1편대군은 SEAD팀 3개 편대 12대, 공격팀 3개 편대 12대, 엄호팀 8대로 구성된다. 나는 제1편대군과 전체 편대의 지휘를 맡는다. 제1편대군은 기지 이륙 후 강화 상공을 지나 내륙으로 저공침투한다. 침투 항로 옆에 있는 누천 비행장은 어제 우리 비행단의 공격으로 작전능력을 상실했기 때문에 큰 위협이 되지는 못할 것이다. 그러나 연백평야와 멸악산맥 곳곳에 적의 대공화기가 존재할 것으로 예상되니 SEAD팀은 각별한 주의를 기울여주기 바란다.

제1편대군의 침투 경로는 제1, 2편대군 전체의 퇴각 루트이기도 하니 퇴로를 확보한다는 차원에서 적의 방공망을 확실하게 제압하도록 한다. 지금 나눠주는 작전명령서에 각자 배정받은 편대와 오늘 탑승하게 될 기체, 그리고 탑재 무장이 적혀 있을 것이다. 참고하면서 듣기 바란다."

말을 멈춘 김영환 중령이 김홍수 준장의 뒤에 서 있던 노일호 소령에게 눈길을 주었다. 노 소령이 조종사들에게 각자 이름이 적힌 작전명령서를 나눠주었다.

"다음, 제2편대군에 대해 알려주겠다. 제2편대군은 SEAD팀 4대, 공격팀 8대, 엄호팀 8대로 구성된다. 제2편대군은 기지 이륙 후 서해 상공으로 나가서 백령도를 통과한다. 그 후 장산곶 서쪽 40km 지점에서 진로를 변경하고 구월산을 타고넘어 황주로 진입한다. 제2편대군의 지휘는 임석규 중령이 맡을 것이다. 그리고 제2편대군에게는 또 하나의 임무가 있다."

김 중령은 잠시 말을 끊고, 두 번째 줄에 앉은 임석규 중령을 한 번 쳐다보고 말을 이었다.

"제2편대군의 1차 임무는 물론 황주 공격이지만 부수적인 임무로서 태탄 기지의 적 항공기를 유인하는 역할을 수행해야 한다. 제2편대군은 제1편대군보다 먼저 출격해서 서해 상공을 고고도로 비행하면서 태탄 기지 소속 적 항공기들의 요격을 유도한다. 그 사이에 제1편대군이 제2편대군 반대편에서 저공으로 침투하는 것이다."

김영환 중령이 손을 뻗어 지도 위의 태탄 기지를 손바닥으로 찰싹 때렸다.

"태탄의 적기가 요격해오면 일단 엄호팀이 공격하고 공격팀과 SEAD팀은 고도를 낮춰 황주 공격 루트로 진입하라. 태탄 소속 항공기들은 야간 작전능력이 떨어지는 미그-19와 미그-21이니 여러분들이 잘 처리할 수 있을 것으로 믿는다. 항법 웨이포인트의 자세한 위치와 고도, 통과시각은 탑승하게 될 기체의 데이터 카트리지에 담겨 있다. 조종석에서 최종점검시에 확인하도록."

김영환 중령의 말이 끝나자 실내가 밝아지면서 벽면 지도가 사라졌다. 방 안에 가득한 조종사들은 작전명령서를 보며 각자가 속한 편대를 확인하고 있었다. 송호연은 멍한 눈으로 작전명령서를 들여다보았다.

"마지막으로, 오늘 비행 중 유의점은 다음과 같다.

첫째, 제1편대군은 침투 중엔 무선침묵을 유지할 것. 무선 주파수는 열어두되 편대 유지에 필요한 신호는 무선기 스위치의 토글을 이용해서 보내기 바란다. 제2편대군은 태탄 기지의 항공기를 유인해야 하므로 정상적인 무선통화를 실시해도 좋다.

둘째, 정확한 시각에 유의할 것. 제1편대군과 제2편대군, 그리고 각 편대 내의 항공기는 25초 간격을 두고 시간차 공격을 하게 되어 있다. 한 편대라도 목표상공 통과시간이 어긋나면 한 공역 안에서 같이 위험해질 수 있다. 각 편대장은 항법에 특히 신경 써서 정확한 시각에 목표 상공에 도달할 수 있도록 노력하기 바란다.

셋째, ECM 포드의 조작절차를 숙지할 것. 적의 구형 레이더는 전자방해 대응 능력이 부족하기 때문에 ECM 포드를 잘 활용하면 피해를 최소화할 수 있을 것이다. 한 가지 덧붙이자면, 황주 북방 25km 지점에는 중화 비행장이 있다. 여러분들이 황주에 쇄도하면 황주 자체의 항공기 외에 중화에서 요격지원을 나올 수도 있다. 따라서 전 편대기에는 ECM 포드와 방어용 미사일을 장착하게 될 것이다. SEAD나 공격팀도 무장 투하 이후에는 편대장의 판단 하에 공대공 전투에 참가해도 좋다. 전 조종사들은 ECM 포드 작동절차를 다시 한 번 숙지하고 작전에 임하기를 바란다. 이상, 전 대원 출격 위치로!"

김 중령의 말이 끝나자 먼저 이륙해야 할 제2편대군에 배정받은 조종사들부터 민첩하게, 그러나 침착한 걸음으로 브리핑실을 빠져나갔다. 송호연은 졸린 눈을 비비며 다른 조종사들과 함께 어두운 밤하늘 아래로 걸어나갔다.

6월 14일 02:30 경기도 광명시

내무반으로 돌아온 분대원들은 아무도 말이 없었다. 2분대 예비군들은 건너편에서 코를 골며 자고 있었다. 불침번이 위로하며 이들을 맞았다.

　5명 사망, 2명 중상. 그리고 다른 둘은 생명에는 지장이 없으나 관통상을 입고 후송되었다. 후송 중에 한두 명쯤 더 죽었을지도 몰랐다. 멀쩡한 예비군은 김승욱을 포함해 셋밖에 남지 않았다.

　"으휴~."

　김승욱이 머리를 감싸쥐고 흔들었다. 지난 한 시간 동안이 마치 며칠인 것처럼 느껴졌다. 하마터면 죽을 뻔했다. 두려웠다.

　"실탄만 있었어도……."

　탄약창으로 출동한 병력은 동원예비군들도 실탄을 지급받았다. 그러나 노온사동 검문소는 거리가 떨어져 있어서 안전할 줄 알고 실탄을 지급하지 않았다는 것이다. 결국 이번에 투입된 예비군들 가운데 가장 큰 피해를 그곳에서 입고 말았다.

　김승욱은 어디론가 도망가고 싶었다. 겉으로는 멀쩡했지만 속으로는 두려움에 떨고 있었다. 아버지는 어떻게 됐을까 걱정되었다. 지은이도 보고 싶었다. 곽우신이 한숨을 팍 내쉬었다.

　"여기도 안전한 곳이 절대 아니구나."

6월 14일 03:02　충청남도 서산 공군기지

　KF-16 전투기 20대가 유도로에서 활주로로 나와 줄지어 섰다. 잠시 후 2대씩 짝을 이룬 전투기들은 비가 그친 밤하늘 속으로, 백열광으로 빛나는 불꼬리를 길게 내뿜으며 솟아오르기 시작했다.

　같은 시간, 유도로 안쪽 격납고에서는 잠시 후 출격할 제1편대군의 전투기들이 출격 준비를 하고 있었다. 긴장을 유지하기 위해 블랙커피를 머그잔으로 두 잔이나 마신 송호연 대위도 조종석에 앉아 마무리

점검에 몰두하고 있었다.

송호연은 체크리스트를 보며 데이터 카트리지의 자료가 임무 컴퓨터에 제대로 로딩됐는지 확인했다. 그러고는 HUD와 계기판의 다기능 디스플레이에 표시되는 내용들을 점검했다.

오늘 비행임무는 공격팀 3개 편대 중 알파 편대 2번기로서 어제처럼 김영환 중령을 따라다니는 요기였다. 송호연의 기체에는 외부연료탱크 2개, 레이저 유도폭탄 2개, 저고도 항법 및 목표 조준용 랜턴 포드 1쌍, 자위용 AIM-9 사이드와인더 미사일 2발과 ECM 포드가 주렁주렁 달려 있었다. ECM은 적 레이더의 작동을 방해하는 전자방해수단이다.

소음 방지용 귀마개를 쓴 정비병이 기수 앞쪽으로 나오더니 송호연에게 수신호를 보냈다. 수신호를 확인한 송호연이 연료시동장치인 JFS를 작동시켰다. KF-16 전투기의 F-100 터보팬 엔진이 천천히 회전하기 시작했다.

'Jet Fuel Starter'의 머리글자인 JFS 덕에 F-16은 지상에서 보조장비 없이 자력으로 엔진을 시동시킬 수 있다. 이 독자시동능력은 단발 엔진 항공기인 F-16이 공중에서 엔진이 꺼질 경우에도 유용하게 쓰일 수 있었다.

엔진 시동 후 정상 회전수에 도달하는 동안 송호연은 ECM 포드와 랜턴 포드 조작법, 레이저 유도폭탄 투하시 조작 절차 등을 머릿속에서 되짚었다. 이미 여러 차례 훈련해본 것들이지만 실전에서 조작 절차 가운데 하나라도 빠뜨리면 임무 실패는 물론, 생명을 잃을 수도 있기 때문에 아무리 여러 번 반복해도 지나침이 없었다. 엔진계기가 60% RPM을 가리키자 송호연이 정비병에게 엄지손가락을 들어 보였다.

송호연이 탑승한 KF-16 전투기가 정비병의 수신호에 따라 천천히 격납고를 빠져나와 유도로로 진입했다. 송호연의 기체 20m 앞에는 김영환 중령의 기체가 있었다. 송호연의 뒤로도 미리 정해진 이륙 순서에 맞게 전투기들이 줄지어 이동했다.

6월 14일 03:21 충청남도 당진군 예당평야 상공

　서산 기지를 이륙한 KF-16 전투기들은 미리 정해진 시각에, 지정된 위치에 모여 편대를 짜기 시작했다. 32대나 되는 전투기들이 동시에 이륙할 수 없기 때문에 먼저 이륙한 전투기들은 상공에서 선회하며 대기하다가 나중에 이륙한 전투기들과 만나 함께 편대를 구성했다.
　송호연 대위는 편대장 김영환 중령의 왼쪽 뒤에 날개 길이의 절반 정도 거리를 두고 따라붙었다. 편대장은 무선통화가 금지된 상황이라 편대 유지를 쉽게 하기 위해 날개의 항법등을 켜고 있었다. 저공침투가 시작되면 그나마 항법등도 켤 수 없었다. 잠시 뒤 송호연은 저공비행을 하면서 동시에 밀집편대를 유지하며 선도기를 따라가야 할 판이었다.
　― 칙!
　― 치직!
　― 치지직!
　송호연의 헬멧 이어폰에서 짤막한 잡음이 단속적으로 들려왔다. 무선통화 대신 무선 마이크 스위치를 이용한 신호였다. 편대군의 양 측면과 정면에 배정된 엄호 편대와 SEAD 편대가 대형 구성을 마치고 미리 배정받은 고도에 도착했다고 알려온 것이다.
　이제 편대군의 본진이라 할 수 있는 공격 편대의 차례였다. 송호연이 심호흡을 하며 김영환 중령의 선도기를 바라봤다. 김영환 중령의 기체가 준비신호로 날개를 좌우로 흔들고는 그다지 크지 않은 각도로 선회에 들어갔다.

야간에 육안추적만으로 편대를 유지하고 가야 하는 편대원들을 위한 배려였다. 송호연은 김 중령 기체와의 거리를 가늠하며 기체를 선회시켰다.

공중에서 편대 선회시에 각 기체의 경사각이 다르면 편대 내의 각 전투기들은 서로 다른 선회 궤적을 그리게 된다. 따라서 선도기가 선회에 들어가면 뒤따르는 편대기 조종사들은 눈으로 앞 비행기를 주시하고 조종간과 스로틀을 미세하게 조절하면서 오차를 수정해나간다.

물 위에서 우아하게 미끄러져 나가는 백조가 물 속에서는 요란스럽게 발버둥치는 것처럼 겉으로는 별것 아닌 것 같은 편대 비행이지만, 특히 야간비행에서 편대장기를 뒤따르는 윙맨 입장에서는 편대 유지 그 자체도 부담이었다.

6월 14일 03:27   인천광역시 옹진군 영흥도 상공

거의 북쪽, 방위 3-5-1로 비행하던 공격 편대가 완만하게 선회하며 고도를 낮추기 시작했다. 한국 공군 KF-16 전투기 조종사 송호연 대위는 검은 바다 위에 점점이 떠 있는 섬들을 보며 조종간을 꽉 쥐었다.

보통 전투기가 급격하게 고도를 낮출 때는 정상상태에서 조종간을 밀어서 기수를 내리기보다는 기체를 뒤집은 후 조종간을 당겨서 하강하게 된다. 내려갈 때 조종사에게 걸리는 마이너스 G의 부담을 최소화하기 위해서다.

그런데 편대장 김영환 중령은 야간비행시의 급격한 기동을 피하기 위해서인지 좌우로 선회하면서 완만하게 하강하고 있었다. 송호연은 김영환 중령의 기체와 정면 HUD의 자세표시를 번갈아 보면서 기체를 선회시켰다.

양쪽 날개에 매달린 900kg짜리 레이저 유도폭탄의 무게가 묵직하게 느껴졌다. 송호연은 김영환 중령의 왼쪽 뒤에 있었고, 그 오른쪽 뒤에는 3, 4번기인 박성진 소령과 이재민 대위의 기체가 말없이 비행하고 있었다.

— 칙!

짧은 무선 마이크 신호와 함께 김영환 중령의 기체가 하강을 멈추고 수평비행으로 돌아왔다. 송호연도 편대 대형을 유지하며 기체를 안정시켰다. 자세를 유지하면서 HUD를 보니 전투기는 방위 3-3-9, 해면고도 50m를 시속 740km로 날고 있었다.

갑자기 조종석을 덮은 캐노피를 '다다닥' 때리는 소리가 연속적으로 들리기 시작했다. 송호연은 깜짝 놀라 조종간을 놓칠 뻔했다. 정신을 차려보니 그건 빗방울이었다. 그리 크지 않은 빗방울들이 캐노피를 때리고 퍼지더니 캐노피 곁면을 따라 순식간에 뒤로 밀려갔다.

송호연은 내심 당황했다. 조종사가 되고 나서 비행 중에 비를 맞기는 이번이 처음이었다. 원래 공군 특성상 비오는 날은 마치 막노동판 노가다처럼 하루 공치는 날이었다. 더구나 한국 공군은 안전상의 이유로 비가 올 낌새만 보여도 대부분의 비행을 중지시켰다. 송호연으로서는 당혹스러운 첫 경험이었다.

편대장과 무선통화라도 하면서 우천시 비행에 대해 조언을 받으면 좋겠지만 지금은 그럴 상황이 아니었다. 빗방울이 굵지는 않았지만 고속으로 비행하는 전투기에 부딪치는 빗방울 소리는 송호연의 등허리에 진땀이 나게 만들었다.

송호연은 야간용 투명 바이저를 올리고 왼손으로 산소마스크와 헬멧 사이로 드러난 얼굴에 맺힌 땀을 닦았다. 송호연은 다시 왼손을 오른쪽 계기판으로 가져가 공조장치의 스위치를 조작했다. 지금 송호연이 할 수 있는 건 등허리에 밴 진땀을 식혀줄 에어컨의 작동강도를 높이는 것뿐이었다.

6월 14일 03:33   황해도(황해남도) 연백평야 상공

저공으로 비행하던 전투기들이 서해 상공을 지나 드디어 육지로 접어들었다. 캐노피를 두드려대던 빗방울은 다행히 더 이상 송호연을 괴롭히지 않았다.

비행계획대로라면 송호연 편대 후방 수 킬로미터에 또 다른 공격편대 2개, 그리고 양옆과 앞쪽에 적 방공망 제압을 위한 SEAD 편대와 적 전투기의 요격을 위한 호위 편대가 비행하고 있어야 했다.

송호연은 고개를 돌려 혹시 편대기들이 보이는지 확인하고 싶었지만 그럴 여유가 없었다. 저공에서 밀집편대를 유지하기 위해서는 선도기와의 거리와 기체의 자세유지에만 신경을 집중해야 했다. 김영환 중령의 선도기는 육지 상공으로 접어들면서 탐지를 피하기 위해 항법등도 꺼버렸기 때문에 자칫 실수하면 공중 충돌이나 지상 충돌로 이어질 수도 있었다. 벌써 10분 가까이 이런 저공비행을 계속하고 있자니 입 안이 바짝바짝 말라왔다.

— 칙!

김영환 중령으로부터 신호가 왔다. 송호연이 왼쪽 계기판에서 스위치를 조작하고 HUD 밑의 키패드에 숫자 몇 개를 입력하자 정면 HUD에 항법용 랜턴 포드에서 잡은 기체 정면의 적외선 영상이 투영되었다. HUD에 비친 녹색 열영상은 수 초 뒤 KF-16이 비행할 지점을 대낮처럼 보여주고 있었다.

랜턴 시스템은 저고도 야간 항법 및 목표 포착용 적외선 시스템(Low

Altitude Navigation and Targetting Infra-Red system for Night)의 영문 머리글자로, 발음이 횃불이나 등불을 뜻하는 랜턴(lantern)과 같다. 랜턴 시스템은 목표 포착 포드와 항법 포드가 한 쌍으로 이루어져 있다. 항법 포드는 KF-16 전투기가 지상 30m의 저공에서 지형추적비행을 할 수 있게 만들어준다.

　랜턴 포드를 작동시킨 싸움매들은 전혀 주저하지 않고 작은 언덕을 타넘었다. 전투기가 일으킨 후류가 불과 30m 아래에서 여름비에 젖은 키 작은 소나무들을 사정없이 흔들었다.

6월 14일 03:38　강원도 인제군 북면

　트럭 수십 대가 가랑비에 젖은 46번 국도를 환하게 밝히며 북쪽으로 달렸다. 치열한 전투가 벌어지고 있는 고성 방면으로 이동하는 한국군 병력이었다. 비에 젖은 포장도로를 트럭들이 달리자 물 튀는 소리가 요란했다.

　주변은 칠흑 같은 어둠으로 깜깜하고 지나가는 사람도 한 명 없었다. 그런데 그 도로에서 왼쪽으로 불과 20미터 떨어진 어둠 속에서 이 행렬을 지켜보는 다섯 쌍의 눈이 있었다.

　그들은 인민군 제1군단 정찰대대 2중대 4소대 소속 정찰대원들이었다. 개전 당일 새벽 일찍 1군단 경보여단과 함께 휴전선을 돌파한 그들은 매봉산 부근까지 경보여단 병력에 섞여 남하한 후 용대교 부근으로 잠입했다. 날이 밝기 전에 적당한 장소를 골라 비트를 판 후 몸을 숨긴 그들은 주간에는 작은 잠망경으로, 야간에는 쌍안경으로 한국군의 이동상황을 감시하고 있었다.

　포장도로에서 지척간이지만 교묘하게 만든 비트는 외부에서 전혀 눈에 띄지 않았다. 등잔 밑이 어둡다는 말이 딱 맞았다. 그리고 비트에서 얼마 떨어지지 않은 큰 나무 위에 교묘하게 설치된 안테나를 통해 매 시간마다 군단사령부로 암호전문을 발신하고 있었다.

5인용 비트 내부에는 두 명이 누워 쉴 만한 공간이 마련되어 있어 거기서 교대로 잠을 잤다. 나머지 3명은 정찰임무를 계속 수행했다. 한 명은 비트 주변 경계를 맡고, 다른 한 명은 한국군의 이동상황 감시를 맡았다. 나머지 한 명은 동료가 불러주는 것을 종이에 꼬박꼬박 기록했다.

이곳 용대리는 진부령을 통과해 고성 방면으로 통하는 46번 국도와 미시령을 통해 속초 방면으로 통하는 56번 지방도로가 갈라지는 곳이었다. 그래서 인민군 정찰대원들은 한국군의 동부전선 해안 방면 증원 상황을 한눈에 파악할 수 있었다.

정찰조장 장용철 상위는 붉은 미등을 빛내며 빗속으로 사라지는 트럭들을 쌍안경으로 바라보았다. 빗물이 비옷 위로 톡톡 소리를 내면서 떨어졌다. 렌즈에도 몇 방울이 튀었다.

도로 위에는 허름한 군복 차림의 한국군 병사들이 손전등을 이리저리 비추다가 더 이상 오는 차가 없자 작은 초소 안으로 들어가 비를 피했다. 장용철 상위는 그들을 예비군이라고 생각했다.

마지막으로 초소로 들어가던 예비군 한 명이 손전등 불빛을 비트가 있는 수풀 쪽으로 비쳤다. 장용철 상위와 부하 두 명은 급히 바닥에 엎드렸다. 불빛이 천천히 숲 좌우로 움직이다가 다른 방향으로 휙 돌아갔다.

"휴……."

작은 잠망경으로 예비군들이 모두 들어간 것을 확인한 장용철 상위는 안도의 한숨을 내쉬었다. 긴장으로 이마에서 땀이 흘렀다.

그들이 숨어 있는 5인용 비트는 어둡고 내부가 좁은데다 공기는 탁했다. 낮에는 땀에 찌든 냄새와 소변에서 나는 지린내 때문에 코가 마비될 지경이었다. 그나마 밤이 되면 비트 뚜껑을 열고 환기를 시킬 수가 있어 견딜 만했다.

"남조선놈들이 급하긴 급한가 보군."

장 상위는 목에 건 쌍안경을 풀어 손에 들고 비트 안으로 들어가면서 나직하게 중얼거렸다. 지난 두 시간 사이에 바로 앞을 통과해 고성 방면으로 사라진 트럭이 100대가 넘었다. 그 트럭들이 화물 수송용인지 병력 수송용인지 확실히 알 수는 없었지만, 그 많은 숫자가 황급히 달려가는 것으로 보아 한국군의 전황은 그리 썩 좋은 편이 아닌 것 같았다.

"남조선 해방이 눈앞에 왔습네다!"

부하 한 명이 격정에 찬 목소리로 말하자 장용철이 다짐하듯 굳세게 고개를 끄덕여주었다. 비트 안으로 들어서자 장용철은 냄새가 많이 줄어든 것을 느낄 수 있었다. 장용철은 부조장 리학림 상사를 흔들어 깨웠다. 리학림이 조심스럽게 잠자리에서 빠져나왔다.

"수고하셨습니다, 조장 동지."

"그럼 부탁하오, 부조장 동무."

리학림 상사는 장용철이 내주는 쌍안경을 받아 비트 입구 쪽으로 기어갔다. 젖은 비옷을 옆에 벗어둔 장용철은 리 상사가 누워 자던 자리로 들어갔다. 따뜻했다. 팔다리를 쭉 펴 긴장된 근육을 이완시키고 나니 나른함이 밀려왔다. 3분 후 장용철은 완전히 잠에 빠져들었다.

6월 14일 03:40 황해도 재령군(황해남도 신원군)

멸악산맥 줄기 끝에 있는 해발 747미터 장수산 계곡 사이로 KF-16

전투기들이 파고들었다. 전투기들은 계곡 지형을 따라 저공침투하기 쉽도록 4기 편대를 2기 단위로 분리해서 비행하고 있었다.

송호연의 이어폰에는 SEAD 편대와 호위 편대가 적 방공망과 적 요격기를 맞아 싸우는 소리로 가득했다. 하지만 김영환 중령과 송호연의 편대를 선두로 한 6쌍의 전투기들은 여전히 무선침묵을 유지하고 있었다.

계곡을 벗어나 구릉지대로 접어들자 12마리의 싸움매들은 다시 고도를 급격히 낮췄다. 무선침묵과 저공비행 덕분인지 아직 적의 요격기나 방공망에 포착된 흔적은 없었다.

송호연 대위는 저공으로 편대 비행을 하느라 정신없는 와중에도 통신망에서 들려오는 내용을 신경 써서 들었다. SEAD 편대가 목표지점인 황주 비행장 근처의 레이더 몇 개를 파괴하고, 호위 편대는 태탄과 황주에서 이륙한 미그-19와 미그-23 전투기를 상당수 격추시킨 것 같았다.

― 알파 편대장이다. 목표지점까지 35km! 편대, 공격대형으로!

20분 이상 지속되던 무선침묵이 드디어 깨졌다. 이젠 편대의 존재를 숨길 필요가 없었다.

"알파 2번기, 위치로!"

송호연은 짤막하게 대답하고는 속력을 줄였다. 전투기가 김영환 중령의 바로 뒤쪽으로 들어가며 거리가 점점 더 벌어졌다. 뒤따르던 다른 전투기들도 조금씩 방향을 바꾸며 편대를 이탈했다. 여러 편대가 서로 다른 방향에서 시간차를 두고 황주 비행장 상공에 진입하기 위해서 미리 지정된 폭격 코스로 향한 것이다.

― 알파 편대, 외부연료탱크 투하! 진입 속도로 가속!

"카피!"

송호연은 이미 짐이 되어버린 외부연료탱크를 투하하고 스로틀 레버를 밀어 애프터 버너를 점화시켰다. 4km쯤 전방에서 비행하는 김영환 중령의 기체가 내뿜는 흰 불꽃의 꼬리가 보였다. HUD의 속도표시는 어느새 시속 930km에 육박하고 있었다.

― 무장 스위치, 온(on)!

"스위치 온!"

송호연은 편대장의 지시에 따라 무장 스위치를 올리고 레이저 유도폭탄 투하절차대로 스위치를 조작했다. 오른쪽 무릎 위의 다기능 디스플레이에 목표 포착 포드가 감지하고 있는 화면이 나타났다. 아직은 거리가 멀고 고도가 낮아서 목표물이 보이지 않았다.

6월 14일 03:42 황해도 황주군(황해북도 황주군)

6쌍의 전투기들은 각각 다른 위치에서 서로 다른 방향으로 사리원 동쪽 5km, 언진산맥 끝자락의 야트막한 구릉을 타넘었다. 이들은 지면고도 30m의 초저공을 시속 1,000km에 가까운 속도로 비행했다.

― 알파 편대장이다! 전 공격 편대는 ECM 작동 후 상승해서 각자 목표로 진입한다. 진입시간과 고도에 유의하라!

"카피, 뮤직 온!"

송호연은 ECM 포드를 작동시키고, 조종간을 쥔 손에 힘을 주었다. KF-16 전투기 12대가 강력한 ECM 전파를 내뿜으며 상승하기 시작했다. 밤하늘에 군데군데 떠 있는 구름이 밑으로 휙휙 지나갔다.

순식간에 1천5백 미터 고도에 오른 송호연이 스로틀 레버의 커서를 이용해서 랜턴 포드를 조작했다. 오른쪽 다기능 디스플레이에 송호연이 할당받은 목표물이 나타났다. 인민군 공군 황주 기지의 지하 유류 저장고였다.

순간 전방에서 강렬한 폭음과 함께 불꽃이 치솟았다. 선도기인 김영환 중령이 투하한 폭탄이었다. 김영환 중령의 목표는 기지사령부 건물이었다. 건물 전체가 형체도 없이 부서지고 있었다. 송호연은 폭발 파편에 맞지 않도록 고도를 높이면서 목표로 접근했다.

SEAD 편대가 이미 때리고 간 탓인지 기지 방공망은 별다른 반응이 없었다. 지상에서는 불빛 아래 우왕좌왕하는 인민군 지상요원들의 모습만 보였다. 디스플레이 중앙의 십자선이 지하저장고에서 지상으로 나온 보급파이프에 멈추자 송호연이 투하 버튼을 눌렀다.

"투하!"

약간의 진동과 함께 GBU-10D 레이저 유도폭탄 한 쌍이 랜턴 포드에서 나오는 레이저빔을 따라 목표로 향했다.

송호연은 갑자기 가벼워진 기체를 상승시키며 급가속하기 위해 스로틀 레버를 밀었다. Mk.84 폭탄을 바탕으로 만든 GBU-10D 폭탄의 폭발화염은 그 폭탄을 투하한 항공기에게도 피해를 입힐 수 있을 정도로 강하기 때문에 조금이라도 멀리 떨어져야 했다. 그러는 동안에도 KF-16의 공기흡입구 밑에 달린 랜턴 포드는 레이저빔을 목표에 조준하고 있었다.

송호연이 투하한 폭탄 두 발이 연료저장고의 지상 보급 파이프를 두 동강 내면서 지하에 저장된 수만 리터의 제트연료에 연쇄폭발을 일으켰다. 화염은 줄기차게 하늘로 치솟아올랐고 구름이 낮게 깔린 황주 비행장 주변 밤하늘이 화염으로 환하게 밝혀졌다.

- 조명 한번 끝내주는군. 2번기가 큰 거 하나 잡았네?

다음 차례로 공격 코스에 진입할 박성진 소령의 목소리였다.

"감사합니다, 3번기. 기체가 노출되니 대공화기 조심하십시오!"

송호연은 너무 환한 하늘에서 활주로 직상공으로 진입해야 하는 박 소령이 조금은 걱정스러웠다. 박성진 소령이 투하할 무장은 활주로 파괴 전용폭탄인 BLU-107 듀란달이었다. 통신기에서 박성진 소령의 호기로운 목소리가 흘러나왔다.

― 걱정하지 마. 싸나이가 이 정도 스폿라이트는 받아야 일할 맛이 나지!

송호연이 기체를 상승시키면서 선회했다. 불기둥이 비추고 있는 활주로 상공으로 진입하는 알파 편대 3번기와 그 밑으로 이륙하기 위해 활주로 끝에서 가속하는 미그-23 전투기 2대의 모습이 보였다.

― 투하!

박 소령의 기체에서 듀란달 폭탄 6발이 0.5초 간격으로 떨어져 나왔다. 투하와 동시에 직경 22cm밖에 안 되는 가느다란 폭탄 뒷부분에서 낙하산이 펼쳐지며 폭탄의 낙하속도를 감소시켰다. 속도가 줄어들며 수직 낙하상태가 되자 낙하산을 떼어버린 여섯 개의 듀란달은 로켓 모터를 점화해서 활주로를 뚫고 지하로 파고들었다.

잠시 후 활주로 지표면 바로 아래에서 연쇄폭발이 일어났다. 활주로를 달리던 미그기 한 대가 폭발화염에 휩쓸려 산산조각 나며 날아갔다. 연속된 폭발이 활주로 200미터 간격으로 복구할 수 없는 구멍을 만들었다. 활주로를 달리던 다른 미그-23 전투기 한 대는 구덩이에 처박히며 불덩이로 변했다.

이번에는 4번기 이재민 대위의 차례였다. 이재민 대위의 4번기는 활주로 옆 주기장 위를 지나가며 CBU-87 클러스터 폭탄 네 개를 투하했다. 클러스터 폭탄의 캐니스터가 공중에서 분리되자 도합 808개의 BLU-91 복합탄이 지붕도 없이 주기장의 방호벽만으로 보호되고 있던 항공기와 지상요원들을 휩쓸어버렸다.

― 이야! 잘했다! 싹 쓸어버리는구나!

폭격 코스에서 이탈하며 상승하던 박성진 소령이 홍분된 목소리로 외쳤다.

─ 알파 편대장이다! 25초 후에 브라보 편대가 진입할 예정이다. 알파 편대는 어서 공역에서 이탈하라! 활주로 서쪽 5km, 고도 1,500m에서 합류한다!

"카피! 2번기, 위치로!"

─ 카피! 3번기, 위치로!

─ 카피! 4번기, 위치로!

김영환 중령의 기체가 상공에서 두 바퀴 선회하는 사이에 전투기 세 대가 하나씩 다가와 편대를 구성했다.

─ 모두 무사해서 다행이다. 알파 편대는 방위 1-7-0, 고도 500m로 수정하고 귀환한다! 우리 편대 뒤로도 16대가 더 공격해야 하니까 뒤에서 할 일도 남겨둬야지!

김 중령의 선도기가 기체를 뒤집으며 하강했다. 무거운 짐을 덜고 가뿐해진 싸움매들이 날렵하게 그 뒤를 따랐다. 뒤이어 진입한 브라보 편대가 투하한 폭탄의 화염이 기지로 귀환하는 연회색 KF-16 전투기들을 환하게 비춰주었다.

6월 14일 04:33 강원도 평창군 진부면

휴전선에서 직선거리로 90km 정도 떨어진 평창군 진부면은 영동고속도로가 통과한다. 이 영동고속도로는 오대천을 가로지르는 오대천교를 지나 대관령으로 향한다.

주변 산들이 한참 달콤한 새벽잠에 취해 있을 때 인민군 경보병소대가 어둠 속에서 유령처럼 홀연히 나타났다. 이들은 인민군 제71경보여단 6대대 2중대 1소대 병력이었다. 오대산 남부 일대의 한국군 교통로 교란임무를 띠고 산악으로 침투한 부대였다.

– 퍽! 퍽!

바닥에 쪼그려 앉아 졸고 있던 다리 외곽 경계조 예비군 2명을 향해 소음권총이 불을 뿜었다. 간단히 해치운 경보대원이 손짓으로 동료들을 불렀다. 어둠 속에 숨어 있던 40여 명이 조용히 움직이기 시작했다.

길이가 300미터쯤 되는 다리 양쪽에는 진지가 설치되어 있었다. 각 진지들은 모래주머니를 2층 높이로 쌓아 만들어졌고 기관총이 설치되어 있었다. 가시철조망까지 설치되어 있어 함부로 접근하다가는 벌집이 되기 쉬웠다.

진지에는 조명등도 환하게 켜져 있었다. 그런데 기관총 사수는 기관총 위로 몸을 기댄 채 엎드려 자고 있었다. 다른 사람들은 비옷을 뒤집어쓴 채 자고 있었다.

아직 이곳까지 내려온 북괴군은 없었고, 이들은 어제 새벽부터 꼬박 샌 상태였다. 그리고 몇 시간째 지나가는 차량 한 대 없었다. 고속도로는 밤 10시 이후 민간차량의 통행이 전면 금지되었다.

투척기와 7호 발사관 사수가 엄호하는 사이 경보대원 한 명이 입에 대검을 물고 납작 엎드려 진지 쪽으로 은밀하게 접근했다. 철조망을 조심스럽게 통과한 경보대원이 진지 입구에 도착할 때까지 진지에 있는 누구도 눈치채지 못했다. 경보대원은 입에 물고 있던 대검을 손에 들고 초소 안으로 살며시 들어갔다.

– 푹!

대검은 단 일격에 기관총 사수의 왼쪽 갈빗대 사이를 파고들어 심장을 찢었다. 칼을 빼내자 피가 바닥으로 주르륵 쏟아졌다. 옆구리를 움켜쥔 채 쓰러진 예비군은 바닥에 쓰러져 새우처럼 웅크린 모양으로 숨이 끊어졌다. 다른 사람들은 이미 머리와 몸통이 분리된 시체로 변해 있었다. 진지 바닥이 핏물로 흥건히 젖었다.

다리 양쪽 진지는 금방 장악되었다. 손짓으로 신호하자 배낭을 멘 인민군 경보병들이 다리 위로 달려갔다. 다리 가운데쯤에 도착한 경보대원들은 로프를 타고 다리 아래로 내려가 폭파장치를 설치하기 시작했다.

다른 경보병대원들은 한국군 예비군 시체들을 오대천으로 내던졌다. 어제 비가 와서 갑자기 불어난 흙탕물에 시체가 떠내려가며 천천히 물 속으로 잠겼다.

인민군들이 다리 주변과 진지에 흥건한 핏물도 지웠다. 진지 주변에서 흙을 가져와 뿌리고 바닥을 다졌다. 감쪽같았다. 여기에 빈 소주병 몇 개를 던져넣었다.

인민군이 다리 상판 아랫부분에 설치한 폭약들은 무거운 차량이 다리 위를 지날 때 발생하는 진동으로 폭발하게 되어 있었다. 이 폭약이 터지면 다리 가운데 3개 마디가 완전히 끊어질 것이다. 설치작업은 10분 정도가 걸렸다.

다리 하나를 끊는 작업은 한국군에게 직접적인 타격은 없었다. 바로 옆으로 6번 국도가 지나기 때문에 우회하면 간단하다. 그러나 주요 교통로 주변에 인민군 특수부대가 출몰한다는 사실은 한국군에게 큰 압박감을 줄 수 있었다. 경보여단 인민군들에 있어 이 다리의 폭파는 한국군에 대한 경고의 의미였다.

폭파장치 설치작업을 끝낸 인민군 경보대원들은 조용히 상진부리 일대로 잠입했다. 몇몇이 '진부 슈퍼마켓'이라고 이름 붙은 조그만 가게의 문을 따고 들어갔다. 진부 슈퍼는 길가에 붙어 있었기 때문에 금방 눈에 띄었다.

향토예비군들의 모습은 보이지 않았다. 경보대원들에게 국군의 대응이 느린 것은 고무적인 일이었다. 마을 안으로 수십 명이 들어갔지만 아무도 눈치채지 못했다.

싸늘한 시체가 된 주인 부부는 옷장 안에 구겨져 들어갔다. 닫힌 옷장 틈새로 뻘건 피가 흘러나와 바닥에 뚝뚝 떨어졌다. 이들을 죽인 인민군들은 소대장만 남긴 채 먹을 것을 챙기러 가게로 나갔다.

잠시 뒷짐을 진 채 방 안을 이리저리 오가던 인민군 제71경보여단 6대대 2중대 1소대장 박상호 상위가 멈춰 서서 책장을 유심히 살폈다. 시커먼 표지가 입혀진 장부들 사이에 화려한 겉면의 잡지와 이상한 제목의 소설책 몇 권이 꽂혀 있었다.

박상호는 잡지 한 권을 뽑아 이리저리 살펴보기 시작했다. 해변에서 햇빛에 살갗을 태우는 반라의 여자들 사진이 나오는 페이지에 이르자 한참동안 눈길이 머물렀다. 인기척을 느끼자 얼른 잡지를 덮고 방문 쪽을 바라보았다. 군사 부소대장 강용백 중위였다. 박상호의 얼굴이 화끈 달아오르며 얼른 잡지를 등뒤로 숨겼다.

"다 챙겼습네다, 소대장 동지."

"으음…… 기럼 출발하자우요!"

강 중위가 밖으로 나가자 박상호는 조심스럽게 잡지를 다시 책장에 꽂았다. 방을 나가려던 박상호가 다시 들어와 잡지를 빼내 아까 보던 그 페이지를 펼쳤다. 조금도 망설이지 않고 그 페이지를 부욱 찢은 다음 곱게 접어 윗주머니 안에 넣었다. 잡지는 책장의 원래 위치에 꽂아놓았다. 방바닥에 흥건한 핏자국 위에 모기장을 걷어 덮어놓은 박상호는 마지막으로 방을 나서면서 불을 껐다.

6월 14일 05:18 강원도 삼척시 미로면

지난 26시간 동안 리철민 중사가 속한 인민군 제70경보여단 3대대 1중대 2소대원들이 휴식을 취한 시간은 한 시간도 채 되지 않았다.

부슬비가 내리는 산길을 걷고 걷고 또 걸었다. 극심한 피로감이 한꺼번에 몰려왔다.

몇 분이라도 다리를 뻗고 누웠으면 좋겠다는 생각에 정신이 혼미해질 지경이었다. 하지만 생각만 그럴 뿐 목적지는 아직 멀었고, 절대 중간에 함부로 쉴 수도 없었다. 리철민은 피곤한 다리를 이끌고 동료들의 뒤통수를 보며 말없이 계속 걸었다.

빽빽한 소나무가 우거져 하늘도 제대로 보이지 않는 숲 속을 통과하던 행군대열이 갑자기 멈춰 섰다. 날이 밝아올 시간이지만 부슬비가 내려 주변은 컴컴했다. 어둠 저편에서 군사 부소대장의 목소리가 들려왔다.

"소대 정지. 여기서 숙영한다."

— 에휴!

부소대장의 명령이 들리자마자 리철민은 바닥에 털썩 주저앉았다. 이곳에서 어두워질 때까지 쉴 생각인 것 같았다. 아무리 이곳이 후방 산악지역이라 하더라도 전방지역보다는 사람들이 훨씬 더 많을 것이다. 낮에 소대급 부대가 숲 속에서 움직이면 들킬 확률이 높았다.

2소대 병력은 각자 쉴 비트를 파기 시작했다. 깊은 숲 속이라지만 등산객처럼 텐트에서 잠을 잘 수는 없었다. 재수없이 위치가 탄로나면 저항 한번 못 해보고 소대 병력이 순식간에 몰살당할 수도 있었다.

잠시 바닥에 앉아 있던 리철민이 벌떡 일어났다. 그는 적당한 위치를 골라 옆구리에 차고 있던 작은 야전삽으로 비트를 파기 시작했다. 둘레가 두 뼘 정도 되는 소나무 아래였다. 리철민이 파내면 다른 인민군 한 명이 흙을 처리했다.

한 시간 정도가 지나자 비트가 완성되었다. 조금 전까지 열심히 땅을 파던 제70경보여단 3대대 1중대 2소대 인민군들은 작업을 시작한 지 1시간 정도가 지나자 지상에서 흔적도 없이 사라졌다. 숲은 다시 고요함을 되찾았다.

6월 14일 06:10   서울 용산구

"이번엔 다시 강원도인가?"
뒤에서 컬컬한 목소리가 들렸다. 정현섭은 지상작전사령부와 통화를 하다가 뒤를 돌아보았다.
새벽 4시가 넘어서야 야전침대에 들어갔다가 나온 김학규 대장이 목덜미를 긁으며 상황실로 들어오고 있었다. 새벽 4시는 합참의장이 한국 공군의 황주 공습이 성공했다는 보고를 받은 시간이었다.
중앙 스크린에는 강원도 중부 곳곳에 붉은 점이 들어와 있었다. 그것은 소규모 적 게릴라 부대의 침투를 의미했다.
"꽤 깊이 들어왔군, 그래. 지작사는 포위망을 어디까지 쳤소?"
"원주 - 정선선에서 긴급 전개하고 있습니다."
"영동고속도로선은 뚫렸고, 그 남쪽 포위망은 아직 완성되지 않았다, 이거요?"
합참의장 김학규 대장이 확인하듯 물었다. 어젯밤부터 시작된 탄약창과 보급부대에 대한 기습, 그리고 새벽 3시 반경에 한국 공군기에 의한 북한 황주 공습에 이어 이번에는 강원도 곳곳에서 발생한 게릴라 침투 때문에 안우영 중장은 한숨도 잘 수 없었다. 정보참모본부장인 그는 시뻘건 눈이었지만 일반 참모들과 아퍼레이터 역할을 수행하고 있는 연락장교들은 교대로 쉴 수 있어서 그런 대로 버틸 수 있었다.
"그렇습니다."

"백령도는 어떤 상태요?"

김학규 대장이 목을 길게 빼어 중앙 스크린을 보며 물었다. 정현섭도 지도를 보며 다시 확인했다. 스크린에 변동사항은 없었다. 동부전선에서는 국군이 거진에서 대진을 향해 차근차근 북진하고 있었다. 병력 증원이 순조롭기 때문에 곧 실지를 회복할 수 있을 것 같았다.

그런데 대침투작전이 문제였다. 휴전선을 뚫고 들어온 소수 병력이 처음에는 강원 북부지방에서만 활동하더니 어느새 강원 중부까지 침투해 소요를 일으켰다. 지상작전사령부는 영동고속도로선을 저지선으로 삼았지만 이제 그 선은 소용이 없었다. 적 게릴라들은 의외로 침투 속도가 빨랐다.

"백령도에는 6시간째 포격이 멎었습니다. 아직까지 백령도에 대한 적의 침투나 상륙기도는 없었습니다."

안우영 중장이 핵심만 추려 보고했다. 김학규 대장이 묻고 싶은 것이 바로 그것이었다.

"흠……."

김학규 대장이 고개를 갸웃거렸다. 합참의장 이하 상황실 요원들에게 1996년도의 악몽이 떠올랐다. 그때 북한 무장공비들은 한국군이 몇개 사단을 동원하여 포위망을 겹겹이 쳐도 어느 순간 빠져나가곤 했다. 결국 대부분이 잡히긴 했지만 북한 특수부대의 잠입돌파 능력은 놀라울 정도였다.

"강원도에는 산이 많고, 급경사가 심해서."

합참의장의 말에 정현섭이 피식 웃었다. 강원도 길 곳곳에 서 있는 도로표지판에서 비슷한 문구를 본 기억이 떠올랐다. 띄엄띄엄 쓰여진 경고표지판은 여러 개가 연결되어 한 문장을 이뤘다. 결국은 과속하지 말고 사고 조심하라는 뜻이었다.

"공비가 활동하기 좋다, 이거지. 강원도의 힘인가?"

합참의장이 농담을 섞어 푸념했다. 미소를 짓던 정현섭이 다시 모니터에 시선을 집중했다. 그 사이에 무장공비가 나타났다는 새로운 신고가 몇 건 들어왔고, 향토사단 예하 기동타격대 몇 개 중대가 그곳들을 향해 출동하고 있었다.

6월 14일 06:38 강원도 평창군 진부면

"더 밟아!"
"빗길이라 속도를 더 내면 전복될지도 모릅니다!"
중대장의 명령에 지프 운전병이 떨리는 목소리로 대꾸했다. 중대장이 화가 잔뜩 난 목소리로 고함쳤다.
"이 새끼! 더 밟으라면 밟아!"
중대장은 극도로 화가 난 모양이었다. 중대장의 호통에 찔끔한 운전병이 억지로 액셀러레이터를 더 밟았다. 작은 지프는 헤드라이트를 환하게 밝힌 채 무서운 속도로 영동고속도로를 내달렸다. 이들은 진부리 방면에서 공비출현 신고를 받고 출동한 한국군 제28사단 예하 1개 중대 병력이었다.
일찍 일어난 동네 노인이 평소와 달리 슈퍼 문이 열리지 않은 것이 이상해 가게 문을 두드렸다. 문도 잠겨 있지 않아 안으로 들어가 보니 젊은 슈퍼 주인 부부는 옷장 안에서 끔찍한 시체가 되어 있었다. 마을 이장이 다급한 목소리로 군부대에 신고한 것은 그로부터 20분이 지난 후였다.
1개 중대 병력을 가득 실은 트럭 행렬은 월정천을 끼고 달리다 드디어 오대천교가 시야에 들어왔다. 다리 주변은 불이 환하게 켜져 있었지만 사람 그림자는 하나도 보이지 않았다. 이상한 느낌이 들었다.

그러나 중대장은 예비군들이 무장공비에게 당했을 거라는 생각을 하지 않았다. 다리를 지키는 예비군 병력이 꽤 있었던데다가 진부리에서 신고한 내용을 들어보면 무장공비는 한둘에 불과한 것 같았다.
"왜 이리 조용하지? 예비군들 다 어디 갔어?"
"그러게 말입니다. 아무도 없는데요."
"차 세워!"
— 끼이익!
중대장의 호통에 운전병이 급브레이크를 밟았다. 젖은 도로를 과속으로 달리던 지프는 순간 옆으로 휙 돌면서 미끄러지다가 180도 방향을 바꿔 정지했다. 너무 놀라 정신을 차릴 사이도 없이 눈앞으로 트럭들이 헤드라이트를 번쩍이며 달려왔다.
차가 밀리는 굉음과 함께 차 안이 대낮처럼 환해지며 앞좌석에 있던 중대장과 운전병의 얼굴이 공포로 굳어졌다. 중대장의 눈이 저절로 질끈 감겼다. 그런데 눈을 감고 고개를 숙여도 눈앞이 환했다.
한참이 지나도 아무런 일이 없자 중대장이 눈을 떴다. 바로 코앞에 트럭 전조등 두 개가 빗속에서 강렬한 빛을 뿜어내고 있었다. 지프에서 내려 차 앞으로 걸어가 보니 트럭과 지프의 범퍼 간격이 한 뼘도 되지 않았다. 아슬아슬했다.
중대장이 가슴을 쓸었다. 트럭 운전병이 조금만 늦게 브레이크를 밟았어도 중대장은 저승으로 가거나 심하게 다쳤을 것이다. 트럭 문이 열리며 1소대장이 당황한 표정으로 내렸다.
"괜찮으십니까?"
"이 자식이!"
중대장이 일그러진 표정으로 주먹을 움켜쥔 채 운전병에게 다가갔다. 중대장이 운전병 얼굴을 치려는 순간 그를 바짝 뒤따르던 1소대장이 달려와 가로막았다.

"참으십쇼, 중대장님!"

"비켜!"

"중대장님! 지금은 작전 중입니다!"

작전 중이란 한마디가 효과가 있었다. 지금 마을에 도착해서 무장공비를 잡을 수 있을지 없을지도 모르지만, 신고한 곳에 먼저 도착하는 것이 우선이었다. 중대장이 헐떡이던 숨을 고르며 손가락으로 운전병을 가리켰다.

"너! 조심해!"

1소대장은 중대장을 강제로 지프에 태우다시피 하고 나서 트럭 운전병을 불러 지프에 태웠다. 소대장이 지프 운전병의 팔을 붙잡고 트럭으로 가는데 뒤에서 중대장이 자꾸 뭐라고 욕하는 소리가 들려왔다.

중대장이 탄 지프가 후진하며 방향을 돌렸다. 지프가 출발하자 트럭 행렬이 다시 출발하려고 움찔거렸다. 비 맞은 우의를 추스르며 1소대장이 트럭 운전석에 앉은 중대장 지프 운전병에게 물었다.

"왜 그랬어?"

"중대장님이 더 밟으라고 계속 윽박지르잖습니까. 저도 죽기는 싫지만 명령인데 어쩝니까? 그런데 갑자기 세우라고 하셔서……."

뚱한 표정이 된 운전병은 빗물이 흘러내리는 와이퍼 밑으로 지프 후미를 노려보며 말했다. 지프에는 운전병이 용돈을 털어 산 연두색 테니스공이 지프의 부착품 연결고리마다 끼워져 있었다.

차량 행렬은 좀더 전진해서 다리 입구에서 멈췄다. 1소대 병력이 트럭에서 내려 주변을 살피기 시작했다.

"소주병이 몇 개 있습니다!"

몇 명을 데리고 기관총 진지로 올라간 1소대 선임하사가 고함쳤다. 조명 밑에 선 선임하사의 군청색 판초우의에 빗물이 흘러내리며 번득거렸다.

예비군들은 어디에도 보이지 않았다. 중대장이 다시 주변을 살폈다. 중대장은 다리에서 100미터 정도 떨어진 집에 전깃불이 들어온 것을 보고 사태를 짐작했다.

"미친 자식들! 저것들을 당장!"

권총을 꺼내든 중대장이 열을 받아 씩씩거렸다. 중대장은 다리를 지키라고 동원한 향토예비군들이 술 먹고 민가에 가서 퍼져 있는 것이 분명하다며 분개했다.

"이놈들! 내가 반드시 이놈들을 군법회의에 회부할 테다. 자! 바쁘니까 그냥 출발해!"

중대장이 손짓으로 기관총 진지에 올라간 병력을 불렀다. 씩씩거리던 중대장이 지프를 출발시키자 병력 탑승을 완료한 트럭들부터 다시 출발했다. 선임하사의 탑승이 늦어 1소대가 가장 늦게 출발했다.

이제 목적지까지 얼마 남지 않았다. 군데군데 전깃불이 켜진 어두컴컴한 마을이 눈에 들어왔다. 전투가 벌어질 가능성은 별로 없지만, 최소한 이곳에 무장공비들이 침투한 증거는 찾아야 했다.

행렬 선두가 다리 중간을 막 통과했을 때였다. 다리 상판과 교각 연결부분에서 커다란 폭발이 일어났다. 달리던 지프와 트럭 몇 대가 허공으로 떠올랐다.

"차 세워!"

1소대장이 고함을 지르기도 전에 운전병이 급브레이크를 밟았다. 트럭은 방향이 약간 옆으로 비틀리며 중앙분리대 바로 앞에서 정지했다. 바로 앞 트럭 뒤에서 병사들이 줄줄이 뛰어내리며 엎드렸다. 그러나 적은 없었다. 병사들이 총구를 향할 곳이 없었다.

허겁지겁 트럭에서 내린 소대장은 다리 중간 상판 몇 개가 사라져 버린 것을 멍하니 바라보며 계속 걸었다. 중대원들이 우르르 몰려와 말없이 다리 아래에서 벌어지는 참극을 구경했다.

트럭과 지프가 강물 위에 잠시 떠 있다 가라앉기 시작했다. 몇몇 병사들은 강물 위로 떠올라 허우적댔지만 무거운 군장 무게 때문에 자꾸만 가라앉았다. 두세 명이 간신히 개천가로 기어오르는 것이 희뿌연 어둠 속으로 보였다.

언뜻 생각이 들었는지 소대장이 무릎을 꿇고 자동소총을 30도 각도씩 꺾어 돌리며 주변을 다시 살폈다. 그러자 정신이 든 병사들이 엎드리며 쏟아지는 빗속에서 사주경계를 시작했다. 다리 중간에서 오도 가도 못하는 그들은 기습공격의 목표가 되기에 안성맞춤이었다. 그들을 향해 언제 어디서 로켓탄이나 기관총탄이 쏟아질지 몰랐다.

그러나 조금 전에도 그랬지만 이번에도 5분 넘게 아무 일 없이 조용했다. 소대장이 일어서서 다시 다리를 내려다보았다. 이제 대침투작전이고 뭐고 다 틀렸다. 눈앞에서 죽어가는 전우들부터 살려야 했다. 소대장이 통신병을 불렀다.

6월 14일 09:30　함경북도 온성군

"어르신, 안녕하세요? 조선에 들어가시려구요?"
"음, 기래. 여기 앉으시게. 내래 늙은 몸이디만 조국통일전쟁을 수행하는 동지들에게 다만 뭐라도 방조해야 하디 않갔니?"

낡은 가죽가방을 무릎 위에 올린 홍대운 노인이 방금 기차에 올라탄 중년 남자에게 말했다. 연변시장에서 낯익은 그 상인은 짐칸에 가방을 올리고 홍대운의 옆자리에 앉았다. 홍대운이 잠시 일어나 창문 커튼을 내려 점점 따가워지는 햇빛을 가렸다.

"북한을 도우시겠다고요? 에이~ 북한이 요즘 전쟁 치를 힘이나 남아 있겠습니까? 아무래도 불리할 텐데, 어르신께선 그냥 조용히 계시는 편이……."

"무시기 소리? 북조선이 우리 사회주의 조국이디, 어디 남조선이갔네? 동무는 너무 오래 장사하다 보니까 남반부에 편향된 거 아니야? 동무는 중국인이 아니라 조선인이야. 그것도 북조선이 뿌리인 공화국 인민이야. 분명히 하라우야."

홍대운이 정색을 하며, 오랫동안 거래해온 상인에게 면박을 줬다. 연변에서 한국 무역상과의 중개무역을 통해 부를 축적해온 중년 남자는 잠시 할말을 잃었다. 만주에 사는 조선인들의 국적은 기본적으로는 중국이었다.

함경북도 온성군의 상삼봉역에서 잠시 멈춘 낡은 증기기관차가 다시 출발했다. 무성한 아카시아 숲 속을 달리는 함북선 열차 안에는 이틀 전부터 북한 사회안전원의 숫자가 대폭 늘어났다. 열차안전원에 의한 검표도 훨씬 더 강화되었다. 대신 북한과 중국을 오가는 보따리 장사꾼들은 거의 눈에 띄지 않았다. 평소와 달리 빈자리도 군데군데 보였다.

객차에는 조선인민경비대 소속 경비여단 인민군들도 자리에 많이 있었다. 후방에서는 이렇게 어제 전쟁이 시작될 줄 모르고 휴가를 떠났던 인민군들이 서둘러 부대로 복귀하고 있었다.

"그래도 그렇지, 동포끼리 전쟁을 해야 되겠습니까?"

잔뜩 볼이 부어오른 장사꾼이 말하자 홍대운이 힐끗 주위를 둘러보았다. 인민군들은 끼리끼리 모여 이야기꽃을 피우고 있었고, 자는 사람들도 많았다. 그들의 대화를 유심히 듣는 사람은 아무도 없었다. 열차안전원이 통로를 걸어오는 것을 보고 홍대운이 목소리를 약간 높였다.

"어허~ 동무, 보라우. 후손을 위해서라도 날래날래 조국이 통일돼야 하디 않갔네?"

"결국 우리 장사치들만 죽어나는 것 아닙니까?"

홍대운이 눈치를 주자 다가오는 열차안전원을 본 상인이 목소리를 낮췄다.

"공화국이 이기고 있답니다. 우리는 중국에 살고 있지만 이번 기회에 반드시 조국통일이 이뤄져야 합니다."

"기러티! 이제 조선은 하나, 조국은 하나디."

6월 14일 10:53 경기도 광명시

"훈련 한번 디게 빡세군."

예비군 곽우신 병장이 김승욱 옆에 주저앉아 전투화에 붙은 진흙을 떨어내며 헉헉거렸다. 김승욱은 숨이 차서 말도 제대로 하지 못했다. 물기가 적은 바닥을 골라 간신히 나뭇잎 몇 장을 깔고 주저앉아 있었다.

보통 때 동원예비군 훈련보다 훨씬 더 강도 높은 훈련이 실시되고 있었다. 조금 전에는 각개전투 시간이었는데, 동작이 굼뜬 김승욱은 고지까지 일곱 번이나 오르내려야 했다. 남들보다 한두 번이나 더 오르내린 셈인데, 다른 예비군들도 녹초가 되어 나무그늘에 주저앉았다. 김승욱은 세상이 노랗게 팽팽 돌았다.

"야, 조교! 일루 와봐라."

"왜요?"

담배를 꼬나문 원종석이 부르자 현역 이병이 그 자리에 선 채 멀뚱거렸다.

"이 새끼! 빠져가지고. 우리 언제 전선으로 투입되냐? 서울 북쪽이겠지?"

"에이~ 저 같은 쫄따구가 뭘 알겠어요?"

"짜샤! 넌 그래도 기간병인데 고참한테서 귀동냥한 게 있을 거 아냐?"

넌 뭔가 다르다는 우월감을 심어주자 군사기밀에 가까운 말이 이등병의 입에서 술술 풀려나왔다.

"서부전선은 괜찮고요, 동부전선이 좀 시끄럽대요. 동해안 거진, 간성 쪽에선 아직도 전투가 계속되고 오대산 주변에도 무장공비가 준동한답니다."

김승욱은 전쟁이 나기만 하면 바로 서울이 함락위기에 처하고, 동원소집에 응하기만 하면 부대가 곧장 전선으로 이동할 줄 알았다. 그런데 전면전치고는 그렇게 예상처럼 치열하지는 않았다. 그리고 부대가 아직 후방에 있으니 조금 안심이 되었다.

그래도 어제처럼 주변에 게릴라들이 나타나면 곤란했다. 김승욱은 분대에서 멀쩡한 몇 안 되는 사람 가운데 한 명이었다. 죽거나 병원에 실려간 분대원들 대신 다른 예비군들이 오늘 아침에 새로 왔다. 인원보충은 꽤 빠른 편이었다.

"그럼 우린 어디로 가냐?"

곽우신이 묻자 어깨를 으쓱거린 이병이 대답했다.

"아직 전선에 빵구난 데가 없으니까 당분간 여기 있겠죠, 뭐."

역시 전선은 아직 여유가 있었다. 강원도에서 적 게릴라가 많이 활동한다지만 그쪽에도 만만찮은 한국군 병력이 증원되고 있는 중이었다. 경기도 광명에 있는 59사단이 그런 정도로 이동배치될 위기는 아니었다.

김승욱은 정말 그렇게 되면 좋겠다고 생각했다. 그런데 원종석은 별로 좋아하는 것 같지 않았다.

"우린 북진할 때 쓰겠다는 거야? 소집만 해놓고 공짜밥 먹일 리가 없잖아?"

"헤헤!"

이병이 알 듯 모를 듯한 웃음으로 대답했다. 김승욱도 조교처럼 속으로 헤헤거리며 웃었다. 어쨌든 아직까지는 좋았다. 어머니가 해주신 밥이 먹고 싶었다.

6월 14일 12:20   황해도 황주군(황해북도 황주군) 황주읍 북방 15km

낮은 야산 사이로 뚫린 도로에서 낡은 트럭 수십 대가 황톳길 진창을 헤치며 꾸물꾸물 달려갔다.

인민군 반항공부대 초급병사 박춘배는 행렬 중간에서 달리는 트럭 짐칸에서 다른 인민군들과 함께 흔들리고 있었다. 박춘배가 탄 트럭 꽁무니에는 그들이 맡은 M-1939식 37밀리 단장 대공포가 매달려 힘겨운 듯 따라왔다.

대공포에는 바퀴 4개가 달려 있고 2차대전 때 구식 고사포들이 썼음직한 기다랗고 끝이 뭉툭한 포신이 달려 있었다. 적기가 나타나면 옆에 붙은 핸들을 죽어라 돌려 조준하는 낡은 방식이었다. 쇠로 만든 핸들 두 개는 각각 한 사람씩 붙어서 간신히 돌릴 수 있을 만큼 컸다.

"포장 동지! 우리는 오데로 가는 겁네까?"

"길쎄. 포까지 같이 끌고 가는 걸 보면 처벌받으러 가는 거는 아니갔디."

"끼니땐데 점심은 안 줍네까?"

"동무는 지금 먹을 게 넘어가네? 죽다 살아났는데?"

혹시나 숙청 당할까 봐 계속 끙끙 앓던 인민군 상사가 버럭 화를 냈다. 박춘배는 속으로 아침도 굶었는데 점심이라도 줘야지 하면서도 아무 소리 못 했다. 상사는 걱정도 안 되냐는 듯 박춘배를 한참 노려보다가 '끙' 하는 소리를 내며 뒤로 누워버렸다.

박춘배가 속한 대공포 포원들은 원래 황해도 황주 비행장을 방어하도록 배치된 반항공부대 소속이었다. 새벽녘에 한국 공군의 줄기찬 공습으로 황주 비행장이 초토화되자 반항공사령부에서는 살아남은 반항공부대원 상당수를 포와 함께 이동시켰다.

그나마 위력적이라고 생각했던 방공미사일이나 4연장 기관포 포대는 한국 공군의 공격으로 완전 궤멸되었다. 한국 전투기에 큰 위력이 되지 못하는 수동 고사포대만 약간 살아남아 지금 움직이는 것이다.

처음에 박춘배는 한국 공군기의 내습을 격퇴시키지 못했다고 처벌받나 싶었는데 포와 같이 움직이는 걸 보니 그건 아닌 것 같았다. 한시름 놓이자 박춘배는 배고픔을 잊기 위해 다시 오늘 새벽의 악몽을 떠올렸다.

새벽에 레이더 부대에서 한국 전투기의 내습을 알렸다. 박춘배와 조원들이 미리 조준된 방향을 향해 포를 장전하려는 순간, 허공을 가르며 날아온 미사일들이 기지 주변의 레이더들을 박살내버렸다. 뒤이어 기지 위로 모습을 드러낸 남반부 공군기들은 집속폭탄으로 다연장 포대가 위치한 언덕을 깨끗이 쓸어버렸다.

박춘배와 조원들이 다섯 발짜리 포탄클립을 연신 집어넣으며 열심히 사격을 했지만 화망 구성을 위한 상당수 포대가 이미 사라진 뒤였다. 남한 공군기들은 별 거리낌없이 계속 비행장 상공으로 진입했고 잠시 뒤에는 연료저장고, 활주로, 무기고 등이 송두리째 불덩어리가 되어버렸다.

그 와중에도 제 임무를 다하기 위해 레이더를 작동시키거나 공중을 향해 불을 뿜던 포대들이 있었다. 그러나 그것들은 하나 둘씩 한국 전투기의 제물이 되어 불꽃폭풍 속으로 사라져갔다.

연료저장고의 폭발화염이 사방을 환하게 밝혔다. 사방에서 시간차를 두고 진입하는 남한 전투기의 폭격 속에 살아남은 나머지 포대에서는 정신이 없었다. 결국 반항공부대 포대원들은 자포자기 심정으로, 혹은 목숨을 부지하기 위해 아예 더 이상의 방공사격을 중지해버렸다.

악몽 같은 기억에서 몸서리치며 깨어난 박춘배가 옆자리의 조장을 힐끔 쳐다봤다. 조장과 다른 조원들은 새벽녘에 못 잔 잠을 보충하려는 듯 뒤척이며 잠을 청하고 있었다. 박춘배는 혹시 낮에도 남한 공군기들이 내습하면 트럭에 탄 채로 통구이가 되는 건 아닐까 걱정하며 모자를 눌러쓰고 눈을 감았다.

6월 14일 13:15　강원도 삼척시 북동쪽 23km

"아무래도 잘못 짚은 것 같아."
"그럼 어딜까?"
조종실로 들어선 전술통제사 정세진 소령이 기장에게 말을 건넸다. 이미 어제부터 동해 중부 해상으로 출격하기 위한 준비는 마친 상태였다. 그리고 정세진 소령이 지휘하는 오라이언은 어제 부산 앞바다에서 개전 이후 최초로 항공기에 의한 잠수함 격침기록을 올렸.

부산항을 급습한 북한 잠수함들이 돌아가는 길목을 찾는 초계기들은 해류 방향이 바뀌는 삼척 동쪽 해역을 1차 저지선으로 삼았다. 삼척 앞바다부터는 해류를 거슬러 올라가야 하기 때문에 잠수함이 출력을 높일 것이고, 그러면 발견될 가능성이 훨씬 더 커진다.

그러나 초계기는 오늘에야 비로소 삼척 동쪽 해상에 날아올랐다. 한국 공군이 강원도 상공에서 확실하게 제공권을 장악하지 못했기 때문이다.

그렇다고 북한 공군기가 마음대로 내습할 수 있는 것도 아니었다. 한국 공군기가 제공권을 장악하기 위해서는 통합된 지휘체계가 필요했고, 아직 지휘망은 갖춰지지 않은 상태였다.

정세진 소령의 비행팀과 다른 오라이언들이 새벽부터 북한 잠수함들의 예상 도주로를 따라 소노부이로 저지선을 만들었다. 그러나 잠수함 신호는 아직까지도 감지되지 않았다. 정세진 소령이 씁쓸하게 입맛을 다셨다.

"아무래도 더 동쪽이 아닐까? 우회하는 것 같은데."

"동쪽으로 더 나가는 건 위험한데……."

초계기의 안전을 우선적으로 책임진 기장의 말이었다. 방풍유리 앞에 펼쳐진 바다는 동해답지 않게 흐린 청색이었다.

"젠장! 허탕만 칠 수는 없잖아? 대잠전지휘소에는 내가 보고하겠다. 7-2 구역으로 변경한다."

"7-2 구역? 거긴 동쪽이 아니라 북동쪽이잖아?"

기장이 해도를 확인하며 물었다. 정세진 소령이 심각한 얼굴로 기장을 주시했다. 여기서 북한 잠수함들을 탐지하지 못했으면 시간상 더 북쪽으로 위치를 옮겨야 한다는 것은 기장도 알고 있었다. 그래서 더 곤란했지만 할 수 없었다.

"젠장! 알았다, 타코. 타코가 까라면 까는 거지. 쳇! 부기장! 7-2 구역으로 이동한다."

정세진 소령과 동기인 기장이 순순히 응하고 기수를 북쪽으로 돌렸다. 타코(TACCO)는 전술통제사를 뜻하는 택티컬 코오디네이터(tactical coordinator)의 줄임말이다. 대잠기 오라이언의 최종적인 명령권자는 조종사인 기장이 아니라 타코였다.

조종실에서 나온 정세진 소령이 대잠전지휘소에 작전구역 변경을 요청했다. 대잠전지휘소(ASWOC)는 초계기를 이용한 대잠작전을 총지휘하는 곳이다. 대잠초계기에도 소노부이와 음향신호를 분석하는 신호처리장치들이 있지만 보다 큰 데이터베이스는 대잠전지휘소와 지상지원컴퓨터조직(GSCC)에 구축되어 있다.

초계기에서 수집한 음파 정보는 대잠전지휘소에 데이터링크로 전송된다. 대잠전지휘소에서는 음파 정보를 컴퓨터로 정밀 분석한 후 다시 초계기로 정보를 되돌려보낸다. 아울러 다른 초계기는 물론이고 수상함들과의 공조작전도 지시한다. 대잠전지휘소는 말 그대로 대잠수함 작전을 총지휘하는 곳이다.

기내 무장사(Ordnance Technician)가 선반에 놓인 예비용 소노부이를 꺼냈다. 그리고 소노부이 사출구 덮개를 열고 그 안으로 하나씩 조심스럽게 재장전했다. 미리 장전해둔 소노부이는 이미 대부분 소모했기 때문이다. 그때 기장의 목소리가 스피커를 울렸다.

- 방위 삼백사십공(3-4-0)도. 미확인 물체 2기 급속 남하 중!

"뭐야? 공군의 스크램블은!"

갑작스런 경고에 정세진 소령이 마이크를 들고 물었다. 감시지역을 이탈한 오라이언이 북상한 지 채 5분도 지나지 않았다. 이 해역에 뿌린 소노부이 몇 개가 작동하기 시작한 순간이었다.

- 불가능하다! 우리더러 빨리 이탈하라고 한다.

"젠장할 공군놈들!"

정세진 소령이 욕지기를 내뱉고 허둥지둥 대잠전지휘소를 호출했다. 대잠전지휘소에서 공군에 지원을 요청한다면 가능할지도 모른다는 생각이었다.

하지만 몇 번의 시도 끝에 불가능하다는 대답을 듣고 정세진 소령이 통신기 수화기를 와지끈 소리가 나도록 제자리에 놓았다. 아직도 예정된 목표를 폭격하느라 바쁜 한국 공군이 해군 초계기까지 엄호해 줄 수 있는 상황이 아니었다.

"병신들! 역시 놈들 잠수함은 바로 앞에 있는 거야."

— 타코! 귀환해야 한다.

"알았다. 돌아간다."

정세진 소령이 기장의 재촉에 허탈하게 응답했다. 잠수함이 이곳에 있지 않다면 북한 공군이 민감하게 반응할 리가 절대 없었다. 정세진 소령은 다시 대잠전지휘소로 무선을 개방하려다 포기했다. 이곳에 잠수함이 있다고 확신하는 데는 변함이 없었다. 하지만 지휘소를 납득시킬 만한 확실한 증거가 없었다.

6월 14일 13:50 서울 용산구

교대하러 상황실로 들어온 정현섭 소령은 상황실이 활기차게 돌아가고 있는 것을 느꼈다. 콘솔에 앉아 뭔가 새로운 상황이 있나 살폈지만 특별한 것은 없었다.

휴전선 어느 곳이 뚫린 것도 아니고 백령도에 인민군이 상륙한 것도 아니었다. 한국 해병대가 연평도를 탈환한 것도 아니었다. 해군은 아직 바빠서 해병대에게 상륙지원을 해줄 형편이 되지 않았다. 제공권이 확실히 장악되지 않은 것도 문제였다.

강원도 일대에서 준동하는 게릴라들의 활동도 대부분 원주와 삼척을 잇는 선 이북에서만 보고되었다. 이 선에 새로 설정한 포위망이 게릴라들에게 아직 뚫리지 않았다는 뜻이었다.

만약 이 선이 뚫리면 경상북도까지 위험해진다. 6·25 때는 상황이 안 좋으면 무조건 남쪽으로 후퇴하면 됐다. 그러나 이번에는 그럴 수도 없게 된다. 후방 기지가 막대한 타격을 입고 후방 민간인들이 대혼란에 빠지지 않도록 한국군 입장에서는 원주-삼척선을 기필코 사수해야 했다.

의아해하는 정현섭에게 옆자리에 앉은 대위가 살짝 귀띔했다. 역시 크게 말하지 못할 만한 이유가 있었다.

"항모 추루만이 요코스카를 출항했습니다."

"그래? 좋은 소식이군."

미국 해군 항공모함 해리 트루먼이 한국 주변해역에 도착하면 한국군에게 막강한 화력지원을 해줄 수 있었다. 그리고 한국 입장에서는 무엇보다도 조기경보기 E-2C의 역할이 간절히 필요했다. 공군 전력이 북한에 비해 밀리는 것도 아닌데, 제대로 통제가 되지 못해 하늘에 구멍이 뻥뻥 뚫렸다.

정현섭이 강원도에서 전개되는 대침투작전을 다시 살폈다. 강원도의 예비군은 대부분 소집이 완료되었다. 동원사단은 전선에 투입될 만반의 준비를 갖췄고 향토예비군들은 지역별로 경비임무를 할당받아 곳곳에 배치되었다. 갑자기 게릴라들의 활동이 대폭 줄어들었다.

정현섭은 이 정도면 됐다고 생각했다. 강원도에 침투한 북한 특수부대 병력이 그리 많지는 않을 것이다. 여유가 생긴 정현섭이 지휘부의 눈치를 보았다. 합참의장 등은 국무회의 구성원들과 통화를 하는지 공손하고 씩씩한 말투였다.

교대로 상황실장을 맡고 있는 합참 각 참모본부장들은 계엄사령부나 국방부와 통화하는 모양이었다. 합참 입장에서는 민간인들과 같이 일하려니 골치 아픈 문제가 많았다.

정현섭이 피식 웃다가 책상 아래로 기지개를 켰다. 휴식시간은 충분한 편이었지만, 불안해서 그런지 아무래도 잠이 부족했다.
"뭐요? 경기도 송탄?"
상황실에서 민간 분야를 떠맡게 된 긴급대응조치반장 김병주 대령의 목소리가 갑자기 올라갔다. 정현섭이 무슨 일인가 고개를 돌리려다가 말았다. 김병주 대령은 오늘 새벽부터 매 시간마다 반복되는 비슷한 보고 때문에 골치를 썩고 있었다.
"도대체 철도 경비를 어떻게 하기에 이 모양인지, 원 참! 그래요. 그럼 응급복구반은 도착했소? 예……, 알겠습니다. 경부선 철도 개통은 1시간 후라고 보고하겠소."
김병주 대령이 통화하는 것을 들은 정현섭은 머리를 벅벅 긁었다. 가능한 한 짧은 시간 안에 철도를 다시 개통시키려면 민간인들을 동원하는 수밖에 없었다. 정현섭은 전시근로동원된 민간인들이 끊긴 철도에서 곡괭이질하는 것을 상상하며 또다시 부끄러운 생각이 들었다.

민간인 학살사건

6월 14일 14:37 강원도 평창군 대화면

잠시 그쳤던 비가 다시 구질구질하게 내렸다. 대화리에 위치한 대화농고 운동장에는 출동을 앞둔 향토예비군들이 득실댔다. 예비군 대대는 영동고속도로와 인근 국도를 경비하는 임무를 맡아 이동할 준비를 하고 있었다. 예비군 병력을 실어나를 트럭과 버스들이 운동장 한 구석에 길게 늘어서 있었다.

진부면 쪽에서 무장공비가 출현했다는 소문이 나면서 예비군들 사이에 흉흉한 분위기가 감돌았다. 이들은 북한 게릴라들이 출현한 곳과 거리가 꽤 떨어졌기 때문에 그쪽으로 긴급출동하진 않았다. 그래서 집결시간은 충분한 편이었다. 집결지인 농업고등학교 운동장 주변에는 현역 1개 소대가 경계를 서고 있었다.

소총과 실탄을 지급받은 예비군들은 평소 훈련 때 보였던 늘어진 모습이 아니었다. 형형색색의 비옷을 입은 향토예비군들은 장교와 인솔자의 구령에 맞춰 소대별로 질서정연하게 움직였다.

오늘 새벽 오대천교 부근에서 경계근무를 서다 인민군 특수부대에게 기습당한 예비군들 소식을 들은 후 예비군들의 행동이 완전히 달라졌다. 예비군들은 엉망으로 경계근무를 서던 동료들이 무참하게 살해당한 소식을 듣고 몸가짐이 완전히 달라진 것이다. 전쟁에서 공을 세우기 위해서가 아니라, 살기 위해서였다.

군사 부소대장 강용백 중위는 수풀 속에서 위장포를 덮어쓰고 약 1킬로미터 떨어진 농업고등학교 운동장을 쌍안경으로 감시하고 있었다. 500미터쯤 떨어진 경계진지에 한국군 현역 사병 몇이 있었지만 숲이 무성해 이들을 발견할 수 없었다.

"소문과 달리 남조선 예비군들이 군기가 좀 들었습니다, 소대장 동지. 오늘 새벽에 수행한 우리 소대의 과업이 남조선 인민들에게 알려진 모양입니다."

강용백이 나직하게 말하며 쌍안경을 내밀었다. 옆에 엎드려 있던 소대장 박상호 상위가 쌍안경을 건네받아 그쪽을 살폈다. 한참을 이리저리 둘러보던 박상호의 꾹 다문 입가에 가벼운 미소가 걸렸다.

"후후…… 공포심은 사람을 겸손하게 만드오."

박상호가 쌍안경을 내리고 양쪽 옆을 돌아봤다. 인민군들이 간단한 구조를 한 AT-3 새거(Sagger) 대전차 미사일 발사대와 잠망경 모양의 조준기를 조립하고 있었다. 근처 드보크에서 가져온 가방 두 개가 미사일 발사장치로 변신하는 순간이었다.

AT-3 대전차 미사일은 제4차 중동전쟁 당시 무적을 자랑하던 이스라엘 전차부대에게 끔찍한 피해를 입힌 주역이었다. 그 전까지 전차만능주의에 빠졌다가 혼쭐난 이스라엘은 이후 기계화보병을 더 중시하기 시작했다.

이 미사일은 무게가 11kg 정도에 불과하지만 400mm가 넘는 관통력을 가졌다. 그래서 한국군이 보유한 M-48 같은 구식 전차 정도는 어느 방향에서 발사해도 불타는 강철관으로 만들어버릴 수 있었다. 최신 K-1 전차도 장갑이 상대적으로 약한 뒷부분에 명중시킨다면 격파할 수 있을 정도의 위력을 갖고 있었다.

"준비 끝났습니다, 소대장 동지!"

강용백이 나직하게 말하며 고개를 끄덕였다. 박상호가 대전차 미사일 사수에게 지휘관급 장교가 탄 차량을 일차적으로 노리도록 지시했다. 소대장이 다시 한 번 한국군 예비군 집결지 주변을 살폈다.

예비군들이 출발 준비를 거의 마친 것 같았다. 인민군들이 대전차 미사일 사격을 준비하는 동안 예비군들이 줄을 지어 버스와 트럭으로 올라타고 있었다. 그러나 아직도 많은 예비군들이 연병장에서 대기하고 있었다.

등뒤에서 부스럭거리는 소리가 나더니 수풀이 좌우로 갈라졌다. 수풀 속에서 위장크림을 덕지덕지 칠한 사람 얼굴이 불쑥 튀어나왔다. 박상호의 부하 소대원이었다.

"박격포, 준비 완료됐습니다."

목소리가 소곤대듯 나지막했다.

"좋소! 명령이 있으면 즉각 사격을 시작하도록 하시오."

부하가 알겠다는 듯 고개를 끄덕인 뒤 다시 수풀 사이로 모습을 감췄다. 박상호가 쌍안경에 눈을 갖다댔다. 연병장 단상 바로 앞에 주차해 있는 지프까지의 거리는 약 1.2킬로미터 정도였다.

철모에 붙은 계급장이 보이지 않을 정도로 먼 거리였지만 박상호는 누가 상관이고 부하인지 금방 판단할 수 있었다. 한 군인이 다른 군인들의 경례를 받으며 지프 쪽으로 걸어갔기 때문이었다.

박상호의 입가에 미소가 맺혔다. 경례를 받은 자는 아마도 예비군 대대장 정도는 될 것이라고 생각했다. 국군은 너무 격식을 따진다는 것이 박상호의 생각이었다. 현역인지 예비군인지 모르겠지만 그 한국군 장교가 지프에서 5미터 범위 안으로 들어왔다는 판단이 서자 박상호가 고함쳤다.

"지금이오!"
— 슈아앙!

박상호의 좌우에 있는 수풀 속에서 AT-3 대전차 미사일 두 발이 하얀 연기를 뿜으며 날아갔다. 표적을 확실하게 제거하기 위해 두 발을 동시에 쏜 것이다. 느린 속도로 1km를 넘게 날아간 미사일 두 발이 방금 막 움직이기 시작한 지프에 명중했다.

노란 불꽃이 폭죽처럼 터지더니 지프 전체가 불길에 휩싸였다. 보닛이 하얀 연기를 끌며 공중으로 한동안 치솟았다. 한국군의 반격은 전혀 없었다. 깜짝 놀란 예비군들은 어디서 미사일이 날아왔는지조차 알지 못해 주변을 두리번거리기만 했다.

대전차 미사일 발사와 거의 동시에 60밀리 박격포가 연속 통통거리는 소리를 내기 시작했다. 연병장에 집결한 한국군 예비군들을 향해 포탄 30발이 최대속도로 발사되며 하늘로 솟아올랐다. 박격포탄이 운동장에 떨어지기까지는 상당한 시간이 걸렸다.

그 사이에도 예비군들은 여전히 인민군 경보소대를 발견하지 못했다. 몇몇은 연병장 주변 담 쪽으로 달리고 몇몇은 엎드린 채 두리번거렸다. 대부분은 연병장에 그대로 남아 있었다.

날카로운 소리를 내며 박격포탄이 운동장으로 떨어지기 시작했다. 잇달아 폭발이 일어나자 연병장에 모여 있던 예비군들이 혼비백산해 사방으로 흩어져 달아났다. 밀집해 있다가 갑자기 대형이 흐트러지는 바람에 쓰러지는 사람이 더 많았다. 겁에 질린 사람들이 그대로 밟고 지나갔다. 그런 혼란을 경보소대원들은 느긋하게 관전했다.

재장전을 마친 AT-3 대전차 미사일이 다시 예비군이 가득 탄 버스 두 대를 향해 날아갔다. 그때 버스에 탄 예비군들은 서로 먼저 내리려고 아우성치고 있었다.

이번에는 한국군도 미사일 발사지점을 발견했다. 인민군들 주변으로 총탄이 떨어지기 시작했다. 그런데 제대로 된 조준사격이 아니었다. 게다가 이곳은 소총 유효사거리 훨씬 밖이었다.

대전차 미사일을 맞은 버스 안은 화염지옥으로 변했다. 미사일이 유리창에 맞는 순간 뜨거운 메탈제트가 차 안으로 쏟아져 들어갔다. 버스 안에서는 서로 밀치며 먼저 나가려던 예비군들이 화염에 휩싸이고 버스 밖에서는 펑펑 터져나가는 유리 파편에 맞아 비명을 질러댔다.

비닐로 만들어진 좌석 시트에 금방 불이 붙었다. 차 안은 불바다였다. 온몸에 불이 옮겨붙은 예비군 몇 명이 창문 밖으로 뛰어내려 땅바닥에 굴렀다. 운동장 담에 예비군들이 달라붙어 이쪽을 향해 총을 쏘아댔다. 이번에는 현역 사병들이 쏘는 기관총탄이 날아들기 시작했다.

소대장 박상호가 일어섰다. 더 이상 이곳에 있을 필요가 없었다. 부여받은 임무는 집결 중인 예비군 대대에게 최대한의 피해를 주는 것이 아니었다. 혼란의 극을 달리는 예비군 대대를 지켜보던 박상호가 철수 명령을 내렸다.

"동무들! 철수합시다!"

소대원들은 미사일을 모두 소모한 대전차 미사일 발사기를 버려둔 채 박격포만 챙겨서 일어났다. 영악한 인민군 경보소대원들은 버려둔 미사일 조준기에 부비트랩을 장치하는 걸 잊지 않았다. 이들은 순식간에 수풀 사이로 모습을 감췄다.

거의 10분이 지나 한국군 사병 둘과 분노한 예비군들이 현장에 도착했다. 그들은 두 개의 미사일 발사장치밖에 발견하지 못했다. 마을 친구들을 잃고 씩씩거리는 예비군들의 총구가 향할 곳이 없었다.

예비군들 중 한 명이 무심코 미사일 발사대 옆에 있는 조준기를 손으로 밀었다. 그 순간 조준기에 연결된 부비트랩이 작동했다. 파편과 폭풍이 주변을 휩쓸었다.

60mm 박격포탄을 이용한 부비트랩이 터지면서 주변에 있던 5명이 그 자리에서 즉사하고 10여 명이 부상을 입고 나뒹굴었다. 겁에 질린 예비군들은 동료들이 고통스럽게 비명을 지르는데도 그 자리에 얼어붙어 움직일 줄 몰랐다.

6월 14일 16:10 강원도 강릉시 남동쪽 31km

"방위 이백이십공(2-2-0)도! 새로운 놈입니다."
"세 번째 놈이군."

김철진 중령이 소나팀의 작업을 지켜보면서 중얼거렸다. 두 시간 동안 적 잠수함을 세 척이나 접촉한 것은 흔한 일이 아니다. 이종무함이 즉각 교전하지 않은 것은 또 다른 잠수함이 있는지 확인하기 위해서였다.

한국 해군 잠수함 이종무함의 CSU-83 소나 시스템을 구성하고 있는 화면 하나에 북한 잠수함 세 척의 위치가 표시되고 있었다. 이들은 침로가 간혹 바뀌긴 했지만 일정한 대열로 북쪽을 향했다.

"귀환 중인 놈들입니다. 훨씬 더 많을 겁니다."

"그래, 한두 척이 내려온 것이 아니겠지. 이제 어떻게 하면 좋겠나? 부장."

미리 복안을 감춰두고 질문을 던지는 게 김철진 중령의 특기였다. 부함장 민경배 소령이 의견을 말했다.

"아쉽게도 우군이 적습니다. 아직 파악을 못 해서 그렇지, 놈들 숫자는 엄청나게 많을 겁니다. 자칫하면 몇 척 잡지 못하고 모두 놓아주는 꼴이 될 것 같습니다."

"함장님, 목표 1과 2가 침로를 변경합니다. 방위 공사십공(0-4-0) 쪽으로 회두하는 것 같습니다."

옆에 있던 음탐장이 두 사람 대화 사이에 끼어들었다. 중요한 보고였다. 주기적으로 침로를 변경하면서 북상하고 있다는 증거였다.

"아무래도 이놈들은 외곽경계를 맡은 잠수함 같습니다. 다수의 잠수함 집단으로 생각됩니다. 일단 여길 벗어나는 것이 좋겠습니다. 북방경계선 이남에 이미 해군 1함대의 구축함들이 포진하고 있습니다. 수상함 작전구역으로 몰이를 하던가, 아니면 우리가 바깥쪽에서 미리 매복하는 것이 좋을 것 같습니다."

민경배 소령이 조언했다. 지금 접촉한 북한 잠수함들이 일부에 불과하고 주력이 다른 쪽이라면 일단 이곳을 우회해서 새로 탐색할 필요가 있다고 생각한 것이다.

"내 생각과 같군. 부장! 우회 침로를 계산해봐. 우리는 이쪽으로 들어간다."

김철진 중령이 손을 뻗어 해도판 위에서 한 점을 가리켰다. 그곳은 1함대 수상전투전단의 작전구역 훨씬 바깥쪽이었다. 그 사이에 빈 공간이 있었지만 수상전투전단과 이종무함의 소나에서 충분히 감시할 수 있는 지점이었다.

"알겠습니다. 지금 통신을 합니까?"

해도를 뚫어져라 쳐다보던 민경배 소령이 대뜸 통신여부를 묻자 김철진 중령이 미소를 지었다.

"통신부표로는 많은 내용을 말하기 곤란하지. 직접 교신할 생각이다. 일단 벗어나자고."

"옛! 알겠습니다. 침로 변경! 우현 20도!"

이종무함이 크게 기울며 다시 북쪽을 향했다. 북한 잠수함들이 예상대로 움직여준다면 뼈아픈 충격을 줄 수 있을 것이다. 게다가 그들은 기뢰를 대거 투하한 잠수함들이었다. 어뢰를 충분히 탑재하지 않은 껍데기들이었다.

김철진 중령이 잠시 고민했다. 만약 저 잠수함들이 어뢰를 충분히 장비했다면 지금 북상할 까닭이 없었다. 그들에게 어뢰가 있다면 대한해협 근처에 숨어 있다가 한국 영해로 달려올 미국 항공모함들을 저지하기 위해 자살돌격까지도 감행할 위인들이었다.

6월 14일 18:35 강원도 삼척시 미로면

비가 그쳤지만 소나무숲 속 공기는 습기가 가득 차 있었다. 송진냄새가 가득한 숲 속 땅바닥이 몇 번 들썩이더니 시커먼 그림자 하나가 땅 속에서 솟아났다. 시간이 지나자 사람 형상을 한 그림자들이 빠른 속도로 늘어났다.

다른 곳 같으면 아직 어두울 때가 멀었지만 이곳은 깊은 숲 속이었다. 두터운 잿빛 구름 위에 있을 해는 높다란 서쪽 산등성이를 넘어간 지 오래였다. 숲 속은 불과 몇 미터 떨어진 옆사람 얼굴도 제대로 보이지 않을 정도로 어두웠다.

인민군 제70경보여단 소속 리철민 중사도 2인용 비트를 빠져나왔다. 조심스럽게 기지개를 켜고 나자 그동안 쌓인 피로가 싹 가시는 기분이었다. 먹기는 싫었지만 정치 부소대장으로부터 피로회복제라고 지급받은 약의 효과는 좋았다.

전에 고향이 같아 잘 알고 지내던 군의가 그런 약은 마약성분이 섞인 거라며 절대 먹지 말라는 얘기를 했다. 의사라서 그 약의 해로움을 잘 알 것이다. 그러나 이런 걸 먹지 않고서 하룻밤에 수백 리씩 달리는 초인적인 강행군을 도저히 버틸 재간이 없었다.

간부들 몰래 한 차례 하품을 하고 난 리철민은 지난 새벽 행군 때 간부들 모르게 따둔 산머루를 주머니에서 꺼내 한입에 털어넣었다. 달콤하고도 신맛이 혀끝에 느껴지자 텁텁했던 입 안이 개운해졌다.

리철민은 동료와 함께 서둘러 지난 낮 동안 지냈던 비트의 흔적을 지웠다. 옆에 있는 다른 인민군들도 흔적 지우기에 열중하고 있었다. 뒷정리 작업이 끝나자 인원파악이 시작되었다. 잠시 후 어두운 저편에서 소대장의 목소리가 들려왔다.

"소대 출발!"

다시 힘든 산악행군이 시작되었다. 한 마리의 긴 뱀 같은 경보소대의 행군대열이 어둠을 헤치고 남쪽으로 빠르게 움직이기 시작했다.

6월 14일 19:20 **강원도 속초시 북동쪽** 17km

단종진單縱陣으로 다른 함정과 줄이어 움직이던 울산급 프리깃 서울함이 커다란 반원을 그리며 왼쪽으로 빠져나갔다. 후위에 있던 다른 울산급 한 척 역시 포항급 초계함 두 척을 이끌고 반대편을 향해 전속력으로 항주했다. 울산급과 포항급 초계함들, 도합 8척이 한순간에 부채꼴 진형으로 활짝 펼쳐졌다.

해전에서 함대 진형은 매우 중요하다. 현대 해군에서 중시되는 진형은 함정을 커다란 원모양으로 배치하는 원형진圓形陣이다. 함대를 공격하려는 항공기나 잠수함이 어느 쪽에서 접근할지 예상할 수 없기 때문에 함대는 일반적으로 원형진을 택하게 된다.

그런데 지금 한국 해군 함정들이 취한 진형은 개열진開列陣이었다. 지금의 개열진은 한 방향으로 침투하는 북한 고속정을 상대로 한 진형이었다. 그것은 임진왜란 때의 이순신 장군이 펼쳤던 학익진鶴翼陣처럼 포격전과 돌파에 유리한 전술이었다.

우측 바깥쪽으로 빠져나간 울산급 프리깃 한 척이 최고속도에 이르자 2천 톤이 넘는 선체 하부까지 수면 위로 드러났다. 물 위로 튀어오른 울산급 프리깃은 이내 떨어지는 듯하다가 엄청난 물보라를 일으키고 다시 튀어올랐다. 그때 함수 부분의 아래쪽에 장착된 PHS-32 소나도 수면 밖으로 노출됐다. 손등에 난 사마귀처럼 뭉툭하게 돌출된 소나돔은 매끈한 선체 바닥과 비교해서 꽤나 거추장스럽게 보였다.

34노트가 넘는 속도에서 소나는 무용지물과 마찬가지였다. 선체에 전해지는 물의 충격으로 잠수함의 소음이 묻혀버리기 때문이다. 이럴 때는 바로 밑에 잠수함이 있더라도 발견하기 어렵다.

돌고래처럼 무리를 지어 내려오던 북한 고속정들도 그때서야 반응을 보이기 시작했다. 고속정 떼는 십여 척씩 작은 무리로 나뉘어 서로 다른 방향으로 재빠르게 움직였다. 여러 척의 배가 일렬 종대로 움직이면 항공기의 레이더가 아닌 다음에야 하나로 보이게 마련이었다.

그런데 북한 고속정들은 접근하면서 한국 해군 함정이 의외로 많은 것을 발견하고 당황했다. 함정 숫자를 오판했다는 것을 뒤늦게 깨달은 북한 고속정들이 바쁘게 흩어지기 시작했다. 그러나 벌써 주위로 포탄이 떨어지고 있었다.

6월 14일 19:35 강원도 속초시 북동쪽 19km

"경보! 경보! 대함 미사일 다수가 접근 중!"
"현재 발사된 대함 미사일은 14기! 계속 증가합니다."
"발사원이 파악됐습니다! 방위 삼백오십사(3-5-4). 거리 34km!"
승조원들의 보고가 빗발치는 문무대왕함의 전투정보실은 바빠 움직였다. 북한 고속정들 후위에 있던 미사일 고속정 집단에서 스틱스 대함 미사일을 발사한 것이다. 함대 앞쪽에서 비행 중이던 수퍼 링스 대잠헬리콥터가 발사함들의 위치를 문무대왕함과 다른 동료 함정들에게 전송했다.

"함대, 대공방어진으로 기동한다. 명령을 전파하라!"
문무대왕함의 함장 박강민 대령이 무겁게 입을 열었다. 지금 함대전 함정이 북한 고속정을 향해 모든 포화를 집중하는 상태였다. 적의 대함 미사일을 효율적으로 요격하기 위해서는 함대 진형을 바꿀 필요가 있었다.

"선두 스틱스 3기! 요격 시작하겠습니다. 골키퍼, 자동방어 모드로 전환합니다!"
작전관의 보고가 끝나자마자 날카로운 폭음이 전투정보실 전방 벽을 진동시켰다. 함수에 수납된 스탠더드 SM-2 함대공 미사일 4발이 연달아 솟아올랐다. 근거리 방어용 골키퍼 기관포도 언제든지 발사될 수 있도록 안전장치가 해제되어 발사각을 잡으며 천천히 움직였다.

그러나 하픈 대함 미사일 사격을 준비하는 요원들의 작업은 약간 늦어졌다. 하픈은 울산급 프리깃도 장비하고 있었는데, 각 함정간의 표적분배 때문에 시간이 걸린 것이다. 표적분배를 정확하게 수행하지 않으면 각 함정에서 발사한 하픈의 목표가 중복되는 수가 있다. 비싼 하픈 미사일을 낭비할 수는 없었다.

가까스로 작업을 마친 하픈 발사요원들이 미사일 발사 버튼을 눌렀다. 함교 뒤쪽 굴뚝 옆에 장착된 4연장 하픈 발사기에서 차례차례 미사일이 솟구쳤다. 하늘 가득 흐린 구름을 배경으로 미사일이 북쪽 방향을 잡아 비행하기 시작했다.

하픈 함대함 미사일은 이미 입력된 좌표를 향해 스스로 날아간다. 그리고 그 지점에 이르러 자체 추적레이더를 가동시켜 가장 가까운 함정을 찾게 된다. 하픈 미사일은 발사하고 나면 더 이상 유도할 필요가 없는 미사일이다.

반면 스탠더드 SM-2 함대공 미사일은 입력된 지점까지 관성항법장치로 스스로 날아가는 점은 하픈 미사일과 똑같다. 그런데 스탠더드 미사일은 마지막 순간에 문무대왕함에서 강력한 레이더 펄스파를 쏘아주어야 유도가 된다.

스탠더드 미사일이 스틱스 대함 미사일에 접근하자 미사일 유도 담당 아퍼레이터가 사격레이더를 작동시켰다. 문무대왕함 함교 위쪽의 마스트와 후갑판의 헬기 격납고 위에 있던 2개의 STIR 240 사격레이더가 스틱스 미사일 쪽으로 회전한 후 강력한 전파빔을 쏘았다.

스틱스 미사일을 맞고 나온 반사파를 탐지한 스탠더드 미사일들이 고도를 급격히 낮추어 다이빙하듯 요격 코스로 들어섰다. 스탠더드 미사일의 로켓모터가 뿜어낸 흰 연기가 기다란 쐐기처럼 스틱스 미사일로 이어졌다.

스탠더드 미사일로 느린 속도에 비행 고도도 150여 미터나 되는 스틱스 미사일을 요격하는 것은 어렵지 않았다. 대함 미사일은 높은 고도를 비행할 경우 아주 빠르거나, 속도가 느리면 수면을 스치듯 낮게 날아야 한다. 그러나 스틱스를 만들 당시 소련의 기술은 그 어느 쪽도 선택하지 못했다.

스틱스 미사일 두 발이 스탠더드 미사일의 근접폭발로 탄두가 유폭되자 시커먼 버섯구름을 만들며 사라졌다. 목표가 사라지자 남은 한 발의 스탠더드 미사일은 새로 지정된 또 다른 스틱스 미사일을 향해 곧장 날아갔다.

"서울함을 향한 두 발의 스틱스 미사일은 을지문덕함에서 요격했습니다."

작전관이 함장에게 다시 보고하자 전투정보실 이곳 저곳에서 안도의 탄성이 튀어나왔다. 을지문덕함은 문무대왕함급보다 먼저 건조된 광개토대왕급 구축함으로 대잠수함 작전이 주임무다. 때문에 사정거리가 긴 스탠더드 미사일은 없지만 중거리를 방어할 수 있는 시 스패로 함대공 미사일을 장비했다. 서울함으로 날아가는 스틱스를 을지문덕함의 시 스패로가 멋지게 요격한 것이었다.

그러나 아직도 요격하지 못한 스틱스 미사일이 많았다. 스틱스 미사일 여러 기가 더욱 가까운 거리로 진입하자 이번에는 문무대왕함에서 신형 시 스패로(ESSM) 미사일이 발사됐다.

이 미사일은 스탠더드 미사일과 같은 Mk-41 발사기를 사용한다. 그런데 발사기 하나에 ESSM 4발이 수납되었다. 발사기 개폐구가 열리고 ESSM 미사일이 차례차례 스틱스 미사일로 향했다.

서울함이나 또 다른 울산급 프리깃도 함포를 이용해서 대공사격을 할 수 있었다. 그러나 이들은 쇄도하는 북한 고속정들을 먼저 저지해야 했다.

"함장님! 링스로부터 보고입니다. 새로운 목표입니다. 방위 공십이 (0-1-2)도!"

"숫자는?"

"50척 이상입니다! 거리 70km!"

박강민 대령이 새로운 고속정 집단의 출현보고에 벌떡 일어섰다. 이것은 의도된 제파공격이었다. 피해가 더 막심한 분산공격을 하는 데는 다른 이유가 있을 것이란 생각이 들었다. 순간 박강민 대령의 뇌리 속에 불길한 느낌이 스쳤다.

6월 14일 19:42　강원도 속초항 북동쪽 33km

"로스트 컨택! 로스트 컨택! 추적목표 9, 10 모두 놓쳤습니다. 엄청 납니다. 수면 위에서는 지금 대소동이 벌어지고 있습니다."

소리가 하나도 들리지 않았다. 소나 스크린에 나타난 음문도 뒤죽박죽이어서 특정대역의 음문을 가려내는 것이 불가능할 정도였다. 음탐장과 팀원들이 모두 헤드셋을 벗고 난감한 표정을 지었다. 새롭게 탐지한 북한 잠수함 두 척의 소음을 완전히 잃어버렸기 때문이다.

"방위 삼백사십공(3-4-0)에 또 다른 노이즈입니다. 단언하긴 곤란합니다만 수상시그널 같습니다."

보고하는 음탐관은 자신이 없었다. 이제 소나에 의지하는 것은 더이상 불가능했다. 수면 위의 상황이 폭풍우 치는 바다보다 더 시끄러웠다. 여러 가지 함포의 포성과 작렬음, 연속되는 거대한 폭발음 때문이었다. 음탐장이 디스플레이에만 의지해서 또 다른 함정군의 접근을 어렵게 예상했지만 확신하기는 어렵다는 듯 고개를 갸웃거렸다.

"함장님! 지금 추정방위라도 공격합니까?"

민경배 소령이 불만이 가득하고도 당혹스러운 표정으로 함장에게 질문했다. 함장도 뾰족한 방법이 없었다. 아마 지금쯤 북한 잠수함들은 최고속도로 북상할 것이 분명했다. 함정간에 대규모 전투가 벌어지는 바로 밑으로 목표들이 유유히 통과할 것을 상상하자 민경배는 분통이 터졌다.

"공격은 포기한다. 지금 어뢰를 쏴봐야 명중을 기대하기 힘들다. 어뢰 센서들이 엉망이 될 거다. 제기랄! 사령부와 교신 준비해. 잠망경 심도로 부상한다."

"알겠습니다."

김철진 중령의 명령을 받은 민경배 소령이 조함을 직접 지휘했다. 민경배 소령은 북한 잠수함이 모항으로 귀환한 다음이라도 기회가 있을 것이라고 생각했다. 일반적인 경우, 잠수함들이 모항에서 빠져나온 직후 공격하는 것이 가장 효과적이다. 그러나 그것은 변명에 지나지 않았다.

민경배 소령은 씁쓸했다. 방금 전까지 집단으로 움직이던 북한 잠수함대는 이제 뿔뿔이 흩어져 움직일 것이 뻔했다. 게다가 그 잠수함들이 어뢰를 적재하고 재출격하면 이후 한국 해군의 작전에 막대한 부담을 줄 것이다. 잠수함이 한 척만 있더라도 그 위험을 완벽히 제거하려면 구축함이나 프리깃이 3~4척이 있어야 하기 때문이다.

민경배가 힐끔 쳐다본 김철진 중령은 이를 꽉 물고 있었다.

6월 14일 19:50   강원도 장전항 남동쪽 34km

스틱스 미사일을 모두 쏘아버린 소주급 미사일 고속정에는 이제 기관포를 제외하고 별다른 무장이 없었다. 스틱스 대함 미사일이 목표에 명중한 것은 단 한 척뿐이었다. 그리고 나머지 미사일은 한국 해군의 함대공 미사일에 모두 요격이 되어버렸다.

"전대장 동지! 피해가 너무 막심합네다. 선두 3개 편대가 죄 전멸했습네다. 나머지 편대들도 피해가 5할이 넘습네다!"

부하의 다급한 진언에도 불구하고 최민봉 대좌는 난간 손잡이를 쥔 채 꼼짝 않고 서 있었다. 한국 해군의 대형 함정을 상대할 수 있는 유일한 공격무기였던 스틱스 미사일이 너무나 무력하게 소모되자 망연자실한 표정이었다.

"좌현 10시 방향! 직승비행기!"

최민봉 대좌가 화염이 번쩍인 곳을 향해 쌍안경을 집어들었다. 거리가 멀어서 제대로 확인할 수는 없었으나 한국 해군의 수퍼 링스 헬리콥터일 것이다.

순간 ESM 경보음이 울려퍼졌다. 깜짝 놀란 최민봉 대좌가 전성관傳聲管을 집어들었다. 최민봉 대좌가 시 스쿠아(Sea skua) 미사일이라는 직감으로 고함을 질러댔다.

"좌현 전타! 회피기동에 들어간다!"

요란한 엔진 소리와 함께 선체가 왼쪽으로 기울었다. 그리고 다시 오른쪽으로 반전하며 미처 중심을 잡지 못한 항해함교의 승무원들이 나자빠졌다. 미사일을 피하기 위해서는 지그재그로 최대한 빠르게 움직여야 했다.

시 스쿠아 미사일은 레이더 반사파를 따라 유도되는 세미 액티브 방식의 대함 미사일이었다. 그러나 중요한 것은 고속정이 지그재그로 회피기동을 해도 수퍼 링스가 장비한 시 스프레이 레이더가 자동으로 목표에 지속파를 보내주기 때문에 회피기동이 별로 효과가 없다는 점이었다.

최민봉 대좌는 차라리 30mm 기관포로 응사하는 편이 낫지 않을까 생각했지만 일단 함대 후미로 숨는 것이 급했다. 30mm 기관포로 위협

사격을 가해봤자 사정거리에 못 미칠 것이다. 주위에 있던 또 다른 소주급 미사일 고속정으로부터 붉은색 예광탄 줄기가 뻗었다. 그러나 부질없는 짓이었다.

마하 0.8의 속도로 날아온 시 스쿠아 미사일은 최민봉 대좌의 고속정 대신 선두에 섰던 다른 소주급 고속정에 명중했다. 35kg의 작은 탄두였지만 고속정을 파괴하기엔 충분한 양이었다.

뒤늦었지만 청진급 고속정들이 수퍼 링스를 향해 함포를 쏘기 시작했다. 고속정급에서 85mm 대구경 함포를 장착하는 것은 매우 희귀한 경우였다. 청진급의 85밀리 함포는 전갑판에 마치 전차포탑 형태로 장비되었는데, 그것은 T-34 전차의 85mm 주포와 비슷한 계열이었다. 레이더 조준이 불가능하므로 명중률은 낮았지만 주변에서 포탄이 작렬하자 수퍼 링스 헬리콥터는 방향을 돌려 사라져버렸다.

그러나 곧 두 번째 위험이 시작되었다. 전열을 재정비한 한국 해군의 프리깃과 초계함들이 선두로 빠져나오면서 함포탄을 쏘아댄 것이다. 수적으로는 북한보다 적지만 한국 해군의 고속정대가 바깥쪽으로 우회했다. 북한 고속정들이 측방향으로 움직일 것을 미리 막겠다는 의도였다.

최민봉 대좌에게 서서히 피로가 몰려왔다. 청진급 고속정은 한국 대형 함정들과 포 구경에서는 큰 차이가 없었지만 명중률에서 너무 큰 차이가 났다. 그래서 전투는 일방적인 학살에 가까웠다.

85mm 함포로 응사하던 청진급 고속정 대부분이 첫 번째 표적이 되어 처참하게 가라앉았다. 유산탄의 벼락에 상갑판 승무원들은 이미 즉사했다. 고속정들은 계속 날아온 직격탄에 맞자마자 순식간에 침몰했다. 협공을 막기 위해 경쾌한 속도를 자랑하는 신흥급 고속정들이 한국군 고속정을 향해 질주했다.

상태는 절망적이었다. 스틱스 대함 미사일이 프리깃이나 구축함 몇 척만 더 잡아줬더라도 이렇게까지 되지는 않았을 것이다. 최민봉 대좌가 안타까운 심정으로 시계를 들여다보았다. 문제는 시간이었다. 고속정 전대가 전멸하더라도 예정된 시간 동안 한국 해군의 수상전투전단을 붙들어매야 했다. 그것이 임무였다.

최민봉 대좌는 과연 이 작전이 가치가 있는지 의문이 들었다. 그것은 북한이 자랑하는 고속정대와 잠수함대를 맞바꾸는 작전이었다. 고속정대 양성에 평생을 바쳐온 최민봉 대좌로서는 도저히 납득할 수 없는 명령이었다. 또다시 검은 연기가 치솟았다. 아끼는 부하들이 무참하게 학살되고 있었다.

6월 14일 20:45 강원도 속초시 북동쪽 26km

"퇴각하기 시작했습니다."

레이더를 담당한 전탐관이 박강민 대령에게 보고하면서 얼굴에 가득한 승리감을 숨기지 못했다. 걱정했던 스틱스 대함 미사일에 입은 피해는 포항급 초계함인 군산함 한 척뿐이었다. 반 톤 무게의 탄두가 군산함을 한 조각도 남기지 않고 집어삼켰지만 다른 미사일은 모두 요격에 성공했다. 끝이 없어 보이던 고속정대의 파상공격도 드디어 끝난 것이다.

"놈들의 도주방향은 어느 쪽인가?"

"방위 삼백사십공(3-4-0)으로 움직입니다. 추격을 해야 하지 않습니까?"

전탐관으로부터 답을 듣고도 박강민 대령은 묵묵부답이었다. 만일 북상하면 북한이 지상에 배치한 대함 미사일로부터 공격받을 우려가 있었다. 박강민 대령은 전탐관의 질문을 뒤로 하고 음탐실로 걸음을 옮겼다.

"접촉이 있나?"

"북쪽에 있습니다. 고속정들의 항주잡음과 구분하기 어렵지만 다른 패턴이 있습니다. 여기를 보십시오, 함장님."

같은 지점에서 수면과 수중의 소음이 동시에 발생할 경우 이를 효과적으로 파악해내기는 쉽지 않다. 그러나 규칙적인 고속정의 엔진음을 제거하고 나머지 음문들을 걸러내면 미약하게나마 음파를 추적할 수 있었다.

"추정 방위는 삼백삼십공(3-3-0)입니다. 그러나 마이너스 도플러 상태입니다. 신호가 미약해지고 있습니다."

"이런, 망할!"

박강민 대령이 느닷없이 욕설을 내뱉자 음탐장은 놀란 나머지 눈이 휘둥그래졌다. 음탐장을 질책한 것으로 착각한 것이다. 도플러 효과를 이용해 소나에 잡힌 물체가 가까워지고 멀어지는 것을 알아낼 수 있는데, 마이너스 도플러 상태란 목표가 멀어지는 것이다.

북한 잠수함대가 어느새 방어망을 통과해서 멀어지고 있었다. 함장은 무모한 돌격을 감행한 북한 고속정대의 의도를 이제야 깨달았다.

"전 함대에 대잠전투 명령을 전파하라! 고속정이 문제가 아니다. 그 빌어먹을 잠수함들을 빨리 잡아야 한다!"

"아이쿠!"

헤드폰에 귀를 기울이던 음탐장이 고통스러운 표정을 지으며 비명을 질렀다. 갑자기 수중에서 들려온 폭발음 때문이었다. 그런데 그 소리는 박강민 대령도 명확하게 들을 수 있었다.

수중 폭발음은 대기중에서의 폭음처럼 긴 잔향을 일으키지는 않는다. 그러나 공기보다 밀도가 훨씬 더높은 수중에서 발생한 격렬한 폭발 압력은 훨씬 더 강한 진동으로 변화한다.

그 진동은 문무대왕함의 선체에 부딪칠 때마다 마치 망치로 철판을 두들기는 소리를 냈다. 누군가 밖에서 망치질을 해대는 것처럼 깡깡거리는 소리가 나자 박강민 대령이 눈살을 찌푸렸다.

북한 고속정들이 뿌리고 간 폭뢰들이 시간이 지나자 계속 폭발하고 있었다. 잠수함의 소음뿐만 아니라 모든 소리가 폭뢰의 폭발 소리에 묻혀버렸다. 게다가 침저기뢰까지도 예상해야만 했다. 무작정 추격을 했다가는 피해를 입을 수도 있었다.

뼈아픈 실패였다. 북한 고속정대를 상대로 한 전투는 한국 해군이 개전 이후 거둔 진정한 첫 번째 승리라고 할 수 있었다. 그러나 승리에 환호할 수도 없는 일이었다. 북한 동해함대 소속 고속정이 총동원된 고속정의 대집단을 물리쳤지만 북한 잠수함들을 고스란히 놓치고 만 것이다.

그 잠수함들은 부산항 앞바다에 기뢰를 부설하고 비무장한 상선에 어뢰를 쏘아댄 놈들이었다. 그런데 지금은 복수심이 문제가 아니었다. 그 잠수함들은 모항으로 귀환하자마자 어뢰와 연료보급을 받아 다시 바다로 나올 것이기 때문이었다.

활개치는 북한 잠수함대를 떠올린 박강민 대령이 침통한 표정으로 소나 콘솔을 다시 들여다보았다. 그러나 음파의 난반사로 인해 화면에서는 아무 것도 알아볼 수 없었다.

6월 14일 21:10 **충청남도 서산 비행장 상공**

― 서산 관제탑! 알파 편대장이다. 착륙장주 진입을 요청한다!
― 알파 편대, 여기는 관제탑이다. 장주 진입을 허가한다. 활주로 방향 32, 측풍 3m/s니 참고하기 바란다.

송호연 대위는 편대장과 관제탑 사이에 진행되는 교신을 들으며 캐노피를 통해 활주로가 옆으로 지나가는 것을 감상했다. 역시 밤하늘에서 내려다보는 활주로 모습은 인상적이었다.

장주란 이착륙시에 일정한 진출입을 위해서 항공기가 비행하는 비행경로다. 이것은 활주로를 한 변으로 하는 직사각형 또는 긴 타원형의 육상 트랙형 비행경로를 의미한다.

착륙하는 경우에는 활주로와 평행하게 상공을 통과한 후 왼쪽 또는 오른쪽으로 90도 선회하고, 다시 90도 선회해서 활주로와 반대 방향으로 평행하게 비행한다. 활주로에서 완전히 벗어난 후 다시 90도 선회를 2회 반복하면서 고도를 낮춰 활주로에 착륙하게 되는 것이다.

— 카피. 활주로 방향 32, 측풍 3m/s! 3, 4번기 먼저 내려라. 나와 2번기가 대기하겠다.

김영환 중령과 송호연의 기체가 상공에서 완만하게 선회하는 동안 박성진 소령과 이재민 대위의 기체가 각각 장주선회를 마치고 활주로에 착륙했다.

— 알파 2번기, 먼저 내려가라.

"알파 2번기, 진입합니다!"

원래는 1번기부터 순서대로 착륙하는 게 정석이지만 김영환 중령은 언제나 편대원을 먼저 착륙시키고 자기가 뒤에 남아 공중에서 보살피는 스타일이었다. 이런 김영환 중령의 마음 씀씀이를 익히 아는 송호연이 기체를 선회시켜 착륙장주에 먼저 진입했다.

90도 선회 4번을 끝내자 등변사다리꼴 모양의 활주로가 눈앞에 나타났다. 정확하게 말하면 활주로가 아니라 활주로 옆에 켜진 유도등의 선이 활주로 모양을 나타내주고 있었다.

송호연은 눈을 아래로 내리깔아 순간적으로 받음각 지시계와 수직

속도계를 훑어 읽고는 다시 정면으로 눈을 돌렸다. HUD에 표시된 속도와 고도, 기수 자세, 하강률 등 모두 비행교범에서 규정한 범위를 가리키고 있었다.

송호연의 KF-16은 고도와 속도가 떨어짐에 따라 적절한 하강자세를 유지하기 위해서 조금씩 기수를 들었다. HUD 옆의 받음각 지시계는 아직도 가운데 초록 원을 나타내고 있었다.

활주로 끝을 표시하는 쓰레쉬홀드(threshold) 라인이 눈앞을 스쳐 지나갔다. HUD의 고도가 한 자리로 줄어들었다고 느끼는 순간 송호연의 몸에 가벼운 충격이 두 차례 연달아 전해졌다. 뒷바퀴에 이어 앞바퀴가 접지했음을 확인한 송호연은 양쪽 발 앞꿈치에 힘을 주고 조금씩 브레이크를 걸었다. 활주 속도가 차츰 줄어들었다.

송호연은 예전에 처음 착륙할 때 쩔쩔매던 일을 떠올리고는 마스크 속에서 쓴웃음을 지었다. 전기 신호로 조종면을 제어하는 플라이-바이-와이어 시스템을 사용하는 F-16의 조종간에서는 기계식 조종계통에서처럼 자세에 따른 반응력을 느낄 수가 없다. 송호연이 처음 F-16으로 훈련받을 때도 착륙진입 중에 조종간에 대한 감을 못 잡아서 기수 자세가 오르락내리락했던 적이 있었다. 그때의 교관님이 아마 지금의 착륙모습을 보면 메추리가 다 컸다며 흐뭇해할 거라고 송호연은 생각했다.

정지 직전에 이르자 송호연이 지상조종 모드를 작동시키고 활주로에서 갈라지는 유도로로 진입했다. 유도로에 이어진 주기장이 가까워지는 동안 송호연은 산소마스크를 풀고 크게 숨을 내쉬었다.

주기장에 진입하자 싸움에 지친 기체를 맞이하려고 정비사들이 뛰어나왔다. 송호연이 캐노피를 올리면서 활주로를 보니 김영환 중령의 기체가 랜딩라이트를 빛내며 활주로에 접지하는 것이 보였다.

송호연이 조종석에서 몇 가지 최종 조작을 마치고 기체에서 내렸다.

먼저 착륙한 박성진 소령과 이재민 대위도 어느새 옆에 와 있었다. 송호연과 함께 죽을 고비를 넘긴 사람들인데 특별하게 할말이 떠오르지 않았다. 그냥 씩 웃으며 엄지손가락을 들어 보였다.

송호연은 오늘밤의 임무가 무엇이었는지 잠시 잊었다. 생각해보니 황해도 곡산 부근을 달리는 평양 - 원산간 고속도로에 걸린 교량 폭격이었다. 전투기를 향해 미사일이 연달아 날아오고 대공포화 탄막이 밤하늘을 가득 메웠다. 송호연은 더 이상 기억하기 싫었다.

6월 14일 22:05　강원도 강릉시 정동진리

"동무들~, 세월 좋수다!"
"반동 간나이 새끼들! 애국적 인민들은 가열차게 조국통일전쟁을 수행하고 있는데, 동무들은 웬 얼빠진 청춘사업이오?"
해상저격여단 특수공작조 인민군들이 민박촌과 해변 까페촌을 뒤져 사로잡은 사람은 주민과 상인들 빼고도 관광객이 30여 명이나 되었다. 이들은 국군 복장으로 위장한 인민군들에게 개머리판에 맞아가며 끌려와 정동진역 앞 작은 광장에 꿇어앉혀졌다. 말로만 듣던 무장공비들을 눈앞에서 본 사람들은 거의 까무러칠 지경이었다.

인민군들은 지난 10여 년 동안 정동진에 몰려드는 관광객들 때문에 침투작전에 실패한 경우가 많았다. 수백 수천 명이 밤새도록 해변가에 둘러앉아 있으니 공작원들이 해안으로 침투할 엄두가 나지 않았다. 다른 해변 같으면 해가 진 다음에 해안경계를 맡은 초병들이 민간인들을 백사장에 못 들어가게 했으나 이곳은 국군도 아예 포기한 것 같았다.

근처의 한적한 절벽 바위틈도 마찬가지였다. 해안초소도 없고 주위로부터 들킬 염려가 없어 침투하기 안성맞춤인 그런 곳마다 어김없이 젊은 남녀 한 쌍씩이 차지하고 있었다. 게다가 다른 해수욕장 근처는 휴가철에만 그래서 그나마 나았는데, 이곳 정동진은 도대체 시도 때도 없이 사람들로 북적거려 대남공작원들에게는 기피지역으로 손꼽혔다.

1996년에 북한 상어급 잠수함이 좌초된 안인진리는 정동진 바로 북쪽, 강릉 남쪽에 있는 마을이다. 택시기사가 최초로 신고했는데, 정동진이 유명해지기 전까지 이곳은 차량통행이 거의 없던 곳이었다.

그래서 해변으로 침투하는 공작원들에게는 관광객들이 골칫거리였고, 작전에 여러 가지 애로가 많았다. 그 보복인지 인민군들은 관광객들을 매우 호되게 다뤘다.

"아악! 서울 갈 차가 없어요. 기차도 끊겼단 말이에요!"

여학생인 듯한 젊은 여자가 대꾸하자마자 발길질이 날아갔다. 즉시 냉소적인 반문도 뒤따랐다.

"기럼 걸어가디 기랬소?"

전쟁 중에 민간인들은 항상 귀찮은 존재였다. 김삼수 중좌는 민간인들 없이 군인들끼리만 전쟁을 하면 좋겠다고 평소 생각했다. 그럼 마음놓고 작전할 수 있다.

그런데 이번 작전에서는 민간인들도 전투대상에 포함되었다. 일반적인 침투작전과 달리 이번에는 그들이 이곳에 왔다는 것을 확실히 알려줘야 했다. 그 방법 가운데 하나는 군인으로서 가장 큰 불명예인 민간인 학살이었다. 그러나 당이 결심하면 주저없이 행동해야 하는 것이 인민군이었다.

의식이 시작되었다. 빙 둘러선 대원들이 겁에 질려 피하려는 사람들에게 대검을 휘두르고 총검으로 찔렀다. 주차장 쇠그물 쪽 구석에 몰린 사람들의 비명이 90년대 후반부터 유흥가가 되어버린 어촌마을의 밤하늘을 찢었다.

　이 비극을 향해 비디오 카메라가 돌아갔다. 역 앞 가게가 있는 민박집 옥상에서 국군 복장을 한 인민군이 현장을 카메라에 담고 있었다. 조금 전에 여행객에게서 빼앗은 것이다.

　인민군들은 무력한 사람들의 목줄기를 끊고 심장에 정확히 한 번씩 찔렀다. 김삼수의 부하들은 늑골 사이를 피해 단번에 심장을 찔러 힘들이지 않고 사람을 죽일 수 있는 살인전문가들이었다. 이들은 같은 해상저격여단 소속이라도 떼지어 다니며 상륙작전 등 지상군의 지원 임무나 하는 일반적인 요원들과 전혀 달랐다.

　철조망을 타고 오르던 젊은이는 비명과 아우성을 지르는 사람들을 타넘은 손도끼에 머리를 맞고 미끄러져 내렸다. 겁에 질려 고개를 숙이고 웅크린 여자들은 등으로부터 내리꽂히는 총검에 차례차례 꿰어 죽었다. 대부분 여자들인 50여 명의 몸이 역 광장에 차곡차곡 쌓였다.

　옥상에서 내려온 인민군이 희생자 한 명에게 비디오 카메라를 쥐어 주더니 발로 짓밟았다. 개머리판으로 치기도 했다. 가녀린 손과 함께 비디오 카메라가 무참히 짓이겨졌다. 그러나 카메라 옆에 삽입된 작은 테이프는 건드리지 않았다.

　"좋아. 바로 출발하갔다! 탑승하라우!"

　말을 마친 김삼수 중좌가 봉고차에 올라탔다. 오늘 저녁부터 주인이 바뀐 승용차 네 대와 봉고차의 전조등이 켜졌다. 차들이 꾸물거리며 마을 민박촌 사이로 난 작은 골목을 간신히 빠져나갔다. 주차장 쪽으로 새로 난 포장도로에는 부비트랩이 설치되어 있었다.

　차량 다섯 대가 쏜살같이 7번 국도를 따라 남쪽으로 내달았다. 왼쪽으로 밤바다가 출렁댔다. 뒷좌석에 탄 김삼수 중좌가 부조장과 함께 지도를 펼쳐놓고 다음 목표를 다시 점검했다. 그런데 부조장의 안색이 심상치 않았다.

"기런데…… 조장 동지!"

"뭐요?"

무슨 말이 나올지 알아챈 김삼수가 냉랭하게 쏘아붙였다. 그러자 국군 소령 계급장을 단 부조장이 기어들어가는 목소리로 물었다.

"필요 이상 너무 많이 죽인 거이 아닙네까?"

"동무! 이건 명령이야. 기렇게 감상적이면 어케 임무를 수행하갔어? 기리고 남반부 아새끼들은 모조리 죽여도 돼!"

김삼수가 다시 지도를 작은 전등으로 확인했다. 이들에게는 특정한 목표와 함께 미리 지정하지 않은 불특정 목표가 있었다. 끊임없이 움직여야 했다.

시계를 들여다본 김삼수는 잠시 시트에 몸을 묻었다. 정동진에서 민간인들을 학살하기 20분쯤 전에 박살낸 국군 해안경비부대의 소초를 다시 떠올렸다.

모든 것은 깨끗했다. 초소와 위병 근무자들도 깨끗하게 제거됐고 내무반에서 잠을 자던 나머지 소대원들과 불침번드 사이좋게 머리에 총알을 한 방씩 먹였다.

혹시 생존자가 있더라도 통신망을 모두 잘라놨기 때문에 상급부대와 쉽사리 연락할 수는 없을 것이다. 연락하더라도 별로 상관이 없었다. 은밀히 잠입해 정찰활동을 하던 예전과 같은 임무가 아니었다. 남반부 후방을 최대한 소란스럽게 하라는 것이 여단장의 명령이었다.

김삼수는 마지막 임무를 수행할 때까지 계속 운이 따르기를 빌었다. 어제 해안초소에 침투할 때까지만 하더라도 재수없다고 생각했는데,

앞으로도 지금 같이만 된다면 쉽게 임무를 수행할 것 같았다.
다만 해야 할 일이 너무 많았다. 오직 바쁘다는 것이 문제일 뿐이었다. 특수작전은 시간과의 투쟁이었다.

6월 14일 23:58　서울 용산구

6시간 근무, 4시간 휴식. 이것이 정현섭 소령의 근무시간표였다. 식사와 세면시간을 빼면 3시간 남짓 자는 정도였다. 결리는 옆구리를 매만지며 복도를 걸었다. 상황실 입초근무자인 헌병들이 정현섭을 알아보고 거수경례를 하며 문을 열어주었다.
익숙한 상황실 모습이 보였다. 회의실 쪽에 몰려 있는 고위 장성들 사이에 논란이 벌어졌는지 큰소리가 회의실 밖으로 새어나오기도 했다. 자리에 앉은 정현섭이 옆자리에 앉은 대위에게 물었다.
"강릉 남쪽에서 민간인 학살사건이 발생했습니다. 주로 여성들이 53명이나 죽었습니다."
"왜?"
문법적으로 '왜'라는 반문은 이 상황에서 전혀 적절치 않았다. 정현섭이 놀라 여러 가지 의미가 담긴 비명을 내뱉은 것이다.
"그런데 그 현장을 담은 비디오 카메라 테이프가 발견됐습니다. 안에 담긴 내용으로 봐서 희생자의 카메라로 판단됩니다."
"그런데? 가만, 테이프가 남아 있어? 그럼 그놈들이 국군 복장을 했단 말인가?"
너무나 뻔한 술수였다.
"그렇습니다. 비슷한 시간에 그 옆에 있는 해안경비소초가 전멸했습니다. 그리고 그 남쪽에 있는 검문소가 당했습니다."

"알 만하군. 그런데 장군님들은 왜 저리 역정들을 내시나?"

정현섭이 고개를 돌렸다. 유리로 칸막이가 쳐진 회의실에서는 별 세 개 이상만도 대여섯 명이나 되었다. 환풍기가 힘차게 돌아갔지만 회의실에 가득 찬 흰 연기를 뽑아내지는 못했다.

"테이프 공개여부 때문에 그렇습니다. 국민들이 오해할 수도 있고 북괴가 정치선전의 도구로 삼을 수도 있기 때문입니다. 물론 그런 문제는 다른 곳에서도 너무 많이 발생했습니다. 그곳이 문제가 되는 것은, 희생자가 너무 많다는 것입니다."

북한 게릴라들이 한 짓이 분명했지만 최종적으로는 국군의 책임이었다. 정현섭은 국민의 생명을 지키지 못하는 군대라는 욕을 먹을까 두려웠다.

"제기랄!"

정현섭 소령이 모니터를 확인하니 강원도에서도 원주와 삼척을 연결한 선 북쪽은 빨간 점이 빼곡이 들어차 있었다. 게릴라들이 곳곳에서 준동하고 있었다. 철도와 도로, 탄약고에 집중된 경기도 일대의 게릴라 활동과는 확연히 달랐다.

"그래도 원주 - 삼척선 남쪽은 괜찮군."

정현섭 소령이 신기하다는 듯이 말하자 옆에 있던 대위가 피식 웃었다.

6월 15일 03:45 강원도 인제군 인제읍

"완벽하군!"

부하들의 복장을 확인하며 김명수 대위가 고개를 끄덕였다. 평소 무뚝뚝하기 짝이 없던 이 함경도 무산 출신 소대장은 국군 군복으로 갈아입은 여덟 명의 부하들을 보면서 입가에 미소까지 띠고 있었다. 인민군들은 드보크에서 꺼낸 한국군 총을 더하자 누구도 의심할 수 없는 국군 6사단 병사로 보였다.

인제 광치터널 서쪽은 양구, 동쪽은 인제다. 서쪽은 국군 6사단, 동쪽은 국군 11사단의 작전지역이다. 서로 지도상에 줄만 죽 그어놓고 동쪽은 11사단, 서쪽은 6사단이라고 해두었을 뿐이었다. 실전상황에서 양 사단의 공동작전에 대해 세밀한 부분까지 합의하거나 규정하지는 않았다. 즉 이 지역은 그 책임한계가 확실치 않은 회색지대였다. 인민군 지휘부는 그런 약점을 노린 것이다.

김제천 상사는 국군 복장을 하고 쌍안경으로 광치터널 입구를 살피고 있었다. 그가 속한 제61저격여단은 인민군의 10만 특수전 병력을 관리하는 경보교도지도국 소속 최정예 부대였다.

다른 특수전 부대들은 관할 인민군 부대와의 밀접한 연계 하에 작전을 펼치며 작전범위 역시 제한적이었다. 그에 반해 저격여단은 그러한 제한이 없었다. 명령이 내려지면 대한민국 어디라도 침투해서 그 명령을 수행하는 인간병기들이었다.

터널 주변은 2중 철조망으로 둘러싸여 있었다. 그 안에 기존의 진지를 흙주머니로 보강해 벙커처럼 만들어 기관총을 배치했다. 도로에는 바리케이드를 설치해두고 있었다. 다행히도 군견은 보이지 않았다. 3분 후 김명수와 김제천, 그리고 나머지 국군으로 위장한 저격여단 인민군들이 광치터널을 향해 도로 위를 걸어갔다.

"정지! 움직이면 쏜다. 도라지!"
갑자기 불빛이 비치면서 고함이 들렸다.
"산삼!"
김명수 대위가 암구어를 댔다. 강한 빛이 얼굴에 비춰지자 선두에

선 김명수 대위가 손을 들어 얼굴을 가리며 대답했다.

"6사단 21연대 3대대 3중대 1소대장, 소위 김명수다!"

잠시 침묵이 흘렀다. 통제실 밑의 무개진지에 있는 국군들은 뜻밖의 경우라서 잠시 주저하는 것 같았다. 얼굴을 똑바로 비추던 불빛이 아래쪽으로 약간 내려졌다. 시간이 조금 더 지난 뒤, 다시 목소리가 들렸다.

"용무는?"

아까보다 경계심이 많이 누그러진 목소리였다.

"57연대 본부에 임무차 갔다 귀대하는 길이다!"

"잠시 기다려주십쇼!"

한 명이 도로변의 기관총 진지에서 나와 다른 쪽으로 달려갔다. 소대장에게 보고하려는 모양이다. 기분 나쁜 침묵이 흘렀다. 김제천 상사는 문득 적의 판단력에 목숨을 내맡기는 건 할 짓이 못 된다는 생각이 들었다. 좀 똑똑하고 조심성 있는 적을 만나면 저항도 제대로 못해보고 전멸당할 수 있기 때문이다.

발걸음 소리가 들리더니 두 명이 바리케이드 쪽으로 다가왔다. 한 명은 국군 장교인 것 같았다. 김명수 근처에 총을 겨누고 서 있던 11사단 소속 병사들이 그를 보고 경례를 했다. 흐릿한 불빛에 잠시 비춰진 계급장을 보니 소위였다.

"이 사람들이야?"

"예, 6사단 병력입니다."

병사에게 묻던 국군 소대장이 김명수 얼굴에 손전등을 비췄다. 부대와 이름, 계급을 확인하는 것 같았다. 잠시 후 국군 소대장의 음성이 들렸다.

"6사단 병력이 웬일로 여기 왔습니까?"

"57연대 본부에 일이 있어 항공편으로 갔다가 도보로 돌아오는 길입니다. 지름길이라 이쪽으로 왔습니다. 좀 보내주십쇼."

광치터널을 통과하면 곧 6사단 관할 구역이었다. 터널 반대쪽에는 6사단 병력이 경비하고 있었다. 김제천은 김명수 대위가 거짓말을 참 그럴듯하게 한다는 생각이 들었다.

국군 소대장은 그 말을 별로 의심하지 않는 것 같았다. 국군 소대장이 김명수 옆에 일렬 종대로 늘어선 병사들을 한 번 더 손전등으로 비춰보더니 옆의 병사에게 말했다.

"통과시켜!"

"고맙습니다. 수고하십쇼."

바리케이드가 치워졌다. 김명수가 분대 왼쪽에 혼자 서고 나머지 8명이 일렬 종대로 질서정연하게 터널 쪽으로 걸어갔다. 김명수가 국군 소대장 바로 앞에 서서 담배 한 개비를 꺼내며 말했다. 김명수가 조금 전에 낀 반지의 보석 색깔과 국군 장교의 것이 서로 달랐다.

"학군 출신이군요. 불 좀 빌릴 수 있겠습니까?"

"예, 여기 있습니다."

국군 소대장이 라이터를 꺼내자 김명수가 앞으로 다가갔다. 김명수가 담배를 무는 척하며 소매 속에 숨긴 대검을 꺼내 상대의 왼쪽 가슴을 찔렀다. 대검은 손잡이만 남기고 깊숙이 박혀 들어갔다. 국군 소대장은 아무런 소리도 지르지 못하고 맥없이 김명수 앞에 쓰러졌다. 거의 동시에 김제천이 소음권총으로 바로 옆에 서 있던 국군 병사 2명을 사살했다.

"뭐야!"

갑작스런 사태에 기관총 진지 쪽에서 누군가 고함을 질렀다. 그때는 다른 인민군들이 소음권총으로 기관총 진지 안쪽을 향해 불을 뿜고 있었다.

ㅡ 퍽! 픽픽!

"게릴라다!"

국군 병사의 고함이 주변을 쩌렁쩌렁 울렸다. 몸이 뒤틀리며 죽기 직전에 내지른, 듣기 싫은 이상한 소리였다.

불빛이 이쪽을 확 비췄다. 국군 복장이라 잠시 사격하기를 주저하는 듯했다. 순간 김제천이 탐조등을 향해 K-2 자동소총을 발사했다.

— 타타탕! 타타탕! 타타탕!

탄창이 금방 비어버렸다. 불꽃이 일어나더니 '뻥' 소리를 내며 탐조등이 터졌다. 옆에 있던 국군 기관총 사수가 부상을 당했는지 비명이 들렸다.

"게릴라다! 게릴라다!"

여기저기서 국군 병사들의 고함이 어지럽게 메아리쳤다. 장악된 입구를 통해 저격여단 병사들이 쏟아져 들어왔다. 요란한 총격전이 벌어졌다.

조명탄 몇 발이 소리를 내며 하늘로 치솟았다. 주변이 환해지자 노출된 저격여단 병사들이 국군의 사격을 받고 쓰러졌다. 김제천은 국군 쪽으로 맹렬한 제압사격을 하다가 가지고 있던 탄창이 바닥났다. 자동소총을 버리고 기관총 진지로 뛰어들었다.

김제천이 K-3 경기관총을 들고 나왔다. 기관총 진지 입구 바닥에 엎드린 김제천은 총구화염이 번쩍이는 장소를 향해 총탄을 퍼붓기 시작했다. 빗발처럼 퍼부어지는 총탄세례에 사방에서 번쩍이던 국군의 총구화염은 숫자가 금세 줄어들었다.

저격여단 인민군들이 터널 입구로 몰려갔다. 터널 위에서 총탄이 쏟아져 내려왔다. 인민군들이 길 위에 줄줄이 쓰러졌다.

— 꽝!

국군 기관총 진지가 7호 발사관을 얻어맞고 통째로 날아갔다. 쌓아 올린 흙자루가 흩어지더니 터널 입구로 떨어져 내렸다. 터널 안으로 달려가던 저격여단 대원들은 머리 위에서 흙자루들이 떨어지자 황급히 이리저리 몸을 피했다.

전투 개시 3분 만에 터널 입구가 완전히 장악되었다. 김명수는 국군 터널 경비소대 통제실에 있었다. 쓸 만한 물건이나 정보가 될 만한 것은 별로 없었다. 유선 전화기가 시끄럽게 울어대자 권총을 쏘아 박살 내버렸다.

터널 폭파임무를 맡은 3, 4저격조의 조장들이 달려와 폭약 설치를 끝냈다고 보고했다. 김명수는 즉각 다음 목표물로 이동할 것을 서둘러 지시했다.

— 꽈르릉!

섬광과 함께 허연 연기가 터널 안에서 뿜어져 나왔다. 천장 벽을 따라 일정하게 설치된 폭약들이 동시에 폭발하면서 터널이 무너지기 시작했다. 저격여단 병사들은 터널이 완전히 무너지는 것을 확인하고 어둠 속으로 사라졌다.

6월 15일 05:34 충청북도 단양군 대강면

평소 같으면 햇빛이 환하게 비칠 시간이지만 구름이 낮게 깔려 주변은 아직 어두웠다. 경상북도 영주시 봉현면과 단양군 대강면을 경계 짓는 묘적령 북쪽 숲 속은 더 어둡고 습했다. 키 큰 소나무들과 낙엽송, 말라죽은 고목들이 빽빽하게 들어차 있고 그 아래쪽으로는 덩굴이 우거져 있었다.

어른 허리 높이만큼 허공에 뜬 채 얽혀진 덩굴은 사람이 올라타도 꺼지지 않을 정도로 튼튼했다. 덩굴 아래쪽은 햇빛조차 잘 들지 않는 캄캄한 장소였다.

인민군 제70경보여단 3대대 1중대 2소대 병력은 줄림골 남쪽 경사지를 숙영장소로 정하고 비트를 파기 시작했다. 덩굴 아래는 낙엽들이 썩어 만들어진 부엽토가 약 30센티미터 두께로 쌓여 있었다. 부엽토를 걷어내자 황토가 드러났다. 흙이 무척 부드러웠다.

　비트 파는 작업은 보통 때 같으면 거의 한 시간 가까이 걸리지만 조건이 워낙 좋은 탓에 불과 절반도 걸리지 않았다. 잘 사람은 자고, 경계임무를 맡은 자들은 주변에서 들리는 작은 소리 하나도 놓치지 않고 귀를 기울였다.

　리철민은 왼쪽 윗주머니에서 작은 비닐봉지를 꺼냈다. 봉지 안에는 장거리 행군 때 피로를 덜어주는 알약들이 들어 있었다. 각종 비타민과 특수처방된 약품들이 들어 있어 피로를 풀어준다는 약이었다.

　리철민은 알약을 쥐고 나직하게 한숨을 내쉬었다. 원래 이런 침투작전은 경보병여단이 할 임무가 아니었다. 경보병은 주로 사단이나 군단의 작전권 이내에서 움직인다. 전선에서 백수십 킬로미터가 넘는 후방까지 침투하는 임무는 저격여단 같은 부대에 맡겨야 했다.

　경보병이 이런 작전에 유일하게 적합한 점이라곤 정규군 부대처럼 대규모로 작전을 펼치는 경우가 많다는 점이었다. 하지만 단 몇 달간의 훈련으로, 짧게는 십 년 이상 다져진 부대체질이 하루아침에 변하기는 어려웠다.

　리철민은 며칠간 단 한 번도 전투를 치르지 않고 계속 숨어다니기만 하니 '이건 아니다' 하는 생각이 조금씩 들기 시작했다. 경보병은 적의 전선 후방을 마음껏 깨부수고 다녀야 했다. 이런 은밀한 침투는 본래 임무와 잘 맞지 않았다. 말은 안 했지만 장교들 역시 비슷한 생각인 것 같았다. 평소 훈련에는 활달하던 사람들도 일체 말이 없었다.

　알약을 삼키고 물을 마신 리철민이 다시 다리를 뻗고 잠자리에 들었다. 피로가 몰려와 금세 잠이 든 그의 입가에 미소가 피어났다.

　리철민은 휴가를 갔다. 리철민이 그리운 어머니를 만났다. 제대로 먹지 못해 뼈만 앙상하게 남은 어머니가 눈물을 흘리며 동생이 죽었다는 말을 했다. 동생이 마지막으로 한 말이 '고기가 먹고 싶어'였다면서 울었다.
　막내동생은 거적 위에 눕혀져 있었다. 전기가 들어오지 않아 캄캄한 방 안에 뼈만 남아 앙상한 모습으로 죽어 있었다. 옆에서 여동생이 훌쩍였다. 여동생은 한참 피어날 나이에 못 먹어서인지 얼굴이 누렇게 뜬 모습이었다.
　어머니가 칼을 들고 들어오더니 죽은 동생의 다리를 싹둑 잘랐다. 피가 뚝뚝 떨어지는 다리를 든 어머니가 그것을 뜯어먹기 시작했다. 입가에 시뻘겋게 칠해진 피와 광기에 물든 시뻘건 눈동자를 본 리철민이 비명을 질렀다.
　이번에는 여동생이 칼을 들더니 리철민에게 덤벼들었다. 여동생의 눈 역시 시뻘겋게 변해 있었다. 여동생은 '고기가 먹고 싶어!'라고 외치며 그에게 칼을 휘둘렀다. 리철민은 어머니와 여동생에게 계속 쫓겨 다녔다. 나중에는 마을 사람들 모두가 달려들며 '고기를 먹고 싶어!'라고 외쳤다. 리철민은 꿈속 내내 이들에게 쫓겨다녔다.

불확실한 앞날

6월 15일 07:05   일본 도쿄(東京)도 미나토(港)구

"금일 06시 현재 미국 항모 트루먼 전단이 큐슈 남단을 돌아 한국 해역으로 향하고 있습니다. 그리고 조금 전에 주일미군 사령관으로부터 해상자위대 함정 파견요청이 들어왔습니다."

일본 자위대 통합막료회의 의장이 브리핑을 진행하고 있었다. 일본 총리와 방위청 장관, 그리고 자위대 고위 장성들이 자리를 함께 했다. 벽면 스크린에는 일본 섬들을 중심으로 한국과 중국, 그리고 서태평양이 함께 나온 지도가 있었다.

"주일미군 사령관이? 미국 대통령도 아니고, 국방장관도 아니란 말이오?"

가당찮다는 표정으로 총리가 질문을 던졌다. 통막의장이 방금 한 말은 자칫 자위대의 참전으로 해석될 수 있는 요청이었다. 기껏 공군

중장이며 미 제5공군사령관인 주일미군 사령관이 해자대 파견 요청 당사자라니 총리는 어이가 없었다.

"총리 각하, 언뜻 이해하시기 곤란하시겠지만 간단히 설명하겠습니다. 미국이 대통령이나 국방장관 선에서 일본 자위대에 참가를 요청하는 것은 정치적인 부담이 큽니다. 그것은 우리 쪽도 마찬가지일 것입니다. 참고로 말씀드리면, 지난 1950년에 발발한 한국전쟁 당시에도 우리 해상자위대 함정들이 참가했었습니다."

"그건 해상보안청이지 않았소. 민간인 신분이 아니었던가요?"

총리가 고개를 갸웃거리며 반문했다.

"맞습니다, 총리 각하. 그런데 그때 참가한 것은 전쟁이 선포된 지역에 대한 소해임무를 위해서가 아니었습니다. 소해정이 출동한 근거는 1945년 당시 연합군 최고사령부에서 발포한 일반명령 2조에 의한 것이었습니다. 그 명령은 태평양전쟁 당시 우리가 일본열도와 한반도 주변 해역에 부설한 기뢰를 제거하라는 명령입니다."

통막의장이 잠시 말을 멈추고 지시봉으로 한국의 원산항을 짚었다. 원산항은 일본 소해정이 피해를 입었다고 알려진 지역이었다. 통막의장이 이 짧은 간격을 둔 것은 총리가 그 의미를 깨달을 시간을 주기 위해서이기도 했다.

"그러므로 우리는 한국전쟁에 참전한 것이 아닙니다. 태평양전쟁, 대동아전쟁이라고도 합니다만, 그 당시 우리 일본이 부설한 기뢰를 제거하러 갔던 것입니다."

통합막료의장도 법적 근거가 모호했던 당시 일본 소해정들의 활동을 설명하며 어색한 미소를 지었다. 그리고 브리핑 자료를 다시 뒤적이며 설명했다.

"그런데 사실상 명령이었던 당시 협조요청도 미 극동군 사령부의 해군참모부장이 한 것입니다. 미국은 선례를 존중하는 나라입니다, 총리 각하. 그것은 이번에도 마찬가집니다."

통막의장은 빙빙 돌리면서도 비교적 제대로 설명했다. 억지 같지만 틀린 말은 아니었다. 그러자 다시 총리가 입을 열었다.

"잘 알겠소. 실무부대 차원에서의 협조요청으로 의미를 줄였다는 뜻이군. 하지만 후방지원으로 부족하다는 말인가? 이미 항공자위대 기지들과 해상자위대 기지도 마음껏 사용하게 해주었지 않았소? 미국은 우리가 집단적 자위권을 행사하지 못하는 것을 모르고 하는 소린가?"

총리가 통막의장에게 법적인 문제에 대한 주의를 주었다. 집단적 자위권이란 일본과 밀접한 관계에 있는 타국이 침공 당했을 경우, 공동으로 반격할 수 있는 권리를 말한다. 그러나 일본의 평화헌법 9조는 집단적 자위권을 금지하고 있다. 통막의장이 총리의 질문에 대답하려 하자 이번에는 방위청 장관이 대신 일어섰다.

"총리 각하, 미국이 우리에게 요구하는 것은 쓰시마해협에 북한이 부설한 기뢰를 제거하는 것입니다. 이것은 우리 영해와 그 주변에 부설된 기뢰입니다. 그리고 해상보안청 소속 헬기와 순시정이 공격을 받았습니다."

"방위청 장관, 해상보안청을 공격했다는 북한 함정은 침몰하고 없잖소? 증거는 중요합니다. 그리고 쓰시마해협 서수도 대부분은 한국 영해가 아닙니까? 그렇다면 그곳은 소해가 불가능한 곳이 아니오? 한국 영해나 공해에 부설된 기뢰를 소해하는 것은, 기뢰를 부설한 당사자에게 교전을 의미할 수도 있지 않냐는 말이오. 지금 상태라면 북한이 우리를 참전국으로 간주할 것이오."

총리는 말을 마치고 넥타이를 풀었다. 총리가 원하는 대답이 안 나올 때 자주 하는 버릇이었다. 방위청 장관은 총리의 표정을 읽고 무엇을 원하는지 알아챘다는 듯이 씨익 웃었다. 총리는 거부하려는

불확실한 앞날

뜻이 아니었다. 총리의 결정을 뒷받침할 법률적 배경이 필요했던 것이다.

만약 북한이 기뢰 소해를 빌미로 일본을 향해 로동미사일이라도 발사한다면 내각은 총사퇴해야 할지도 모른다. 만약 그 미사일에 핵탄두나 화학탄이 탑재된다면 일본은 당장 공황에 빠질 것이다.

그런데 일본 입장에서 한국전 참전은 정말로 먹고 싶은 떡이었다. 1950년에 발생한 한국전쟁으로 패전 일본이 부흥한 것처럼, 이번 기회에 경제 침체에서 빠져나올 기회를 잡을지도 모른다는 것이 식자층의 여론이었다. 방위청 장관이 다시 입을 열었다.

"한국 영해에 부설된 기뢰는 한국 해군이 소해를 할 것입니다. 하지만 공해에 부설된 기뢰는 유기된 기뢰로 유권해석을 내릴 수도 있습니다. 기뢰를 부설한 당사자의 권리가 포기됐다는 뜻입니다."

한국의 헌법은 북한을 국가로 인정하지 않는다. 그것은 남북한 유엔 동시가입 이후에도 바뀌지 않았다. 북한 정권은 대한민국 영토 일부를 강점한 불법세력인 것이다. 조금 전에도 총리는 북한을 국가가 아닌 당사자로 칭했다. 그 의미 차이를 분명히 알고 있는 방위청장도 국가라는 말 대신 당사자라는 말을 썼다.

"이 경우 일본은 교전을 하는 것이 아닙니다. 아울러 경계감시에도 자위대 투입을 고려해야 합니다. 쓰시마해협은 일본의 중요한 해상로이면서 국제수로입니다. 우리는 이곳의 안전을 확보해야 할 의무가 있습니다."

"북한 잠수함도 포함되겠군요."

느긋한 자세로 앉아 있던 총리가 상체를 일으켰다. 총리가 원하는 답변이 나왔기 때문이다.

"맞습니다. 북한 잠수함은 그저께 새벽에 부산항에 정박한 제3국의 민간 선박에 대해 무차별 어뢰공격을 감행한 바 있습니다. 이에 대처하는 것은 국제평화를 위한 행동으로 미일안보협력의 세부내용에 포함됩니다. 주일미군 사령관이 우리에게 요청한 것은 한반도 주변해역에 대한 전반적인 대잠수함 작전입니다. 미 7함대의 작전을 군사적으로 지원해달라는 뜻입니다."

"물론 우리가 공격하는 것은 아니지요?"

총리가 빙그레 웃었다. 어디까지 뛰어들어야 할 것인지는 총리도 잘 알고 있었다.

"예, 맞습니다. 우리는 추적정보만 제공합니다. 공격은 우리가 하지 않습니다."

"좋습니다. 주일미군 사령관의 요청을 모두 승인합니다. 해상자위대의 출동을 명령하시오. 그리고 방위청 장관! 한국에 있는 우리 일본 국민을 무사히 철수시켜야 합니다. 이 임무에도 자위대의 동원을 승인합니다."

해외 일본인의 철수작전에 자위대를 투입하는 문제는 자위대의 해외파병으로 간주되어 일본 국내에서도 많은 논란이 있었다. 그래서 일본은 캄보디아 등에서 유엔 깃발 아래의 PKO 파병이라는, 실로 먼 길을 돌아서 여기까지 왔다. 지금은 해외 일본인의 구출에 자위대를 투입하는 작전은 법적 문제가 해결된 상태였다.

"알겠습니다, 총리 각하."

총리대신과 방위청 장관, 그리고 통막의장과 막료회의에 참가한 장성들이 흡족한 표정으로 서로를 마주 보았다. 이번에는 걸프전이나 다른 전쟁 때처럼 미국이 대부분을 쓴 전쟁비용을 일본이 감당할 생각은 전혀 없었다. 일본도 자위대를 참가시키기 때문이다.

총리는 이제 일본도 경제력에 부합하는 군사력을 국제사회에 보여줄 때라고 생각했다. 일본은 경제대국으로서 국제사회에서의 역할과 책임이라는 명분을 강조해왔다.

6월 15일 08:33   일본 큐슈 사세보 남서쪽 155km 해상

미 해군 항모 해리 트루먼의 비행갑판은 무척 분주한 모습이었다. 전투기를 적재한 승강기가 올라오면서 견인차량과 갑판요원들이 몰려들었다. 방금 착륙한 전투기에서 조종사가 내리고, 희뿌연 연기가 비행갑판 위에서 흩날렸다. 색깔별로 임무가 구분된 갑판요원들이 바삐 걸어다녔다.

비행갑판 1번 사출캐터펄트 위로 F/A-18E 수퍼 호넷이 서서히 진입했다. 기체가 정위치에 멈추자 갑판 조작요원들이 달려들어 랜딩기어와 캐터펄트를 연결했다.

잠시 후 캣 오피서라고 불리는 캐터펄트 조작장교가 신호를 보냈다. 출력을 최대로 올린 수퍼 호넷의 기수 랜딩기어가 줄어들면서 기수를 최대한 낮췄다. 도약을 위해 잔뜩 웅크린 표범 같았다.

수퍼 호넷 조종석에 앉은 피트 '쿨맨' 슈마이어 대위는 조종간과 스로틀 레버에서 손을 떼고 캐노피 프레임 양옆의 손잡이를 움켜잡았다. 가운데 이름 쿨맨은 실제 이름이 아니라 미국 조종사들이 자신을 나타낼 때 쓰는 콜사인이었다. 캐터펄트 조작장교가 보내는 신호를 보며 피트 슈마이어는 심호흡을 하고 마음속으로 숫자를 세기 시작했다.

'하나, 둘, 셋!'

슈마이어 대위가 셋을 세는 순간 강한 충격과 함께 온몸이 사출좌석에 파묻혔다. 전방 HUD 주변의 시야가 잠시 어두워지는 듯하더니 다음 순간 몸이 허공으로 떠오르는 느낌이 들었다. HUD의 자세 지시계는 상승각 10도를 가리켰다.

잠시 후 피트 슈마이어는 바퀴 모양의 꼭지가 달린 레버를 올려 랜딩기어를 집어넣었다. 조종간을 잡은 그는 잠시 동안 승객 입장이었다가 조종사 본연의 자세로 돌아왔다. 1980년대 중반부터 항모에 배치되

기 시작한 F/A-18 호넷은 플라이-바이-와이어 조종 시스템을 이용해서 이착함시 조종사의 부담을 대폭 줄여주었다.

이륙의 경우, 이륙 모드로 맞춰놓고 가만히 있으면 캐터펄트에서 쏘아올려진 호넷이 스스로 가장 안전한 각도로 상승해서 자세를 유지해줄 정도로 자동화되어 있었다. 지금 슈마이어 대위가 타고 이륙한 수퍼 호넷은 1990년대 미 해군과 해병대 항공단의 주력 기종이었던 F/A-18C의 뒤를 이어 2000년대에도 여전히 주력 위치를 차지하고 있는 F/A-18E였다.

피트 슈마이어가 고도를 올리며 천천히 항모 상공을 한 바퀴 선회하자 뒤따라 이륙한 윙맨 '굿샷' 브라이언 대위의 기체가 상승해서 접근해왔다.

ㅡ배셔 2다. 배셔 1, 쿨맨 비주얼. 굿샷이 4시 방향에 붙겠다.

"라저!"

고도가 천 미터에 이르자 머리 위 어딘가에 떠 있을 E-2C 호크아이로부터 무선 유도가 들어왔다.

ㅡ배셔 1, 고도 5천 미터로 상승하고 방위 3-2-6을 향하라. 별도 지시가 없으면 지정된 항로를 유지하라.

"배셔 1이다. 알았다. 지시대로 고도와 항로를 변경하겠다. 배셔 2, 잘 들었지? 따라와라."

ㅡ알았다. 원래 꼬리잡기는 내가 잘하잖아.

사관학교 동기생 브라이언 대위가 슈마이어 대위에게 농담을 걸어왔다.

"굿샷! 오늘은 한국 쪽으로 이동하는 우리 둥지를 초계하는 거니까 중간에 꼬리잡기 못 하는 거 알지?"

ㅡ알고 있어. 걔네들 이번엔 크게 난리 칠 모양이던데. 우리도 본격적으로 참전하게 될까?

"글쎄, 아직은 본격적인 전쟁인지도 잘 모르잖아. 한 이삼 일 더 시끄럽다가 말지도 몰라."

― 좀 잠잠해지면 내가 시원하게 네 꼬리를 잡아주지, 쿨맨.

"과연 그렇게 될까? 어? 저기 벨로 우드다!"

멀리 북쪽 해상에서 서쪽으로 향하는 상륙전단의 모습이 드러났다. 타라와급 강습상륙함 벨로 우드는 항공모함보다는 작지만 그 거대한 몸체는 다른 호위함정들과 비교되었다.

수퍼 호넷 전투기 두 대는 사이좋게 편대를 유지하고 나란히 상승해서 구름 속으로 사라져갔다.

6월 15일 09:35   부산광역시 부산항 남동쪽 16km

"좌현 10도."

소나 모니터를 보는 허동훈 소령이 조심스럽게 변침을 명령했다. 고창함 함수에 장착된 GEC-마르코니 193M 소나가 다시 한 번 날카로운 음향을 내며 전방을 수색했다. 고주파를 사용하는 193M 소나는 기뢰를 탐색하기 위한 소나다.

"양현 정지. 내려!"

고창함 함미에 장착된 크레인에서 특이한 모양의 기계장치가 바다 속으로 내려지기 시작했다. 길이 1.9미터에 넓적한 모양을 한 더블 이글(double eagle)은 SF영화에나 나올 법한 우주선처럼 생겼다. 이것은 기뢰를 탐지하고 폭파시키는 장비를 갖춘 무인소해로봇이다.

한국 해군이 80년대 중반부터 장비한 강경급 소해함은 만재톤수가 520톤에 이르는 비교적 대형 소해함이다. 자기기뢰에 접촉하는 것을 방지하기 위해 선체는 강철 대신 강화 플라스틱의 일종인 GRP로 만들어졌다. 고창함은 강경급 소해함들 가운데 다섯 번째로 건조된 함정이다.

"더블 이글 착수했습니다. 티비 카메라 작동!"

고창함의 작전관이 차근차근 작업을 이끌고 있었다. 케이블로 고창함과 연결된 더블 이글이 바다에 내려지자 자체동력을 가동하여 전방으로 나아갔다. 뒤쪽에 장착된 추진기 두 개말고도 위아래와 옆쪽에 모두 8개의 방향전환용 추진기가 있어서 어느 방향으로든 움직일 수 있었다. 고창함의 소해용 전투 시스템에는 자체 소나가 탐지한 주변 정보를 따라 더블 이글이 기뢰가 있는 것으로 추정되는 지점으로 이동했다.

"더럽게 큽니다."

가장 가까운 기뢰로 접근한 더블 이글이 수중카메라로 엄청난 크기의 기뢰를 비추고 있었다. 건드리면 바로 폭발하겠다고 협박이라도 하듯 공 모양의 기뢰에는 기뢰 뇌관과 연결된 뾰족한 핀들이 밤송이처럼 둘러싸고 있었다.

"폭파장치를 부설합니까?"

기뢰의 흉측한 모습에 놀라던 작전관이 함장 허동훈 소령에게 어떻게 처리해야 할지 난감한 듯 질문했다.

"위치만 체크해둬. 저건 예인색으로 제거한다."

허동훈 소령은 간단한 계류기뢰에 일일이 폭파장치로 제거할 수는 없다고 생각했다. 수심 3~5미터 정도의 물 속에 고정되는 계류기뢰는 위치만 제대로 알면 계류케이블을 자르는 방법으로 처리할 수 있다. 마치 저인망 어선처럼 소해함이 강철제 절단기가 부착된 예인색을 끌며 계류기뢰의 케이블을 끊어버리는 것이다. 케이블이 잘린 기뢰는 자체 부력으로 수면 위로 치솟게 되는데, 그땐 원거리에서 기관포를 쏴서 폭파시키면 된다.

가장 어려운 것은 바닥에 내려앉은 침저기뢰였다. 자기장이나 음향, 혹은 수압 등에 반응하여 폭발하는 기뢰들은 기뢰 목표와 비슷한 신호를 가짜로 만들어서 폭발시킬 수 있는 소해장비가 있다. 그런데 그 장비는 소해함에서 예인해야 하는데, 어쩔 수 없이 소해함이 기뢰지역으로 직접 들어가야 하는 위험이 있었다. 기뢰를 제거하려다 자칫 소해함이 침몰할 수도 있는 것이다.

지금 시간을 너무 소모하고 있었다. 기뢰 하나 하나를 무인소해로 봇에 의지해서 찾는 것은 어려운 일이었다.

― 함장님! 함교입니다. 올라와 주십시오.

"뭔가?"

허동훈 소령이 인터폰에 대답을 하는 사이에 둔탁한 폭음이 선체를 울려댔다. 전투정보실을 빠져나온 허동훈 소령은 허둥지둥 함교로 올라갔다. 후미 쪽에서 거대한 물기둥이 치솟고 있었다.

허동훈 소령이 잠시 놀랐다가 냉정을 되찾았다. 다행이었다. 주변에서 작업하던 동료함들이 기뢰에 접촉한 줄 알고 놀랐던 것이다.

"장관이군."

쌍안경으로 물기둥이 솟은 방향을 확인한 허동훈 소령이 굳은 표정으로 입을 열었다. 기뢰를 폭파시킨 장본인은 '바다의 용'이란 뜻을 가진 시 드래건(sea dragon) 소해용 헬리콥터였다. 모두 다섯 대가 수면을 스치듯이 비행하고 있었다.

최대중량이 30톤이 넘는 맘모스 헬리콥터가 기체 후미에 예인소해장비를 끌고서 마치 저인망 어선이 물고기떼를 훑듯이 기뢰들을 쓸어내고 있었다.

"앞쪽에 두 대가 계류기뢰를 처리하는 놈이다. 뒤에 두 놈이 감응기뢰를 맡은 것 같군. 제기랄!"

씁쓸한 마음이 들었다. 무력감과 부러움으로 자기도 모르게 내뱉은 말이었다. 허동훈 소령은 지금 왜 아는 체를 했던가에 부끄러운 생각이 들었다.

일본 해상자위대의 소해부대가 값비싼 장비들로 능숙한 솜씨를 발휘하고 있었다. 다시 헬리콥터 뒤로 물기둥 몇 개가 치솟았다.

해상자위대의 시 드래건 헬리콥터가 소해하고 있는 장소는 대마도를 기점으로 12해리 영해기준선 안에 포함된다. 그러나 분명히 한국 영해는 아니었다. 그것은 국제해협인 공해상이었다. 부산과 대마도에서 12해리 기준으로 영해선을 설정하면 서로 중첩되기 때문이다. 그런데 이곳은 비록 공해였지만 바로 부산 앞바다였다. 무척 자존심이 상했다.

"일본이 참전한 겁니까?"

"그래, 이건 참전이나 다를 게 없지."

남서쪽 방향에 나타난 거대한 군함들 가운데 일부가 서쪽을 향하는 것이 보였다. 쌍안경을 내려놓은 허동훈 소령이 빠른 걸음으로 전투정 보실을 향했다. 서둘러 소해작업을 마쳐야 해군 전투함들이 동해로 진입할 수 있었다. 그리고 일본 자위대의 행동을 상부에 보고할 의무도 있었다.

6월 15일 10:10 강원도 정선군 북평면

도로에 착륙한 헬기에서 내릴 때부터 시체 타는 노린내에 코를 감싸쥐어야 했다. 시체는 무너진 경찰지서 건물 밖에도 널려 있었다.

일부 비위가 약한 병사들은 불에 타거나 목이 잘려나간 끔찍한 시체들을 보고 구역질하기 시작했다. 국군 제501특공여단 3대대 9중대 1소대장 강진우 중위는 눈살만 약간 찌푸릴 뿐 다른 부하들처럼 호들

갑스런 반응은 보이지 않았다.

시골 지서 건물 안은 더 참혹했다. 시커멓게 탄 경찰관 시체들이 바닥이나 불타버린 소파, 또는 시커멓게 그을린 책상 위에 놓여져 있었다. 날씨까지 잔뜩 흐려 시커멓게 그을린 지서 건물은 마치 귀신이라도 나올 듯 을씨년스러웠다.

지서 건물 2층 내무반에서 자고 있던 전경들은 한순간 건물이 폭삭 주저앉으면서 대부분 그 밑에 깔려 죽거나 중상을 입어 인근 병원으로 옮겨졌다. 주변에서 경비를 서던 전경들은 대부분 칼 종류에 당해 죽었다.

실내를 돌아다니는 군인은 강진우 중위와 김지웅 병장 단 둘뿐이었다. 두 명 외에 안내를 맡은 경찰관 한 명이 있었는데, 표정이 무척 침통했다.

강진우는 어릴 적부터 인터넷 웹 서핑을 즐겼다. 그는 인터넷에서 유명하다는 시체사진 수집 사이트는 모조리 다녀봐서 웬만한 시체를 봐도 별 반응을 보이지 않았다. 강진우의 이런 괴벽을 알지 못한 여자친구가 그의 노트북 컴퓨터에 야한 사진이 없나 해서 뒤져보다가 끔찍한 시체사진이 수십 메가바이트나 들어 있는 것을 보고 기겁한 적도 있었다.

소대장의 괴상한 취미를 알 리 없는 부하들은 동물 해부를 자주 해보는 생물학과 출신이어서 그런가 보다 짐작할 뿐이었다. 김지웅 병장 역시 학교 다닐 때 아르바이트로 병원에서 시체 닦는 일을 해본 적이 있어 시커멓게 탄 시체를 봐도 별다른 충격을 받지 않는 것 같았다.

"끔찍하네요."

김지웅 병장이 시체들 사이를 조심스럽게 살펴보며 말을 던졌다. 시체를 염할 때 시간이 많이 걸리겠다는 뜻이 담겨 있었다.

"그래, 아주 확실히 쓸고 갔군."

시체를 살피던 강진우 중위는 대부분 시체들이 한 발, 많아야 두 발을 급소에 맞고 죽은 것을 보고 놀랐다. 범인들은 대단한 사격술을 가진 놈들이었다. 강진우가 면장갑을 끼며 시체 한 구를 만지려 하자 동행한 경찰관이 소리쳤다.

"건드리지 마십쇼!"

갑작스런 고함에 강진우는 뜨끔해서 고개를 돌려 경찰관을 보았다.

"아침에 시체를 건드리다 폭발물이 터져 3명이 불구가 됐습니다. 조심하십쇼."

"아! 예, 주의하겠습니다."

장갑을 벗어 주머니에 챙겨넣은 강진우가 김지웅과 함께 밖으로 나왔다. 부하 소대원들은 모두 지서 현관 앞에 모여 담배를 피우고 있었다. 조금 전에 본 끔찍한 광경 탓인지 다들 얼굴이 해쓱해진 모습이었다. 한쪽 구석에는 유가족들이 몰려와서 건물 안으로 들어가려다 군인들의 제지를 받고 실랑이를 벌이고 있었다.

죽은 자는 말이 없지만 죽은 자의 남겨진 가족들은 울부짖는 것말고도 해야 할 일이 많았다. 강진우가 담배를 꺼내자 김지웅이 재빨리 라이터를 갖다대며 말했다.

"어떻게 이렇게 완벽하게 당할 수가 있을까요? 한두 번은 노출이 되기 마련인데 말입니다. 보초들이 모두 자고 있지 않고서야……."

강진우가 담배연기를 훅 내뱉으며 대답했다. 담배맛이 무척 썼다.

"아마 처음 접근하는 단계에서 경보에 실패했겠지. 문 앞에서 경비를 서던 시체를 보니 소구경 권총에 맞았더군. 총소리가 작은 소음권총을 사용했을 거야. 권총을 사용할 만큼 가까이 접근을 허용했다는 것이고…… 내부 협조자나 평소에 자주 경찰서를 들락거리던 사람, 아니면 국군 복장으로 위장한 놈들이겠지. 난 그놈들이 국군 복장을 했다고 생각해."

"소대장님은 척 보면 아시는군요."

김지웅 병장이 싱긋 웃었다. 구릿빛으로 보기 좋게 탄 강진우의 얼굴에 웃음이 떠올랐다.

"누구나 내릴 수 있는 예상일 뿐이야."

"소대장님! 중대장님 호출입니다!"

통신병이 수화기를 들고 오며 고함쳤다. 헬기 로터가 도는 소리 때문에 제대로 들리지 않았다. 강진우가 담배연기를 흩날리며 수화기를 들었다. 몇 마디 중얼거리면서 강진우가 손을 둥글게 돌렸다. 옆에 있던 전령이 헬리콥터 조종사들을 향해 뛰었다.

특공여단 병사들과 떨어진 장소에서 잡담을 나누던 헬기 조종사들이 일제히 각자 헬기로 달려갔다. 터빈 엔진이 강하게 돌아가는 소리가 주변을 울리기 시작했다.

"모두 출발 준비해! 적 흔적이 발견됐다!"

강진우의 고함에 소대원들이 피우던 담배를 던져 군홧발로 비벼 끄고 헬기를 향해 달려갔다. 잠시 후 지서 앞마당 도로에서 강한 바람을 일으키며 헬기들이 이륙했다. UH-1H 헬기 4대는 서남방 쪽으로 멀어져갔다.

6월 15일 11:25 강원도 인제군 남면

눈 아래 멀리 희뿌연 안개 사이로 양구교가 보였다. 인민군 저격여단 소대장 김명수 대위는 소대원들과 함께 간무봉 산자락에 우거진 덩굴 아래 엎드려 양구교의 경비상황을 관측하고 있었다. 은신지점에서 표적인 양구교까지 거리는 약 600미터 정도였다.

인민군 특수부대가 타격할 주요 목표라는 것을 아는지 양구교를 경비하는 국군은 단단히 준비를 하고 있었다. 양구교 아래 소양호에는 기관총을 장착한 작은 모터보트 몇 척이 수시로 다리 주변을 맴돌고 있었다. 다리 입구에는 장갑차들이 모래자루 장벽 뒤에 버티고 있었다. 4인 1조로 된 동초 역시 주기적으로 다리 위를 순찰했다.

김명수는 다른 방어시설은 없나 계속 쌍안경으로 살폈다. 레이저 거리측정기로 양구교 양쪽 주요 거점과의 거리를 측정하던 김제천이 기어왔다.

"소대장 동지, 중저격총으로 충분히 엄호할 수 있는 범위입니다."

김명수는 고개를 가로저었다.

"겉으로 드러난 병력은 나중에 해치우면 되겠지만, 주변에 매복해 있을 남반부 특수부대원들이 문제요."

분명히 남한 특수부대원들이 요처에 매복하고 인민군 특수부대가 침투하기를 기다리고 있을 것이다. 하지만 양구교는 소대에 내려진 주요 표적 가운데 우선순위가 매우 높은 목표였다. 어떤 대가를 치르더라도 반드시 파괴해야 했다.

"오늘밤 저 곳을 칠 테니, 다들 푹 쉬어 피로를 충분히 풀어두시오. 힘든 밤이 될 거요. 그리고 이상 있으면 즉시 보고하고……. 자, 쉽시다. 동무들."

경계병 몇을 남겨둔 나머지 저격여단 인민군들은 덩굴 속에서 서로 등을 맞대거나 엎드린 채 잠이 들었다. 축축한 바닥에서 습기가 올라오고 벌레들이 기어다녔다. 그들은 그런 것에 별로 신경 쓰지 않았다.

6월 15일 11:50 서울 용산구

"이러다간 동부전선이 배후로부터 붕괴될 것 같습니다."

"경북과 충북 지방 사람들이 거기까지 게릴라가 올까 봐 불안해하고 있습니다."

인내력의 한계를 벗어난 참모들이 이구동성으로 합참의장에게 진언했다. 오전 10시부터 다시 근무를 시작한 정현섭은 시간이 날 때마다 참모들이 합참의장에게 조르는 모습을 봐야 했다. 그들은 집요했다. 그러나 합참의장 김학규 대장은 신중했다.

"원주 - 삼척선은 무너지지 않았소. 그놈들은 포위망 안에 갇혀 있소. 그리고 인민군 지상군 주력이 확인되지 않은 이상 병력 이동은 어렵소."

한국 공군기들이 수없이 출격하고 포병들은 포신이 뜨겁도록 포탄을 퍼부었지만 아직 확실한 건 없었다. 북한 지상군의 주력을 확실히 섬멸했다는 증거가 있기 전까지는 전방지역에 전개된 병력을 빼돌릴 수는 없었다. 후방 병력도 마찬가지였다. 각 사단별로 고유의 임무가 있었다.

"강원도 사람은 다 죽어도 되냐는 지역감정적인 불만도 터져나오고 있습니다. 재고해 주십시오! 게릴라들을 먼저 소탕해야 합니다."

민감한 감정적인 문제를 건드린 사람은 안우영 중장이었다. 약간은 정치적인 문제일 수도 있었다.

합참의장 입장에서 어느 지방 국민인들 소홀히 할 수 있겠는가. 국민의 생명을 지켜야 한다는 의무감은 어느 국민에게나 적용되었다. 그러나 우선순위가 있는 법이었다. 대규모 적과 대치하고 있는 전선이 우선이었다. 하지만 정치권 입장에서는 판단이나 중요도가 약간 다를 것이다.

"안 중장, 당신은 강원도에 침투한 게릴라들을 이틀 전에 이미 완전 소탕했다고 보고했었소······."

평소 김학규 대장은 말꼬리 잡기 싫어하고 남에게 책임을 떠넘기지 않는 사람이었다. 하지만 안우영 중장의 강력한 요구를 묵살하기 위해 그의 과오를 들췄다. 그러자 안 중장이 한 걸음 더 다가왔다.

"그렇습니다. 그 책임은 반드시 제가 질 용의가 있습니다! 그런데 전쟁은 이것으로 끝날지도 모릅니다. 북괴놈들이 스스로 자른 도마뱀 꼬리 때문에 우리는 엄청난 피해를 입고 있습니다."

김학규 대장이 고개를 돌렸다. 더 이상 참기 힘들었다.

"의장님! 개전 첫 시간부터 일부 지역에 도발이 국한된 제한전의 가능성이 있었다는 보고를 잊지 말아주십시오. 어쩌면 북괴는 특수전만으로 우리의 양보를 얻어내려 할지도 모릅니다."

개전 첫날 합참 상황실을 잘 이끌었던 남성현 소장도 한마디 거들었다. 북한 게릴라들이 경상북도에 한 걸음이라도 내딛는다면 후방의 안전은 보장할 수 없었다. 몇 번이나 포위망을 넓혔던 합참과 지상작전사였다.

만약 강원도를 휘젓고 다니는 게릴라들이 경상북도나 충청북도에 진입할 경우, 국군 지휘부가 도저히 상상하기 싫은 사태가 벌어질 수도 있었다. 산업기반 파괴나 인명 손실은 말할 것도 없거니와 전쟁 지도부에 대한 국민의 신뢰가 바닥으로 떨어질 것이다.

그리고 서울 시민들은 굳건하게 지역과 직장을 지키고 있는데 반해 후방지역 주민들이 먼저 피난길을 떠날 수도 있었다. 국민들은 눈먼 포탄보다는 총을 들고 아무나 죽이겠다고 달려드는 무장공비가 더 무서웠다. 지금도 국군이 국민의 생명을 지켜준다는 믿음이 엷어지고 있었다. 그렇다면 전시동원체제는 기초부터 흔들리게 된다.

"합참의장님! 지상작전 사령관입니다."

정현섭이 보고하자 기다렸다는 듯 김학규 대장이 수화기를 들었다. 간단한 인사만 건넨 합참의장은 한참을 듣고 있다가 끊었다.

"원주 - 삼척선은 잘 지키고 있다. 그곳을 넘어섰다는 증거는 없다.

이제 포위망을 좁힐 시기다. 휴우~."

김학규 대장이 한숨을 푹 쉬었다. 정현섭이 듣기로 합참의장이 말한 것은 지상작전 사령관의 주장인 것 같았다. 미국 항모전단이 조만간 동해로 들어올 예정이었다. 일본 해상자위대의 기뢰 제거도 발빠르게 진행됐다. 미 지상군이 곧 한반도에 긴급 전개된다는 연락도 왔다. 한국군 지도부는 전면전에 대한 자신감은 충분했다. 그러나 지금 상황은 곤란했다.

합참의장이 공군 참모총장과 눈이 마주쳤다. 움찔거린 공군 참모총장이 지금 주제와는 별 상관없는 듯한 보고를 했다.

"현재 정밀유도 무기가 부족합니다. 재고가 거의 떨어졌습니다. 하지만 미국이 공수해주면 곧 해결될 것 같습니다."

그러자 육군 참모차장도 비슷한 문제로 보고했다.

"육군도 포탄 보급이 원활치 않습니다. 전방 군단 탄약창 재고도 거의 바닥났습니다. 당장 수입할 필요도 있지만, 그것보다는 보급추진을 방해하는 게릴라 때문에 상황이 더 악화되고 있습니다."

합참의장의 길고도 깊은 한숨이 말로 변했다.

"뭐든지 게릴라가 문제로군. 좋소, 동원사단 몇 개를 강원도에 투입합시다. 어떤 사단을 투입하면 좋겠소?"

6월 15일 12:15 충청남도 서산

활주로 끝 최종점검 구역에 KF-16 전투기 2대가 활주로에 정대하고 있었다. 비행기들은 움직이지 않았다. 시간이 천천히 흘러갔다.

캐노피 안에서 비상출격 대기 중인 송호연 대위는 활주로 반대쪽 끝을 멍청히 바라보았다. 송호연은 이번에도 역시 김영환 중령의 윙맨으로 배정받았다. 옆 비행기 조종석에는 김영환 중령이 편한 자세로 열심히 책을 읽는 척했지만, 사실은 졸고 있는 중이었다. 송호연은 점심 대용으로 지급받은 빵을 한 입 베어먹으며 졸린 눈을 비볐다.

이틀 전 새벽녘부터 어젯밤까지 송호연은 하루에 세 번씩 여섯 번이나 출격했다. 출격 전 브리핑, 임무 비행, 출격 후 디브리핑으로 빡빡하게 짜여진 비행 스케줄이었다. 사흘 동안 송호연이 잠깐씩 눈을 붙인 시간은 다 합해도 불과 일곱 시간 정도였다.

송호연은 아침나절 대대 상황판 출격 명단에 자기 이름이 없기에 오늘은 조종사 대기실 구석에 처박혀서라도 좀 잘 수 있겠다 싶었다. 그런데 비상대기에 걸려서 점심도 못 먹고 덥고 끈적대는 활주로 위 조종석에 앉아 빵조각이나 씹게 될 줄이야!

송호연은 정말 운이 없다고 생각하려다가 마음을 고쳐먹었다. 지금 이 시간에도 동료 조종사들은 목숨을 걸고 북녘 하늘에서 대공포화 사이를 뚫고 치열하게 전투를 치르고 있었다. 그걸 생각하면 딱딱한 빵이라도 먹고 있는 게 행복할지도 몰랐다.

어쨌든 졸리고 힘이 없었다. 양팔을 늘어뜨린 채 종이컵을 입으로 물었다. 몽롱한 상태로 고개를 조금씩 들었다. 졸음을 이기기 위한 눈물나는 사투였다. 종이컵에서 반쯤 식은 커피가 흘러나왔다. 숨이 막히지 않도록 조금씩 홀짝거렸다. 그때 이어폰에서 비상출격명령이 떨어졌다.

― 관제탑이다. 알파 1, 2번기 스크램블!
― 알파 1번기, 엔진 시동!
"알파 2번기, 엔진 시동!"

조는 줄 알았던 김영환 중령은 어느새 깨어 있었다. 송호연은 먹다 남은 빵과 종이컵을 정비병에게 건네주고 엔진 시동 절차를 수행했다. 김영환 중령과 송호연의 기체는 항법장치 세팅, 무장 세팅 등 출격을 위한 모든 준비를 이미 끝마친 상태였다. 잠시 후 회전수가 정상으로 올라가자 KF-16 두 대가 정비병의 유도를 받아 활주로로 진입했다.

송호연이 김영환 중령의 오른쪽 뒤에 기체를 정렬시키자 김 중령으로부터 간단한 지시가 떨어졌다.

─ 편대 이륙 후 장주비행 절차 없이 긴급출항 절차대로 직선으로 이탈한다!

"알겠습니다."

송호연이 긴급입출항 절차를 되짚었다. 긴급출격 때는 평상시보다 대폭 간소화된 출항 절차를 밟는다.

─ 애프터 버너 온!

"버너 온!"

─ 고(go)!

KF-16 전투기 두 대가 애프터 버너 불꽃을 길게 뿜어냈다. 전투기들이 활주로를 박차고 날아올랐다. 두 대는 순식간에 구름이 잔뜩 낀 회색 하늘 속으로 사라졌다.

6월 15일 12시 25분   황해도 옹진읍 남쪽 56km 상공

KF-16 두 대가 넓게 벌린 대형을 유지하고 시속 1천 킬로미터가 넘는 속도로 북서쪽을 향해 비행하고 있었다. 서산 기지에서 긴급 발진한 송호연과 김영환 중령의 기체였다.

이곳은 고도 6천 미터의 고공이었다. 송호연이 바라보는 북쪽 하늘은 상대적으로 구름이 적은 편이었다. 그런데 거대한 구름이 한반도 남쪽을 가득 메우고 있었다. 고등학교 지구과학인가, 지리 과목인가 하여튼 교과서에는 찬 공기층 위로 더운 공기층이 올라가는 곳에 장마

전선이 생긴다고 했다. 송호연이 그 전선이란 것을 찾아보려고 애썼지만 구름층이 확실히 구별되지 않았다.

기상정보로는 현재 제주도에 걸친 장마전선이 서서히 북상 중이라고 했다. 곧 장마가 시작될 것 같았다. 예년보다 며칠 이른 편인데, 일기예보보다 훨씬 더 정확하다는 군사용 기상정보가 맞다면 내일부터 중부지방에 폭우를 퍼붓게 될 것이다.

그렇게 된다면, 현재 소강상태인지 게릴라전인지 모를 이번 전쟁이 당분간 멈출 것 같았다. 장마 이후에는 한국이 전시동원을 완벽하게 끝낼 테고, 그럼 북한의 공격이 제대로 먹힐 리가 없으니 전쟁은 끝난 것이나 다름없었다. 송호연은 어서 장마가 시작되길 바랐다.

― 알파 편대! 관제탑이다. 들리나?

― 관제탑! 알파 편대다. 계속해라!

서산 기지 관제탑에서 온 무선이었다. MCRC가 제 기능을 못하게 되자 공군 각 비행단은 미리 정해진 작전구역별로 지상 레이더 기지와 연락하며 자체 관제를 했다.

이 방법은 비효율적이고 위험하기도 했다. 한국 상공 전체를 한꺼번에 통제할 수도 없었다. 그러나 조기경보기가 없는 한국으로서는 지상 레이더 기지와 각각 연결해서 통제하는 수밖에 없었다.

― 백령도를 향하던 항적이 기수를 돌렸다. 기지로 귀환하라.

― 알았다. 알파 편대장이 알파 2번기에게, 1-3-5도 진로를 변경한다. 선회 완료 후 밀집 대형으로 붙어라.

"라저!"

송호연은 선회하는 김영환 중령을 눈으로 좇으며 기체를 선회시켰다. 습기로 끈적끈적한 활주로 위에서 점심도 못 먹고 대기하다 출격했는데, 그냥 돌아가려니까 너무 허무했다.

송호연은 이런 식으로 북한 전투기들이 출격했다가 한국 공군기가 뜬 것을 확인하고는 다시 돌아가버린다는 이야기를 아침에 들었다. 공중전에서 도저히 상대할 수 없는 북한 공군의 입장에서는 당연한 선택이었다. 하지만 송호연은 헛고생했다고 생각하니 참을 수가 없었다.

"편대장님, 2번기입니다."

- 말해라.

"아직 한 시간 이상 비행할 수 있는 연료가 남아 있습니다. 이 공역에는 아군 초계 편대가 없으니 연료가 되는 대로 초계하다가 귀환할 것을 건의합니다."

송호연은 말하면서도 내심 조마조마했다. 배에서는 선장이 전권을 행사하듯이 공중작전에 있어서 편대장의 권한은 절대적이었다. 그런 편대장에게, 그것도 대위와 중령이라면 짬밥 차이도 엄청난데, 윙맨이 이렇게 건의한다는 것 자체가 건방진 월권일 수도 있었다.

- …….

김영환 중령은 잠시 말이 없었다. 송호연은 귀환 후 깨지는 게 아닐까 싶어서 후회스럽기도 했지만 이미 엎질러진 물이었다.

- 관제탑, 알파 편대장이다.

- 알파 1호기, 관제탑이다. 계속하라.

- 연료가 충분하다. 초계비행 후 귀환하겠다.

- 안 된다. 비행계획에 없다.

- 지금은 전시다! 비행계획보다는 효율적인 임무수행이 중요하다. 우리가 돌아가면 저놈들이 또 내려올 거다. 지금 이 시간부터 알파 편대는 귀환시까지 단독 작전을 실시하겠다!

- 김 중령님! 안 됩니다!

- 단장님께는 귀환 후 내가 직접 보고하겠다. 이상!

"편대장님, 어쩌시려고요?"

송호연은 난감했다. 그냥 귀환하지 말자고 먼저 말한 건 송호연이었지만 지금 김 중령은 한술 더 떴다. 편대장은 서산 기지의 지상관제까지 거부하고 있었다. 이건 잘못하면 항명에 해당할 수도 있는 일이다. 항상 신중한 편대장이었는데, 오늘은 어쩐지 김영환 중령답지 않았다.

─ 알파 2번기, 편대장이다. 무선 주파수를 승리 사이트 주파수로 바꾼다. 실시!

"예? 예, 예!"

승리 사이트는 서산 기지의 담당구역인 서해안 일대를 커버하는 레이더 사이트를 부르는 말이었다. 레이더 기지는 인천 남서쪽에 흩어진 옹진군의 어떤 섬에 있었다. 의아해진 송호연이 무선 주파수를 바꾸자 김영환 중령의 목소리가 들려왔다.

─ ……령이다. 승리 사이트와 알파 2번기, 간단하게 브리핑할 테니 잘 들어라. 알파 편대는 백령도를 공습하는 적기를 요격하기 위해 긴급 발진했지만 적기는 우리를 포착하고 도주했다. 지난 이틀 동안 적기는 매일 산발적으로 백령도를 공격했다. 오늘도 상공에 초계기가 없으면 놈들은 반드시 다시 기어나올 것이다. 그렇다면 우리는 귀환하는 척하고 저공으로 숨은 다음 그때를 노리는 거다. 자, 그쪽 의향은 어떤가? 알파 편대는 저공에서 무선침묵을 유지하고 대기하면서 적의 재출격을 기다리겠다. 승리 사이트에서는 적기 포착 즉시 우리를 적기 쪽으로 유도해라. 알았나!

─ 알파 1번기, 승리 사이트입니다. 최선을 다하겠습니다!

"알파 2번기, 라저!"

송호연이 대답하며 잠깐 사이에 여러 가능성을 고려한 김영환 중령에게 혀를 내둘렀다. 확실히 김영환 중령에게는 오랜 훈련으로 다져진 전투조종사의 감이 있었다. 그러나 송호연 입장에서는 기지로 귀환한 다음 단장에게 깨질 생각을 하니 걱정이 들기도 했다.

6월 15일 12시 40분   인천광역시 옹진군 소청도 남쪽 15km 상공

연회색 KF-16 두 대가 바짝 붙은 채 고도 30m로 해수면 위를 스쳐 갔다. 김영환 중령 뒤를 쫓고 있는 송호연은 죽을맛이었다. 벌써 10분째 초저공에서 맴돌고 있었다. 이마에 맺힌 땀방울이 콧잔등으로 흘러내렸지만 송호연은 땀방울을 닦을 수가 없었다.
　무거운 공대지 무장 없이 단거리용 2발, 중거리용 2발의 공대공 무장과 외부연료탱크만 달아서 연료 소모가 적은 편이었다. 그런데 공기밀도가 높은 저공이라서 연료소모율이 상대적으로 높았다.
　연료를 아껴 체공시간을 늘리려고 편대는 속도를 줄였다. 하지만 이 고도에서는 손가락 하나만 까딱해도 바로 해면에 충돌한다. 그나마 장애물이 없는 바다 위라 다행이었다. 이렇게 흐린 날씨에 육지 위에서 이 정도의 고도로 날다가는 제명에 못 죽을 거라고 생각하는 순간, 이어폰에서 들리는 소리가 송호연을 긴장시켰다.
　― 알파 편대, 승리 사이트다. 미확인 항적 출현. 0-7-5 방향에 8대가 백령도를 향해 고속 접근 중!
　적기가 벌써 나타난 것이다. 무선통신이 끝남과 동시에 송호연의 앞을 비행하던 김 중령의 기체가 방향을 바꿨다. 하마터면 편대장을 놓칠 뻔한 송호연도 중력가속도를 참으며 이를 악물고 뒤를 따랐다.
　― 편대장이다. 외부연료탱크 투하 준비! 기재취급 완료하고 대기하라!
　송호연은 외부연료탱크 투하 스위치 세팅을 확인하고 조종간을 조금씩 움직여 김 중령의 기체와 거리를 벌렸다. 잘못하면 투하한 폭탄이 날개 후류에 말려 올라와 날개에 부딪치는 경우도 있기 때문에 밀집편대를 유지한 채 외부연료탱크를 떨어뜨리는 것은 위험했다.
　항공기가 고속으로 비행할 때는 날개와 장착물 사이의 공기흐름에

간섭현상이 생긴다. 그래서 폭탄이나 연료탱크 같은 장착물을 투하할 때 이것들이 전혀 원하지 않는 방향으로 튀어나올 수도 있다.
"투하 준비 완료, 2번기는 1번기 4시 방향, 거리 100m에 있습니다!"
- 승리 사이트다. 항적 40km까지 접근!
- 편대장이다. 탱크 투하! 애프터 버너 온! 상승각 20도로 상승!
"카피! 투하! 버너 온! 상승각 20도."
- 승리 사이트다! 항적 35km 접근!
- 편대장이다. 레이더 온! 목표 조준 후 즉시 암람 발사하라!
"레이더 온! 마스터 암 스위치 온!"
송호연은 명령에 따르며 하나씩 복창했다. 이렇게 복창하는 것은 조종사 스스로 조작을 확인하며 틀린 조작을 하지 않도록 하기 위해서 였다.
다기능 디스플레이에 밝은 점 8개가 나타났다. 레이더 경보지시기에 공대공 레이더 시그널이 포착되지 않는 것으로 봐서는 구형 미그-19 거나 수호이-7 정도인 것 같았다.
정면 HUD에 큰 원이 나타나더니 깜빡이기 시작했다. 레이더 조준이 완료된 것이다.
- 폭스 원!
"폭스 원!"
송호연은 조종간의 방아쇠를 당기며 미사일 발사 구호를 외쳤다.
'폭스 원'은 레이더 유도미사일을 발사할 때의 신호이고, '폭스 투'는 열추적 레이더 미사일을 발사할 때의 신호다. 이런 구호를 외치는 것은 근처 아군기에게 발사된 미사일 유형을 알려 만에 하나 아군 오사를 대비하기 위해서였다.
- 승리 사이트다. 항적 거리 30km! 레이더 특성으로는 Il-28 비글 폭격기와 미그-19 파머 전투기가 섞여 있는 것으로 보인다. 방금 적기

두 대가 레이더에서 사라졌다. 계속 건투를 빈다!

  ─ 편대장이다! 암람 발사 후 전투대형으로 벌려라! 적 편대의 후미로 상승해서 공격한다!

  컴뱃 스프레드(Combat Spread)라고도 부르는 일렬 횡대형 전투대형은 두 전투기가 1~2km 정도의 거리를 두고 평행하게 분리하는 방법이다. 서로 편대기의 꼬리를 살펴줄 수 있어서 피아 여러 대가 뒤섞인 혼전에서 많이 쓰인다.

  두 번째 암람 미사일 두 발이 흰 꼬리를 끌고 잿빛 구름 속으로 사라졌다. 발사를 마친 KF-16 편대가 간격을 벌리면서 구름을 뚫고 상승해갔다.

  송호연은 상승하는 기체 속에서 레이더 스크린을 살폈다. 잠시 후, 점 두 개가 사라졌다. 이제 남은 점은 네 개였다. 적기와의 거리는 이제 20km 정도. 남아 있는 점 네 개 가운데 어떤 것이 전투기이고 어떤 것이 폭격기인지는 아직 알 수 없었다.

  6월 15일 12시 42분 인천광역시 옹진군 소청도 동쪽 12km 상공

  상승각 20도로 상승하고 있는 송호연의 조종석 주위로 잿빛 구름들이 스쳐갔다. 고도 2천5백 미터였다. 1km 왼쪽에서 비행하고 있는 김영환 중령의 기체가 구름 사이에서 얼핏 보였다가 사라졌다. 한국 공군의 연회색 도장은 저시인성을 목표로 하고 있는 만큼 흐린 하늘에서는 대단한 위력을 발휘했다. F-5나 F-16 같은 비교적 소형 기체는 꽤 가까이 오지 않으면 육안으로 발견하기 힘들었다.

  "거리 10km, 고도 3천5백 미터! 구름 때문에 아직 안 보입니다!"
  ─ 확실히 조준되지 않으면 발사하지 마라! 미사일을 아껴라!

KF-16에서 운용하는 단거리용 AIM-9M 사이드와인더 열추적 미사일은 적기 정면에서도 기체 표면의 마찰열을 포착해서 공격할 수 있다. 그렇지만 고도 3천 미터까지 두꺼운 적란운이 가로막고 있다면 적외선 센서의 추적 효율이 떨어질 수밖에 없다.

– 적기가 고도를 낮추고 있다. 출력, 밀 파워로 놓고 방향 0-2-5로 맞춰라. 고도 2천7백에서 0-6-5로 수평선회해서 목표를 한 시 방향에 놓고 진입한다!

"라저!"

송호연은 김 중령이 불러준 대로 조작하며 구름 속으로 뛰어들었다. 짙은 회색빛 먹구름 속에는 아무 것도 보이지 않았다. 먹구름 속에서 활발한 활동을 계속하는 상승기류 탓에 기체가 요동쳤다. '밀MIL' 파워는 밀리터리 파워를 줄인 말로, 애프터 버너를 켜지 않고 출력 100퍼센트인 상태다.

– 1시 방향, 거리 6km! 사이드와인더 록온! 폭스 투!

김 중령이 미사일을 발사한 모양이었다. 아직 송호연의 이어폰에는 사이드와인더 특유의 갈갈거리는 목표 포착음이 들리지 않았다.

"톤이 좋지 않습니다. 대기하겠습니다!"

– 미사일이 빗나갔다! 적기가 흩어진다. 왼쪽 두 대에게 붙어라!

송호연이 왼쪽으로 하강선회하며 레이더 스크린의 탐색범위를 좁혔다. 그러자 스크린에 신호 세 개가 잡혔다. 그 중에서 IFF 신호가 표시되는 게 김영환 중령의 기체였다. 김 중령은 3km 전방 고도 1,000m에서 적기들 후미로 따라붙고 있었다. 네 대 중 나머지 두 대의 적기는 레이더의 사각으로 빠져나간 모양이었다.

"레이더 컨택! 2번기는 1번기 3km 후방, 고도 천오백에서 엄호합니다!"

레이더 화면에서 신호를 확인한 송호연은 말을 마치자마자 고개를 돌려 좌우 후방을 살폈다. 지금 두려운 건 레이더의 사각으로 숨어버린 적기 두 대였다.

― 알파 1번기, 탤리! 비글이다. 폭스 투!

김 중령이 육안확인 신호와 동시에 미사일을 발사했다. 비글이라는 소리에 송호연은 가슴이 섬뜩해졌다. 김영환 중령이 쫓고 있는 목표가 Il-28 비글 폭격기라면 레이더 사각으로 숨은 적기는 미그-19일 확률이 높았다. 미그-19는 설계된 지 비록 50년 가까이 된 기체였지만, 근접 공중전에서의 뛰어난 기동성은 F-16에게도 큰 위협이 될 수 있었다. 송호연은 다시 한 번 재빨리 좌우측 후방을 돌아보고 고개를 들어 위쪽도 살폈다.

"후미는 이상 없습니다!"

― 한 대 격추! 미사일을 다 소모했다! 2번기 슈터, 1번기 커버!

"카피! 2번기, 사격위치로!"

송호연이 사격위치로 진입하기 위해서 스로틀을 밀려는 순간 계기판의 레이더 경보수신기가 번쩍이며 경고음이 울렸다.

"브레이크! 8시 방향에 레이더 시그널!"

송호연은 본능적으로 기수를 왼쪽으로 꺾었다. 몸무게의 8배나 되는 중력가속도가 내리누르는 8G 선회 중에도 송호연은 머리털이 곤두서는 느낌이었다. 송호연은 선회 중에 채프와 플레어를 뿌리며 곧 날아들 미사일에 대비했다. 그런데 송호연의 기체 주위로 날아드는 미사일은 없었다.

― 1번기다! 레이더 콘택! 2대가 7시 방향으로 접근 중이다! 왼쪽으로 상승선회해라! 애프터 버너 켜지 마!

어느새 선회해서 이쪽으로 향한 김 중령이 레이더로 적기를 포착했다. 송호연은 김 중령의 지시대로 애프터 버너가 아닌 통상 최대출력을 유지한 채로 왼쪽으로 상승선회했다. 레이더 경보수신기에서는 여전히 경고가 울리고 있었지만 시그널은 약했다.

송호연은 선회하면서 미그-19의 레이더 특성에 대해서 되짚었다. 미그-19, 정확하게는 미그-19의 중국산 복제품인 F-6의 RP-1 레이더는 탐색용 모듈과 조준용 모듈이 별도로 장착된다. 시그널이 약한 걸 보아 아직 적기는 송호연을 육안으로 확인하지 못한 채 레이더 탐색 중인 것 같았다.

송호연은 이렇게 구름이 짙게 낀 하늘에서는 그의 KF-16이 탐지거리 15km 정도의 구형 레이더를 가진 미그-19보다 훨씬 더 유리하다고 생각했다. 그 순간 아까보다 더 강력한 레이더 전파가 레이더 경보수신기를 울렸다.

송호연은 다시 한 번 급선회하며 채프와 플레어를 뿌렸다. 송호연이 평소보다 여섯 배나 무거워진 머리를 간신히 돌려 뒤돌아보니 검은 구름 사이를 뚫고 하얀 직선 두 개가 뒤쫓아오고 있었다.

"후방에 미사일!"

송호연은 플레어를 뿌리면서 조종간을 힘껏 당겼다. 당겼다기보다는 사이드스틱 조종간을 쥔 손에 힘을 주었다. 정면의 HUD를 제외한 주변 시야가 흐려졌다. 선회시에 높은 중력가속도를 받을 때 생기는 현상이었다. 미그-19가 발사한 구형 AA-2 아톨 열추적 미사일은 플레어와 KF-16의 배기열을 구별하지 못하고 플레어를 쫓아서 허공에서 헛되이 폭발했다.

—편대장이다. 내가 적 편대를 분리시킬 테니 미사일이 있는 네가 잡아라.

이 말과 거의 동시에 김영환 중령의 KF-16이 기관포를 발사하며 미그-19 두 대 사이로 파고들었다. 기관포로 맞추기보다는 예광탄을 통한 위협사격이 목적이었다.

송호연은 기수를 돌려 양쪽으로 갈라지는 미그-19 중 가까이 있는 쪽의 뒤쪽으로 파고들었다. 직후방이어서 그런지 포착음이 아주 선명했다.

"폭스 투!"

KF-16의 날개 끝 발사대를 떠난 사이드와인더 미사일은 전혀 주저함이 없이 직선으로 날아가 미그-19의 엔진 배기구에 꽂혔다. 동시에 송호연의 눈앞에 커다란 불꽃으로 이루어진 공이 번쩍였다.

- 여섯 시 방향에 붙었다! 조심해!

김영환 중령의 목소리에 놀란 송호연이 급선회를 시작했다. 기체가 회전하자마자 미그-19의 30mm 기관포 탄환 줄기가 방금 전 기체가 있던 곳을 쓸고 지나갔다.

송호연은 기수를 숙여 하강하면서 눈앞에 있는 구름 속으로 진입했다. 일단 구름 속이라면 미그-19가 공격해올 방법이 없었다. 열추적 미사일도 효과가 떨어지고, 보이지도 않으니 기관포 공격도 불가능했다.

송호연은 구 소련식 전술에서는 구름 속에 들어가면 수평선회로 구름에서 벗어난다는 점을 기억했다. 북한 전투기도 마찬가지일 것이다. 송호연은 그것을 역이용해서 수직선회로 미그기의 선회 원 안쪽으로 들어가 꼬리를 잡기로 했다.

송호연의 KF-16은 최대출력으로 상승하면서 기수를 들었다. 수직 원의 정점을 지나는 순간 송호연은 스로틀 레버를 당겨 출력을 줄였다. 잠시 후 기수 자세가 뒤집혀진 채로 마이너스 45도가 되자 송호연은 기체를 뒤집어 수평을 되찾고 왼쪽으로 선회했다.

미그기가 어느 쪽으로 선회할지는 몰랐지만 송호연은 대부분의 조종사가 본능적으로 왼쪽으로 선회하게 된다는 사실에 희망을 걸었다.

송호연이 급선회로 먹구름을 벗어나자 역시 비슷한 자세로 구름 속에서 벗어난 미그-19가 송호연의 기체 바로 정면에서 선회하고 있었다.

"2번기, 탤리! 폭스 투!"

송호연은 육안확인 신호와 함께 미사일을 발사했다. KF-16에서 뻗어나온 흰 연기의 선이 미그-19에 도달했다. 그 순간 선회하며 날고 있는 미그-19의 왼쪽 날개뿌리를 찢으며 미사일이 폭발했다. 한쪽 날개를 잃어버린 미그-19 전투기는 빙글빙글 돌면서 떨어져갔다.

- 만세! 한 대는 북쪽으로 열나게 도망갔습니다. 대단하십니다!

방금 세 사람이 한 말이었다. 레이더 사이트의 관제병들이 환호성을 울려대는 소리가 무선통신망에 계속 흘러나왔다.

- 편대장이다. 에이스가 된 걸 축하한다!

송호연은 김영환 중령의 축하인사를 듣고 자신이 에이스라는 것이 실감나지 않았다. 곰곰이 따져보니 첫날 새벽에 두 대, 이번 출격에서 암람으로 두 대, 사이드와인더로 두 대, 총 여섯 대를 격추시켰다. 일반적인 에이스의 자격은 다섯 대 격추니까 송호연은 에이스가 틀림없었다. 둘째 날에는 지상폭격 임무만 수행했으니 격추기록이 없었다.

"감사합니다, 편대장님!"

- 현재 연료상태 빙고(bingo)다. 감사는 기지에 귀환해서 받도록 하지. 1-4-5로 방향 잡고 밀집편대로 붙어라. 기지에 가서 오후 출격 스케줄이 비면 시원한 맥주나 한 턱 내라!

"알겠습니다. BX에 캔맥주 있으면 제가 쏘겠습니다!"

송호연은 여름날 장마 직전의 무더위를 식혀줄 시원한 캔맥주를 생각하면서 김영환 중령의 뒤로 붙었다. 'base exchange'의 약자인 BX는 비행단 구내매점이다.

송호연은 오늘 같은 날에는 비행단장에게 조인트를 까여도 괜찮다고 생각했다. 먹구름 사이로 삐죽 나온 햇살이 기지로 귀환하는 KF-16 전투기를 비췄다.

6월 15일 14:45 경기도 광명시

"이봐! 떨지 말라고."

누가 어깨 위에 손을 얹자 김승욱이 흠칫 놀랐다. 머리카락이 쭈뼛 서며 허리가 쭉 펴졌다. 땀이 비오듯 쏟아지고 있었다. 장마철 후덥지근한 공기 때문만이 아니었다. 전투복 위에 판초우의를 껴입고 있어서도 아니었다.

"자네 왜 그래?"

숨을 헐떡이며 고개를 돌린 김승욱이 본 것은 트럭을 가득 메운 예비군들이었다. 흔들리는 차 안 옆자리에서 원종석이 걱정된 듯 말을 걸고 있었다.

"아냐, 아무 것도 아냐."

"겁 나? 아직 도착하려면 한참 멀었으니까 그때까지는 맘 편하게 가지라고."

"우리 도대체 어디로 가는 거야? 북쪽으로 가는 건 아닌 것 같은데."

곽우신이 끼어들자 원종석이 퉁명스럽게 내뱉었다.

"강원도로 감자 캐러 가는 거지, 어디긴 어디겠어?"

"뭐? 그럼 지금 강원도를 헤집고 있는 북한 특수부대놈들 잡으러 가는 거야? 무서워 죽겠네."

"젠장! 잡기 전에 우리가 잡히겠다."

트럭 안이 갑자기 웅성거렸다. 이틀간 병영 안에만 있었지만 소문은 빠른 법이었다. 특히 강원도는 최근에 초미의 관심사가 되고 있었다. 날고 긴다는 북한 특수부대원들을 상대로 어떻게 싸워야 할지 걱정되는지 다들 불안한 표정이었다. 차라리 전선에서 싸우는 편이 나을 수도 있었다. 그럼 아주 마음놓지는 않더라도, 밤에 등뒤를 걱정하지 않아도 된다.

김승욱은 지금 트럭을 타고 가는 모습이 전에 언젠가 한 번 있었던 것 같았다. 그때는 밤이었던 것 같다. 포탄이 날아오고 기관총탄이 트럭 위장포를 찢고 들어와 동료들을 줄줄이 쓰러뜨렸다. 그리고 얼굴부터 발끝까지 피투성이가 된 소대장에게 끌려 포화를 거슬러 달린 것 같은 느낌이 떠올랐다.

그런데 현실에서 그런 기억은 없었다. 그렇다면 예지나 그런 것이 아닌가 생각하니 더 두려웠다. 예언의 희생자는 예언을 피하려다가 그 행동으로 말미암아 결국 예언을 완성시킨다는 내용을 어떤 책에서 읽은 것 같았다. 사람으로 태어난 이상 운명은 피할 수가 없는 것이다.

무서웠다. 당장이라도 트럭 위장포가 송송 뚫리며 총탄이 쏟아져 들어올 것 같았다. 어디선가 로켓탄으로 김승욱이 탄 트럭을 노리고 있는 것 같았다.

"이봐! 자네 폐소공포증이야? 바깥을 한 번 보라고. 기분전환이 될 테니."

원종석의 말에 김승욱이 고개를 돌렸다. 뒤에도 트럭이 따라오고 있었다. 그런데 한두 대가 아니었다. 트럭 20여 대가 포장도로 위를 끝없이 줄지어 달려오고 있었다.

"강원도까지 계속 트럭으로 가는 거야?"

김승욱은 똑바로 앉아 있었지만 트럭 바닥에 대고 있는 총이 부들부들 떨렸다. 원종석이 그걸 보고 피식 웃었다.

"도로경비대가 있으니 너무 걱정하지 마. 아마 우린 광명역에서 기차로 갈아타고 갈 거야. 아까 중장비들을 먼저 옮기는 걸 봤다고. 흠! 서울 청량리 거쳐서 원주로 갈려나?"

김승욱은 서울이란 말에 귀가 번쩍 뜨였다. 누군가가 보고 싶고, 전화를 하고 싶었다. 그러나 이동전화는 동원소집되면서 부대에서 일괄적으로 걷어 창고에 보관되었다.

전시에 동원되거나 일반인의 사용에 제한을 받는 자원 가운데는 전파도 있었다. 레이더와 전파방해, 또는 대레이더 미사일은 전파를 무기로 싸우는 것이고, 후방에 숨어든 적 정찰대나 간첩을 잡아내는 데에도 전파가 이용된다. 전쟁 지도부 입장에서는 관리하지 않을 수 없는 품목이 바로 전파다.

안동 입성

6월 15일 16:28 강원도 철원군(강원도 창도군)

북한 행정구역상 강원도 창도군은 휴전선에 접하며 양구군 북쪽, 금강산 서쪽에 있다. 심심산골이라 외부로 통하는 길은 딱 하나밖에 없었다.

통구면 현리는 사방을 둘러싼 산 위로 구름이 잔뜩 끼었지만 비는 오지 않았다. 계곡 옆을 따라 만들어진 너른 풀밭 위로 스산한 바람이 불어왔다. 6월답지 않을 정도로 날씨는 차가웠다. 특히 윙윙거리는 바람 소리 때문에 가을날씨 같았다.

작은 바위 틈에서 줄무늬다람쥐 한 마리가 기어나왔다. 다람쥐가 반쯤 일어서서 주변을 둘러보더니 나무 위로 쪼르륵 올라갔다.

풀밭이 끝나고 산이 시작되는 언덕 밑에서 인민군 한 명이 나왔다. 제58항공육전여단 2대대 손호창 중사는 담배를 문 채 바람을 받으며 풀밭에 한참 서 있었다. 오늘밤에 있을 3차 출격을 앞두고 떨리는 마음을 가라앉히려고 바깥으로 나온 것이다.

손호창은 왠지 모를 불안감이 마음 한구석을 시커멓게 덮고 있는 것을 느꼈다. 개전 직전, 그 어떤 강한 적이라도 박살내 버릴 수 있다던 당당한 자신감은 어디론가 꼬리를 감췄다. 대신에 마음속에서 불안과 공포가 서서히 고개를 들기 시작했다.

국군은 종이호랑이 군대가 아니었다. 옆에 있던 동료들이 하나 둘씩 죽으면 겁에 질려 십 리 밖으로 도망갈 허술한 녀석들이 아니었다. 오히려 더 발악하며 덤벼들었다. 국군을 겁쟁이 군대로 묘사한 선전영화가 엉터리 거짓말이라는 사실을 손호창은 숱한 동료들을 잃으면서 배웠던 것이다.

"후~욱!"

길게 담배연기를 내뿜던 손호창 중사는 망치질 소리에 고개를 돌렸다. 풀밭 옆에 마련된 커다란 천막 안에서 안둘(AN-2) 비행기의 정비작업이 한창이었다. 어제 침투했을 때 소총탄에 기체가 많이 상해 손볼 곳이 한두 군데가 아닐 것이다. 숲 속에 풀과 나무로 위장한 다른 천막들에는 약 30대의 비행기가 숨어 있지만 손호창에게는 거의 보이지 않았다.

항공육전여단은 그 이름이 말해주듯 항상 항공기와 밀접한 연관을 맺고 있다. 그래서 비행장 활주로 바로 옆에 부대가 위치한다. 계곡을 따라 형성된 풀밭은 안둘의 활주로로 사용되고 있었다.

공중강습 때 주로 사용하는 항공기인 안둘은 아주 짧은 활주로나 평지만 있으면 이착륙이 가능하다. 그래서 복잡한 활주로 시설이 필요하지 않았다. 그런데 대량 침투를 위해서는 일정 규모 이상의 안둘을 집결시켜 놓는 수밖에 없었다.

만약 비행기들이 분산되어 있으면 동시출격을 위해 무선통신을 유지해야 한다. 그러면 그것으로 끝장이었다. 무선통신이 잦은 곳에는 여지없이 국군으로부터 집중포격이 가해지기 때문이다.

이곳은 활주로처럼 보이지도 않고 무전기라고는 딱 하나밖에 없었다. 그 무전기도 비상용으로, 대부분의 명령은 기통수라 불리는 전령을 통해 이뤄졌다. 한국 전투기에 의해 폭격을 받을 가능성은 거의 없었다. 북한은 특수전을 위한 간이 활주로를 수십 곳에 만들어놓았다.

현리 외곽에 자리잡은 42호 비행장은 바로 그런 비행장들 가운데 한 곳이었다. 경기도와 강원도 곳곳에 붙은 지명인 현리라는 이름답게 이곳도 군사시설이 들어서 있었다.

이 간이 활주로는 간단한 시설이라고는 하지만 주변 산에는 고사포와 화성포가 곳곳에 도사리고 있었다. 화성포는 북한에서 휴대용 지대공 미사일을 뜻하는 말이다.

어둠침침한 지하 숙소로 발길을 돌리던 손호창은 낮은 진동음을 느끼며 흠칫했다. 하늘에서 굉음이 들리기 시작했다. 고사포 요원들이 고함을 치며 포를 한 방향으로 돌려대기 시작했다. 공습이었다.

― 항공! 항공!

정신없이 뛰어다니는 항공기 지상요원들이 고함을 치더니 이내 사이렌이 울리기 시작했다. 손호창은 재빨리 지하로 뛰어들었다. 어차피 전투는 반항공부대 요원들이 하는 것이다. 강철문이 소리를 내며 닫혔다. 한동안 앞이 보이지 않다가 시간이 지나자 서서히 암적응이 되면서 사물이 하나 둘씩 보였다.

주변에 앉은 인민군들의 얼굴을 본 손호창은 안도감을 느꼈다. 모두들 공포에 질린 눈으로 천장을 바라보고 있었기 때문이다. 전혀 겁을 모르는 것처럼 보이던 항공육전병들 역시 공포를 느끼기는 마찬가지였다. 그런 생각이 들자 손호창은 마음이 조금은 가벼워졌다.

― 꾸우우웅! 쿵!

강한 진동이 몇 차례 일어나며 땅이 흔들렸다. 지하실 천장에서 흙먼지가 우수수 떨어져 내렸다. 납작 엎드린 항공육전병들이 콜록거리며 기침을 하기 시작했다.

잠시 후 아주 강력한 충격이 한 차례 몰려왔다. 다리가 휘청거리고 고막이 터질 것 같은 강한 충격이었다. 잔잔한 진동과 폭음은 사이사이 계속 들렸다. 입구의 강철문에 파편이 부딪쳐 튀는 소리 역시 요란했다. 손호창은 끔찍한 두려움에 떨었다. 폭격은 끝없이 이어질 것 같았다.

잠시 후 구석에서 전화를 받던 군관이 입구 쪽을 향해 고함쳤다.
"상황 끝났수다! 문 열고 나갑세!"

육중한 강철문이 귀따가운 소리를 내면서 열렸다. 강한 빛이 들어와서 손호창이 눈을 가늘게 떴다. 안으로 불어 들어오는 바람 속에 화약 냄새가 진하게 느껴졌다. 서둘러 계단을 올라가 밖으로 나서자 참상이 한눈에 들어왔다.

조금 전에 대공포가 있던 자리에는 직경 10미터에 이르는 큰 구덩이가 생겼다. 위장한 천막들이 있던 쪽에서는 시커먼 연기가 솟구치고 있었다. 활주로로 쓰는 풀밭에는 깊은 구덩이가 여러 개 뚫려 있었다. 풀밭에는 그것말고도 작은 구멍이 수도 없을 정도로 많이 생겨났다.

작은 구멍들 사이사이에 시체와 파편 조각들이 나뒹굴었다. 안둘 비행기들을 숨겨놓았던 숲은 시뻘건 화염을 내뱉고 있었다. 비행기나 사람이나 제대로 남아 있는 것은 아무 것도 없을 것 같았다. 42호 비행장은 한국 공군의 공습에 철저히 파괴당했다.

망연자실한 얼굴이 된 손호창이 하늘을 바라보았다. 흐린 하늘은 10분 전 그대로였지만 땅바닥은 완전히 달라져버렸다. 이제 오늘 출격은 불가능해졌다. 복잡한 심경이 된 손호창이 남들 몰래 안도의 한숨을 내쉬었다.

6월 15일 21:25 충청남도 아산시

"항공지원이 없으면 어렵습니다."

곤혹스런 표정으로 윤재환 중령이 말문을 열었다. 연평도 남동쪽 해상으로 진입을 시도하던 포항급 초계함 한 척이 오늘 낮에 인민군의 대함 미사일 공격으로 격침 당했다. 연평도를 잃은 이후 한국 해군은 연평도 동쪽 해상에 대한 제해권을 제대로 확보하지 못하고 있었다. 그곳은 인천과 강화도의 방어를 위해 필수적인 해역이었다.

포항급 초계함은 레이더 피킷함으로 전진배치되었던 것인데, 해주 방면에 배치된 실크웜(silkworm) 미사일에 당한 것이다. 피킷(picket)함은 정찰 및 감시 임무를 띠고 본대와 떨어져 깊숙이 전진배치되는 함정이었다.

인민군의 대함경계망은 매우 조밀한 것으로 판단되었다. 중국제 대함 미사일인 실크웜과 소련제 샘릿(Samlet) 미사일이 황해도 연안의 해안방어부대에 집중적으로 배치된 모양이었다.

한국 해군 서해함대는 인민군 고속정대를 견제해야겠다는 조급한 마음에 고속정대를 투입했다. 그러나 중포로 무장한 인민군 해안포대도 만만치 않았다. 고속정대는 큰 피해를 입고 남쪽으로 물러서야 했다. 이제는 한국 해군이 연평도나 백령도에 접근하기 곤란한 상황이 되어버린 것이다.

"실크웜 대함 미사일은 이동성이 좋은 궤도차량에서 운용되고 있습니다. 공군에서 정찰했지만 발견하기 어렵다고 합니다. 더욱이 이런 기상상황에서는……."

말끝을 흐린 윤재환 중령이 얼핏 창 밖으로 눈을 돌리다가 즉시 고개를 돌려 외면했다. 수리도크에 들어가 있는 전남함은 그 처참함이 말로 표현하기 어려웠다. 주마스트에 달려 있는 레이더와 센서들은 이미 깨끗이 제거되어 있었고, 응급방편으로 사격통제 레이더만 새롭게 설치작업이 진행되고 있었다. 최소한 적 고속정이라도 잡기 위한 조치였다.

"어쩔 수 없네. 이제부터 서해의 작전은 작전사령부에서 직접 통제한다. 잔여 함정들은 익일 02시부터 김유신 기동전단에 배속된다네."

임시로 서해함대 사령관직을 맡고 있는 노현철 준장도 쓴웃음밖에 나오지 않았다. 김유신 기동전단은 작전사령부 직할의 기동전단이었다. 그것은 KDX-2로 알려진 문무대왕급 구축함의 2번함 김유신함을 주축으로 구성된 전단이며, 원래의 전단번호보다는 기함 이름으로 애칭되는 해군의 핵심 전단이었다. 형식적으로 김유신 기동전단은 2함대 사령부 예하로 배속되지만 지휘권이 모두 인계된 것은 아니었다.

보기 좋은 모양새지, 실제로는 2함대의 나머지 주력 함정들을 작전사령부에서 직접 지휘하겠다는 것이나 다름없었다. 함대사령관의 유고有故와 북한 특수부대 집단에 의한 2함대 사령부의 습격은 모든 것을 엉망으로 만들어놓았다.

해군참모총장은 전단장이던 노현철 준장을 부랴부랴 신임사령관으로 임명했다. 그러나 2함대 전력의 핵심이라고 할 수 있는 노 준장의 전단도 이미 뼈아픈 손실을 입은 뒤였다.

현실적으로 보면 김유신 기동전단이 서해함대의 잔여 함정들을 인수하는 것이 나을지도 몰랐다. 그러나 지휘관의 마음은 그렇지 않았다. 노현철 준장은 무엇보다도 직접 휘하 함정들을 지휘해서 복수하고 싶었다. 이건 지휘권 다툼의 문제가 아니었다. 지휘관으로서 만회할 수 있는 기회를 얻지 못했다는 실망감이 그를 고통스럽게 했다.

"윤 중령."

"예, 사령관님."

등을 돌려 창가를 내려다보던 노현철 준장이 고개를 돌렸다. 전단장님이란 호칭에 익숙하던 윤재환 중령이 약간 뜸을 들인 다음에야 사령관님이란 호칭을 붙였다.

"저 배로 다시 작전 나가는 것은 부담스러울 거야. 하지만 공군 핑계를 댈 수는 없어. 연평도 주변 해상을 장악하지 않으면 또다시 인천까지 통제가 불가능질 거야. 윤 중령이 무리를 좀 해야겠어. 김유신 전단과 합류하면 그쪽 전단장에게 상황을 잘 알려주게. 전투경험이 중요해."

"예, 알겠습니다."

말을 마친 노현철 준장이 창 밖으로 다시 고개를 돌렸다. 윤재환 중령도 같은 방향으로 시선을 옮겼다. 윤재환 중령은 애써 수리도크를 피해 항만에 정박한 함정들을 살폈다. 윤재환 중령의 배는 인천항이 기지였다. 아산항 기지가 낯선 곳은 아니지만 뭔가 답답했다.

집을 잃었기 때문이었다. 지금 인천 기지는 위험했다. 함대사령부에 침투한 인민군 특수부대는 모두 소탕했지만 더 이상 안전을 보장받을 수 없었다. 여차하면 인민군 고속정 대집단이 방어망을 뚫고 인천항을 습격할 수도 있기 때문이다.

창문 너머 전남함의 모습이 다시 눈에 들어왔다. 낮처럼 밝힌 환한 조명 아래 응급수리를 하는 갑판 이곳 저곳에서 용접불꽃이 번쩍거렸다. 창가에 서 있는 신임 함대사령관 옆으로 윤재환 중령이 다가왔다.

상처 입은 함을 보는 것만큼 괴로운 일은 없었다. 그러나 전단을 지휘했던 노현철 준장의 마음은 더 쓰라릴 것이라고 생각했다. 윤재환은 죽어간 동료 함장들을 잠시 떠올렸다. 함교에 있다가 쓸려나간 부하들도 생각했다. 살아남은 자의 죄책감이 목 아래쪽에서 울컥 밀려왔다.

6월 15일 23:09   서울 용산구

전선은 비교적 조용했다. 북한 공군기들은 연료가 다 떨어졌는지 하늘도 조용하고, 바다에도 특이사항은 없었다. 한반도 상공에는 가끔 북한 지역 폭격에 나서는 한국 전투기들만 있었다.
조금 전에는 미 해군의 E-2C가 날아와 한반도 전역을 항공관제하는 연습을 하고 돌아갔다. 그리고 미 항모에서 날아오른 F/A-18 전폭기들이 제주도 인근 상공을 초계한다는 보고가 올라왔다.
그리고 한미연락단에서는 미군과의 협동작전을 위한 세부지침을 합참에 전달했다. 합동참모본부는 이 지침을 예하 작전부대에 전파했다. 바야흐로 미군이 참전하기 직전이었다. 합참 정현섭 소령이 강원도 상황을 살폈다.
강원도에서는 적 게릴라의 흔적을 발견했다는 보고만 몇 건 있을 뿐, 새로운 사건이나 사고는 없었다. 원주와 삼척을 연결하는 선 남쪽에서는 이들을 발견했다는 보고나, 이들이 지나간 흔적도 없었다. 게릴라들을 잡기 위한 병력동원도 차근차근 진행됐다. 이제 곧 게릴라들의 조직적인 움직임은 힘들어지게 된다.
내일부터 중부지방에 장마가 온다고 했다. 그리고 미국 항모전단도 한반도를 향하고 있었다. 이제 전쟁은 끝난 거나 다름없었다.
북진을 하느냐의 문제, 그리고 북진을 얼마나 하는가 하는 문제는 정치권에서 결말이 날 것이다. 그것은 정치권의 결단, 그리고 미국 및 중국과의 외교교섭에 달렸다. 군이 결정할 성질의 것이 아니었다. 정현섭이 늘어지게 하품을 했다.

"아까 낮에 이동하라고 한 동원사단들 지금 어딨나?"

화들짝 놀란 정현섭이 돌아보니 김학규 대장과 육군 참모차장이 뒤에 서 있었다. 사람 얼굴은 안 보이고 옷깃에 가득한 별만 보였다. 허둥지둥 모니터를 보며 몇 번 클릭하니 강원도로 보낸 동원사단들의 현재 위치가 나타났다.

"59사단은 양평을 지나고 있습니다."

여러 기차 편에 장비와 인력을 나눠 실었으니 정현섭은 59사단 지휘부의 위치를 보고한 셈이었다. 59사단은 사단 규모 병력의 이동속도 치고는 빠른 편이었다. 정현섭이 마우스를 몇 번 더 클릭하자 다른 동원사단들의 현재 위치도 나타났다.

역시 경기도에서는 북한 게릴라들의 활동이 없었다. 병력을 가득 실은 열차들은 무장헬기와 철도경비대의 호위를 받으며 강원도로 향하고 있었다. 김학규 대장이 고개를 끄떡이더니 다시 물었다.

"강원도에 남은 게릴라 숫자는 어느 정도로 추산되나?"

이번 질문은 정현섭이 상부에 몇 번이나 보고한 사항이었다. 자신있게 보고했다.

"사건 발생빈도로 볼 때 남은 놈들은 약 5백 명으로 추산됩니다. 동부전선 직후방에 3백 명, 강원도 중부지방에 2백 명 정도입니다. 현재 휴전선 일대를 제외하고 설악산과 오대산 일대를 포함한 강원도 중부지역에서만 적 사살 전과 262명입니다."

모니터에 뜬 지도에는 한국군 부대의 배치상황과 전투가 발생한 지역, 그리고 국군이 대게릴라작전에서 올린 전과가 나타났다. 262명이라는 숫자는 개전 첫날 휴전선이 뚫릴 때의 사살 전과를 뺀 숫자였다.
　지금도 휴전선과 가까운 인제나 고성, 철원, 화천 등 전선 직후방지역에서는 병력이 대대적으로 동원되어 치열한 토벌작전이 전개되고 있었다.
　"침투한 놈들 반쯤 잡았다, 이거지? 그래도 아직 엄청나게 많이 남았군."
　정현섭 소령은 1996년에 발생한 강릉 무장공비사건 때 이들을 잡기 위해 얼마나 많은 한국군 병력이 동원됐는지 기억하고 있었다. 겨우 열 명 남짓한 남파공작원들 때문에 진돗개 하나가 발령되어 예비군들이 소집되고 현역 부대만 2개 군단 가까이 투입되어 포위망을 몇 겹으로 형성했다. 그러나 결국 한두 명은 얼어죽었는지, 아니면 포위망을 뚫고 휴전선을 넘어갔는지 알 수 없었다.

6월 15일 23:37 강원도 평창군 미탄면

　일렬 종대로 조심스럽게 숲 속을 걸어가던 인민군들이 멈춰 섰다. 제71경보여단 6대대 2중대 1소대 병력은 주위를 경계하며 천천히 자세를 낮췄다. 자연스럽게 소대장을 중심으로 삼각형의 방어대형이 만들어졌다.
　척후조로 나섰던 군사 부소대장 강용백 중위가 대열로 돌아와 보고했다.
　"국방군 지휘소가 앞에 있는 것 같습니다. 경비는 느슨한 편입니다."
　순간 박상호 상위의 눈이 반짝였다. 지휘소라면 공격 우선순위가 상당히 높은 편이었다. 경비까지 느슨하다니 놓칠 수 없는 기회였다.
　"규모는 어느 정도로 보이오?"

"적어도 대대급 이상 지휘소 같습니다. 그런데……."

강용백과 박상호의 눈빛이 마주쳤다. 둘 다 이상한 느낌을 받았다. 이런 깊은 산중에 지휘소가 있다는 것은 쉽게 납득이 가지 않았다.

"내가 직접 확인하겠소. 가 봅시다."

박상호가 척후가 있는 장소까지 와서 바닥에 엎드려 살폈다. 약 800미터 정도 떨어진 골짜기 아래쪽 평지에 불이 켜진 대형 천막이 몇 채 있고 주변에는 안테나로 보이는 높은 막대가 여러 개 세워져 있었다. 천막 안에서 군인들이 이리저리 오가는 모습이 불빛에 비쳐 보였다.

천막들 주변에는 철조망이 둘러쳐져 있고 모래자루를 쌓아 만든 기관총 진지도 곳곳에 설치되어 있었다. 돌아다니는 국군은 없었지만 기관총 진지 주변에서 인기척을 느낄 수 있었다. 간혹 모래자루 위로 철모가 보이기도 했다. 박상호 상위는 국군 지휘소의 총 경비병력을 소대급 이하로 판단했다.

"깊은 산중에 지휘소라니 이상하지 않습니까? 소대장 동지?"

강용백은 어딘가 부자연스런 느낌이 들어 소대장의 의견을 구했다. 박상호는 대답하지 않고 쌍안경을 계속 이리저리 돌렸다. 쌍안경이 한 군데서 멈추더니 움직이지 않았다.

쌍안경을 들여다보던 박상호의 입가에 미소가 걸렸다. 천막 불빛에 가려 잘 보이지 않았지만 천막 뒤에 차량이 10대나 주차해 있었던 것이다. 차량들 가운데는 네모난 칸을 적재한 작은 트럭도 있고 대형 파라볼라 안테나를 실은 트럭도 있었다.

"저 안테나를 보시오! 위성용 안테나요. 국방군 지휘소가 확실하오."

"전 다만 느낌이 좀 이상해서 그럽니다. 이런 산중에 있을 리가 없잖습니까?"

"우릴 잡으려고 온 놈들이오. 특전사나 그런 놈들이겠지. 전혀 이상할 것 없소."

강용백 중위는 이상한 느낌을 받았지만 확신에 찬 박상호의 말에 강하게 이의를 제기하지 않았다. 소대장의 권위는 절대적으로 유지되어야 했다. 박상호는 흥분으로 음성이 약간 떨리고 있었다. 강용백이 알기로도 위성통신기는 평범한 소규모 부대에는 배치하지 않는 고급 통신장비였다.

"우리가 남반부 괴뢰군 매복망 사이를 지나온 모양이오. 저놈들이 포위망을 형성한 것보다 우리가 내려온 게 더 빨랐겠지. 우리가 여기까지 온 줄 모를 거요. 자! 더 망설일 것 없소. 여기를 치고 영월로 넘어갑시다."

국군 지휘소를 치겠다는 박상호의 결심은 확고했다. 강용백은 미심쩍다는 눈으로 천막촌 주변을 다시 살폈다. 그러나 반론을 제기할 만한 증거가 없었다.

"강 동무는 2개 분대를 인솔해서 뒤쪽으로 돌아가서 치시오. 나는 나머지 2개 분대와 함께 정면에서 공격하겠소."

"알겠습니다, 소대장 동지."

강용백은 이의를 제기하지 않고 고개를 끄덕였다. 두 사람은 잠시 작전을 논의한 후 시계를 맞췄다. 강용백 중위는 잠시 후 소대 병력 중 절반을 데리고 어둠 속으로 사라졌다.

박상호는 다시 쌍안경으로 천막을 지켜봤다. 국군은 아무런 낌새를 채지 못한 것 같았다.

고양이 걸음으로 약간 간격을 띄운 채 경보여단 인민군들은 어둠 속을 기민하게 움직였다. 지뢰지대로 예상되는 장소를 척후 두 명이 약 10분 동안 탐색했다. 이들은 아무런 매설물이 없는 것을 파악하고 숲 속 동료들에게 안전하다는 신호를 무전기로 보냈다.

"지뢰가 없드랬시요."

부하 한 명이 무전기의 삑삑거리는 소리를 듣고 보고했다. 강용백은 왠지 모를 불안감 때문에 안절부절못했다. 하지만 이미 작전은 시작되었고, 시간을 끄는 것은 작전을 방해하는 일밖에 되지 않았다. 강용백은 어쩔 수 없이 휘하 2개 분대 병력에게 전진을 지시했다.

천막촌 외곽을 둘러싼 철조망 아래에 도착한 척후들이 감지선이 있는가를 확인한 후 철선 절단기로 하나씩 끊어갔다. 척후 뒤에 약간 간격을 두고 땅바닥에 엎드려 있던 경보여단 병력이 천천히 철조망 내부로 기어 들어갔다.

박상호 역시 1개 분대를 철조망 안으로 먼저 들여보내고 나머지 병력과 함께 들어갔다. 박상호는 대형 천막을 향해 슬금슬금 기어갔다. 경사면 아래에 설치된 대형 천막 안에는 국군 몇 명이 지도를 펴놓고 회의를 진행하고 있는 것 같았다. 절호의 기회였다.

부하 8명에게 주변 진지들을 제압할 것을 지시한 박상호가 군사 부소대장 강용백이 인솔한 병력을 찾기 위해 고개를 돌렸다. 지금쯤 소대원 중 절반이 반대편 철조망을 뚫고 들어와 있을 시간이었다.

그 순간 섬광이 번쩍이고 폭음이 울렸다. 갑자기 비명이 이어졌다. 조명탄 몇 개가 하늘로 날아올랐다. 주변이 대낮처럼 환해지고 총성이 연이어 울렸다. 대검을 물고 양쪽 진지로 다가가던 인민군들은 이미 땅바닥에 쓰러져 있었다. 한 명이 고통스럽게 온몸을 꿈틀거렸다.

"들켰다. 소대! 돌격 앞으로!"

대형 천막들을 중심으로 박상호가 있는 장소 반대편에 있던 강용백은 이왕에 들켜버린 이상 정면으로 뚫고 나가려고 마음먹었다. 지휘부가 있는 천막들을 모조리 박살내고 반대편 입구 쪽으로 나갈 계획이었다. 인민군들이 함성을 지르며 천막으로 돌진해 들어갔다.

소대원들 역시 강용백의 뒤를 따라 자동사격을 하면서 달려갔다.

그런데 경보여단 인민군들은 주변 숲 속에서 수십 개의 총구가 그들을 노리고 있다는 사실을 전혀 모르고 있었다.
― 투타타타!
조명탄이 주변을 대낮처럼 밝힌 가운데 사방에서 일제히 자동소총과 기관총이 불을 뿜기 시작했다. 비오듯 쏟아지는 총탄을 뚫고 천막 안으로 들어간 박상호 상위는 경악했다.
아무 것도 없었다. 허름한 책상 위에 작은 영사기 같은 물건이 하나 있을 뿐이었다. 조금 전에 그들이 본 것은 영사기로 비춘 허깨비에 불과했던 것이다. 엄청난 분노, 당황, 그리고 수치심으로 혼란에 빠진 박상호는 울부짖듯 소리치며 밖으로 달려나갔다.
"속았다! 함정이다!"
― 꽝!
천막에서 막 빠져나오던 박상호가 폭발에 말려 공중으로 붕 떴다. 어둠 속을 몇 미터나 날아가 데굴데굴 굴렀다.
인민군들은 앞에서 쏟아지는 맹렬한 사격을 피해 들어올 때 끊어둔 철조망 쪽으로 도주했다. 그러나 경보여단 인민군들은 집중사격을 받아 철조망에 팔다리가 걸린 채 벌집이 되었다.
계속 쓰러지는 부하들을 보고 분노한 강용백이 총구화염이 번쩍이는 숲을 향해 총구를 돌렸다. 그 순간 총탄 몇 발이 그의 가슴과 배를 관통했다. 몇 미터나 뒤로 계속 밀려나간 강용백은 천막 앞에 이르러서야 박상호의 몸에 걸려 쓰러졌다. 서서 움직이는 인민군은 더 이상 보이지 않았다.

총성이 그친 뒤 상당한 시간이 지났지만 계속 발사된 조명탄이 주변을 환하게 비췄다. 한참 시간이 흐른 뒤에야 숲 속에 숨어 있던 국군 특전여단 대원들이 조심스럽게 매복 비트를 벗어났다. 이들은 자세를 낮추고 총구를 앞쪽으로 향한 채 천막이 있는 공터로 걸어나왔다. 그들은 제10공수여단 5대대 3중대 B팀이었다.

공수특전단 요원들은 부상으로 신음하는 인민군들 사이를 돌아다니며 살아남기 힘든 부상자들을 골라 확인사살하기 시작했다. 이들은 인민군 게릴라들의 부대 규모나 침투 방향 등을 밝혀야 했기 때문에 포로를 최대한 많이 잡아야 했다. 하지만 인민군들이 워낙 격렬하게 저항했기 때문에 목숨이 붙어 있는 인민군들도 중상을 입은 자들이 대부분이었다.

눈을 부릅뜬 채 꼼짝하지 않는 강용백을 발로 툭 차보던 B팀장 양영준 대위는 상대가 아직 숨이 완전히 끊어지지 않았다는 것을 알고 약간 놀랐다. 몸통 전체가 완전히 짓뭉개지도록 총탄을 여러 발 맞았는데도 아직까지 살아 있다니, 참 놀라운 생명력이었다.

양영준은 차에 치여 하반신 전체가 짓뭉개졌으면서도 사흘 넘게 숨이 붙어 있던 검은 고양이가 머릿속에 떠올랐다. 어릴 적 악몽이 되살아나 섬뜩한 느낌이었다. 죽어가던 검은 고양이를 보다 못한 어린 양영준은 고양이를 비닐봉투에 싸서 쓰레기통에 버렸다. 그 뒤부터 양영준은 청소차가 지나갈 때마다 원한에 사무친 듯 낮고 고통에 찬 고양이 울음소리가 들리는 것 같았다.

"으…… 으……."

상대는 말을 하지 못하고 신음소리만 냈다. 살아남을 가능성이 전혀 없어 보였다. 이럴 땐 고통을 빨리 덜어주는 것이 도리라고 생각한 양영준은 주저없이 K-5 권총을 뽑았다. 강용백의 이마에 대고 묵직한 방아쇠를 당겼다.

― 탕!

강용백의 몸이 한 차례 움찔하더니 완전히 움직임을 멈췄.

양영준이 강용백의 부릅뜬 두 눈을 감겨줬다. 등뒤에서 쾌활한 음성이 들렸다.
"역시 팀장님 판단은 정확했습니다. 완전히 청소했습니다."
김홍석 중사가 다가오며 엄지손가락을 들어 보였다. 가짜 지휘소 설치는 양영준이 대대 간부회의 때 제안한 것이었다. 덕분에 여기저기 들쑤시고 다니던 인민군 게릴라들을 한번에 소탕해버릴 수 있었다.
20명이 넘는 게릴라들을 단번에 잡은 것은 엄청난 일이었다. 더구나 B팀은 단 한 명의 피해도 없이 완벽하게 임무를 수행했다. 대원들이 훈장이나 포상을 기대하고 잔뜩 들떠 있었다. 그런데 정작 누구보다 기뻐해야 할 팀장 양영준은 기분이 좋아 보이지 않았다.
"실없는 소리말고, 몇 명이나 생포했어?"
"다들 피떡이 돼서 3명밖에 못 건졌습니다. 저놈들도 빨리 후송 안 시키면 곧 죽을 것 같습니다. 거의 걸레조각이 됐습니다."
양영준은 부하들을 책망하지 않았다. 야간전투는 원래 어려운 것이다. 부하들의 희생이 없는 게 오히려 큰 다행이었다.
"헬기 부르고, 빨리 자리를 뜨자."
"헬기는 이미 불렀습니다. 원주로 갑니까?"
"이놈들 살려내고 심문하려면 거기말고 또 어딜 가냐? 빨리 준비해!"
난데없는 고함에 김홍석이 흠칫했다. 한 차례 쏘아붙이고 멀어져 가는 양영준의 뒷모습을 보며 김홍석이 나직하게 중얼거렸다.
"아, 씨팔! 좋은 기분 다 잡쳤네. 저 인간 또 왜 저래?"
바닥에 침을 뱉으려던 김홍석이 상체가 완전히 짓뭉개진 강용백의 시체를 보고 찔끔했다. 멀어져 가는 양영준과 눈 아래 인민군 시체를 번갈아보던 김홍석이 어깨를 한 번 으쓱했다. 김홍석은 동료들이 있는 곳으로 소리치며 달려갔다.
"야! 누구 담배 없냐?"

6월 16일 02:30   강원도 인제군 남면

자정을 넘어서자 한두 방울씩 떨어지기 시작하더니 2시가 넘자 본격적으로 비가 쏟아지기 시작했다. 바람까지 불자 강물 위로 떨어지는 빗방울들이 하얀 파도처럼 일렁거렸다. 그 소양강 위로 탐조등 불빛들이 이리저리 불규칙하게 휙휙 스쳐 지나갔다.
  엔진 소리가 점점 더 커졌다. 어둠 속에서 작은 모터보트가 모습을 드러냈다. 느리게 움직이던 모터보트가 갑자기 속도를 높이며 상류 쪽으로 뱃머리를 돌렸다. 다리 위에 설치된 탐조등 2개가 강한 불빛으로 보트 진행방향 앞을 비췄다. 시커먼 물체가 강 가운데로 떠내려오고 있었다.
  "오른쪽으로 배를 대!"
  어둠 속 보트 위에서 누군가 고함치자 엔진 소리가 그치면서 모터보트가 정지했다. 보트 위의 한국군 병사들이 손전등을 비췄다. 물 속에는 군복을 입은 시체가 강물을 따라 떠내려가고 있었다. 한국군 군복을 입은 시체는 얼굴을 물 속으로 박은 상태였다. 조심스럽게 총구로 시체를 건드리자 힘없이 밀려갔다.
  "빌어먹을! 재수없게 시체라니……."
  "그런 소리말고 뒤집어봐. 누군지 보고 인양하자. 그래도 우리 편인데……."
  고참의 명령에 보트에 타고 있던 일병이 인상을 잔뜩 구기며 판초우의 아래 전투복 상의 소매부분을 천천히 걷었다. 고참 병장이 일병을 노려보고 있었다. 눈치를 보던 일병이 결국 내키지 않는 손짓으로 주춤주춤 손을 뻗었다. 조심스레 시체 옷소매를 잡고 물 속에서 빙글 돌렸다. 시체가 뒤집어지고 손전등이 얼굴을 비췄다.
  보트 위에 있던 한국군 병사들은 동시에 깜짝 놀랐다. 시체의 얼굴은 철저하게 박살나서 도무지 알아볼 방법이 없었다. 커다란 눈알은 금방이라도 빠져나올 것 같았고 부서진 광대뼈 부스러기들이 삐죽삐죽 모습을 드러냈다.

"왝!"

비위가 약한 일병이 배 반대편으로 기어가서 구역질을 해댔다. 끔찍한 사고장면을 한 번 본 적이 있는 고참 역시 재빨리 고개를 돌리며 눈을 찔끔 감았다. 꿈에 볼까 무서운 모습이었다.

─ 뭔가 좀 보여? 어느 부대 소속인지 알 수 있겠나?

소대 선임하사의 목소리가 무전기에 들렸다. 일병은 계속 속에 든 것을 게워내고 있어서 다른 두 명이 손전등을 비추며 시체를 이리저리 뒤집어 부대마크와 명찰을 찾았다. 그런데 명찰과 부대마크가 붙어 있던 자리에는 무언가에 뜯겨나간 흔적만 남아 있을 뿐이었다. 병장이 무전기에 대고 보고했다.

"아무 것도 없습니다. 부대마크, 명찰 모두 뜯겨진 상탭니다."

─ 그럼 이리로 가져와 봐.

"알겠습니다. 야! 일단 시체를 가져와 보래. 보트에 직접 올리지 말고 시체를 줄로 묶어! 허리를 묶어라. 안 그러면 뼈가 부러지거나 안에 든 것들이 쏟아진다."

일병이 토하는 소리가 더 커졌다. 세 명은 땀을 뻘뻘 흘리며 작업을 진행했다. 시간이 좀 지난 뒤 보트 오른쪽에 시체가 대충 묶여졌다.

─ 부르릉!

모터보트가 엔진 소리를 높이며 다리 아래쪽을 향해 출발했다. 속도를 높이는데 가속이 영 시원찮았다. 아무리 시체를 매달았다지만 너무 느리다 싶어 병장이 후미에 앉아 키를 조작하는 상병에게 말했다.

"뭐가 걸렸나? 스크루 올려봐! 뭐가 낀 거 아냐?"

선외식 엔진이라 간단한 조작으로 스크루가 수면 위로 올라왔다.

스크루에 시체가 걸린 줄 알고 일병이 고개를 돌렸다. 예상외로 스크루는 깨끗했다.

"어디가 문제야?"

"저도 모르겠습니다."

"다시 속도 한 번 내봐."

역시 마찬가지였다. 뒤에서 뭔가가 배를 잡아당기는 듯한 느낌이 들었다. 불안함을 느낀 병장이 언성을 높였다.

"바닥에 뭐가 달라붙은 거 아냐?"

"에이…… 설마요."

대답은 그렇게 했지만 상병도 머리카락이 쭈뼛 서는 것 같았다. 귀신이 배 바닥에 붙어 물 속으로 끌고 가려는 장면을 연상하지 않으려고 무던히도 노력했지만, 쉽지 않았다.

"일단 선착장으로 가서 육지에 올려 한번 뒤집어보자."

모터보트가 서서히 다리 아래 선착장 쪽으로 움직였다. 그 사이에도 비는 계속 쏟아졌다. 선착장을 약 100미터 정도 앞둔 장소에서 배가 갑자기 왼쪽으로 심하게 흔들렸다. 물에 젖은 손이 보트 모서리에 시커먼 그림자 2개가 나타나더니 물 위로 솟구쳐올랐다.

"헉!"

— 첨벙!

모터보트 왼쪽에 앉아 있던 한국군 2명이 물 속으로 떨어졌다.

"동식아! 진석아!"

흔들리는 배에서 중심을 잡으며 고참 병장이 목이 터져라 이름을 불렀다. 그러나 거품만 보글보글 올라올 뿐이었다. 모터보트 위에 남은 한국군 두 명은 공포에 사로잡혔다. 무릎까지 일어선 채 K-2 자동소총을 쥐고 보트 주변으로 총구를 돌려댔다.

— 무슨 일이야?

안동 입성 145

무전기로 들리는 소대 선임하사의 목소리는 놀란 기색이 역력했다.

"괴물입니다. 괴물이…… 으악!"

공포에 질려 마구 고함을 질러대던 병사 둘은 보트가 크게 흔들리자 곧바로 균형을 잃고 물에 떨어졌다. 몇 번 물 위로 떠오르던 둘은 곧 물 속으로 자취를 감췄다. 빈 보트만이 천천히 하류로 흘러가기 시작했다.

조명탄이 연거푸 발사됐다. 탐조등도 여기저기서 켜졌다. 그렇지만 눈에 보이는 것은 장대비 속에 떠내려오는 빈 보트뿐이었다. 소양강을 감시하던 나머지 모터보트 2척이 빈 보트를 향해 다가왔다. 다른 보트에 타고 있던 병사들은 무전으로 들리던 동료의 비명을 이미 들었다. 때문에 잔뜩 긴장해서 총구를 빈 보트 주변에 겨눴다.

─ 뭐가 보이나?

"아무 것도 없습니다"

─ 잘 살펴봐!

"없습니다. 정말 아무 것도 없습니다."

모터보트 2척은 빈 보트 주변을 계속 맴돌았다. 강둑과 다리 위에 설치된 탐조등들이 그 주변을 집중적으로 비췄다. 경비 병력의 주의가 빈 보트 주변으로 집중되는 사이 약 100미터 정도 아래쪽에 있는 양구교 중앙 교각 아래에서 머리 4개가 조용히 떠올랐다. 북한 제61저격여단 김제천 상사와 그 동료들이었다.

갑작스런 총성이 울렸다. 김제천이 상류 쪽으로 고개를 돌리자 모터보트 위에서 소양강 북쪽 강변을 향해 기관총을 마구 쏘아대는 모습이 보였다. 조명탄이 여러 발 발사되어 주변이 대낮처럼 밝아졌다. 다리 위에서 예광탄 날아가는 모습은 마치 레이저 광선을 쏘는 것 같았다. 다른 저격조가 접근 중 발각된 것이다.

북쪽 강변에서 맹렬한 반격이 시작됐다. '텅! 텅!' 하는 묵직한 중저격총 소리가 들렸다. 국군 모터보트에서 발사되던 기관총이 돌연 침묵했다. 화력지원조가 가지고 있는 중저격총에 기관총 사수가 맞아 치명상을 입은 것 같았다. 다시 한 번 들린 총소리에 모터보트 후미에서 폭발이 일어나며 선체가 불길에 휩싸였다. 한국군 병사 몇 명이 앞다퉈서 강물 속으로 뛰어들었다.

남쪽 강변에서 고함이 들렸고 다리 위에서 급히 달려가는 발소리도 들렸다. 화력지원조가 본격적으로 탐조등을 저격하기 시작하자 환하게 소양강물 위를 비추던 탐조등 숫자가 급격하게 줄어들었다.

상류 강변에서 소란이 벌어지고 있는 틈을 타서 김제천과 동료 인민군들이 갈고리를 던졌다. 교각 상부에 건 다음 줄을 타고 올라가기 시작했다. 폭약을 교각과 상판 연결부위에 설치하기 위해서였다.

김제천이 제일 먼저 올라갔다. 오랫동안 힘들여 헤엄을 친데다가 물에 젖은 옷이 너무 무거웠다. 교각 상부 위에서 아래쪽 동료가 올려다주는 폭약가방을 받으려는 순간 다리 아래 선착장 쪽에서 탐조등이 환하게 비췄다. 기관총 소리가 귀청을 찢을 듯 주변을 울렸다.

동료 인민군이 폭약가방을 안은 채 피를 뿌리며 소양강물 속으로 떨어졌다. 줄을 타고 올라오던 다른 인민군 두 명 역시 기관총의 집중사격에 비명을 지르며 물 속으로 떨어졌다. 어지럽게 수면을 비추는 탐조등 불빛에 피가 강물에 벌겋게 번져가는 모습이 보였다.

이제 남은 것은 김제천 혼자뿐이었다. 교각 아래에 숨어 있으면 날이 밝은 뒤 발각될 위험이 더욱 컸다. 그런 생각이 들자 김제천은 곧바로 소양강물 속으로 몸을 날렸다.

— 첨벙!

김제천이 떨어진 곳을 향해 다시 기관총이 불을 뿜었다. 총탄이 향한 곳마다 물이 튀어올랐다. 강물 위로 하얀 물보라가 일어났다. 그러나 시체는 보이지 않았다.

6월 16일 04:08 강원도 원주시

원주시 전체에 걸쳐 삼엄한 경계가 내려져 있었다. 이곳 육군 제2병원 중환자 병동 3층은 특히 그랬다. 몇 미터마다 특전여단 병사들이 버티고 서 있고 기무사, 정보사 마크를 단 고급장교들도 분주히 복도를 돌아다녔다.

밖에서 비가 조금씩 내리고 있어 현관 복도는 축축하게 젖어 있었다. 중환자 병동 현관을 막 나오던 양영준 대위는 잠시 발걸음을 멈추고 비옷을 걸쳤다. 양영준이 3층 왼쪽 맨 끝에 있는 불 꺼진 병실을 다시 돌아봤다.

그가 지휘한 제10공수여단 5대대 3중대 B팀 대원들이 어젯밤 생포한 인민군 게릴라 3명은 조금 전에 완전히 숨이 끊어졌다. 원래 생명을 건지기 어려울 정도로 중상을 입은데다가, 정보를 얻기 위해 거듭 투여된 약물 쇼크를 결국 견디지 못한 것이다. 방법이 썩 자랑스럽지는 못했지만, 상황이 상황인지라 찬밥 더운밥 가릴 처지가 아니었다. 어쨌든 한국군은 이번 포로 심문으로 북한 인민군 특수부대의 한국 내 작전상황에 대한 귀중한 정보를 얻을 수 있었다.

인민군 특수부대원 포로 심문 결과를 종합적으로 분석해보면, 개전 초기 태백산맥 산악지역을 통한 전체적인 인민군 특수부대의 투입 규모는 적어도 2천 명 이상 수준이었다. 주된 전력은 전방 군단소속 경보여단들을 주축으로 하고 있었다. 초기에는 장거리 침투를 주임무로 하는 다수의 저격여단 요원들도 함께 섞여 내려왔던 것으로 알려졌다.

중상을 입고 생포된 인민군들의 임무는 강원도 영서지역 일대를 근거지로 시·군 경계지역을 넘나들며 한국군 후방을 교란하는 것이었다. 그러나 다른 일부 경보부대의 경우, 고속침투를 위해 교전을 최대한 피해 무조건 남쪽으로 내려간 부대도 있었다는 사실이 심문 중에 밝혀졌다.

주로 전선 직후방에서 한국군 지휘부에 대한 강습과 비전투부대 습격임무를 수행할 것으로 추측되던 경보여단을 여단급 규모로 후방에 침투시킨 것은 충격적인 일이었다. 인민군이 보유한 특수부대 중에서 가장 정규부대에 가깝다는 평을 듣는 경보여단이었다. 이들이 산악지를 근거로 경부선과 고속도로 등의 주요 보급로를 교란시키며 한국군의 목줄을 조른다면 전쟁양상은 한국에 크게 불리해질 것이었다.

이 대규모 북한 특수부대들은 한국군의 보급로를 위협할 뿐만 아니라 엄청난 수의 후방 예비병력까지 붙잡아두는 효과를 가지고 있었다. 김일성이 생전에 경보병은 원자탄보다 효과가 크다고 주장한 것은 적어도 한반도에 한해서만큼은 틀린 말이 아니었다.

말이 2천 명이지, 이들이 혹독한 훈련을 받은 특수부대원들이란 것을 고려해보면 정규군 몇 개 사단에 해당하는 위력을 가지고 있을 것이었다. 이만한 규모의 병력이 한 번도 한국군의 경계망에 걸리지 않고 계속 후방으로 침투만 하고 있을 것이라고 생각하니 양영준은 등골이 서늘해지는 것을 느꼈다.

처음 이 첩보를 접한 정보사령부, 기무사령부 파견 심문관들은 모두 믿지 못하겠다는 표정들이었다. 심문과정을 지켜보던 특전사령관과 제10공수여단장도 마찬가지였다.

그러나 게릴라들의 진술을 서로 비교하고, 그들이 가진 메모, 주머니 속의 열매들, 비상식량 소모현황 등을 종합적으로 분석해본 결과 분명한 사실로 밝혀졌다. 부인하고 싶은 가설들이 현실로 점차 드러나자 동석한 모든 장교들은 할말을 잊었다.

한시라도 지체할 수 없는 긴박한 상황이었다. 이들이 말한 대로 고속침투한 경보여단 병력이 대구 - 영천 - 포항선을 돌파해 그 아래로 내려간다면 전쟁은 끝난 것이나 다름없었다. 현대전은 보급으로 결판난다. 대구 - 영천 - 포항선이 돌파되고 경부선이 차단된다면 한국군의 대동맥이 잘려나가는 것이었다.

– 이놈들을 빨리 소탕하지 못하면 우린 이번 전쟁에서 지고 만다. 신속히 병력을 추가 투입할 것을 상부에 건의하겠다.

특전사령관이 던진 한마디가 양영준의 가슴에 무겁게 남았다. 비옷에 떨어지는 빗방울 소리가 더 크게 들리는 것 같았다.

헬기 착륙장 근처 휴게실로 오자 대기 중인 부하들이 그를 반갑게 맞았다. 한쪽 구석에 특전사령관이 특별히 하사한 캔맥주 다섯 박스와 안주감들이 잔뜩 쌓여 있었다.

팀장을 기다리던 제10공수여단 5대대 3중대 B팀 대원들은 흡사 소풍가기 전 초등학생들처럼 들떠 있었다. 하지만 그들의 기대는 양영준의 한마디에 곧 산산조각 났다. 양영준이 맥주와 안주를 모두 병원측에 넘기라는 명령을 내린 것이다.

"예?"

김홍석은 어이가 없는 듯 입을 쩍 벌리고 되물었다. 다른 고참 하사관들도 이해 못 하겠다는 표정이었다.

"갖다주라고. 내 말 안 들려?"

"아니, 사령관께서 특별히 하사한 물품을 어떻게······."

"그럼 넌 그거 먹고 몇 시간 뒤에 매복 나갈 수 있을 거라고 생각해? 지금 국가 운명이 풍전등화에 처해 있는데, 맥주 마시고 딩가딩가 놀 여유가 어디 있어? 지금 정신이 있는 거야, 없는 거야? 당장 갖다주지 못해!"

서슬 퍼런 양영준의 일갈에 김홍석이 찔끔했다.

"알겠습니다."

주변에 있는 고참들에게 애처로운 눈빛으로 구원의 신호를 보냈지만 다들 시선을 다른 데로 돌리고 있었다. 김홍석은 어쩔 수 없이 맥주 다섯 박스를 들고 병원 현관으로 낑낑대며 걸어갔다.

"나중에 병원 담당자에게 확인할 테니 중간에 빼돌릴 생각 하지 마!"

화가 잔뜩 나 있는 김홍석의 뒤통수에 고함을 한 번 질러놓은 양영준은 팀원들을 모아 현재 돌아가는 상황에 대해 설명했다. 처음에는 팀장이 너무 깐깐하게 군다고 다들 불만스러워했다. 그러나 양영준이 상황을 상세하게 설명하자 모두들 심각한 상황에 표정이 무거워졌다.

B팀을 작전지역으로 싣고 갈 헬기가 머리 위에 나타날 무렵 김홍석이 달려왔다. 부자연스러운 김홍석의 걸음걸이를 유심히 지켜보던 고참 중사 2명이 갑자기 그를 붙잡고 번쩍 들어 거꾸로 흔들기 시작했다.

— 툭…… 투툭!

캔맥주 3개가 군복 주머니에서 빠져나왔다. 배낭을 뒤지자 다시 4개가 더 나왔다. 양영준의 얼굴이 일그러졌다. 결국 김홍석은 캔맥주 7개를 병동 현관 경비병들에게 건네준 다음에야 헬기를 탈 수 있었다. 캔맥주를 받은 경비병들은 이게 웬 횡재인가 싶어 다들 입이 귀밑까지 찢어졌다.

잠시 후 B팀을 태운 UH-60P 헬기들이 동남쪽 하늘로 사라졌다. 비가 힘없이 주룩주룩 내렸다.

6월 16일 04:20   서울 용산구

"돌아버리겠네, 정말! 경보병 1개 여단이라니!"

김학규 대장이 분을 삭이지 못하고 벌떡 일어났다. 인민군 1개 경보여단이라면 보통 일이 아니었다. 그동안 강원도를 헤집고 다닌 것은 피라미에 불과했다. 경보여단 상당수가 교전을 회피하고 남쪽으로 내달렸다니, 도저히 믿어지지 않았다.

"1개 여단을 겨우 2백 명이라고 보고하다니! 도대체 상황파악을 어떻게 한 거야?"

마룻바닥을 울리며 김학규 대장이 다가왔다. 야전침대에서 눈을 붙이다가 불려나온 정현섭 소령이 어깨를 움츠리며 모니터에 시선을 고정시킨 채 바쁜 척했다.

게릴라 숫자 추산은 사실 정현섭의 작품이 아니었다. 동부전선을 맡은 군단에서 그렇게 보고했고, 지상작전사령부도 별다른 이의가 없었다. 어젯밤까지만 해도 1개 여단이라는 추산이 오히려 이상했다.

"원주 - 삼척선은 무사한가?"

"예. 아까 잡혔던 놈들이 딱 그 선 북쪽에 걸려 있었습니다. 원주 - 삼척선 남쪽에서는 아직 징후가 포착되지 않았습니다."

"이젠 그 선도 믿을 수가 없군. 정 소령! 아까 그 동원사단들은 어딨나?"

"지금 59사단은 원주에서 숙영하고 있습니다. 다른 2개 사단은 아직도 이동 중입니다."

"서쪽말고, 강원도 남쪽으로 추가 투입할 수 있겠나?"

"경북엔 없고 전남과 경남에 동원사단이 있습니다. 이동 대기 중입니다. 하지만 전선 상황을 보고 전방으로……."

남성현 소장이 보고하자 김학규 대장이 고개를 휙 돌렸다.

"주공은 저놈들이오! 난 왜 장마 직전에 북괴놈들이 도발하나 했어! 이제야 알겠소. 휴전선에서 설친 놈들은 모조리 조공에 불과했소."

안우영 중장은 그것 보라는 듯 팔짱을 끼고 앉아 있었다. 이마에 핏대가 선 김학규 대장이 분에 못 이겨 으르렁거렸다.

"북한은 어제 아침부터 민중봉기에 의한 내란이 강원도에서 발생했다고 선전하고 있소. 애국적 시민들의 민중봉기? 정말 웃기고 있네. 어쨌든 이놈들을 반드시 잡아야 하오. 원주 - 삼척선에 병력을 추가로 증원하시오!"

6월 16일 06:12 강원도 인제군 남면

"헉헉!"

빗줄기 속을 김제천은 숨이 턱에 닿도록 달렸다. 모자는 이미 달아나고 없었다. 얼굴에서 빗물인지 땀인지 모를 물방울들이 목으로 흘러들었다. 물먹은 나뭇가지가 사정없이 김제천의 이마를 때렸다.

갑자기 멈춰 선 김제천은 불안한 눈으로 주변을 둘러봤다. 김제천은 빗소리만 들려오는 것을 확인한 뒤 안도의 한숨을 내쉬었다. 근처 바위 사이의 조그만 공간에 주저앉았다.

실패할 경우 모이기로 했던 지점에서 한 시간 가까이 기다렸지만 동료들은 그 누구도 오지 않았다. 저격여단 소대 전원이 사살당한 모양이었다.

한국군은 한밤중에 쏟아지는 빗속에서도 이동하는 동물을 발견할 수 있는 장비를 가지고 있다고 들었는데, 아마 그것에 탐지당한 것 같았다. 완벽한 어둠 속에서 움직였는데도 갑자기 탐조등 불빛과 함께 기관총탄이 쏟아진 이유를 설명할 방법은 그것말고는 아무 것도 없었다.

김제천 상사는 남은 무기와 식량을 점검했다. 30발 탄창이 3개, 수류탄 1발, 그리고 미숫가루가 조금 남아 있었다. 미숫가루를 보자 갑자기 허기가 느껴졌다. 봉지를 들어 입에 대고 털어넣기 시작했다. 마지막으로 조금 남은 가루를 먹기 위해 고개를 뒤로 젖히는 순간 총성이

안동 입성 153

한 발 울렸다.

김제천의 몸이 뒤로 벌렁 넘어지며 뒤에 서 있던 바위 벽면에 피가 확 뿜어졌다. 김제천은 하늘을 보고 누웠다. 왜 갑자기 누웠는지 생각나지 않았다. 두 눈을 뜬 채 김제천은 숨이 끊어졌다.

바위 벽면에 뿌려진 피가 빗물과 섞여 김제천의 얼굴로 떨어지기 시작했다. 미숫가루가 조금 남은 비닐봉지가 뒤쪽 바위에 붙었다 떨어지며 김제천의 얼굴을 덮었다.

- 처벅! 척!

발걸음 소리가 들리며 그림자 몇 개가 김제천이 앉아 있던 곳의 맞은편 숲 속에서 걸어나왔다. 한 명이 들고 있던 K-1A 자동소총을 앞으로 뻗어 김제천의 얼굴을 덮고 있는 비닐봉지를 젖혔다.

하늘을 보고 있는 김제천의 두 눈동자는 환하게 열려 있었다. 빗방울이 허연 눈을 연신 때렸다. 총구가 김제천의 이마로 이동했다. 다시 총성이 한 차례 울린 뒤, 그림자들은 원래 나타난 숲 속으로 사라졌다.

6월 16일 07:05 경상북도 예천

공군기지 사병식당에 사람들이 모여들었다. 전국적으로 구름이 짙게 끼고 중부지방은 곳곳에 비가 내려 예천 비행장은 오늘 비행계획이 없었다. F-5는 우수한 근접전 성능을 갖고 있지만 전천후 작전기는 아니었다.

공군 사병들은 작업장 점검을 간단히 하고 식당을 가득 채웠다. 경비병력이 대폭 보강되어 오늘따라 식당은 더욱 붐볐다. 인근 육군부대 병력도 있고, 복장은 제대로 갖췄지만 척 보면 누구나 알 수 있는 예비군들도 많았다.

 기지 외곽을 경비하는 공군 헌병과 예비군들은 날이 밝은 다음부터 경계태세가 상당히 풀려 있었다. 이들은 들뜬 마음으로 교대병력을 기다렸다. 밥과 부식을 실은 3/4톤 트럭이 이 앞을 지나가면 곧 교대시간이었다.

 마침 배식차가 초소를 향해 천천히 다가왔다. 차를 향해 헌병이 손을 흔들어주었다. 트럭 운전병 역시 경계 중인 헌병을 향해 손을 흔들었다. 그런데 운전병 얼굴이 좀 생소했다. 그러나 이번에 취사장에도 인원보강이 됐을 테니 그리 이상할 건 없었다.

 ― 끼이익!

 트럭이 멈추더니 운전병 옆자리에서 취사병이 주스 깡통 하나를 들고 내렸다. 초소 앞에서 헌병에게 주스통을 건네주던 취사병이 앞치마 밑에서 갑자기 권총을 꺼내 들이댔다.

 몽둥이로 이불을 두들기는 소리가 몇 번 나더니 헌병이 쓰러졌다. 무슨 일인가 내다보던 다른 헌병 한 명이 도끼를 가슴에 맞고 즉사했다. 배식차 뒤에서 나온 인민군이 던진 도끼였다.

 운전병과 취사병은 위장한 인민군 경보병들이었다. 은밀하게 기지 내로 접근한 인민군 경보병들은 지나가는 3/4톤 트럭을 탈취해 기지 외곽을 돌면서 이런 식으로 6개 초소를 잠재웠다.

 기지 외곽을 둘러친 철조망 주변에는 좁은 간격으로 콘크리트 진지가 되어 있었다. 그러나 그런 진지들은 정면에서의 공격에만 강력할 뿐 뒤쪽으로는 훤히 열려 있었다. 지나가다가 차를 세우고 소음총을 몇 방 쏘거나 무성무기인 도끼나 칼을 쓰면 해결되는 것이다.

 국군이 눈치채지 못하는 사이 백 수십 미터짜리 돌파구가 만들어졌다. 이슬비와 안개 때문에 시계도 좋지 않았다. 활주로 끝이 보이지 않을 정도의 악천후여서 관제탑은 그런 상황을 파악할 수 없었다.

― 준비 완료! 보내라.

무전이 오자 예천 비행장 동쪽 외곽에 집결해 있던 인민군 경보병들이 비행장 동문으로 몰려가기 시작했다. 기지 외곽 논두렁을 줄지어 달리는 인민군 경보병들은 짙은 안개 때문에 관제탑에서 보이지 않았다. 그들의 이동상황을 파악하고 경보를 발령해야 할 기지 동쪽 외곽 경비초소들은 모두 제압당한 상태였다.

동문이 활짝 열리자 인민군 경보병 백여 명이 쏟아져 들어왔다. 리철민 중사도 그들 중에 섞여 있었다. 다른 경보병 중대병력은 철조망을 직접 통과해 기지 안으로 들어갔다.

기지 동쪽에 있는 헌병소대본부가 제1차 공격목표였다. 헌병소대본부에서는 상번자와 하번자들의 임무교대가 이뤄지고 있었다. 그래서 병력이 유난히 많이 몰려 있었다. 리철민이 속한 인민군 경보병 1개 중대가 이곳을 향했다.

헌병소대 입구에 서 있던 경비병이 가랑비 속에서 질서정연하게 4열 종대로 달려오는 인민군 경보병 중대를 발견했다. 공군은 구보를 하지 않는다. 그런데 기지 경비를 위해 지원 나온 육군은 아침마다 구보를 했다. 그래서 경비병은 다가오는 인민군 경보병들을 구보 중인 육군부대로 착각했다. 코앞에 와서야 국군 복장과 다른 군복을 입고 있다는 것을 알았지만 대응하기엔 이미 늦었다.

경비병을 소음총으로 사살한 인민군 경보병들이 헌병소대본부로 들이닥쳤다. 닥치는 대로 문을 열고 수류탄을 투척하고 자동사격을 퍼부었다. 총성과 수류탄 폭발음이 주변을 뒤흔들었다.

리철민은 제1내무반이라고 적힌 문을 발로 찼다. 문이 왈칵 열리자 안에 있던 헌병 10명 정도가 입구를 쳐다봤다. 총소리에 놀란 헌병들은 총을 들고 복장을 갖추는 중이었다. 운동복을 입고 슬리퍼를 신은 병사들이 태반이었다. 리철민은 그들과 눈길을 마주치지 않고 곧바로 수류탄을 던진 다음 문을 닫았다.

― 쾅!

폭음과 함께 문짝이 날아갔다. 리철민은 폭풍이 빠져나가기를 기다렸다가 입구 앞에 서서 실내에 자동사격을 퍼부었다. 비명이 귀에 따갑게 들려왔다. 반쯤 옷을 벗은 시체들이 피투성이가 된 채 겹겹이 쌓여 있었다. 살 타는 노린내가 코끝에 확 들이쳤다.

탄창 1개를 비운 리철민은 재빨리 다음 방으로 달려갔다. 뒤따라오던 인민군들이 다시 수류탄 몇 발을 내무반 안에 추가로 던져넣었다.

리철민의 중대가 공군 헌병소대를 전멸시키는 동안 다른 인민군 경보병 2개 중대 병력은 격납고와 식당을 습격했다. 식사시간이라 대부분의 공군 병사들은 식당 부근에 몰려 있었다. 식당에서 학살이 시작되었다.

격납고에서도 폭음이 울리기 시작했다. 인민군들은 눈에 보이는 모든 시설물과 장비를 박살냈다. 곳곳에서 폭음과 함께 불길이 치솟았다.

소대급의 경보병들이 탈취한 차량을 이용해 활주로 서쪽으로 달려갔다. 인민군 경보병들은 국군이 제대로 대응을 하기 전에 기지 전체에 흩어진 주요 시설물을 파괴시켜야 했다.

― 애애애앵~.

기지 전체에 귀청을 찢을 듯이 사이렌이 울려퍼졌다. 기지 경비를 맡은 기동타격대가 장갑차로 출동했다. 대기 중이던 육군 헬리콥터도 날아올랐다. 무장 병력이 트럭에 탑승해 기지 서쪽 활주로로 나왔다.

기지 동쪽의 각종 시설물을 장악한 인민군 경보병들이 이들을 먼저 공격했다. 동쪽 건물 옥상에 설치된 12.7밀리 대공 기관총이 불을 뿜었다. 몇몇 진지에서 인민군들이 탈취한 기관총으로 사격에 가세했다. 관제탑의 지시대로 활주로에 진입한 트럭 몇 대가 인민군의 집중사격에 불타올랐다.

활주로 중간에 위치한 벌컨포가 인민군을 향해 포문을 열었다. 불덩이들이 소나기처럼 뿜어졌다. 기지 서쪽을 향해 쏴대던 인민군 기관총좌 3개가 줄줄이 참호와 함께 산산조각 났다. 공군 소속 장갑차들도 기관총을 쏘며 활주로로 나왔다. 벌컨의 화력이 너무 강해 인민군 경보병의 피해가 엄청나게 늘어났다.

곧 경보병들의 대응이 시작되었다. 7호 발사관에서 발사된 로켓탄들이 벌컨포로 날아들기 시작했다. 기지 방어용의 벌컨은 기동식이 아니라 지상거치식이었다. 한번 설치하면 차량으로 견인해 옮길 때까지 제자리에 붙어 있어야 한다. 처음 한두 발이 빗나갔다. 그러나 곧 벌컨포 진지는 박살이 났다.

벌컨을 제압하기가 무섭게 이번에는 UH-1H 이로코이즈 헬리콥터를 향해 화성포들이 발사되었다. 육군 소속인 이로코이즈 헬기는 즉시 기수를 돌렸다. 헬기가 적외선 미사일을 피하기 위해 플레어를 떨어뜨리며 달아났다.

미사일 몇 발은 플레어를 따라갔지만 한 발이 엔진을 제대로 맞췄다. 헬기에서 연기가 솟구치며 활주로 옆 잔디밭에 비상착륙했다. 조종사들이 헬기에서 뛰쳐나왔다.

리철민은 미사일 사수를 보조하는 관측병 역할을 했다. 활주로 옆에 착륙한 헬리콥터를 표적으로 지시하자 AT-3 대전차 미사일이 날아갔다. 국군이 발사한 기관총탄이 연기가 뿜어진 근처로 날아왔다. 그러나 미사일 사수는 발사기에서 10미터나 떨어진 곳에 숨어 있어 아무런 피해가 없었다.

벌컨포의 지원을 받으며 활주로 가운데까지 나온 공군 장갑차들은 대전차 미사일이 날아들자 일제히 연막탄을 터뜨렸다. 장갑차들이 후진해서 연막 속으로 모습을 감췄다.

회색 연기를 끌며 날아간 대전차 미사일이 잔디밭에 비상착륙한 헬리콥터를 정확하게 명중시켰다. 헬리콥터가 산산조각 나며 로터가 활주로 위를 구르고 흰 연기를 뿜는 파편이 어지럽게 날아갔다.

"명중!"

흥분한 리철민이 소리쳤다. 리철민은 다만 관측병일 뿐이었지만 자기가 명중시킨 것처럼 좋아했다. 다른 미사일 발사조들은 관제탑에 집중사격을 퍼부어 불바다로 만들어버렸다. 리철민은 활주로 가운데 있는 착륙관제 레이더를 표적으로 지정했다. 레이더 안테나가 박살나 흩어지는 모습이 손에 잡힐 듯 보였다.

탈취한 국군 장갑차 3대에 분승한 인민군 경보병들이 활주로로 나아갔다. 장갑차에 탄 인민군들은 눈에 보이는 모든 것들을 향해 기관총을 쏴댔다. 빗발치는 총탄에 모래주머니가 터지고 무너지며 무개진지 안에서 총을 쏘던 예비군 두 명의 모습이 사라졌다. 비무장한 공군 기술병 세 명이 장갑차를 피해 풀밭으로 도망가다가 줄줄이 쓰러졌다.

기지 동쪽 야산에서 인민군들이 기지 서쪽을 향해 박격포탄을 쏴댔다. 포탄이 떨어지는 곳마다 시커먼 연기가 치솟았다. 리철민이 입가에 흐뭇한 미소를 지으며 그 광경을 바라봤다. 그런데 리철민의 눈에 이상한 광경이 보였다. 쌍안경으로 얼른 초점을 맞췄다.

"뭐 하는 거지?"

국군 공군 정비요원들이 전투기를 활주로 쪽으로 밀어내고 있었다. 간이 거리측정기로 재어보니 대전차 미사일 사거리 안이었다. 그러나 그 방향으로 인민군 경보병을 태운 장갑차 3대가 돌진하고 있었다. 하늘에서라면 모르지만 비행기가 땅에서 제힘을 발휘할 수는 없었다.

관측수인 리철민 입장에서 다른 표적이 있을지 모르기 때문에 대전차 미사일은 아껴야 했다. 리철민은 경보병들이 국군과 전투기를 어떻게 멋지게 제압하나 기대하며 그냥 지켜보기로 했다.

다음 순간 리철민은 놀라운 광경을 봤다. 활주로를 향해 기수를 돌린 전투기가 달려가는 장갑차를 향해 기관포탄을 퍼붓기 시작한 것이다. 눈 깜짝할 사이에 장갑차 3대가 벌집이 되어 불타올랐다. 리철민의 눈에서 불꽃이 튀었다.

"사수 동무! 새로운 표적이오. 2시 방향에 추격기가 있소."

AT-3 대전차 미사일이 표적을 향해 날아갔다. 백색 연기를 끌며 날아간 미사일이 뒷걸음치는 전투기의 조종석 아래쪽에 명중했다. 섬광이 번쩍이더니 불기둥이 솟구쳤다. 주변에 있던 공군 정비요원들이 그 충격으로 쓰러졌다.

그 광경을 본 리철민이 주먹을 불끈 쥐었다. 30여 명에 이르는 동료들을 몰살시킨 데 대한 복수였다. 리철민은 다시 쌍안경으로 새로운 표적을 찾았다. 그때 뒤쪽에서 소대장의 고함이 들려왔다.

"전원 철수한다!"

한국 공군 예천 기지는 20분이 조금 넘는 짧은 시간 만에 무력화되었다. 보유하고 있던 작전기의 3분의 2를 상실한 것은 물론 레이더 및 통신관련 작전지원 시설 중 대다수가 파괴되어 작전이 불가능하게 된 것이다. 탄약고까지 날아가지 않은 것은 그나마 다행이었다.

인민군 경보병들은 약 100여 구의 시체를 남기고 순식간에 사라졌다. 인근 육군부대에서 지원을 나왔지만 산으로 도주한 인민군 경보병들을 추격할 엄두를 내지 못했다. 도주로에 100여 미터마다 부비트랩이 설치되어 있어 사상자만 내고 말았다.

정비요원들은 불에 타서 골조만 앙상하게 남은 전투기들을 보고 억장이 무너져 내렸다. 불에 탄 잔해더미에서 죽은 동료 시체를 찾아낸 병사들은 분노와 슬픔에 망연자실해 바닥에 털썩 주저앉았다.

6월 16일 07:17 경상북도 안동시

아직 어둠에서 완전히 깨어나지 못한 시내 도로는 한산했다. 어젯밤부터 계속 쏟아진 비 때문에 시내를 돌아다니는 민간인은 거의 없었다. 간혹 군인들을 실은 버스가 오갈 뿐이었다. 낮게 드리워진 먹장구름에서 가랑비를 흩뿌렸다. 조금씩 오는 비는 전혀 그칠 기색이 보이지 않았다.

교차로 근처에 있는 안동 KBS방송국 앞은 요새를 방불케 할 정도로 튼튼한 방어진지들이 구축되어 있었다. 방송국 진입로에 바리케이드가 서로 엇갈리게 설치되어 자살특공대 차량의 돌진에 대비했다.

정문 옆과 정문 수위실 옥상에는 모래주머니를 쌓아 만든 기관총 진지가 있었다. 방송국 건물 옥상 역시 진지가 군데군데 구축되어 방송국은 마치 철옹성 같은 인상을 주었다.

방송국 앞에 붙은 작은 시계탑이 오전 7시 20분을 가리켰다. 방송국을 경비하는 향토사단 병력은 비가 오는 중에도 비교적 엄중한 경계를 펴고 있었다. 간간이 출근하는 방송국 직원들은 정문에서 세밀한 검문을 받았다. 가끔 방송국으로 들어가는 승용차는 뒤트렁크와 밑바닥까지 철저하게 검색을 받았다.

북쪽 도로에서 요란한 디젤엔진 소리가 들렸다. 소리의 주인은 녹색과 갈색 위장무늬가 선명하게 그려진 한국군 기동타격대 장갑차들이었다. 헤드라이트를 환하게 밝힌 장갑차들이 젖은 도로를 비추면서 달려왔다.

보통 K-200이라고 일컬어지는 이 한국군 장갑차 세 대가 방송국 앞 버스정류장 근처에 이르자 속도를 갑자기 줄였다. 그러더니 급커브를 튼 다음 방송국의 낮은 시멘트 담을 향해 돌진했다.

― 콰지직!

겨우 사람 가슴 정도밖에 오지 않는 시멘트 담은 장갑차에 부딪치자 간단히 무너졌다. 담 바로 안쪽은 방송국 직원용 주차장이었다. 담에 바싹 붙여 주차해놓은 승용차 몇 대가 장갑차 궤도에 깔리며 찌그러졌다.

주차장으로 뛰어든 K-200 장갑차들이 방송국 현관을 향해 전진하기 시작했다. 기관총탑이 오른쪽으로 빙글 돌더니 약 50미터 정도 떨어진 정문 쪽 기관총 진지를 향해 불을 뿜었다. 수위실 유리창이 박살나고 쌓아둔 모래주머니들이 퍽퍽 뚫리기 시작했다. 일부 진지의 모래자루들은 총탄의 힘을 견디지 못하고 무너졌다. 시멘트 블록으로 만들어진 수위실 벽도 총탄에 구멍이 숭숭 뚫렸다.

그때서야 상황을 제대로 파악한 한국군 방어병력이 장갑차들을 향해 총을 쏴대기 시작했다. 소총탄이 차체에 명중하자 불꽃이 어지럽게 튀었다. 장갑차들은 연막을 터뜨려 옥상에 있는 한국군의 시야를 가린 뒤 곧바로 계단을 기어올랐다. 찰찰거리며 힘겹게 계단을 오른 장갑차는 방송국 현관을 향해 돌입했다.

― 우지끈! 와장창~.

장갑차들 가운데 한 대가 유리와 철제 새시로 만들어진 현관을 부수고 안으로 들어갔다. 방송국 1층 현관 천장은 대단히 높아 장갑차는 커다란 홀 안을 자유롭게 돌아다닐 수 있었다.

한국군은 문 안쪽에도 모래자루를 쌓아 진지를 만들어뒀지만 육중한 장갑차는 간단하게 진지를 짓밟아버렸다. 진지 안에 있던 국군 병사들은 황급히 진지에서 빠져나오다 장갑차에서 퍼붓는 기관총탄을 맞고 사살당했다.

2층으로 올라가는 계단 입구에서 장갑차가 멈췄다. 문이 벌컥 열리더니 한국군 군복을 입은 북한 인민군 경보여단 병력이 쏟아져 나왔다. 입구에서도 장갑차에서 하차한 병력이 몰려들었다.

갑자기 국군 복장을 한 병력이 쏟아져 나오자 소총을 겨누던 한국군 병사들이 주춤했다. 경보여단 인민군들은 한국군 병사들이 총 쏘기를 잠시 주저하는 사이에 사격위치를 잡았다. 자동사격이 퍼부어져 이들을 쓸어버렸다.

같은 시각 방송국 건물 외곽에서도 인민군 경보여단의 공격이 시작되었다. 마치 땅에서 솟아나오듯 인민군 경보여단 병력이 방송국 안마당 하수구 덮개를 열고 나타났다. 경보대원들이 장갑차 소동으로 얼이 빠진 한국군 경비병력을 덮쳤다.

방송국 옥상에 있던 한국군 경비병력이 기관총으로 강력하게 저항했다. 사격 중이거나 맨홀 뚜껑에서 기어나오던 인민군들이 픽픽 쓰러졌다. 그러나 약 2백 미터 동쪽에 있는 오피스텔 건물 옥상에서 인민군 경보여단 저격수들이 활동을 시작했다. 옥상에 있던 경비병들이 차례로 쓰러졌다. 저항은 금세 분쇄되었다.

같은 시각 KBS방송국에서 약 1킬로미터 정도 떨어진 안동전화국 역시 인민군 경보여단 병력에게 습격을 당했다. 비가 하염없이 쏟아지는 가운데 시내 곳곳에서 총성이 울리고 검은 연기가 하늘로 치솟았다. 안동시 남쪽 높은 산에 있는 전파중계소도 공격을 당하고 있었다.

6월 16일 07:21   경상북도 안동시 일직면

처마 끝에 낙숫물 떨어지는 소리가 들려왔다. 비는 그칠 줄 모르고 계속 내리고 있었다.

"한 소리 또 하고, 또 하고. 지겨워 죽겠네."

채널을 이리저리 돌리던 칠순 노모가 얼굴을 찡그리며 고개를 돌렸다. 그러자 갓 대학생이 된 막내딸이 퉁명스런 목소리로 말했다.

"할메, 자꾸 돌리지 말고 하나만 보입시더."

전쟁이 난 뒤 학교가 쉬었기 때문에 막내는 집에 있었다. 자연스레 할머니의 말동무가 되었지만 할머니가 자꾸 채널을 돌리자 짜증을 냈다. 간혹 CNN이나 BBC 같은 외국방송이 나온다지만 역시 폭격에 부서진 서울 시가지가 나올 뿐이었다. 전선에서 병사들이 싸우는 모습은 일체 보이지 않았다. 아나운서가 간혹 바뀌기는 했지만 며칠 전부터 본 그 얼굴이 그 얼굴이었다.

"어무이, 밥 다 됐답니다. 식사 하입시다."

면사무소에서 교대근무를 끝내고 집으로 돌아온 공무원 손기호가 방으로 들어왔다. 손기호는 텔레비전 앞에 붙어 있는 노모를 부축해 일으켰다. 50대 중반인 손기호의 머리카락은 반백이 되어 있었다.

노모는 작년부터 중풍기가 있어 항상 조심스럽게 움직여야 했다. 노모가 텔레비전 보는 것을 낙으로 여기기 때문에 손기호는 방을 나가면서도 텔레비전을 끄지 않았다. 아나운서의 음성이 습기 찬 대청마루를 울렸다.

― 국군이 효과적으로 인민군의 공세를 저지하고 있으니 국민 여러분은 불순분자의 유언비어에 속지 말고 관영 방송매체의 지시에 잘 따라주십시오. 그럼 마이크를 피해복구 현장으로 넘기겠습니다.

식구들이 식탁에 둘러앉았다. 군대 간 큰놈과 둘째를 빼면 식구들이 모두 모였다. 손기호는 아들 둘 다 부대가 후방에 있다며 좋아했는데 이 난리통에 어떻게 지내는지 궁금했다.

하지만 노모가 걱정할까 봐 손기호는 내색하지 않았다. 노모가 군대 간 큰손자가 어떻게 지내는지 궁금하다고 얘기하면 '뭐, 잘 지내겠지요' 하고 말을 흐렸다. 막 수저를 들려는데 열린 방문으로 보이는 텔레비전 화면이 갑자기 바뀌었다.

− 긴급뉴스를 알려드리겠습니다.

방송국 스튜디오 배경이 지금까지 본 적이 없는 것으로 바뀌었다. 정확히 말하면 언젠가 본 기억이 났지만 그것은 뉴스방송 시간대에 본 것이 아닌 것 같았다. 아나운서들은 지금까지 본 사람들과 비슷하게 생겼는데, 어딘가 모르게 조금 낯설다는 느낌이 들었다.

손기호는 상추쌈을 입에 우겨넣고 우적우적 씹으며 텔레비전을 보았다. 불구경이 재미있듯이, 나와 내 가족만 안 죽으면 이 땅에서 난 전쟁도 재미있는 한 편의 드라마에 불과했다. 이곳은 전쟁터인 휴전선에서 너무 멀리 떨어져 있었다.

− 우리 자랑스런 조선인민군 12사단 82연대 선두 병력이 드디어 경상북도 안동에 입성하는데 성공했다는 낭보입니다.

"으헙!"

손기호는 막 삼키려던 상추쌈을 급히 토해냈다. 뭔가 잘못 들은 것이 아닌가 해서 텔레비전을 다시 자세히 봤다. 자막과 함께 화면에 나오는 것은 분명 안동 시가지였다. 모든 것은 똑같았다. 시가지를 활보하는 인민군들의 모습이 텔레비전에 비춰지고 있었다. 아나운서의 설명이 계속되었다.

− 안동 시민들로부터 열성적인 환영과 지지를 받은 인민군 82연대 병사들은 가일층 분발하여 반민족적 범죄행위를 저지른 도당들과의 최후 결전에서 기필코 승리를 쟁취하고야 말겠다는 강철 같은 신념으로……

손기호는 갑작스런 충격으로 손에 쥐고 있던 숟가락을 방바닥에 떨어뜨렸다. 목소리가 제대로 나오지 않았다.

"다, 다른 데 틀어봐라."

옆에 있던 칠순 노모도 텔레비전을 보다가 깜짝 놀랐다. 덜덜 떨면서 손가락으로 텔레비전을 가리켰다. 오십 몇 년 전의 악몽이 되살아나는 모양이었다.

"저, 저놈들 빨갱이 아이가? 맞제? 맞제?"

다른 채널 역시 마찬가지였다. 안동 시가지를 행진하던 인민군들의 모습이 보인 다음, 화면에 나타난 것은 대전광역시청을 접수하는 인민군의 모습이었다. 얼굴을 알 만한 영화배우와 탤런트들이 꽃다발을 들고 한 줄로 서서 활짝 웃으며 인민군들을 환영했다.

손기호는 너무 당황해서 아무런 생각도 나지 않았다. 가슴이 두근대고 목이 콱 막혔다. 식구들 모두 놀란 눈으로 텔레비전을 지켜봤다. 화면이 바뀌고, 이번에는 충북 보은이었다.

군민들로부터 꽃다발을 받으며 천진스럽게 웃는 인민군들의 모습이 선명하게 나왔다. 지금 화면에는 말쑥하게 잘생긴 인민군 군관이 어린애를 안은 모습을 클로즈업으로 잡고 있었다. 예쁘게 차려입은 어린아이가 천사처럼 생긋 웃었다.

한국군 병사들 역시 기쁜 표정으로 인민군들을 얼싸안고 있었다. 국군 장교가 거수경례를 하며 현관 안으로 인민군 군관을 맞아들였다. 두 사람이 악수를 했다. 우산을 들고 선 기자 옆에 충청북도 보은군청이라는 정문 현판이 똑똑히 보였다.

충격적인 화면에 한동안 넋을 잃었던 손기호가 정신을 추슬렀다. 아직 얼이 빠져 텔레비전을 바라보고 있는 아내에게 말했다.

"당신, 내 옷 좀 챙기라. 면에 나가봐야겠다."

"아…… 예."

아내가 황급히 안방으로 들어갔다. 눈치 빠른 막내가 얼른 마루 끝으로 달려가 신발장에서 신발을 꺼냈다. 손기호가 옷을 갈아입는데 전화벨이 울렸다. 손기호가 수화기를 들었다. '삐~' 하는 신호음이 들리더니 간드러진 여자 목소리가 들렸다.

ㅡ 안녕하십니까? 남조선 인민 여러분. 그간 제국주의 주구들과 반민족분자들의 횡포와 수탈에 얼마나 고생이 많으셨습니까? 친애하는 최고사령관 동지께서는 남조선 인민들을 미제의 압제에서 해방시키기 위해 드디어 민족해방의 기치를 높이 들고…….

손기호가 수화기를 바닥에 떨어뜨렸다. 놀란 아내가 다가와서 손기호의 어깨를 흔들었다.

"당신 와카십니꺼?"

잠시 멍하게 있던 손기호가 다급하게 말했다.

"아이다. 내 면에 나가봐야 되겠다. 집안 단속 잘하고 있거라. 어무이 잘 모시고. 어무이, 지 잠시 댕기오겠습니다."

"그래. 몸조심하고 댕기오이라. 세상이 우째 될라꼬 이 안동 땅에 빨갱이들이 다 들어오노. 아이고 시상에……, 예전에 너그 아부지…….'"

손기호가 노모의 목소리를 뒤로 하고 황급히 비옷을 걸쳤다. 헛간에 있는 100cc 오토바이를 대문으로 끌고 나오는데 옆집에 사는 손기수가 달려왔다. 다급한 기색이 역력했다. 양말도 신지 않고 고무신을 질질 끌며 나타났다.

"형님, 방송 봤습니꺼?"

목청 좋은 손기수의 음성에 대문간이 쩌렁쩌렁 울렸다. 한마을에 몰려사는 손씨 집성촌에서 손기수는 촌수를 계산하기는 힘들지만 같은 항렬 동생이었다. 손기호가 조용히 하라는 뜻으로 입에 손가락을 갖다댔다.

"조용하거라. 나도 봤다. 해서 지금 알아볼라꼬 나가는 중이다."

목소리를 낮춘 손기수가 다시 물었다.

"진짜 세상이 우에 될라꼬 카는지. 형님? 진짜는 아니겠지예?"

"나도 믿지는 않지마는…… 일단 면에 가서 알아나봐야 되겠다. 니는 방송에서 떠든다고 함부로 까불지 말고, 집안 단속 잘하고 기다려 봐라."

손기호가 대화를 중단하고 오토바이 시동을 걸고 헬멧을 썼다.

"형님, 그라믄 댕기 오이소. 허, 참! 세상에 별 희한한……"

빗속으로 멀어지는 손기호의 오토바이를 바라보며 손기수가 혀를 찼다. 그러다가 뭔가를 깨달은 듯 자기 집으로 달려갔다.

"아이고! 내가 이러고 있을끼 아이다! 봐라! 봐라!"

손기수는 방문을 박차고 들어가는 즉시 짐을 꾸리기 시작했다.

이런 일은 비단 이곳 안동시 일직면에서만 일어난 일이 아니었다. 안동군 전역, 그리고 안동방송국이 발신하는 전파를 수신하는 경상북도 북부지역 대다수가 대혼란에 휩싸였다. 5분 단위로 계속 걸려오는 공포스런 북한식 간드러진 목소리에 시민들이 몸서리쳤다. 공황이 급속히 번졌다.

30분도 채 지나지 않아 짐을 싸든 사람들이 거리로 뛰쳐나오기 시작했다. 승용차와 경운기가 도로를 가득 메웠다. 이들은 무작정 남쪽을 향해 달리기 시작했다. 도로를 차단하고 있던 향토사단 소속 1개 분대 병력은 남으로 밀고 내려오는 피난민 물결에 떠내려가버렸다.

6월 16일 07:42 부산광역시 부산진구

— 따리리리리. 따리리리리.

전화벨이 요란하게 울렸다. 조명희는 다림질하다가 수화기를 들고 어느 쪽이 수화기인지 확인한 다음 볼에 대었다.

"여보세요?"

―아, 셋째가?

억센 사투리였다. 조명희는 그것이 안동에 있는 시어머니 목소리임을 금방 알았다. 입가에 미소가 맺혔다.

"어머니세요? 그간 안녕하셨어요?"

―아가야, 안동에 큰일났데이. 빨갱이들이 왔다.

조명희는 시어머니의 말투가 워낙 다급하고 빨라서 제대로 알아듣지 못했다.

하지만 빨갱이라는 말은 금방 알아들었다. 조명희의 시어머니는 6·25 때 인민재판에서 아버지를 잃은 여자였다.

"어머니, 천천히 말씀해주이소."

―여 빨갱이들이 왔다 안카나.

"예?"

―테레비에 빨갱이 군대들이 안동 땅에서 활개치는기 나오는 기라. 첫째 아가야도 봤고, 아~들도 다 봤다. 내 혼자 노망난 거 아이다. 세상이 망할라 카이 별 희한한 기 다 보이네…….

조명희는 등골이 오싹함을 느꼈다. 그때 남편 손기철이 화장실에서 나왔다.

"어머니, 아범 왔습니다. 조금만 기다리이소. 보이소! 안동에 어무이한테서 전화왔습니더."

"어무이가?"

손기철이 전화를 집어들었다. 그러나 잠시 후 고개를 갸웃거리더니 조명희를 보며 말했다.

"전화 끊기는데? 어무이가 머라 카시던데?"

조명희가 방문을 잠근 뒤에 살며시 손기철에게 다가와서 앉으며 나지막한 소리로 말했다.

"어무이가 카시는데, 안동 땅에 빨갱이들이 왔다 캅디더. 테레비에도 나오고, 행님하고 집에 아~들도 같이 봤다 카시데예."

"그기 무슨 소리고? 니 정신 있나?"

양말을 벗던 손기철이 언성을 높였다. 조명희는 남편이 소리를 지르자 깜짝 놀랐다. 조명희가 눈을 동그랗게 뜨고 볼멘소리로 말했다.

"와 내한테 성질을 내고 그라십니꺼?"

손기철이 양말을 벗어 신경질적으로 구석에 던지며 내뱉듯이 말했다.

"말이 되는 소리를 해야지. 택도 없는 소리 하지 마라."

"나는 어무이 말씀 그대로 전한 거밖에 없어예!"

"쓸데없는 소리말고 밥이나 가지고 온나. 배고프다."

조명희는 손기철을 불만스런 눈초리로 잠시 바라보다가 문을 열고 나갔다. 조명희의 등에 대고 손기철이 말했다.

"전쟁이 나믄 별에별 희한한 소문이 다 있는기라. 소문이 다 진짜도 아이지마는 다 거짓말도 아이다. 그라고, 알고 있어도 남한테 말하믄 안 되는 것도 있다. 니, 어데 나가서 실데없는 소리 하지 마라. 알겠재?"

"알았심더!"

조명희는 그렇게 말하고는 냄비뚜껑을 '쾅' 하고 닫았다. 손기철은 잠시 방바닥에 누웠다.

"기뤈지 뭔지 때문에 항구에 배도 안 들어고, 짜증나 죽겠는데."

손기철이 투덜거리며 담배를 물었다. 그때 조명희가 밥상을 들고 와서 방바닥에 쾅 놓았다.

"자, 밥 무소!"

6월 16일 07:49   서울 용산구

"그럴 리가 있겠습니까? 아닙니다. 절대 그렇지 않습니다. 예. 대전, 안동, 보은 모두 여전히 우리 군이 장악하고 있습니다. 예. 안동방송국에 게릴라들이 소수 침투했습니다만, 지금 소탕 중입니다. 곧 아군 진압부대가…… 흐이구!"

합참의장 김학규 대장이 수화기에서 얼른 떨어졌다. 김학규 대장이 기가 막히다는 듯 잠시 수화기를 보다가 내려놓았다. 입장이 곤란하게 된 고위 장성들이 합참의장 주위에 서서 고개를 숙였다.

"위에서 화가 많이 나신 모양이오. 당연하겠지요."

정현섭 소령은 후방을 맡은 2군사령부에 한 시간도 안 된 사이에 다섯 번 넘게 확인전화를 걸었다. 한결같은 대답은 대전이나 보은군이 인민군 게릴라 수중에 넘어간 적이 없다는 것이었다. 안동도 방송국과 주변에 있던 소단위 부대 외에는 인민군의 출현을 보고하지 않았다. 이번 사건은 게릴라에 의한 일종의 언론플레이임이 드러났다.

그러나 그 효과는 컸다. 안동방송국의 전파가 미치는 지역에만 영향을 미친 것이 아니었다. 피난민이 남쪽으로 내려가며 경북 전역으로 공황이 확산되었다. 그리고 시외전화를 타고 소문이 전국으로 퍼져나갔다. 안동 시민들이 직접 눈으로 본 것처럼 외지에 사는 친척들에게 말해서 파장이 훨씬 더 커졌다. 지금도 소문은 눈덩이처럼 불어나고 있었다.

"경상북도가 엉망이 됐습니다."

"경상남도도 마찬가지요. 충청도인들 다르겠소?"

남성현 소장의 말에 합참의장이 비꼬듯 대답했다. 잠시 혀를 차던 김학규 대장이 일어나서 정면 스크린으로 걸어갔다. 각 부대별 현 위치는 아직까지 변동이 없었다. 아직까지는…….

정현섭이 한숨을 쉬었다. 합참의장은 병력의 추가투입을 검토하고 있는 것이 분명했다. 이 상황에서 향토사단이 움직일 리는 없으니 전방으로 보낼 동원사단을 경북에 추가 투입할 것이 명백했다.

"2군 지역에 있는 특공여단은 모두 투입됐고…… 서울 남방에 동원사단 5개가 남아 있군. 끙! 이 일을 어쩌랴."

"비가 오고 있습니다. 이제 장마가 시작됐으니 전쟁은 끝난 거나 다름없습니다. 북한이 목표로 한 건 전쟁이 아니라 게릴라전 같습니다."

안우영 중장의 의견에 김학규 대장이 바로 결론을 말했다.

"민중봉기에 의한 내란으로 몰고 간다, 이거요?"

"그렇습니다. 3, 4일이면 미군이 한국을 지원할 수 있다는 것은 누구나 알고 있습니다. 북한이 그런 중요한 시기를 놓친 것을 보면 전면 남침 의도가 없다는 것이 확실합니다."

"흐음……."

"안 됩니다! 예비병력을 모두 경상북도로 빼돌렸다가 전면 남침이 시작되면 어떻게 하시려고 그러십니까?"

그러나 이제 와서 남성현 소장이 반대해도 소용이 없었다. 결론이 났다는 듯 김학규 대장이 책상 위의 서류철을 덮었다.

"휴전선은 별로 걱정할 게 없소. 각 군단마다 예비병력도 충분하고, 한강선 이북에 있는 동원사단도 전력이 고스란히 보존되어 있소. 자, 결론을 내립시다. 나머지 동원사단 모두를 경북에 투입하시오."

잿빛 바다

6월 16일 07:58   황해도 연백군(황해남도 연안군) 해성면

해성면 초장리 일대는 드넓은 해주평야의 남쪽 끝자락으로 간석지가 대규모로 조성된 곳이다. 논을 따라 넓은 장소에 방렬放列을 마친 인민군 22사단 소속 122mm 포대가 자리잡고 있었다. 사격지휘소에서 발사를 명령하는 암호를 수신하는 순간 사단 포병이 일제사격을 시작했다.

인민군 22사단의 포병연대는 보통 때는 사단 작전을 직접 지원하지만 오늘 임무는 달랐다. 인민군 해군 소속 해상저격여단의 작전을 지원하라는 명령을 받은 것이다. 포탄 수십 발이 교동도 서쪽 무학리 해안 일대에 집중적으로 낙하했다.

맞은편의 교동도는 강화도 북서쪽에 위치한 작은 섬이다. 북쪽으로는 황해도 배천군의 역구도에 접해 있으며, 서쪽은 연안군의 해성면에

맞닿아 있다. 손에 잡힐 듯이 가까운 북한 지역으로부터 포탄이 비오 듯 쏟아지고 있었다. 그런데 포격은 해성면에서만 가해지는 것이 아니었다. 역구도 북쪽의 초성리 일대에서도 실시되었다.

격렬한 포격이 진행되는 동안 해성면의 남동쪽 해안으로 함정 몇 척이 모습을 드러냈다. 그리고 그 숫자는 곧 수십 척으로 불어났다. 이들은 인민군 서해함대의 제12전대 소속 상륙함들이었다. 그 중에는 T-62 전차를 실은 전차상륙함도 포함됐다.

만재톤수 350톤의 한태급 상륙함은 80년대 초반에 건조된 비교적 신형 함정이고 북한 지상군의 T-62 전차를 3대나 적재할 수 있다. 그리고 그 뒤로는 조금 작지만 전차 2대를 적재할 수 있는 한천급 상륙함이 항주하고 있었다. 12전대는 인민군 서해함대의 상륙전문전대이고, 예하 편대가 11개나 되는 대형 전대다. 이 전대의 주력이 바로 이들 한태급과 한천급 상륙함이다.

만조 때 역구도에서 교동도 북쪽 해안까지 거리는 불과 2km에 지나지 않는다. 해남리도 먼 것은 아니다. 겨우 3km 정도일 뿐이다. 이런 지형적인 조건들로 교동도는 한강 하구의 중요한 관문이자 강화도의 전초기지였다.

이제 교동도 해안에 위치한 방어기지들 위로 고폭탄들이 집중적으로 낙하했다. 그리고 방사포탄들이 그 사이를 헤집고 해안에 떨어져 일제히 작렬하기 시작했다. 해안에 매설된 지뢰가 연속 폭발했다.

교동도를 방어하는 부대는 경계태세가 대폭 강화된 상태에서 모든 초소마다 병력이 완전하게 배치되어 있었다. 그러나 치열한 공격준비 포격이 가해지는 동안에는 움츠릴 수밖에 없었다.

그 틈을 노려 역구도에 집결한 PT-76 경전차들이 바다로 뛰어들었다. 교동도를 북쪽으로부터 강습할 임무를 부여받은 인민군 304전차여단 소속 경전차대대였다.

수륙양용 전차대를 발견한 교동도 해안에서 반격이 시작되었다. 연막을 뿌리며 수상을 항주하는 PT-76 경전차들을 향해 한국군 해병대의 포병부대가 포격을 시작했다. 강화도 북단에 배치된 155mm 포대에서 발사한 DPICM 분산탄이 상공에서 터지면서 각각 자탄 100여 개씩을 퍼부었다. 물 위를 달리던 경전차들 위로 불벼락이 쏟아졌다.

인민군 경전차들이 바다를 반쯤 건넜을 무렵 한국 해병대의 엄폐 진지에서 토우 대전차 미사일이 일제히 발사됐다. 잠시 후 경전차 몇 대가 일제히 불타올랐다. 토우 미사일은 PT-76 경전차의 전면 장갑판에 정확히 명중했고, 한꺼번에 세 대가 순식간에 물 속으로 가라앉았다.

그러나 토우 대전차 미사일 진지들은 두 번째 탄을 발사하기도 전에 인민군 평사포 포대가 발사한 직격탄 세례를 얻어맞아야 했다. 역구도 동쪽 아양리에 배치된 BS-3 100mm 대전차포들이 토우 미사일의 발사화염을 확인하고 조준사격을 시작한 것이다. 연막이 바람에 나부끼는 순간을 이용해 정확한 사격이 가능했다.

교동도 북쪽에서 치열한 접전이 벌어지는 동안 서쪽 해안에서는 인민군 해군의 남포급 상륙함이 해안으로부터 불과 1km의 거리를 남겨두고 있었다. 그 뒤로 한태급, 한천급 상륙함들이 이어졌다.

이들을 지원하는 포병부대는 122mm 고폭탄과 방사포탄을 쉴새없이 해안 주변의 간석지는 물론이고, 섬 중심부의 교동도 최고봉인 화개산까지 날려댔다. 그 사이 선도에 섰던 남포급 상륙함 두 척이 격침되었고 전차를 적재한 한천급 상륙함 한 척도 가라앉았다. 해병대의 저지사격은 매우 격렬했다.

갑자기 교동도 해안에서 폭발 소리와 함께 물기둥이 치솟았다. 포탄이 폭발한 것은 아니었다. 그보다 훨씬 위력이 강력한 폭약이 수중에서 폭발한 것이다. 폭파된 것은 상륙함의 해안 접근을 막기 위한 콘크리트 저지보였다. 유고급 잠수정에서 발진한 인민군 해상저격여단 침투조원들이 접근로에 부설된 수중 저지보마다 모조리 폭약을 장치해둔 것이다.

남포급 상륙함들이 연막을 헤치고 빠른 속도로 달렸다. 상륙함들이 드디어 교동도 서쪽 해안에 접안했다. 해상저격여단 병력이 상륙했다. 이들을 향해 기관총탄이 휩쓸었다. 해안 진지와 상륙병력 사이의 총격전이 본격적으로 시작되었다.

이들이 치열한 교전을 벌이는 사이 중장비를 실은 한천급과 한태급 상륙함들이 줄지어 접안에 성공했다. 함수의 대형 램프가 열리면서 인민군의 T-62 중전차들이 굉음을 울리며 육지로 올라섰다.

전차들은 바다 위에서는 처참할 정도로 무력했던 쇳덩이였지만 이제 바다 속으로 수장될 걱정은 하지 않아도 됐다. 바다를 건너는 내내 가슴 졸였던 인민군 전차병들은 안도감에 분노가 섞인 감정으로 한국군의 엄폐 진지를 향해 빠른 속도로 전차를 몰아나갔다.

— 캉!

하얀 연기가 전차 무한궤도 아래쪽에서 시작해 넓게 퍼져나갔다. 치열한 공격준비 포격을 견딘 대전차지뢰였다. 그러나 지뢰는 남은 것이 몇 개 되지 않았다. 화염과 함께 전차포가 발사되고 미사일이 하얀 꼬리를 끌며 하늘을 갈랐다.

6월 16일 08:12 황해도 연백군(황해남도 청단군) 용매도 남동쪽 15km

"전대장 동지. 5편대, 6편대 모두 연락이 되지 않습니다."

김영철 소좌의 급박한 보고에 리기호 중좌는 목구멍으로 마른침을 삼키기만 했다. 초조했다. 휘하 편대들이 시간을 벌면서 조금이라도 더 타격을 가해주길 바랐지만 전황은 더욱 더 비관적이었다. 리기호가 평생 몸담은 위대한 공화국 해군 고속정들은 그동안 경멸해 마지않던 국방군의 대형 전투함뿐만 아니라 같은 고속정에게도 밀리고 있었다. 리기호는 전황이 이렇게 불리하게 돌아가고 있다는 사실이 도저히 믿어지지 않았다.

어뢰 2발을 장착한 신포급과 P-6급 고속정 2개 편대가 국방군의 구축함을 향해서 달려들었다. 그러나 참수리급 고속정에게 두 척이 저지당하고 나머지 네 척은 모두 프리깃의 함포 사격을 받고 공격이 멈췄다. 아예 도륙을 당했다고 할 정도로 일방적이었다.

현대 해전에서 어뢰를 주무장으로 사용하는 고속정은 이제 도태되고 퇴화한 구시대의 유물이었다. 대함 미사일이 등장한 이래 어뢰고속정은 더 이상 가치가 없었다. 어뢰를 명중시키기 위해서는 표적에 가까이 접근해야 하지만 대함 미사일은 수십 킬로미터, 혹은 백 킬로미터가 넘는 원거리에서도 공격이 가능했다. 만재톤수 73톤의 신포급 고속정은 남조선의 비무장 상선들밖에 격침할 수 없는 물건이었다.

"전대장 동지! 국방군 고속정들과 호위함 일부가 이탈하고 있습네다! 교동도 쪽을 향하고 있습네다!"

"어서 전 편대에게 명령을 전파하시오!"

기다렸다는 듯이 리기호 중좌의 명령이 재빠르게 이어졌다. 교동도로 상륙하는 북한 해군 12전대를 저지하려고 한국 해군이 이동을 시작한 것이다. 김영철 소좌가 예하 전대들로 이어지는 통신망을 개방하고 긴급 작전명령을 발신했다. 12전대 상륙함들이 남조선 해군으로부터 집중공격을 받지 않도록 유인작전을 펼쳐야 했다.

그리고 마지막으로 시도해야 할 작전이 있었다. 많은 피해를 입었지만 리기호 중좌의 전대가 한국 해군에게 치명타를 가할 수 있는 유일한 기회였다.

"우현 전타!"

정장 김영철 소좌의 날카로운 명령이 울려퍼졌다. 소주급 고속정과 주변에 있던 오사급 고속정 2척이 맨 먼저 방향을 북으로 돌려 빠른 속도로 움직였다.

그리고 나머지 편대의 살아남은 고속정들도 일제히 방향을 틀고 전대 지휘함인 소주급 고속정의 뒤를 따라 움직였다.

6월 16일 08:17   인천광역시 옹진군 연평도 동쪽 18km

"한 시 방향, 두 놈이다!"

- 알겠습니다.

한국 해군 고속정장 오승택 대위가 새로운 목표를 지시했다. 포탑에 앉아 있는 선임하사의 자신감에 넘친 대답이 인터폰으로 전해왔다. 참수리급 고속정이 장비한 30mm 기관포가 날카로운 소리와 함께 불을 뿜었다.

함교 바로 앞쪽에 장착된 30mm 기관포는 포신이 두 개인 쌍렬 기관포였다. 연속 발사된 포탄의 빨간 줄기 두 개가 인민군 고속정들을 향해 빨랫줄처럼 뻗어나갔다.

고속으로 기동 중에 기관포를 사격하는 것은 매우 어렵다. 포탑 조종실에 들어앉은 선임하사가 애를 썼지만 선체의 요동에 따라서 포탄은 물 속으로 처박히거나 허공으로 빗나가는 것이 더 많았다.

- 정장님! 속력을 줄여주십쇼. 요동이 너무 심합니다!

인터폰으로 선임하사의 다급한 요청이 들어왔다. 잠시 망설이던 오승택 대위는 감속하기로 결정했다.

"10초 주겠다. 기관 정지!"

"기관 정지!"

주위로 기관포탄이 떨어지는 것을 깨달은 김진급 고속정 2척은 곧장 오승택 대위의 배를 향해 쇄도하기 시작했다. 김진급 고속정은 14.5mm 기관포 4문 정도를 장비했다. 비교적 경무장이며, 유효사거리도 짧았다.

그러나 속도가 빠른 김진급 고속정들이 자체 무장을 발사할 수 있는 사거리까지 접근하면 참수리급 고속정에게도 위험했다. 기회를 아예 주지 않는 쪽이 확실했다.

— 투퉁! 투투투투퉁!

선임하사가 30mm 기관포를 다시 발사하고 날카로운 진동이 귀를 울렸다. 초당 20발 비율로 기관포탄이 퍼부어졌다. 4km가 약간 못 미치는 거리를 날아가 표적 주위에 검은 구름을 만들어내기까지는 시간이 몇 초 걸렸다. 빨간색 예광탄들이 인민군 고속정 왼쪽을 스쳐지나갔다. 거리를 재빨리 확인한 선임하사가 조준점을 다시 수정해서 연속으로 발사했다.

"명중이다! 계속 땡겨, 땡겨!"

흥분한 오승택 대위가 인터폰에 대고 고함을 질러댔다. 30mm 유탄들이 김진급 고속정 함수 부분에 명중하자마자 불꽃을 튀기며 작렬했다. 파편이 선체를 휩쓸었다. 그 김진급 고속정은 순식간에 연기에 휩싸였다.

남은 김진급 고속정 한 척이 방향을 틀었다. 인민군 고속정에서 예광탄 줄기가 솟자 오승택 대위가 그 고속정을 발견하고 비웃었다.

"어쭈? 우리를 잡겠다고? 어림없지."

인민군 고속정에서 발사한 14.5mm 기관포의 사정거리는 참수리급 고속정들에 미치지 못했다. 고속정이 사각을 높여 사정거리를 연장하려고 시도했지만 예광탄들은 포물선을 그리며 바다로 처박힐 뿐이었다.

순간, 앞서 나가던 동료함 258함에서 속력을 줄이고 사격을 시작했다. 광학식 사격통제장치가 장착된 258함의 사격은 훨씬 더 정확했다. 지그재그 침로로 조준을 방해하려던 김진급 고속정 함교에서 무수한 불꽃이 튀었다. 그리고 김진급 고속정은 더 이상 움직이지 못했다. 북한의 소형 고속정은 한국군 고속정에 맞설 상대가 되지 못했다.

― 정장님! 방위 공칠십공(0-7-0)도. 레이더 방사원입니다.

빗방울이 튄 쌍안경을 손으로 대충 훔쳐내고 오승택 대위가 전투정 보실에서 가리킨 방향을 훑었다. 북동쪽 바다는 하얀 물안개가 피어올라 제대로 보이지 않았다. 시계는 점점 더 나빠지고 있었다. 전파방사원을 향해 레이더를 켜고 싶은 마음이 굴뚝같았지만 절대적으로 전파를 침묵해야 할 상황이었다.

레이더파를 정밀히 분석할 수 있다면 그것이 오승택 대위가 노리는 인민군 미사일 고속정인지 판단할 수 있겠지만, 자신하기는 어려웠다. 오승택 대위는 지금 당장 어떻게든 결정을 내려야 했다.

오승택 대위가 고민하는 몇십 초 동안 기함으로부터 통신이 들어오기 시작했다. 통신문은 고속정장의 갈등을 없애주기에 충분했다. 기함에서 지시하는 좌표는 레이더파 방사원과 일치했다.

빗줄기가 더욱 더 굵어지는 가운데 갑판에 나와 있던 수병 한 명이 신호기를 집어들고 258함을 향해서 무엇인가 신호를 보냈다. 곧 응답이 돌아왔다. 참수리급 고속정 두 척이 레이더파 방사원을 향해서 최고속도로 물 위를 내지르기 시작했다.

인민군의 미사일 고속정이라면 한국 해군 고속정이 최고로 탐내는 목표였다. 인민군 해군에게는 그 이상 가치있는 목표가 될 만한 대형 함정이 없었다.

6월 16일 08:21   황해도 연백군(황해남도 청단군) 용매도 남동쪽 8km

"예상대로입네다. 2편대와 3편대를 집중적으로 추격하고 있습네다. 울산급 초계함 한 척과 고속정 수 척은 이미 교동도 해역으로 진입했습네다."

보고를 받은 전대장 리기호 중좌가 해도에 눈이 못박힌 채 명령했다.

"가마우지를 날래 호출하시오."

"옛! 알갔습네다."

흥분을 이기지 못한 김영철 소좌의 목소리에 잔뜩 힘이 들어갔다. 국방군 해군의 대형 전투함들이 용매도 남동쪽 20km 해상으로 진입하고 있었다. 부하들이 긴급히 가마우지를 호출했다. 가마우지는 지상에 배치된 스틱스와 실크웜, 그리고 샘릿 대함 미사일을 운용하는 해안방어 지휘부를 뜻하는 연결부호였다.

한국 해군의 문무대왕급 구축함의 대공 전투능력이 뛰어나다는 것은 인민군도 인정하고 있었다. 그러나 지상발사 대함 미사일까지 동시에 수십 발을 발사한다면 아무리 문무대왕급이라도 방어하기 힘들 것이라고 리기호 중좌는 판단했다.

집중섬멸구역을 설정하여 지상배치 대함 미사일과 고속정이 보유한 대함 미사일을 동시에 발사하여 한국 해군 함대를 격멸한다는 것이 이번 작전의 핵심이었다. 용매도 남동쪽 20km 해상이 바로 인민군 해군이 계획한 집중섬멸구역이었다.

"전대장 동지, 놈들의 직승비행기도 이젠 사라졌습네다."

레이더 스코프에서 링스 대잠헬리콥터가 사라진 것을 확인한 김영철 소좌가 직접 전대장에게 보고했다. 상공에서 북한 고속정들의 움직임을 일일이 파악하던 링스 헬기가 사라지자 리기호 중좌는 마치 앓던

이가 빠진 것만 같았다.

용매도에 긴급히 주둔한 방공포대가 링스 대잠헬기를 요격할 채비를 갖췄기 때문이었다. 미사일 사격레이더의 조준을 받고 허둥지둥 도망쳤을 링스 헬기를 생각하자 인민군들은 새삼 통쾌해졌다. 북한 해군은 대형 함정이 없고 헬기를 탑재할 수 있는 함정 또한 전혀 없다. 남조선 해군의 직승기는 북한 해군에게 위력적일 수밖에 없었다.

대잠헬기는 잠수함만 공격하는 임무에만 투입되는 것이 아니었다. 수평선 너머의 원거리에서 적 수상함정도 탐지할 수 있기 때문에 헬기를 보유하면 대함전투에서 여러 가지로 유리하게 된다. 인민군 해군의 정규전력이 연안을 못 벗어나는 것은 배들이 소형이기도 하지만 원거리 탐지능력이 빈약하기 때문이었다.

"발사 1분 전입네다!"

"시작하시오."

시계를 들여다보며 김영철 소좌가 보고하자 리기호 중좌가 고개를 끄덕였다.

"좌현 30도! 양현 정지!"

최고속도로 항주했던 소주급 미사일 고속정과 오사급 미사일 고속정이 일제히 왼쪽으로 방향을 틀었다. 이어서 동력을 차단하자 잔뜩 치켜졌던 고속정의 선수가 천천히 가라앉으며 움직임이 둔해졌다.

"발사!"

리기호 중좌가 탑승한 소주급 고속정에서 스틱스 대함 미사일 두 발이 솟았다. 재고가 부족한데다 부품부족으로 정비유지도 제대로 되지 못한 스틱스 대함 미사일을 각 고속정마다 충분히 재장비할 수는 없는 일이었다. 미사일에서 뿜어져 나온 하얀 연기가 고속정들을 휘감았다.

인민군 고속정들만 함대함 미사일을 발사한 것은 아니었다. 같은 시간에 육상기지에 배치된 대함 미사일도 일제히 하늘로 치솟았다. 용매도와 건너편 연안군의 학산리, 부흥리와 해정리에 배치된 도합 6개 대함 미사일 포대에서 발사한 미사일이었다.

6월 16일 08:25 경상북도 안동시

　방송국 앞은 불타는 장갑차와 트럭들의 잔해로 폐허가 되어 있었다. 방송을 보고 당황한 국군 향토사단 병력이 무리하게 진압을 시도하다가 인민군 특수부대의 강력한 반격에 호되게 당한 흔적이었다.
　담을 넘다 대전차화기에 당한 장갑차에서는 시커먼 연기가 솟고 있었다. 불꽃이 날름거리며 새어나오는 장갑차 문짝 틈으로 검게 그을린 팔 하나가 삐죽 나와 있었다.
　방송국 주변은 국군 병사들로 들끓었다. 골목마다 완전무장한 병사들로 가득 찼고 도로변에는 병력을 실어 나른 장갑차와 버스들이 꼬리를 물고 주차되어 있었다.
　방송국에서 2백 미터 정도 떨어진 오피스텔 건물 뒤쪽 주차장에 한국군의 임시 진압본부가 설치되었다. 진압책임을 맡은 한국군 10공수여단 2대대장 진종권 중령은 지휘용 천막 안에서 커다란 도판을 내려다보며 요소 요소에 배치된 각 진압 팀들과 무전을 주고받고 있었다. 그가 지휘하는 공수여단 병력은 헬리콥터로 20분 전 이곳에 도착했다.
　방송은 강제로 끊은 뒤였지만 안동방송국에서 25분간 송출한 내용은 충격적이었다. 그것은 철저히 사전각본에 의한 녹화방송이었다.
　사전에 대남공작원들이 안동 시내와 각종 주요 시설물들을 비디오로 촬영해 인민군이 나오는 장면들과 화면을 짜깁기했다. 아나운서까지 지방방송국 아나운서와 비슷하게 생긴 인물을 선택하는 치밀한 수법도 동원했다. 그리고 한국에서 방송된 화면과 선전에 필요한 화면을 적당히 합성했다.

　결국 방송 화면에는 최소한 사단급이 되는 인민군 보병과 전차가 안동에 입성하는 장면이 보였다. 그리고 인공기를 흔들며 열광하는 안동 시민들도 나왔다. 평양 시민들이었지만 일반 안동 시민들은 그것을 구별하지 못했다.

　늘 보던 방송국 아나운서와 비슷하게 생긴 사람들이 나와 15만 인민군 특수전 병력이 무사히 후방에 침투해서 영웅적인 전투를 벌이고 있다고 말했다. 그리고 인민군들이 남한 전국 각지에 있는 주요 시·군을 차례차례 해방시키는 장면이라는 자막이 걸린 화면이 계속 흘렀다. 그런 악몽 같은 방송이 25분 동안이나 계속된 것이다.

　긴급 전개된 국군 향토사단 기동타격대가 방송국 외부에서 전원을 끊었다. 그러나 방송국에서는 비상발전기로 계속 방송을 했다. 결국 국군은 결사조를 조직해서 방송국으로 접근했다. 결사조는 큰 피해를 입으면서 근거리에서 무반동포를 쏘아 방송국 안테나를 파괴했다.

　소동은 그것으로 끝난 것이 아니었다. 안동전화국을 장악한 인민군 특수부대원들은 전화국 교환기에 등록된 안동 시내의 모든 전화를 호출했다. 시민들은 사전에 녹음된 인민군의 선전 메시지를 듣고 경악을 금치 못했다.

　원래 미납요금 납부안내를 위한 자동전화설비였지만 인민군은 그것을 적절하게 잘 사용했다. 안동시 전체는 물론 인근 시·군 몇 개가 공황상태에 빠지도록 만들었다.

　게다가 외부와는 차단되어 있어야 하는 전화 회선들이 갑자기 개방되어 전국 각지로 전화가 연결되었다. 놀란 시민들이 전국 각지의 친척들에게 전화를 걸었다. 전화국이 계엄사령부에 의해 정상적으로 통제되고 있었다면 시외전화가 되지 않아야 했다. 결과적으로 수만 통의 전화가 시외로 연결되어 전국 곳곳을 뒤흔들어놓았다. 전화국 내부에 협조자가 없다면 불가능한 일이었다.

상부에서는 어떤 희생을 치르더라도 빨리 진압하라고 명령을 내렸다. 그러나 그 안에 있을 민간인들의 희생에 대해서는 아무런 얘기도 하지 않았다.

만일 민간인 희생이 대량으로 생길 경우, 그 책임은 진종권 중령이 고스란히 져야 할지 모른다는 불안감이 가슴 한구석에 자리잡아 그를 계속 괴롭혔다. 일반 사회에서도 마찬가지지만, 승전에 대해서는 서로 자기 공이라 주장한다. 그러나 패전이나 작전실패에 대해서는 아무도 책임지려 하지 않는 것이 군대 생리이며, 조직의 본능이다.

"대대장님, 어서 명령을 내려주십시오."

통신장교가 진 중령의 얼굴을 바라보며 말했다. 진종권 중령은 통신장교를 바라본 다음 수화기를 받아들고 또박또박 잘 들리게 명령을 내렸다.

"현재 시각 08시 27분. 작전을 개시한다!"

맨 처음 작전개시를 알린 것은 연막탄이었다. 방송국 건물 주변에 박격포로 발사된 연막탄이 떨어지기 시작했다. 잠시 후 자욱한 연기 때문에 아무 것도 볼 수 없었다.

공격은 여러 방향에서 동시에 시작됐다. 하늘에서는 UH-60 헬리콥터 2대가 옥상으로 접근했고 땅에서는 장갑차와 함께 소방서에서 급히 동원된 고가사다리차가 방송국을 향해 속도를 높였다. 식당 하수구를 통한 침투도 동시에 시도되었다.

일부 특전여단 대원들은 침투작전에 직접 참가하지 않고 외곽에서 동료들을 지원했다. 열영상 장비로 방송국 건물 외부의 이동상황을 일일이 동료들에게 일러주는 대원도 있었다. 옥상 투입조를 지원하기 위해 주변 200미터 이내에 있는 5층 이상 건물에 배치된 저격수들도 당연히 포함되어 있었다.

UH-60 헬리콥터 2대가 요란한 엔진 소리를 내며 방송국으로 접근했다. 옥상에서 약 300미터 전방지점에 접근했을 때 방송국 주변에서 총성이 울리기 시작했다. 옥상 위에서 휴대용 지대공 미사일을 들고 대기하던 인민군들이 먼저 벌집이 되었다. 밖을 보려고 창문 쪽으로 다가서던 인민군 특수부대원들도 하나씩 굴러 떨어지거나 몸이 부서졌다. 방송국 건물에 남아 있는 유리창은 하나도 없었다.

UH-60 한 대가 방송국 옥상으로 접근해서 로프를 떨어뜨리자 공수특전단 대원들이 헬기 양쪽 문에서 동시에 줄을 타고 내려왔다. 옥상투입조는 각 헬기당 10명씩 총 20명이었다.

거의 동시에 연막 속으로 접근한 고가사다리차가 방송국 3층 창문으로 사다리를 들이밀었다. 방탄복을 입고 자동소총을 든 특전여단 대원들이 안으로 뛰어들었다. 장갑차 2대도 현관 계단을 향해 정면으로 달려들어갔다.

폭음이 울렸다. 계단을 올라 현관으로 막 돌입한 선도 장갑차가 연기를 내뿜었다. 부비트랩을 건드린 것이다. 장갑차 뒤쪽 문이 열리며 대원들이 달려나왔다. 일부 대원들은 부상당한 듯 동료의 부축을 받고 비틀거리며 나왔다.

앞 차량이 현관 입구에서 정지하자 다음 차량이 급히 정지했다. 공수특전여단 대원들이 장갑차 안에서 쏟아져 나오더니 건물 안으로 뛰어들었다.

마침내 요란한 총격전이 시작되었다. 건물 옥상과 3층에서도 자동소총 발사음이 길게 이어졌다. 비명이 터져나왔다. 간간이 수류탄 터지는 소리도 들렸다. 방송국 진입작전은 아직까지는 순조롭게 진행되는 듯했다.

갑자기 방송국 1층 식당 쪽에서 엄청난 폭음이 들렸다. 유리 파편들이 방송국 앞마당까지 날아왔다. 그리고 곧 시커먼 연기와 불길이 깨진 창문으로 뿜어져 나왔다. 열기가 엄청나서 50미터 가까이 떨어진 담 주변에 있던 병사들도 얼굴이 화끈거릴 정도였다. 총성이 잠시 더 이어졌다.

— 상황 끝! 상황 끝!
"아군 부상자는? 적은 모두 사살했나?"
지휘소 천막에 있던 진종권 중령이 다급하게 물었다. 대대장은 작전이 진행되는 도중에 무전기에서 들려오는 비명과 보고를 계속 듣고 있었다. 대원들, 특히 식당 공격조의 피해가 큰 것 같았다. 무전기를 통해 각 조별 작전결과가 보고되었다.

— 옥상 공격조. 전사 둘, 부상 다섯. 적 사살 6명, 생포 1명!
— 사다리 공격조입니다. 전사 둘, 부상 셋. 사살 12, 생포 4.
— 현관 공격조. 전사 넷, 부상 일곱. 적 사살 다섯!
— 식당 공격조입니다. 전사 여덟, 부상 여섯······ 사살 전과는 없습니다. 즉시 지원 바랍니다. 민간인 사상자들이 많습니다!

진종권 중령이 이를 악물었다. 예상보다 큰 피해였다. 식당 투입조는 대원들 중 3분의 2가 부상을 입거나 전사했다. 식당에 있던 프로판 가스통을 사용해 만든 부비트랩에 걸려 투입 초반에 엄청난 사상자를 낸 것이 결정적이었다. 인질로 잡혀 있던 방송국 직원들도 많이 죽었다.

대대장이 눈짓하자 군의관이 들고 있던 마이크로 지령을 내렸다. 방송국 건물 밖에 있는 특전여단 부상병들만 구호하라는 명령이었다. 앰뷸런스가 사이렌을 울리며 방송국 정문 안으로 진입하는 소리가 여기까지 들렸다.

특전여단 병력은 16명이 죽고 21명이 다쳤다. 그러나 공격조가 올린

잿빛 바다

게릴라 사살 전과는 겨우 23명에 불과했다. 중상을 입었을 인민군 포로는 5명에 불과했다. 인민군 게릴라 주력은 하수구를 통해 작전이 개시되기 훨씬 전에 이미 빠져나가 버린 것이다.

결과적으로 특전여단은 제대로 수확도 거두지 못한 채 엄청난 피해만 입었다. 대대 참모들의 얼굴이 침울하게 변했다. 대대장이 악에 받힌 음성으로 또박또박 명령을 내렸다.

"생포한 놈들은 절대 죽게 만들지 마라. 독약 앰플이나 기타 다른 자살도구를 가지고 있을지 모르니 재갈 물리고 발가벗겨! 반항하면 안 죽을 만큼 패도 좋다."

- 포로 중에 여군도 있습니다.

잠시 침묵이 흘렀다. 그러나 무전기를 통해 곧 진종권 중령의 호통소리가 날아갔다.

"그딴 것을 질문이라고 하나? 여군은 군인이 아니야?"

- 알겠습니다!

"수고했소, 진 중령. 지금부터 우리가 맡겠습니다."

뒤에 서 있던 정보사령부 소속 대령 한 명이 나서서 말하고는 천막을 빠져나갔다. 천막 입구를 돌아보는 진종권 중령의 얼굴은 시뻘겋게 상기되어 있었다. 눈에는 눈물이 가득 고였다. 대대장과 함께 들과 산을 누비던 자식 같은 부하들이 불과 10분 사이에 40명이 넘게 죽거나 다쳤다.

진종권 중령은 작전실패 추궁은 두렵지 않았다. 그러나 유가족들에게 무슨 말을 전해야 할지 생각하니 억장이 무너지는 것 같았다. 진종권 중령은 말없이 진압본부 밖으로 성큼성큼 걸어나갔다. 참모들이 힘없이 걸어나갔다.

방송국 정문 앞에서 정보사령부에서 나온 대령이 큰소리로 부하들에게 업무지시를 내렸다.

"자! 이제 일을 시작하자. 우선 괴뢰군 특수부대 포로들과 민간인 부상자들부터 심문한다. 부상이 심하면 군의관 입회 하에 심문을 실시한다. 그냥 밖으로 내보내선 절대 안 돼! 치료가 늦어 죽더라도 책임은 내가 진다. 무슨 말인지 알겠나?"

"알겠습니다!"

장교와 하사관들로 구성된 정보사령부 병력도 완전무장한 채였다. 평소에 권총만 차고 다니던 장교들 가슴에 수류탄이 주렁주렁 매달려 있었다. 방송국 어딘가에 게릴라들이 숨어 있다가 마지막 저항을 기도할지도 몰랐다.

"시체라도 절대 함부로 밖으로 내지 마라! 내 명령이 없는 한 누구도 시체를 밖으로 가져가지 못한다. 공수여단 요원들의 시체 역시 마찬가지야. 반드시 동료 3명 이상으로부터 확인과정을 거친 뒤 가져가도록! 레옹 같은 놈이 있을지도 모르니까. 자, 가자!"

"옛!"

정보사 병력 이십여 명이 일사불란하게 뛰어갔다. 방송국 앞 도로는 주변정리가 시작되었다. 삼엄한 경계가 계속되는 가운데 장갑차 회수차와 래커차가 동원되어 차량 잔해를 치웠다.

6월 16일 08:26   황해도 연백군(황해남도 청단군) 용매도 남동쪽 19km

"대함 미사일 경보! 경보!"

"발사위치 보고입니다! 모두 일곱 군데입니다. 여섯 군데는 지상발사대입니다."

"발사 미사일은 도합 30여 기입니다!"

아퍼레이터들의 급박한 보고가 이어졌다. 전남함의 KNTDS 단말기 화면에는 김유신함에서 보낸 정보들이 새롭게 표시되고 있었다. 지금 전남함은 오로지 김유신함에 의해서만 대공정보를 전송받을 수 있었다. 전남함의 대공감시 레이더는 이틀간 수리도크에 있었는데도 결국 복구하지 못했다.

함장 윤재환 중령은 스틱스 미사일에 피격됐던 3일 전의 악몽이 되살아났다. 동료 함장들이 죽고 전남함의 승무원들도 많이 죽었다. 윤재환 중령이 잠시 진저리를 쳤다.

아퍼레이터가 보고를 잠시 멈추고 트랙볼을 움직였다. 화면상의 전술기호로 포인터를 일치시킨 후 클릭하자 좌표 데이터가 자동으로 계산되었다. KNTDS 덕택에 아쉬운 대로 장님꼴은 면할 수 있었으나 지금 전남함에서는 접근하는 스틱스 미사일을 요격할 수 있는 방법이 없었다.

"그래, 우리는 대함 미사일을 고려하지 않는다. 김유신함의 방공능력을 믿는 수밖에 없다. 우리 임무만을 생각하라."

사령실 요원들이 확연히 들을 수 있도록 윤재환 중령이 큰소리로 말했다. 죽기 직전에 살아나온 전남함 승무원들에게 대함 미사일 경보는 즉각 공포를 불러왔던 것이다.

"알겠습니다, 함장님!"

해군의 모든 전투와 전술은 기계적이고도 종합적이다. 각각의 전투 시스템을 유기적으로 통제할 수 있어야 효과적인 전투를 수행할 수 있게 된다. 냉정을 빨리 찾고 감정을 추슬러야 했다. 부장을 비롯한 사령실 요원들 모두가 함장의 다짐에 힘차게 대답했다.

"좋아. 놈들을 이번 기회에 완전히 때려잡는다. 기관 전속! 최대속도로 북상한다!"

"기관 전속! 침로 삼백사십공(3-4-0)도!"

전남함이 최대속도를 향해 급가속을 시작했다. 그러자 주변을 달리던 고속정 2개 편대가 전남함의 침로에 맞춰 움직였다. 전남함이 전열에서 빠져나와 북상하는 동안 이들 고속정이 호위임무를 맡게 된 것이다.

"대함 미사일 2기! 본함을 향합니다."

30여 발 중 2발이 전남함을 목표로 삼아 돌진하고 있었다. 부하들에게 겁먹지 말라고 다짐을 주었건만 윤재환 중령 역시 부담을 쉽게 떨치기 힘들었다. 그때 레이더에서 움직이는 부호가 계속 늘어났다.

"김유신함에서 대공 미사일을 발사하기 시작했습니다."

아퍼레이터가 보고했다. 작전구역 전체의 함대방공을 책임진 김유신함이 드디어 대응을 시작한 것이다. KNTDS 전술자료분배 시스템에 스탠더드 SM-2 함대공 미사일을 나타내는 전술기호들이 새롭게 표시되었다. 이 기호들이 곧장 인민군의 대함 미사일을 나타내는 표시부호 쪽으로 움직였다.

그 사이에 전남함은 최고속도에 이르러 시속 60km에 가까운 속도로 인민군 고속정대를 향했다. 전투정보실에는 대함 미사일의 접근을 알리는 경보음이 계속 날카롭게 울려퍼졌다. 전남함은 아랑곳하지 않고 최고속도를 유지했다. 전남함을 하늘로부터 지켜주는 것은 김유신함과 을지문덕함의 몫이었다.

6월 16일 08:28   황해도 연백군(황해남도 청단군) 용매도 남동쪽 31km

김유신함에서 제일 먼저 치솟은 스탠더드 대함 미사일 두 발이 전남함을 향하는 스틱스 미사일들로 향했다. 전남함의 진로를 방해하는 모든 위협을 제거하는 것이 급선무였다. 김유신함의 사격레이더가 반

바퀴 회전한 다음 허공을 향해 강력한 전파빔을 쏘았다.

대공전투에서는 수색레이더와 사격레이더, 그리고 함대공 미사일의 유기적인 결합이 매우 중요하다. 그러나 수십 발이 동시에 위협을 가하는 다목표 환경에서 더욱 중요한 것은 위협도의 평가와 대응순서를 결정하는 일이다. 모든 미사일을 동시에 요격할 수는 없다.

짧은 거리에서 음속에 가까운 속도로 돌입하는 대함 미사일 각각을 일일이 분석하고 공격순위를 결정하는 과정은 인간의 수작업으로는 불가능에 가까운 일이다. 그것은 컴퓨터만이 할 수 있는 일이었다.

스틱스 미사일 가운데는 김유신함을 목표로 한 것도 있겠지만 현재까지 진행된 침로로는 확실히 파악하기 힘들었다. 김유신함은 아직까지는 북쪽으로 항주하는 전남함을 향하는 미사일에 최우선순위를 두었다.

접근하는 미사일 30여 발 가운데 속도가 뒤처지는 미사일들이 있었다. 그것은 스틱스나 실크웜 미사일보다 구형인 샘릿 지대함 미사일이었다. 김유신함의 전투 시스템은 샘릿 미사일에 대한 공격 우선순위를 맨 마지막으로 결정했다.

김유신함의 주전투 시스템이 짧은 시간 동안 표적들의 침로와 순서를 계산한 다음 자동적으로 공격 우선순위를 완전히 결정했다. 그리고 1km 떨어진 을지문덕함과 중복되지 않도록 담당구역에 대한 계산까지 마쳤다. 결정한 정보는 다시 KNTDS 시스템을 통해 을지문덕함으로 전송되었다.

공격순위가 모두 결정되자 김유신함의 전방 갑판에서 스탠더드 함대공 미사일들이 다시 발사되기 시작했다. 하얀 연기가 뿜어져 나오며 구축함 함수를 가렸다.

을지문덕함에서도 시 스패로 함대공 미사일들이 치솟았다. 사격레이더가 표적을 향해 계속 전파를 지향해야 하는 시 스패로 미사일은 일단 조준된 목표를 확실히 파괴하기 전에는 다른 목표를 공격할 수 없었다.

그러나 스탠더드 SM-2 미사일은 달랐다. 김유신함에 장착된 사격 레이더는 도합 두 개이고 한 번에 하나의 목표밖에는 유도할 수 없는 것은 마찬가지였다. 그런데 관성항법장치가 내장된 스탠더드 SM-2 미사일은 레이더 유도가 없어도 미리 발사할 수 있었다.

스탠더드 미사일들은 김유신함의 주전투 시스템이 계산한 스틱스 미사일의 접근코스를 향해 관성좌표만 간단히 입력된 채로 발사된다. 그 다음 최종적으로 레이더 유도가 필요한 순간에만 사격레이더로부터 유도를 받는다. 그래서 계속 레이더를 켜야 하는 시 스패로와 달랐다.

모든 공격은 극히 짧은 시간에 이뤄졌다. 스틱스 대함 미사일이 날아오는 데 걸리는 시간은 채 2분이 걸리지 않았다. 전남함을 향한 스틱스 대함 미사일 두 발을 향해 스탠더드 미사일 4발이 사격레이더의 유도를 받아 충돌코스로 진입하기 시작했다.

스탠더드 미사일의 로켓모터가 내뿜는 흰색 배기연이 비구름 속을 뚫고 사라졌다가 다시 나타났다. 하얀 연기가 수면 쪽으로 길게 이어졌다. 그리고 검은 폭발이 일어났다.

단번에 명중 당한 스틱스 두 발이 깨끗하게 폭발했다. 그러자 빗나갔을 때를 대비해 발사된 나머지 미사일 두 발이 표적을 잃고 잠시 허둥대는 것처럼 보였다. 그러나 수면을 향하던 배기구름은 곧 다시 하늘로 솟구쳤다. 새로운 표적에 대한 지시를 받았기 때문이다.

스탠더드 미사일 수십 발이 만들어낸 배기가스는 거대한 원기둥 모양으로 비구름 쪽을 향해 위로 뭉쳐졌다. 김유신함의 사격레이더는 각각의 스탠더드 미사일이 스틱스 대함 미사일에 가까워질 때마다 짧은 시간 동안만 유도를 지속했다. 그리고 미사일 하나가 요격에 성공해 폭발하면 레이더는 재빨리 다음 목표를 조준했다. 스틱스 미사일이 폭발하면서 만들어낸 검은 구름들이 점차 김유신 전단 쪽으로 접근했다.

6월 16일 08:32　황해도 연백군(황해남도 청단군) 용매도 남동쪽 7km

"엄청나군!"

오승택 대위는 입이 다물어지지 않았다. 비구름 아래로 무수한 폭발이 계속 이어졌다. 수십 발의 대함 미사일 위로 또 다른 수십 발의 함대공 미사일이 명중되면서 만들어낸 검은 연기가 수평선 위를 가득 채우고 있었다.

이제 폭발은 일어나지 않았다. 그리고 김유신함에서도 함대공 미사일을 더 이상 발사하지 않았다. 인민군이 쏜 대함 미사일을 모조리 요격해 버렸기 때문이다.

고속정장으로 보임하기 전 오승택 대위는 문무대왕급 구축함에 탑승했다. 구축함 문무대왕함의 대공전지휘관(AAWO)으로 근무했던 그가 같은 급 2번함인 김유신함을 모를 리 없었다. 일련의 대공전투과정을 지켜보면서 오승택은 약간 아쉬웠다. 방금 전과 같은 대공전투를 직접 지휘해보고 싶었던 것이다.

"3시 방향!"

견시수가 짧게 외치는 것과 동시에 우현 후미 쪽으로 폭발이 일며 물보라가 튀었다. 수면 밑에서 포탄이 터진 것이다.

"어쭈? 어떤 새끼가 감히!"

가까운 거리에 새로운 인민군 고속정이 보였다. 용매도 남동쪽 방향에 있는 조그만 섬에서 갑자기 튀어나왔기 때문에 당황했지만 오승택 대위는 적을 해치울 수 있다고 자신했다. 고속정에 위장망을 씌워서 연안이나 섬에 매복시키는 것은 인민군 해군의 전형적인 전술이었다.

그 사이에 포탄 두 발이 연달아서 참수리급 고속정 주변에 작렬했다. 다시 거대한 물기둥이 치솟았다. 소구경 기관포에 의한 물기둥 높이가 아니었다. 상대는 85mm 함포를 가지고 있는 청진급 고속정이었다.

"놈을 먼저 잡는다. 좌현 10도! 함미 2번, 3번포가 맡아라!"

"문제없습니다!"

2km가 약간 넘는 거리였다. 근거리라면 발사속도가 훨씬 더 높은 시 벌컨이 오히려 유리했다. 그리고 최대사거리가 4km 넘는 시 벌컨포가 충분히 제압할 수 있는 거리였다. 자신이 있는 오승택 대위는 속도를 줄이라고 명령하지도 않았다.

시 벌컨포에서 초당 50여 발의 발사속도로 20mm 탄환이 뿜어졌다. 예광탄 줄기가 완만한 곡선을 그리며 인민군 고속정 앞으로 쏟아졌다.

인민군 고속정에서 막 14.5mm 기관총을 쏘는 순간이었다. 벌컨포 탄막은 곧 인민군 고속정으로 움직였고, 인민군 기관총의 예광탄 궤적에 잠시 겹쳐졌다. 양쪽으로 교차하는 두 줄기의 붉은색 예광탄 중 인민군 쪽의 빛줄기가 곧 침묵했다. 명중이었다. 함교에서 수병들이 목이 터져라 만세를 불렀다.

기뻐하는 수병들 사이에서 오승택 대위는 문득 김유신함의 전투정보센터를 떠올렸다. 최첨단 방공구축함의 전투를 총괄하는 곳이지만 각종 컴퓨터와 콘솔, 그리고 아퍼레이터들이 있을 뿐이었다. 그런 시스템적인 전투는 실제 전투와 시뮬레이터를 이용한 모의전투나 별 차이가 없다. 그리고 흥분도 긴장도 동반하지 않는다. 아퍼레이터들간의 침착하고 기계적인 역할분담만이 있을 뿐이었다.

그러나 고속정 전투는 테크니션들이 앉아서 전투를 치르는 것과는 다른 원초적인 그 무엇이 있었다. 지그재그로 도망치거나 혹은 정면으로 접근하면서 기관포 세례를 퍼붓는 적 고속정을 직접 함포로 쏘아 격침시켰을 때의 흥분은 분명히 달랐다.

"표적거리 5천! 침로를 공팔십공(0-8-0)으로 바꿨습니다."

"멍청한 놈들! 어디로 도망가겠다는 거야? 그쪽으로 가면 죽는단 말야. 너도 내 손으로 잡아주겠어."

약간 불량스럽게 말하며 오승택 대위가 주먹을 쥐었다. 사실 고속정끼리의 전투는 육박전이나 난투극과 다를 게 없었다. 오승택은 냉철한 아퍼레이터보다 화끈한 주먹을 선호했다.

북한 고속정들이 다시 동쪽을 향하고 있었다. 교동도 서쪽 해역 역시 인민군의 대함 미사일이 지상배치된 지역이었다. 적이 마지막 수를 노리는 것이겠지만 그 전에 없애버려야 했다. 다른 고속정들을 엄호하느라 맨 끝에서 움직이고 있는 청진급 고속정이 우선 목표였다.

"젠장! 기관실! 속력 더 못 내겠나? 이것밖에 안 돼?"

고속정은 있는 힘껏 최대속도로 물 위를 달리고 있었지만 오승택의 조바심을 줄여주지는 못했다. 인민군 고속정 함교 위로 20mm 유탄들이 무수한 불꽃을 내며 폭발했다. 청진급 고속정은 물 위에서 천천히 빙글빙글 도는 듯하더니 이내 가라앉았다.

다시 한 번 수병들이 내지른 만세 소리가 고속정을 진동시켰다. 오승택 대위의 가슴 한쪽에서 거센 흥분이 밀려 올라왔다. 다시 한 번 기관실을 다그쳐야 목에 걸린 흥분이 가실 것 같다고 생각한 오승택이 전성관으로 계속 고함을 질러댔다.

6월 16일 08:35 서울 용산구

"서해함대로 향하던 미사일 30발을 김유신함이 모조리 요격시켰습니다!"

해군과의 연락을 담당한 박기찬 소령이 환성을 질렀다. 해군 참모총장이 불끈 쥔 주먹을 치켜들었고, 육군과 공군의 장성, 장교들이 부러운 눈길로 쳐다보며 박수를 쳤다.

정현섭 소령도 일어나 옆자리의 해군 연락관들에게 박수를 보냈다. 문무대왕급 구축함의 위력이 실전에서 유감없이 드러난 순간이었다. 이제 바다는 걱정이 없었다.

"쟤네들, 이제 미사일 없습니다. 완전히 거집니다. 몽땅 두들겨 잡으면 됩니다!"

흥분한 박기찬 소령이 일어선 채 모니터를 보며 주먹을 흔들어댔다. 정현섭은 박기찬 소령이 마치 권투경기를 TV로 보며 응원하는 것 같다고 생각하며 미소지었다.

정현섭은 다시 한 번 해군이 부러웠다. 해군작전사령부와 연결된 통신망이 전투가 벌어지고 있는 해역에서의 실시간 보고를 가능케 했다. 전선이 넓고 단위 부대가 많은 육군은 불가능한 일은 아니라 해도 상당히 어려운 일이었다.

"우리 고속정이 적 고속정 한 척을 잡았습니다!"

박기찬 소령은 이제 춤을 추는 것 같았다. 장군들이 그를 보며 웃었다. 오랜만에 통쾌한 순간이었고, 얼굴에 드리워진 그늘이 가시는 것 같았다. 박기찬 소령이 다시 기염을 토했다. 만세를 부를 태세였다.

"고속정 한 척을 또 잡았습니다! 우리 해군이 저놈들을 다 잡아죽일 겁니다!"

"교동도가 점령당했습니다!"

박기찬 소령이 내지른 함성의 여운이 채 가시기도 전이었다. 해병대와의 연락을 담당한 대위가 비명을 질렀다. 해병대가 교동도에 상륙한 인민군과 치열하게 전투 중이라는 소식을 들은 것이 겨우 20분 전이었다. 그러나 교동도를 방어하던 해병대는 이제 소대 단위까지 연락이 완전히 끊긴 것이다.
 지휘부는 교동도를 지키기 위한 해군의 움직임에 정신을 쏟다 보니 잠시 교동도 전투를 망각했다. 장군들이 기겁했다. 북한 땅을 내려다보는 교동도가 완전 요새화되어 지휘부는 북한이 단시간에 점령하기 힘들 것으로 판단했다.
 그런데 어찌 된 셈인지 교동도의 해병대는 1시간도 못 버티고 전멸당한 것이다. 북한이 얼마나 많은 전력을 퍼부었는지 단적으로 알 수 있었다.
 "강화도가 위험합니다! 강화도가 점령당하면……."
 남성현 소장이 말을 마치지 않아도 그것이 얼마나 위험한지는 여기 있는 사람들 누구나 알고 있었다. 분위기가 싸늘하게 식어가는데 누군가 고함을 쳤다.
 "강화도가 점령당할 리가 없지 않소?"
 정현섭이 돌아보았다. 옆머리를 짧게 친 해병대 소장이 역정을 내고 있었다. 해병대만큼 장군들도 머리를 짧게 깎는 군은 없었다.
 "강화도 방어를 강화할 필요가 있습니다."
 육군 참모차장이 건의했다. 그러자 해병대 소장이 노기를 억누르고 육군 참모차장을 노려보았다. 자존심 강한 해병대였지만 육군 입장에서도 강화도는 서울의 목줄을 조일 수 있는 전략요충지였다. 방어구역만 따질 때가 아니었다.
 "육군을 투입하기는 좀 그렇고, 해병대가 강화도 병력 보강을 해주겠소?"
 김학규 대장이 조심스레 물었다. 해병대 소장은 안심이라는 듯 즉각 대답했다.
 "지금 즉시 김포반도에 있는 예비 1개 연대를 강화도로 이동시키겠습니다. 출동준비는 언제나 갖춰져 있습니다."

"김포반도가 강화도보다 더 중요합니다. 김포반도 방어병력을 이동시키면 안 됩니다!"

남성현 소장이 반대했지만 자존심 강한 해병대 소장이었다. 그리고 분위기도 이미 기울어진 다음이었다.

"상륙전은 해병대가 전문이오. 북괴군 능력으로는 도저히 한강 하구로 도하하지 못합니다."

"무슨 말씀이오? 북괴놈들은 6·25 때도 한강을 건넜소! 노량진뿐 아니라 김포반도까지 건넜단 말이오!"

인민군 6사단은 한국전쟁 초기에 한강 하구를 건너 김포반도와 인천을 점령했다. 인민군 6사단이 그때 만약 한강 이남으로 후퇴하는 한국군을 배후에서 쳤다면 역사가 달라졌을지도 모른다. 아찔한 순간들이었다.

그러나 인민군 6사단은 꾸물거리다가 서울 침공작전에서 결정적인 수훈을 세우지는 못했다. 한국으로서는 불행중 다행이었고, 천우신조였다. 물론 그때 인민군이 도하장비가 부족해 중장비 이동에 곤란을 겪었다는 추정이 대세를 이룬다.

"그때와 지금은 다릅니다! 북괴군은 강 하구를 절반도 건너기 전에 우리 해병대의 강력한 화력에 전멸할 것이오!"

"그만들 하시오."

합참의장이 논란을 멈추게 했다. 해병대를 무시한다고 오해한 해병대 소장은 식식거렸고, 남성현 소장은 자리에 앉아 시름에 잠겼다.

현재 휴전선 일대에서는 포성이 완전히 멎은 지 오래였다. 한국군의 대포병사격을 피해 게릴라식으로 간헐적으로 이어지던 인민군의 포격은 오늘 새벽 이후 완전히 침묵을 지켰다. 거진 북쪽을 점령하고 있던 북한군도 후퇴하고 있다는 보고였다.

지금이 전면전 상황이라고 보기에는 너무 이상했다. 만약 북한군이

잿빛 바다 199

서울을 향해 공격할 의도가 있다면 당연히 다른 전선에서도 조공을 시작해야 했다. 그러나 휴전선은 너무나 조용했다. 이것이 한국군 지휘부로 하여금 현재 상황을 국지전으로 판단케 한 이유였다. 안동에서 벌어진 일은 생각만 해도 끔찍했다.

"오늘부터 미군이 지원하기로 했소. 별일은 없을 테니 조금만 더 참읍시다."

김학규 대장이 조금씩 웅성대는 참모들을 향해 입을 열었다. 그러나 정현섭은 합참의장의 말이 논리적이지 못하다는 것을 알고 있었다. 미 지상군이 투입되려면 최소한 20일에서 4개월까지 걸린다.

경장비의 소규모 부대는 단 며칠 이내에 투입할 수 있다. 그러나 그런 소규모 부대만으로 전쟁을 수행할 수는 없다.

필요한 대다수 지상군 부대를 한반도에 즉각 투입하려면 많은 준비가 필요하다. 이동시키는 데 드는 시간도 만만찮지만 예비역을 소집, 배치하고 주방위군의 전투태세를 갖추는 데 더 많은 시간이 걸린다.

그렇다면 당분간 공군과 해군의 지원이 있을 뿐이었다. 지상군 없이 공군과 해군의 힘만으로 이길 수 있는 전쟁은 없었다. 긴급 전개할 수 있는 미 해병대가 있다지만 병력이 부족한 건 마찬가지였다. 정현섭은 그것이 걱정이었다.

그리고 지금도 비가 주룩주룩 내리고 있었다. 아직 장마가 오기에는 며칠 이르지만, 장마전선이 가끔 이렇게 갑자기 북상하기도 했다. 비가 오면 미국이 자랑하는 공군과 해군 항공대의 전투기들이 제 역할하기를 기대하기는 어려웠다.

정현섭은 합참의장도 당연히 그 사실을 알고 있을 것이라고 생각했다. 정현섭은 무척 불안했다. 어쩌면 오늘부터 진짜 전면전이 시작될지도 모른다는 두려움이 들었다. 그러나 확실한 증거가 없었다.

6월 16일 08:41 황해도 연백군(황해남도 청단군) 용매도 남동쪽 13km

"공삼십공도! 두 척이다. 없애버려!"

쌍안경을 내려놓고 윤재환 중령이 전투정보실에 경령했다. 인민군 고속정 두 척이 또다시 모험을 하고 있었다. 그들에게는 선택의 여지가 없었다.

함수의 1번포가 빙글 선회하더니 쇄도하는 인민군 고속정을 향해 연사하기 시작했다. 1번 함포 바로 뒤에 장착된 40mm 함포까지 가세했다. 인민군 고속정 두 척이 곧 화염에 휩싸이더니 순식간에 바다 속으로 빨려 들어갔다.

대공방어망이 완벽한 상황에서 인민군의 대함 미사일을 걱정할 필요는 없었다. 울산급 프리깃은 지금 이곳에서 무적에 가까운 군함이었다. 오직 함포만으로도 인민군 고속정들을 완벽하게 소탕할 수 있었다.

"잘했다. 깨끗이 가라앉았다."

윤재환 중령은 두 척을 손쉽게 해치운 포반을 가볍게 치하하고 다시 쌍안경을 들었다. 포격전에서는 전투정보실보다 함교에서 지휘하는 것이 확실한 효과가 있었다. 더구나 레이더가 망가진 전남함에게는 전투정보실보다는 함교에서 직접 육안으로 판단하는 것이 신속했다.

그동안 함미포는 계속 용매도로 76mm 포탄을 쏘아올리고 있었다. 위력은 약하지만 76mm 포탄이 1분에 80여 발 가까이 떨어지면 상황은 다르다. 용매도에 자리잡은 인민군 진지들을 견제하는 데는 큰 효과가 있었다.

인민군 고속정들이 당황하는 기색이 역력했다. 그들이 발사한 대함 미사일을 김유신함이 모조리 요격했기 때문이다. 배후에 위치한 미사일 고속정들이 전남함의 압박을 피하려고 애썼지만 쉬운 일이 아니었다. 제대로 전열을 유지했다면 인민군의 소형 고속정들이 이렇게 각개 격파당하도록 무모하게 돌진시키지는 않았을 것이다.

"삼백이십공(3-2-0)도 방향에 8척입니다. 도주하고 있습니다!"

"개새끼들! 잡아죽인다. 좌현 전타, 기관 전속!"

부장이 보고하자 윤재환 중령이 거친 목소리로 변침을 지시했다. 더 이상 공격은 무의미하다고 판단했는지 인민군 고속정들이 서쪽으로 도주를 시도하고 있었다. 악착같던 인민군 고속정들이 드디어 꽁무니를 내보인 것이다.

전남함이 좌현으로 빠르게 선회하면서 함교가 반대쪽으로 급격히 기울었다. 최대한 빠른 속도로 몰아붙여야 했다.

인민군 고속정대가 도주하는 방향으로 아군 고속정 1개 편대가 있었으나 수적으로 중과부적이었다. 아군 고속정 편대에게는 퇴로를 막는 것 이상의 임무를 맡길 수는 없었다. 그리고 어떻게든 전남함이 직접 해치워야 했다. 빚을 고스란히 갚아줄 수 있는 기회였다.

6월 16일 08:45　강원도 원주

"이봐! 안 죽어. 그만 떨어!"

옆에서 누군가 흔들자 김승욱이 정신을 차렸다. 원종석이 안쓰럽다는 듯이 쳐다보고 있었다. 여긴 도로 위를 달리는 트럭 안이었다.

"나, 떨고 있니?"

현실로 돌아온 김승욱이 농담을 하며 가까스로 웃었다. 그러나 얼굴 근육이 잔뜩 굳어져 있고 눈썹이 파르르 떨렸다. 원종석이 피식 웃었다.

"그래, 임마! 너 땜에 트럭이 진동한다고."

제59동원사단은 제천으로 간다고 들었다. 김승욱은 전쟁터가 가까위질수록 떨렸다. 게다가 이곳은 하필 트럭 안이었다. 언제 어디서 적의 포탄이 날아올지 불안해서 견딜 수 없었다.

"잘하면 총 한 방 안 쏴보고 전쟁이 끝날지도 몰라. 너무 걱정 마."
"넌 총을 쐈잖아? 벌써 둘이나 잡고 훈장도 탔으면서."

원종석의 말에 곽우신이 반문했다. 원종석은 59사단 예비군들 중에서 최초로 적을 사살했으니, 조금 단순하고 겁이 많은 곽우신이 보기에는 영웅이었다.

"그깟 훈장이 지금 당장 무슨 소용이 있어? 제 한몸 무사하면 되는 거지."

6월 16일 08:52 황해도 개풍군(개성직할시 판문군)

포성이 한 발 울려퍼졌다. 포탄은 비구름을 뚫고 하늘로 올라간 다음 다시 포물선을 그렸다. 잠시 후 포탄은 건너편 김포반도의 애기봉 고지 위로 낙하해서 검은 연기를 만들어냈다.

잠깐 기다리는 짧은 사이에 인민군 사격지휘소 요원들 표정이 긴장으로 잔뜩 굳어졌다. 전방에 나가 있는 관측군관으로부터 사탄 수정요구가 접수되기까지는 30여 초의 시간이 흘러야 했다. 언제 한국군으로부터 대포병사격이 시작될지 알 수 없었다.

관측군관이 무전으로 수정을 요구한 대로 사격지휘소에서 새로운 사격좌표를 포대에 지시했다. 이윽고 제2탄이 발사됐다. 두 번째 탄은 목표로 삼았던 표적, 즉 애기봉 전망대 아래쪽의 엄폐 진지를 100여 미터쯤 벗어나서 폭발했다.

다시 3탄이 발사되고 관측군관은 엄폐 진지 바로 옆에 떨어진 것을 확인했다. 단 세 발로 포탄을 살상범위로 유도하는 것은 아무나 쉽게 할 수 있는 일은 아니었다. 이제 기준포가 발사한 사각과 편각에 맞춰 나머지 포들이 일제히 사격하는 일만 남았다. 사격지휘군관이 전포사격을 명령하자 포대의 모든 곡사포에서 일제히 포탄이 날아올랐다.

곡사포들이 사격을 시작하고 이번에는 방사포대가 발사를 준비했다. 사탄 수정을 해봤자 탄착 오차가 워낙 많이 발생하는 방사포는 정밀한 사격용이 아니었다. 이것은 넓은 지역을 일거에 무력화시키는 광역제압용 무기였다.

첫 번째 표적들은 애기봉 주위의 감제고지와 엄폐 진지들이었다. 이 진지들에는 중화기가 배치됐을 뿐만 아니라, 배후에 위치한 한국군 포병대의 눈과 귀 역할을 했다.

3분쯤 지나자 포탄은 애기봉에만 그치지 않고 김포반도 북쪽 강변을 따라 엄청난 양으로 낙하하기 시작했다. 인민군 4군단 예하의 포병여단 전력으로는 불가능한 화력이었다. 이들은 인민군이 자랑하는 최정예 포병부대인 강동포병군단 소속 중포들이었다.

총 4개 이상의 포병 여단으로 구성된 것으로 추정되는 강동포병군단은 단일 포병부대로는 엄청나게 거대한 포병부대다. 그 중 주력이라 할 수 있는 자주포 여단에는 북한이 자체적으로 개발한 곡산자주포를 장비한다. 이 포의 구경은 170mm이고, 최대사거리는 무려 40km에 이른다.

개풍군 남쪽 일대에 배치된 수백 문의 중포와 방사포들이 김포반도 일대에 모든 화력을 집중시키고 있었다.

6월 16일 08:54 황해도 연백군(황해남도 청단군) 용매도 동쪽 4km

소주급 고속정은 끝까지 필사적이었다. 인민군 고속정 한 척이 바로 옆에서 격침 당한 후에도 도주하지 않고 맞서서 기관포를 쏘아댔다. 그러나 남조선 해군의 직승비행기를 상대할 수는 없었다.

"6시 방향에 미사일입네다!"

경보가 울렸다. 소주급 고속정에 탑승한 리기호 중좌의 시선이 하늘을 향했다. 밝은 색 화염덩어리가 빠르게 날아오더니 그대로 옆을 달리던 오사급 고속정에 내리꽂혔다. 그 순간 폭발과 함께 그 고속정은 즉시 모습을 감췄다.

시 스쿠아 미사일의 탄두는 35kg으로 대함 미사일 중에는 비교적 소형이다. 그러나 고속정 한 척을 파괴하는 데는 충분한 크기였다. 헬기가 리기호 중좌를 노려보는 듯했다.

리기호 중좌는 이제 마지막이라고 잔뜩 긴장했다. 그러나 더 이상 대함 미사일은 날아오지 않았다. 국방군의 수퍼 링스 헬리콥터는 다시 기수를 남쪽으로 향했다. 탑재한 대함 미사일을 모두 소모한 것 같았다.

리기호는 참담한 느낌밖에 들지 않았다. 오사급 미사일 고속정 두 척과 소주급 한 척이 국방군의 직승기 단 한 대에 고스란히 물 속으로 가라앉은 것이다.

"전대장 동지! 열 한 시 방향에 남조선 고속정입네다!"

"응사하시오!"

남서쪽으로부터 빠른 속도로 돌진하는 한국군 고속정에 김영철 소좌가 놀라 외쳤다. 이미 배후에 울산급 구축함과 고속정들이 맹추격 중인데다 미처 발견하지 못한 고속정 두 척이 앞에서 출현하자 겁부터 덜컥 집어먹은 것이다.

퇴로가 막히고 있었다. 전대 소속의 고속정은 이미 모두 격침되거나 뿔뿔이 흩어졌다. 이제 리기호 중좌 옆에 남은 것은 신흥급 고속정 한 척뿐이었다.

— 투타타타!

소주급 고속정 함수에 장착된 기관포가 발포를 시작했다. 레이더로 조준사격되는 소주급의 30mm 기관포는 상당히 정확한 편이었다. 왼쪽으로 빠르게 움직이던 국방군 고속정 한 척에서 불꽃이 튀었다.

그 사이 다른 국방군 고속정은 신흥급 고속정을 가볍게 해치웠다. 그 고속정은 벌집이 된 신흥급 고속정을 내버려둔 채 리기호 중좌의 고속정으로 쇄도했다.

국방군 고속정에서 소주급이 장비한 것과 동일한 구경의 30mm 기관포탄이 번쩍이며 날아오기 시작했다. 함수 앞쪽에 물거품 여럿이 일더니 곧이어 함교에 연속적인 폭발이 일어났다. 리기호 중좌가 반사적으로 엎드렸다. 파편이 튀며 검은 연기가 매캐하게 피어올랐다.

"쿨럭! 끄으으……."

김영철 소좌가 심한 천식환자처럼 호흡을 잇지 못했다. 기도에 무엇이 걸린 것처럼 반사적으로 기침을 해댔지만 입으로 토해낸 것은 굵은 핏덩어리였다. 리기호 중좌가 안쓰러운 표정으로 김영철 소좌를 끌어당겼다.

그러나 별 도리가 없었다. 30mm 유탄이 폭발하면서 김영철 소좌의 한쪽 어깨를 짓뭉개고 파편 몇 개가 김 소좌의 가슴 깊숙이 박혔기 때문이다. 리기호 중좌는 김영철의 상체를 약간 일으켜주었다. 가망은 없었지만 제대로 숨은 제대로 쉴 수 있게 해주고 싶었다.

― 콰콰쾅!

또다시 함교 위로 폭풍이 쓸고 지나갔다. 조금 전에 이 고속정에서 기관포로 명중시킨 국방군 고속정이 있던 방향에서 날아온 기관포탄이었다. 확실히 처리하지 못했던 것이다. 위력으로 미루어 20mm 벌컨인 것 같았다.

함수 부분에 얼마나 많은 탄환이 명중했는지 가늠할 수조차 없었다. 단 몇 초 동안 수백 발이 박히면서 연달아 유폭이 일어났다.

그리고 김영철 소좌의 몸을 덮은 자세로 엎드렸던 리기호 중좌에게도 파편이 튀었다.

 더 이상 소주급 고속정에서 응사하는 소리는 들리지 않았다. 리기호는 허벅지와 하복부에 쇠몽둥이로 얻어맞은 것처럼 아무런 감각이 없었다. 리기호 중좌는 고개를 돌려 몸을 확인할까 하다가 그만두었다. 바닥에 보이는 것은 김영철 소좌와 함께 쏟아낸 그의 피뿐이었다. 힘없이 포개진 오른손 소매까지 피로 범벅이 되어 있었다.

 리기호 중좌가 힘들게 고개를 돌려 김영철 소좌의 얼굴을 보았다. 이미 숨이 끊어진 뒤였다. 리기호 중좌도 서서히 졸음이 밀려왔다.

 인민군 해군을 희생적으로 던져서라도 결전적 국면에서의 지상군 작전을 영웅적으로 지원하라는 서해함대 사령관의 훈시가 머릿속을 빙빙 돌았다. 하지만 과연 원하는 결과를 얻을 수 있을지 궁금했다. 리기호는 마지막 졸음을 이겨낼 수 없었다.

대규모 도하작전

6월 16일 09:11 경기도 김포군 통진면

"씨불! 디게 불안허네, 이거."

해병대 최성재 상병은 포성이 들리는 뒤쪽을 자꾸 돌아봤다. 아무리 생각해도 여기에 있는 것은 바보짓 같았다. 북쪽에서는 포격이 한창인데, 여기서는 아무도 없는 논을 향해 기관총을 겨누고 있었다.

좁은 농로에는 아무 것도 지나가지 않았다. 비가 오고 포성이 울리는데 농부들에게 농사일이 문제가 아닐 것이다. 해병대원들은 한편으로는 해병대 전우들에게 미안하고, 다른 한편으로는 불안했다.

"너무 걱정하지 마십시오."

M-60 기관총 개머리판을 어깨에 붙인 이종영 이병이 눈도 돌리지 않고 말했다. 이종영의 눈은 비안개가 자욱한 너른 들판을 주시하며

천천히 돌아가고 있었다.

"지금 걱정 안 하게 됐냐? 저놈들이 언제 쳐들어올지 모르는데."

"저 새끼들! 저렇게 지랄하다가 또 잠잠하겠죠, 뭐."

이종영 이병은 만사에 여유가 있었다. 그러나 눈빛은 매섭게 빛났다.

"저놈들, 꼭 우리 해병대 있는 곳만 노린다니까. 우리가 그렇게 만만한가?"

강원도에서 전개되고 있는 특수전을 제외하고는 해병대만 계속 치열한 전투를 치르고 있었다. 희생도 컸다. 개전 첫날부터 백령도가 엄청난 포화를 뒤집어썼고, 연평도는 결국 점령되었다. 조금 전에는 교동도까지 인민군에게 점령됐으니 해병대 체면이 말이 아니었다. 그러나 이종영 이병의 생각은 달랐다.

"저놈들한테 그만큼 위험하다는 뜻이기도 합니다."

"야~ 너! 이 빡센 해병대에서 참 느긋한 편이다?"

"헤헤! 장단점이 있습니다. 선배님들 보시기에는 답답하도록 굼떠 보일 겁니다."

"짜식! 잘 아네? 영감 같은 놈."

최성재 상병이 피식 웃으며 M-60 탄약통 위에 털썩 주저앉았다. 질퍽한 땅을 밟고 있는 군화가 너무 무거웠다. 비가 주룩주룩 내리는 무개참호 안에는 시뻘건 진흙이 물을 잔뜩 머금고 있었다. 배수구를 통해 흙탕물이 진지 밖으로 졸졸 흘러내렸다.

초조하다고 불안에 떨 필요는 없었다. 북쪽에서 포성이 요란했지만 이곳엔 아직까지 아무 일도 없었다. 다만 이 드넓은 들판에서 약간 높은 언덕에 덩그러니 둘만 남아 있는 것이 기분 나쁠 뿐이었다. 쏟아지는 비가 우의를 계속 때려댔다.

"최성재 해병님!"

"왜?"

"민간인 둘이 접근하고 있습니다."

좁은 농로를 따라 경운기가 달려오고 있었다. 거리가 멀어 파란색과 노란색 비옷이 각각 경운기 운전석과 짐칸에 올려져 있는 것 같았다. 고개를 내밀어본 최성재는 관심없다는 듯이 다시 참호 안에 주저앉았다.

"농사 지으러 왔나보지, 뭐."

"중년 남자 하나, 젊은 남자 하나입니다."

"그게 어때서?"

"농촌 지역에 젊은 남자가 있다는 것이 이상합니다. 그리고 두 사람이 연신 두리번거리고 있습니다."

바짝 긴장한 이종영 이병의 목소리는 떨리고 있었다. 최성재가 군화를 벗다 말고 머리를 살짝 내밀었다. 경운기에서 내린 두 사람이 삽을 들고 논길을 걸었다.

"뭐, IMF 이후에 직장 못 구한 젊은 사람들이 시골에 낙향했을 수도 있지, 뭐. 김포 땅값이 워낙 많이 올랐으니까 나중에……."

최성재가 망원경으로 두 사람의 거동을 살폈다. 거리는 약 600미터 정도였다. 6배 배율의 쌍안경 안에 들어온 두 사람은 약간 마른 체형이었다. 이들이 주위를 살피며 뒤돌아볼 때 관찰하니 자세히 보이지는 않았지만 전혀 특징 없는 얼굴을 하고 있었다. 이들은 야트막한 언덕으로 걸어갔다.

뭔가 수상해 보이기도 했다. 최성재가 슬그머니 옆으로 자리를 옮겨 이종영의 어깨를 툭 쳤다. 이종영이 기관총을 내주며 진지 안에 세워둔 K-2 자동소총을 집어들었다.

"아니면 땅굴 주변의 안전을 확인하기 위해 남파된 간첩일 수도 있지."

비옷을 입은 두 사람은 논길 옆에 있는 조그마한 언덕 아래 공터에서 삽질을 하고 있었다. 장대비가 내려 물꼬를 트러 나오거나 채소저장고를 손보러 나온 농부일 수도 있었다.

느릿느릿 움직이는 농부들이 지금 무슨 일을 하는지는 모르지만 최성재는 그들을 의심하는 것이 미안해지기 시작했다. 도저히 그들을 간첩이라고 생각하기 어려웠다. 해병대원들은 다만 의무감 때문에 그들을 살필 뿐이었다.

이종영이 날카로운 눈길로 진지 주변을 둘러보았다. 야트막한 이 야산에 숨을 곳은 많지 않았다. 키 작은 상수리나무 몇 그루가 전부였다. 그리고 낮게 만든 진지는 밖에서 쉽게 알아볼 수 없도록 만들어졌다. 길에서 보면 이곳은 허름한 흙무더기에 불과했다. 나뭇잎으로 위장도 잘 되어 있었다.

"거동수상자가 나타났다고 보고부터 할까?"

"일단 확인부터 하는 편이 낫겠습니다. 아마 본부도 바쁠 겁니다."

해병대원 두 사람은 집중포화에 온몸으로 맞서고 있을 동료들을 다시 떠올렸다. 그리고 지금이 평시가 아닌 만큼 일단 확인하는 것이 중요했다. 그들이 간첩이 확실하다면 선조치도 가능했다.

"땅굴 입구다!"

해병 두 사람은 놀라 거의 까무러칠 뻔했다. 농부 두 사람이 잠시 곡괭이질을 하더니 비스듬한 흙벽에서 쇠로 만든 뚜껑 같은 것이 드러났다. 철문이었다. 늙은 농부가 연신 주위를 두리번거리다가 철문을 열었다. 해병대원들은 잠시 확인하기 위해 기다렸다. 혹시 김장독이거나 채소를 넣어둔 저장고일지도 몰랐다.

"적이다! 사격 준비!"

최성재 상병이 양각대를 조금 돌린 다음 기관총을 몸에 밀착시켰다. 거리가 멀고 비가 와서 제대로 보이진 않았지만 구멍 안에서 군인들이 꾸역꾸역 기어나오고 있었다.

최성재는 옛날에 김포 곳곳을 온통 들쑤신 땅굴소동을 기억했다. 민간인과 퇴역 장교들이 굴착장비를 동원해 의심나는 곳들을 뒤졌지만 땅굴은 끝내 발견되지 않았다. 김포의 땅굴소동은 말 그대로 소동으로 끝나고 말았다. 작업하는 소리가 들려와 땅굴로 의심되는 지점이 너무 깊은 곳에 있었다.

그러나 군이 이 지역에 땅굴이 없다고 완전히 안심하고 있는 것은 아니었다. 무엇보다 김포에 땅굴이 있을 가능성이 있고, 의심해보기에 충분한 여러 가지 이유가 있었다. 해병대 두 사람이 여기에 있는 것은 도로차단 임무도 부여받았지만 혹시나 이 근처에 땅굴이 있을까 하는 우려 때문이었다.

"잠시 기다려보십시오! 해병대 복장입니다."

이종영이 쌍안경을 들었다. 완전무장한 군인들 10여 명은 해병대용 상하분리형 우의를 입고 있어서 구별하기 더 곤란했다. 지휘관인 듯한 자가 입은 우의 가슴섶 사이로 보이는 해병대식 얼룩무늬 복장에서 빨간 명찰이 눈에 띄었다. 그리고 해병대 특유의 검은색 세무 군화가 진흙탕에 젖어 있었다. 해병대 복장이 분명했다. 그들은 K-2 자동소총을 들고 주변을 경계하고 있었다.

"우리 해병대가 저 구멍에서 기어나올 리가 없지?"

잠시 혼란에 빠졌던 최성재가 이종영에게 물었다. 스스로에 대한 다짐이고, 확인절차였다.

"물론입니다. 해병대는 두더지가 아닙니다. 빨리 쏘십시오! 적이 땅굴에서 못 나오게 해야 합니다!"

이종영의 말이 끝나기도 전에 사격이 시작됐다. 묵직한 총성이 연달아 드넓은 김포평야 들판을 울렸다. 1초도 되지 않아 굴 속에서 나온 군인들이 픽픽 쓰러지기 시작했다. 그들은 옆사람이 쓰러지자 반사적으로 몸을 날려 바닥에 엎드렸다.

그러나 기관총 진지는 약간 높은 곳에 있었다. 표적 면적이 충분히 큰 편이었다. 최성재는 침착하게 점사로 농부 복장을 한 자들을 먼저 노렸다. 권총을 꺼내든 자들의 머리와 등이 터져나갔다. 엎드려 있던 군인 두 명은 총알이 목부터 관통해 엉덩이까지 꿰뚫었다. 철모에 맞은 자는 발작한 사람처럼 옆으로 돌아누웠다.

재조준을 하며 기관총을 조금 돌리니 땅굴이었다. 땅굴에서 막 기어나오던 자가 배와 가슴에 총알을 맞고 땅굴 안으로 구겨지듯이 쏙 들어갔다. 무전기로 중대본부에 보고하던 이종영이 환성을 질렀다.

"최성재 해병님 최곱니다! 5분만 기다리면 지원병력을 보내주겠답니다!"

땅굴에서 나온 자들이 즉각 반격을 가해왔다. 그러나 소총탄 사정거리가 약간 바깥이었다. 기관총은 땅굴 입구를 향해 정확히 명중시킬 수 있었지만 소총은 이쪽을 맞힐 수 없었다. 기관총이 불을 뿜을 때마다 인민군 특수부대원들의 사지가 퍽퍽 떨어지고 몸이 터져나갔다. 옆에서 구경만 하던 이종영은 참을 수 없었다.

"존경스럽습니다! 백발백중입니다!"

"넌 사주경계나 해!"

총을 쏘면서 최성재가 외쳤다. 아무래도 뒤가 불안했다. 누군가 언덕을 기어올라와 대검을 물고 진지 안으로 뛰어들거나 슬쩍 수류탄을 던져넣을 것 같았다. 이종영은 주변을 슬쩍슬쩍 살피다가도 어느새 시선이 땅굴 쪽으로 가 있었다.

땅굴 주변에는 살아남은 자가 아무도 없었다. 그러나 땅굴에서 계속 기어나왔다. 최성재는 땅굴 입구를 조준한 채 기관총을 3초마다 서너 발씩 같은 비율로 연사했다.

"젠장! 총알이 부족하겠어."

최성재가 기관총을 쏘면서도 연신 탄띠와 탄약통을 살폈다. 탄띠에 걸린 실탄은 이제 20발도 남지 않았다.

시체는 땅굴 안으로 미끄러지거나 다른 자들에 의해 떠밀려 밖으로 내보내졌다. 시체가 마치 참호의 모래주머니처럼 땅굴 입구 앞에 수북히 쌓였다. 기관총탄이 시체를 뚫고 새로운 시체의 벽을 만들었다. 해병대 복장으로 위장한 인민군 한 명과 함께 기관총이 땅굴 안으로 빨려 들어갔다. 다시 기어나오는 적은 없었다.

최성재가 잠시 한숨을 쉬었다. 그때 시체 위에서 뭔가 반짝거리며 엄청난 연기가 뿜어졌다. 곧이어 날아오는 조그마한 것 뒤로 불빛이 일면서 하얀 연기가 일직선으로 뿜어져 나왔다. 7호 발사관을 쏜 인민군은 로켓탄을 발사하자마자 기관총탄에 온몸이 뜯겨나갔다.

"로켓탄입니다!"

이종영이 참호 안으로 머리를 박았다. 그러나 최성재는 침착하게 계속 기관총을 쏘아댔다. 잠시 후 근처에서 폭음이 울렸다. 이종영이 철모를 손으로 잡고 이를 악물었다. 이종영 이병의 머리 위에서 느긋한 목소리가 흘러나왔다.

"걱정 마! 멀어서 안 맞아. 야, 이종영 해병! 급탄!"

6월 16일 09:13   경기도 김포군 양촌면

"동무들~, 날래 뛰라우!"

인민군 4군단 6사단 경보병대대 소속 소대장 박장익 소위는 불안감을 감추려고 괜히 부하들을 닦달했다. 이 비좁고 습기 찬 땅굴을 10여 분째 달려왔다. 이곳은 남반부 지하였다.

위에서 윙윙거리는 소리가 연이어 들리고 땅굴 천장에서 흙먼지가 조금씩 쏟아졌다. 한강 하구 밑을 지날 때는 이런 소리가 없었다. 목적지에 가까워질수록 땅굴 깊이가 낮아진 것이다. 박장익은 뛰면서 자꾸 천장을 쳐다봤다. 불안했다.

땅굴 천장에는 희미한 백열전등이 간간이 이어져 줄지어 뛰는 인민군들의 그림자가 기괴하게 벽에 비쳤다. 전등빛이 얼굴에 그림자를 만들어 악귀 같은 형상이 된 박장익 소위가 소리를 고래고래 질러댔다.

10여 년간 지금 같은 상황을 염두에 두고 훈련에 임해 왔지만 실전상황이 되니 마음가짐이 달라질 수밖에 없었다. 7년 이상 근무한 고참 하사관들도 마찬가지인지, 이들도 머리를 숙이고 묵묵히 뛰기만 했다.

10km를 넘게 뛰어온 박장익은 문득 동생 생각이 났다. 철부지가 군대 가더니 제법 남자답게 성장했다. 그런데 동부전선에서 영웅적으로 싸우다가 장렬히 전사했다는 것이 대대 정치부장의 말이었다.

박장익은 믿어지지 않았지만 충분히 그럴 만하다고 생각했다. 동생은 위험하기로 유명한 민경중대 소속이었다. 평시에도 그렇지만, 전쟁이 나면 더더욱 살아남기 힘들었다. 박장익은 동생이 죽었다는 소리를 들었어도 별로 슬프지 않았다.

그런데 동생의 전사소식은 개인적으로 통보된 것이 아니라 중대원들을 불러모은 자리에서 한 것이다. 그것은 정치선전에 불과했다. 박장익이 동생을 잃은 슬픔도 정치적으로 이용당했을 뿐이었다. 대대의 보위책임자인 정치부장은 중대원들에게 더 가열차게 투쟁하라는 말을 잊지 않았다.

일개 전사에 불과한 동생은 단지 혁명의 도구일 뿐이었다. 그런데 동생의 죽음 역시 마찬가지였다. 박장익은 보위군관에게 분노가 일었으나 참을 수밖에 없었다. 우선적으로는 남조선 반민족주의자들에게 총구를 돌려야 할 때였다.

"동무들! 오른쪽으로 가기요!"

갈림길에 이르자 대기하고 있던 민경중대원이 손전등을 휘두르며 외쳤다. 박장익은 땅굴에 이런 갈림길이 수없이 있어서 혼자 들어왔다가는 죽을 때까지 빠져나가지 못하는 수도 있다고 들었다. 땅굴은 갈수록 합쳐지고 갈라지는 게 마치 거미줄 같았다.

땅굴 속이라 비가 오지 않는데도 박장익의 몸은 흠뻑 젖었다. 천장에서 줄기차게 물이 뚝뚝 떨어졌다. 웅덩이마다 설치된 원동기가 힘차게 돌아가며 파이프를 통해 물을 북쪽으로 퍼내고 있었다.

― 드드드드드~.

멀리 앞쪽에서 굴착기 소리가 들렸다. 드디어 출구에 도착한 것이다. 박장익은 심장이 거세게 뛰는 것을 느꼈다. 땀과 동굴에서 떨어진 물에 흠뻑 젖은 박장익은 심장 뛰는 소리가 부하들에게 들리지 않을까 조바심치며 달렸다.

6월 16일 09:15　경기도 김포군 월곶면

김포반도 아래 지하에서 노무자들이 조심스럽게 굴착작업을 진행하고 있었다. 터널은 지하 곳곳에서 나무처럼 복잡하게 가지치기를 해서 마치 거미줄처럼 얽혀 있었다. 이들이 작업하는 곳에서 오른쪽 아래로 꺾이는 통로에는 TBM이 벌겋게 녹이 슨 상태로 처박혀 있었다.

TBM이 있으면 지면을 절개하거나 다이너마이트를 쓰지 않고도 지면 깊숙이 터널을 팔 수 있다. 서울의 지하철 중에 땅 위에서 파들어가지 않고 땅 속에서만 공사를 진행한 노선은 이 TBM을 이용해서 공사한 것이다.

TBM은 아주 비싼 기계라 여간 중요한 공사가 아니고는 투입하지 못하는 물건이다. 그러나 땅 위로 다시 들어내려면 기계값보다 그 비용이 더 들기 때문에 땅굴이 끝나는 곳에 파묻어버리는 것이 보통이었다. 오른쪽 통로에 처박힌 TBM이 그곳에 버려진 것이다.

한 사내가 지도와 지질도를 보며 굴착작업을 지휘하고 있었다.

"이봐, 김 주임. 그쪽이야, 그쪽!"

"예, 조 과장님. 여기에 버팀목을 받칠까요?"

"그래, 거기. 야, 야! 오른쪽에 그거 감전된다. 조심해!"

이곳은 암반지대 위에 있는 단순한 충적층이기 때문에 작업요원들은 삽을 이용해 수작업으로 굴착작업을 하고 있었다.

공사를 하고 있는 인원들은 일반적인 건축공사장 작업복을 입고 민간용 안전모를 착용하고 있었다. 작업인부는 시골 중에도 산골벽지 깡촌 출신들만 모집했는지 하나같이 깡마른 모습에 광대뼈가 유난히 튀어나와 있었다. 그럼에도 불구하고 유난히도 깔끔한 서울 말씨를 쓰고 있었다.

아까 조 과장이라 불린 사내가 굴착작업을 총지휘하고 있었다. 그 사내는 굴착작업이 거의 다 되어 간다고 생각했는지 뒤쪽으로 사람을 보내 뭔가를 알리도록 지시했다. 이내 국군 대령 계급장을 단 군인이 막장 쪽으로 다가왔다.

"다 되었소?"

"예, 이 대령님."

"조 과장 동무, 수고했소. 아, 아니! 조 과장, 수고했소."

말이 헛나오자 두 사람이 멋쩍은 듯 서로를 바라보며 어색한 미소를 지었다. 이 대령이라 불린 군인은 조 과장에게 몇 가지 지시를 하달한 후 당부의 말을 했다.

"약속시간이 다 된 것 같소. 개방시간은 위험하기 때문에 안전을 확인할 때까지 최소한의 인원만 막장에 배치하시오."

작업복을 입은 사내들 몇 명이 제일 앞에 서서 곡괭이를 휘둘렀다.
— 쏴아~아.
퀴퀴한 흙 냄새 사이로 습기 가득하고 신선한 땅 위의 공기가 바람 소리와 함께 몰려 들어왔다. 그리 밝지는 않았지만 그래도 바깥의 강렬한 빛이 쏟아져 동굴 속을 가득 채웠다. 그리고 흙탕물이 조금 흘러 들었다.
이제 작업이 막바지에 이르렀다. 마지막 작업은 구멍 뚫린 터널 옆에 붙은 흙을 떼어내 입구를 넓히면 되는 작업이었다. 제일 앞에 서서 작업하던 인부들이 밖으로 나가기 전에 주위를 살폈다. 그 순간 바깥에서 묵직한 목소리가 들려왔다.
"스타크 건설 직원이오?"
굴 속에 있던 사내가 움찔거리다가 자신있게 대답했다.
"예, 공사 중입니다."
"비오는데도 공사하나 보지요?"
"원체 중요한 일이라서 말입니다."
능청스런 답변이 오갔다. 이 대령이라 불리던 군인이 미소를 가득 머금고 굴 바깥으로 나갔다. 터널은 입구 부분에서 수평으로 뚫려 있었다. 미색 토목기사 작업복을 입은 사내들이 굴 바깥에 얼굴을 드러냈다. 한 사람은 연신 주변을 살피고 있었다.
이 대령이라 불리던 군인이 밖에서 기다리던 토목기사들에게 힘찬 악수를 건넸다. 그러고는 낮은 음성으로 인사를 주고받았다.
"동무들 수고했수다. 인민군 대좌 리현복이외다."
"만나서 반갑습네다. 작전부 요원 조성철입네다."
그들이 인사하는 뒤편 땅굴 입구에서 국군 육군 복장을 한 사내들이 끝도 없이 쏟아져나왔다.

땅 위에서 기다리고 있던 사내들은 남한에 사전침투해 있던 노동당 작전부 요원들이었다. 땅굴은 출구가 열릴 때 가장 위험하다. 그래서 땅굴 출구에서 경계를 서주는 사람이 미리 대기하고 있어야 한다. 자칫 잘못했다간 수십 년간 땅굴 파온 것이 헛수고가 될 뿐만 아니라 땅굴로 침투하는 부대까지 몰살당할 수 있기 때문이다.

민간인 작업복으로 굴 속에서 작업하던 사내들은 총참모부 공병국 요원이었다. 북한은 철저한 곳이다. 땅굴이 일단 군사분계선을 넘어서 남쪽 관할지역으로 진입하면 공사에 투입된 인원은 철저하게 서울 말씨를 구사하도록 훈련시켰다. 휴전선 너머 경기도 북부지역 중에 서울 말씨를 구사하는 사람이 지금도 흔하기 때문에 이들을 이용하면 그렇게 어려운 일도 아니었다.

6월 16일 09:20 황해도 개풍군 하조강리(개성직할시 판문군 조강리)

모내기가 끝난 논에 뛰어든 장갑차들이 빠른 속도로 질주했다. 논에 고인 물을 미리 빼두었기 때문에 바닥이 그대로 드러났지만 다시 쏟아지는 비로 질척거렸다. 4열 종대로 늘어선 경전차들이 질주하자 진흙이 사방으로 튀었다. 그런데 궤도차량은 논을 통과할 수 없다는 주장이 일반적이다.

그들은 인민군 4군단 31사단 소속의 기갑전력인 경전차대대였다. 북한이 자체 생산한 M-1985 경전차는 소련제 PT-76 수륙양용 경전차와 외관이 흡사하다. 그러나 방호력이 증가되었고 주포 구경도 85mm로 PT-76의 76mm 포에 비해 훨씬 더 우수했다.

선두 전차들이 물 가에 이르러 그대로 한강에 뛰어들었다. 물에 숨어 있다가 먹이를 발견하고 물 속으로 뛰어드는 악어떼처럼 경전차들은 거침없이 한강 물을 헤쳐나갔다.

조종수가 잽싸게 출력을 변환시키자 워터제트 추진기로 동력장치가 연결되었다. 워터제트 추진기는 내부의 프로펠러들이 회전하면서 물을 힘차게 빨아들인 다음 뒷부분에 장착된 배출구로 뿜어대는 추진방식이다. 그 추진력은 엄청났지만 19톤에 이르는 M-1985 경전차에 높은 속도를 가하지는 못했다.

시속 8~9km로 수면을 헤쳐나가는 경전차는 뒤쪽이 무겁기 때문에 앞쪽이 약간 들린 상태로 남쪽을 향했다. 만조시간이라 강 하구를 거꾸로 거슬러올라온 바닷물과 빗물에 불어난 강물이 만나 한강의 흐름은 거의 정지된 상태였다.

31사단 경전차대대가 보유한 경전차 총 30여 대가 물 위로 뛰어든 다음, 이번에는 21사단 소속 경전차들이 강으로 뛰어들었다. 21사단의 장비는 63식 경전차였다. 명칭은 다르지만 63식 경전차도 소련제 PT-76 경전차를 기본으로 중국이 개발한 수륙양용 경전차였다. 북한은 이 63식 경전차를 500여 대 넘게 중국으로부터 도입했다.

선두와 두 번째 열을 항주하던 M-1985 경전차들이 연막탄을 쏘기 시작했다. 강 하구에 자욱한 비안개에 흰색 연막이 더해 하얀 연기가 두텁게 피어올랐다. 맞은편 강변으로도 인민군 포병대가 발사한 연막탄이 무수히 떨어졌다.

6월 16일 09:23 경기도 김포군 김포반도 북쪽 애기봉

"사격지휘소를 연결해, 어서!"
해병대 정석배 중위가 눈을 비비고 다시 포대경에 눈을 밀착했다.

보고는 진짜였다. 한강 하구 건너편 북쪽변에 각종 장갑차들이 눈으로 셀 수 없을 만큼 빼곡이 들어차 있었다.

"놈들이 만조시간에……."

정석배 중위가 포대경을 돌렸다. 한강 하구를 흐르는 강물은 거의 정지해 있었다. 멈춰 선 강물 위로 빗줄기가 하염없이 떨어졌다. 다시 포대경을 하구 건너편으로 돌렸다. 흐릿하게 보이는 북쪽변은 시커먼 것들이 무수히 꿈틀거렸다. 바야흐로 인민군이 한강 하구를 도하하기 직전이었다.

믿기 어려운 광경에 정석배가 정신을 잃고 있는 동안 포탄 한 발이 엄폐호 바로 앞에서 작렬했다.

"어이쿠!"

엄청난 폭음과 진동에 정석배 중위는 물론이고 엄폐호 안에 쭈그리고 있던 통신병도 땅바닥에 나동그라졌다. 귓속에서 윙윙거리는 소리만 들리고 잠시 아무 소리도 들리지 않았다. 통신병이 비틀거리면서 상체를 일으키고 다시 유선전화기를 연결하려고 애썼다. 하지만 사격지휘소가 응답하지 않았다.

"응답이 없습니다."

통신병이 얼이 빠진 표정으로 정석배 중위를 쳐다보았다. 땅 속에 매설된 유선통신망이었다. 아무래도 적의 중포탄에 어디선가 선이 끊긴 모양이었다. 통신병은 잔뜩 겁에 질려서 계속 유선통신기만 붙잡고 있었다. 부질없는 짓이었다.

이곳은 다른 곳과 달리 한강 하구 중간이 군사분계선이다. 그러니 이곳 애기봉 통일전망대 부근은 이를테면 군사분계선 안에 있는 셈이다. 13일 새벽에만 포격이 잠깐 있었는데, 지금은 이곳에 엄청나게 많은 포탄이 쏟아지고 있었다. 30여 분 가까이 지속된 인민군의 포격은 상상을 초월한 정도였다. 허둥대는 통신병 대신 정석배 중위가 직접 무전기를 집어들었다.

"갈매기 여섯! 갈매기 여섯! 여기는 뻐꾸기다! 이상."

― 뻐꾸기! 여기는 갈매기 여섯이다. 이상!

"밀집한 적의 기계화부대. 화집점 찰리 탱고 하나 칠! 전 포대 동시 사격 요구!"

― 전 포대 사격? 확인 바란다.

사격지휘소의 통신병은 초탄부터 전 포대 사격을 요구한 정석배 중위를 뜻밖이라 생각했는지 확인을 요구하고 있었다. 기준포로 사탄 수정을 하지 않고 포대 전체가 동시에 발사하는 것은 흔한 일이 아니다.

포를 사격할 때 좌표대로 사각과 편각을 정확히 입력하더라도 반드시 정확히 명중하는 것은 아니었다. 지형측정에 오차가 있거나 바람, 공기 밀도 등 기상변수에 따라 포탄의 탄도가 어긋날 가능성은 얼마든지 있었다.

그래서 오차를 줄이기 위해 탄도를 계속 수정하면서 명중탄이 나올 때까지 관측장교가 포탄을 유도한다. 그리고 마지막 순간에 정확하다고 판단될 때 포대의 전 포문이 기준포에 맞춰 사격을 시작하는 것이다.

"갈매기 여섯! 사탄 수정이고 뭐고 필요없다. 엄청난 병력이 도하하고 있다. 대충 쏴도 다 맞는다. 젠장! 이러다 다 죽겠다. 빨리!"

― 알았다. 화집점 찰리 탱고 하나 칠. 기다려라.

사격지휘소의 통신병에게 차분하게 설명할 수 있는 상황이 아니었다. 정석배 중위는 지금 가는귀가 먹은 상태였다. 참호에 같이 있는 통신병은 포탄 진동음이 참호를 울릴 때마다 이리저리 나뒹굴었다. 정석배 중위가 제정신을 차린 것이 이상할 정도였다.

또다시 엄폐호 근처로 포탄이 떨어졌다. 포탄이 폭발하면서 만들어낸 높은 압력의 공기벽이 호 안에 숨어 있던 해병들의 몸을 강타

했다. 계속해서 포탄이 작렬했지만 정석배 중위는 만성이 되어 귀만 멍멍할 뿐이었다. 묵직한 진동이 배를 강타한 듯 숨을 내쉬기가 힘들어졌다.

가슴에 힘을 주며 정석배 중위가 다시 일어섰다. 아까 넘어질 때 포대경까지 쓰러진 모양이었다. 잠망경처럼 생긴 쌍안경이 바로 포대경이다. 관측창으로 포대경을 세운 정석배 중위 뒤로 무전기가 다시 울렸다. 좌표를 확인한 사격지휘소에서 전 포대 발사를 명령한 것이다.

포병대대가 장비한 20여 문의 곡사포가 발사한 155mm 고폭탄이 강하구 너머 적의 도하지점까지 도달하는 데 걸리는 비과시간은 19초였다. 정석배는 반사적으로 숫자를 헤아렸다. 진지 주위로 쉴새없이 떨어지는 인민군 포탄으로 인해 그 시간이 마치 정지된 것처럼 느껴졌다. 그 순간이었다. 인민군의 도하지점 뒤쪽 500미터 지점에 불꽃과 검은 연기가 폭죽처럼 피어올랐다.

155밀리 고폭탄 20여 발이 동시에 떨어지는 모습을 보는 것은 흔치 않은 일이었다. 포탄 중 3분의 1 정도가 인민군의 도하집결지점을 덮쳤다. 그러나 정확한 포격은 아니었다. 정석배 중위는 사탄을 수정할 필요가 있다고 느꼈다. 사격지휘소로 이어지는 무전기를 다시 개방했다.

6월 16일 09:25   황해도 개풍군 하조강리(개성직할시 판문군 조강리)

— 날래 나오디 못하갔니!
"알갔습네다! 잠시만 기다리시라요!"
라영훈 중좌는 무전기를 끄고 잽싸게 땅바닥으로 뛰어내렸다. 아무리 여단장 동지의 명령이라지만 지금은 국방군의 포탄이 낙하하는 상황이었다. 서둘러 강물로 뛰어드는 것이 차라리 더 안전한 마당에 대뜸 집결지역에서 이탈하라니 어이가 없었다. 그러나 명령이었다.

라영훈 중좌는 도하지점에 늘어서 있던 예하 중대의 도하용 수송차 사이로 뛰어다니면서 일일이 손짓 발짓에 고함을 질러댔다. 중대장들도 느닷없이 사이를 뛰어다니며 소리치는 라영훈 중좌의 명령을 빨리 알아듣지 못한 까닭에 이들은 엄청난 욕설을 들어야 했다. 병력이 40명 가까이 탑승한 K-61 상륙수송차들이 황급히 강가로부터 멀어졌다.

"미친 간나새끼가……."

잠시 동안 뛰어다녔을 뿐인데도 군복이 흠뻑 젖어버렸다. 라영훈 중좌는 휘하의 차량들이 명령대로 모두 비껴선 것을 확인하고서 한숨과 욕설을 내뱉었다. 아찔한 순간이었다. 그를 즉결처분하겠다고 펄펄 뛰던 여단장의 목소리를 다시 떠올렸다. 욕밖에 나오는 것이 없었다.

"대대장 동지, 저길 보시기요. 저게 대체 뭐임메?"

라영훈 중좌를 따라 내려온 함경도 출신 대대 정치부장이었다. 그가 가리킨 방향으로 시선을 돌린 라영훈도 그 기괴한 모습에 침을 꿀꺽 삼켰다. 지상 위를 맹렬한 속도로 질주하는 괴물은 전차도 자동차도 아니었다. 그것은 공기부양정, 호버크래프트였다.

라영훈 중좌가 호버크래프트를 본 적은 있었지만 이렇게 지상 위를 빠르게 활주하는 모습은 처음이었다. 도로에 꽉 찰 정도로 많은 공방형 호버크래프트는 앞에 장애물이 없는 것을 확인하고서는 속도를 줄이지 않고 계속 질주했다.

2열 종대로 나뉘어진 공방급 호버크래프트 중 1개 종대만이 도로를 사용할 뿐이었고 나머지 종대는 아예 도로를 무시하고 달렸다.

이삼십 센티미터의 낮은 턱은 호버크래프트의 진행에 전혀 영향을 미치지 못했다.

호버크래프트 40여 대가 지나가는 데는 채 3분이 지나지 않았다. 주변에 물러나 있던 K-61 상륙수송차에 엄청난 진흙을 뿌리고 사라진 공방급 호버크래프트는 곧장 한강으로 뛰어들었다. 공기부양정들은 물 위에 뜨자 맞은편 강가를 향해 더욱 더 빠른 속도로 질주해나갔다.

"이런!"

멍청히 서 있던 라영훈 중좌를 흔든 것은 재차 떨어진 155mm 고폭탄이었다. 궤도식 차량으로 야지에서의 운행성이 좋은 K-61 상륙수송차지만 장갑만은 일반 트럭과 비슷한 수준이었다. 게다가 내부 승무원들을 보호해줄 만한 덮개도 없었다. 밀집한 상륙수송차 위로 떨어진 고폭탄 단 한 방으로 한 대가 전복하고 다른 한 대에 탑승한 병력이 피주검이 되었다.

"발차! 날래 서두르라!"

또다시 155mm 포탄이 집중적으로 낙하했다. 이번에는 포탄이 자탄 100여 개로 흩어지는 분산탄이었다. 상륙수송차들이 다시 움직이기 시작했지만 피해가 속출했다.

라영훈 중좌가 목이 터져라 부하들을 독려했다. 제발 도하만 성공할 수 있게 해달라고 간절히 빌었다. 탑승한 보병들이 빨리 강을 건너야 앞서 도하한 경전차들을 지원할 수 있었다. 그것이 인민군 기계화 보병의 임무였다.

6월 16일 09:27　황해도 개풍군 하조강리(개성직할시 판문군 조강리)

포탄이 도하집결지역으로 낙하해서 강변에 늘어선 인민군 경전차들을 계속 파괴했다. 그러나 같은 시간, 도하집결지 뒤쪽인 노고개 능선의 엄폐 진지에 자리잡고 있던 중국제 Type 704 대포병 레이더도 작동하고 있었다.

아무 때나 레이더를 켜두었다가는 전파방사원을 추적한 한국군으로부터 역포격을 받을 수 있었다. 때문에 신중했던 인민군의 대포병 레이더는 도하지점으로 포탄이 떨어질 때까지도 침묵을 지키고 있었던 것이다.

장방형의 검은색 평판처럼 보이는 인민군의 대포병 레이더는 서방측의 대포병 레이더에 비해서 형편없는 능력을 가지고 있었다. 레이더가 장착된 간단한 구조의 트레일러와 탄도계산용 컴퓨터가 실린 조그만 트럭이 전부였다.

그러나 산악지대가 많은 한국 지형에서 1개 포병대대가 널찍하게 전개할 수 있는 지역은 드물었다. 더구나 산세가 험한 김포반도의 북서쪽 지역은 더욱 좁았다.

날아오는 포탄을 향해 전파를 발사한 Type 704 대포병 레이더는 그것이 어느 곳에서 발사된 것인지 계산하기 시작했다. 그 제원은 5,000분의 1짜리 정밀지도를 들여다보던 인민군 포병군관의 손에 의해서 지도상의 한 점에 명확하게 표시되었다.

이제 강동포병군단 직속의 방사포병여단이 나설 차례였다. 구경이 자그마치 240mm나 되는 M-1991 방사포는 탄두위력만 90kg이다. 이것은 한국군이 보유한 구룡 다연장로켓포보다 4배 이상 위력이 강하며 사정거리도 훨씬 더 긴 40km였다.

22연장의 M-1991 방사포가 장전된 로켓탄을 모두 발사하는 데는 1분도 채 걸리지 않았다. 도합 3개 대대가 발사한 240mm 로켓포탄은 천여 발을 훨씬 넘어섰다. 한국군 해병대의 2개 포병대대 정도는 가볍게 초토화시킬 수 있는 양이었다.

6월 16일 09:31   경기도 김포군 양촌면

"포로는 없어! 죄 쏘아 죽이라우!"

인민군 박장익 소위가 쏟아지는 빗줄기와 폭음 속에서 악을 써댔다. 인민군들이 쏘는 둔탁한 아카보총과 날카로운 K-1 자동소총 소리가 엇갈리며 곳곳에서 비명이 들려왔다. 콘크리트 지붕 위에 뗏장을 덮은 155밀리 곡사포 진지가 듬성듬성 있는 포대가 전투장이었다.

포 진지 뒤쪽에서 빛이 번쩍이는 것을 느꼈을 따는 이미 박장익이 몸을 날린 뒤였다. 해병 포병대원 한 명이 K-1을 자동으로 놓고 갈기고 있었다. 박장익이 잽싸게 엎드리는 중에 총탄이 머리 위를 날고 동작이 느린 부하 한 명이 날아가는 것을 느꼈다.

박장익은 엄폐물 뒤에 숨자마자 반대쪽으로 한 바퀴 굴렀다. 단지 느낌만으로 총탄이 날아온 방향으로 소총을 자동으로 쏘았다. 그러나 국군 포병대원은 맞지 않았다. 육중한 곡사포 포신에 총탄이 팍팍 튀겼다. 박장익이 다시 엄폐물로 쓰고 있는 타이어 더미 뒤로 숨었다.

바로 눈앞에서 빗물이 떨어져 흙탕물이 튀었다. 박장익이 신경질적으로 눈을 비비고 다시 목표를 찾았다. 검은 그림자가 방금 사라진 곳에서 총탄이 몇 발 튀고 있었다. 박장익이 목에 핏대를 세우며 소리질렀다.

"7호 발사관 사수 뭐하네? 날래 쏘라우!"

포병대 포로는 잡지 않는다는 규칙을 이미 알고 있다는 듯 국군 포병대원들은 악착같이 싸우고 있었다. 겨우 1개 포대에 불과한 국군 포병대원들은 수적으로 2배가 넘는 인민군 특수부대 1개 중대를 맞아 격렬하게 저항했다. 포대 주변을 경비하는 보병들을 간단히 제압했던 경보대대 인민군들은 곤혹스러웠다.

그러나 시간이 갈수록 저항은 차츰 수그러들고 있었다. 인민군들이 힘을 내서 포위망을 조여갔다. 해병대 포병대원들이 빠져나갈 틈은 없었다. 박장익과 소대원들이 세 번째 포 진지를 향해 계속 접근해가자 마지막까지 둘쯤 살아남은 포병대원들이 총격을 멈췄다.

국군 포병대가 투항하는 줄 알고 하전사들이 좋아했다. 이들은 곧 백기가 들어올려지면 즉각 뛰어나갈 태세였다. 물론 포로들을 살려줄 까닭이 없었다.

박장익이 고개를 갸웃거렸다. 해병대원들이 투항할 리가 없었다. 포병대원들의 심상치 않은 행동에 박장익이 슬쩍 엎드렸다. 포 진지 주변에 가득한 국군과 인민군들 시체로 인해 화약 냄새보다 강한 피비린내가 코를 찔렀다. 그리고 핏물 흐르는 흙탕물이 군복에 스며들었다.

― 콰웅~.

섬광이 번쩍이고 충격파가 포 진지 주변을 휩쓸었다. 폭풍과 파편이 포 진지에 숨은 인민군들을 날려버렸다. 엄청난 굉음은 마지막이었다. 박장익 소위는 눈이 보이지 않았고 잠시 정신을 차릴 수 없었다. 시간이 얼마나 지났는지 알 수 없었다.

"소대장 동지!"

정신을 차린 박장익이 주변을 둘러보았다. 조금 전까지 곁에 있던 2분대원들은 한 명도 없고 1분대원들이 그를 걱정스런 표정으로 내려다보고 있었다. 박장익이 머리를 뒤흔든 다음 간신히 반쯤 일어났다.

"2분대 동무들은?"

"죄 죽었드랬어요."

주변에는 소대원들의 시체가 널려 있었다. 그런데 이상하게 1분대원들은 모두 똑바로 일어서 있었다. 전투가 끝난 모양이었다. 박장익이 일어나 다른 포 진지들을 살폈다. 연기가 피어나고 있거나 콘크리트 강화진지 자체가 사라지고 그곳에는 커다란 구멍만 깊이 파여 있었다.

"악랄한 해병대 아새끼들!"

박장익이 혀를 찼다. 나머지 해병대 포병대원들은 곡사포와 함께 자폭했다. 중대 병력은 거의 절반으로 줄어들어 있었다. 박장익이 기운을 차려 근처에 있을 중대장을 찾을 때였다.

― 쉬유유우우~.

"뭐야? 직수그리라우!"

박장익이 엎드렸다. 엄청난 충격파가 그의 몸을 몇 번씩이나 뒤집었다. 거인이 그를 집어다가 땅바닥에 여러 번 패대기치는 것 같았다. 불꽃이 날름거리며 박장익을 집어삼키려 했다. 파편이 온몸에 들이박힌 듯 고통스러웠다. 땅이 계속 일렁거렸다.

그의 몸 위로 무거운 것이 털썩 쓰러졌다. 굉음은 더 이상 들리지 않았다. 사방이 고요해졌다.

"으으으……."

고통에 찬 신음을 내며 박장익이 비틀거리며 일어났다. 온몸이 쓰라리고 아팠다. 그의 몸 위에서 주루룩 쓰러져 내리는 것은 부하 소대원의 상반신이었다. 내장이 시커멓게 타고 가느다란 흰 연기가 절반쯤 남은 시체 안에서 새어나오고 있었다.

주변은 깨끗했다. 서 있는 것은 아무 것도 없었다. 해병대 포 유개진지만이 굳건히 자리를 지키고 있었다.

군데군데 팔다리를 잃고 비명을 질러대는 인민군들이 몸부림치고 있었다. 중상을 입더라도 살아남은 것만도 다행이라 여겨야 했다. 생존자는 몇 명 되지 않았다. 박장익의 입에서 신음 섞인 말이 흘러나왔다.

"기건 우리 조선인민군 방사포야. 이기 어케 된 일이야?"

6월 16일 09:32   경기도 김포군 김포반도 북쪽 애기봉

"갈매기 여섯 나와라! 당소 뻐꾸기 둘! 갈매기 여섯 나와라! 여기는……."

정석배 중위가 목청이 터져라 사격지휘소를 호출했지만 아무런 응답이 없었다. 불안감이 몰려오고 있었다. 북쪽 강변에 가해지던 포격이 몇 분 전부터 뚝 그친 것이다.

계속 시도를 했지만 응답이 없자 정석배 중위는 힘없이 송신기를 내려놓았다. 무전기 문제가 아니었다. 사격지휘소라면 예비회선을 많이 가지고 있는데 응답이 없는 것은 단 한 가지 가능성밖에 없었다. 포대 전체가 인민군의 포격에 당한 것 같았다.

정석배 중위는 잠시 동안 아무런 생각도 들지 않았다. 망연자실한 관측장교의 표정을 읽은 무전병도 어쩔 줄 몰라 하고 있었다. 포대를 잃은 관측장교가 할 수 있는 일은 아무 것도 없었다.

"개인화기 점검해……."

엄폐호 벽에 기대두었던 소총을 집어들며 정석배 중위가 입을 열었다. 그때 계속되는 폭음 사이로 갑자기 날카로운 프로펠러 소리가 들려오기 시작했다. 북한군의 헬기일 수도 있었지만 반사적으로 우군 헬리콥터일지도 모른다는 생각이 들었다. 소리를 들어보면 한두 대가 아니었다.

"저건!"

고개를 내밀고 바깥을 확인한 정석배 중위는 무릎이 풀리는 것을 느끼며 그 자리에 털썩 주저앉았다. 그가 본 것은 강 하구를 건너오는 수십 척의 호버크래프트였다. 어느 새인지 모를 정도로 빠른 시간에 인민군 호버크래프트는 강을 건너와서 병력을 쏟아내고 있었다. 일부 호버크래프트들은 무너진 방호벽을 찾아내고 그 틈을 넘어서 계속 안

쪽으로 다가왔다.
"넌 오른쪽을 맡아라. 난 왼쪽을 맡겠다. 수류탄은 많이 던져봤지?"
해병대에서 가장 중요하게 생각하는 것이 보병정신이다. 포병은 물론이고 행정병까지도 유사시에는 보병으로서 각개전투를 수행할 수 있어야 한다는 정신이다. 정석배 중위와 무전병의 눈빛이 마주쳤다. 막상 결정을 한 다음부터는 모든 것이 편안해졌다.
"내가 명령하면 동시에 던지는 거다. 준비해!"
"옛! 알겠습니다!"
머리를 들어 마지막으로 바깥을 확인했다. 인민군들이 엄폐호 쪽으로 새까맣게 몰려오고 있었다. 수류탄 안전핀을 뽑은 정석배 중위가 마지막 심호흡을 했다.
"던져!"
두 사람이 수류탄을 밖으로 가볍게 던졌다. 아래쪽으로 경사가 급하기 때문에 굳이 힘들여 던질 필요는 없었다. 쉴새없이 수류탄을 까서 엄폐호 밖으로 넘겼다.
― 으아악~.
폭음에 익숙해져서인지 수류탄 터지는 소리보다 비명이 더 크게 들렸다. 아래쪽에서 몰려오던 인민군들이 동시에 연속적으로 비명을 내질렀다.
갖고 있던 수류탄을 모두 던진 해병들은 누가 뭐라 할 것도 없이 벌떡 일어서서 소총을 갈겨대기 시작했다. 수류탄 파편을 피해 가까스로 기어오르던 인민군들이 한 명씩 차례로 쓰러졌다. 탄피가 옆으로 연이어 튀어나갔다.
해병대원 둘은 뭔가에 강하게 충격을 받은 것처럼 동시에 뒤로 나자빠졌다. 정석배 중위가 기를 썼지만 몸이 움직이지 않았다. 총에 맞은 것 같았다.

그런데 아프지 않는 것이 이상하다고 생각했다. 그리고 눈이 스르르 감겼다.

6월 16일 09:35   경기도 연천군

북한 제2군단 근위 3사단 소속 민경중대장 오길록 대위가 GP 꼭대기에 우뚝 섰다. 시커먼 하늘에서 퍼붓는 빗줄기가 시원하게 느껴졌다. 인민군 근위 3사단과 근위 4사단은 한국전쟁 때 서울을 점령하고 대전에서 미군 24사단을 격파, 딘 소장을 포로로 잡은 사단이었다. 근위라는 명예호칭은 그래서 붙은 것이다.

발 아래에는 반쯤 쓰러진 국군 내무반이 있고, 부하 인민군들이 혹시나 있을지 모를 국군을 찾거나 전장정리를 하고 있는 모습이 보였다. 언제 국방군 포탄이 날아올지 모르는 이곳에서는 매우 위험한 행동이었다. 천군만마를 호령하는 대장군이 연설하듯 오길록 대위가 아래를 향해 외쳤다.

"동무들! 적의 방어포격이 언제 시작될지 모르니 1개 분대만 방어형태로 잔류하고, 나머지 병력은 날래 서두르시요. 그리고, 작전 초반에는 포로를 획득해야 정보를 얻을 수 있으니, 생포할 수 있는 국방군놈은 굳이 죽이지 마시요."

밑에서 인민군들의 활기찬 함성이 들려왔다. 오길록은 뿌듯했다. 부하 인민군들이 포로로 잡을 수 있는 국방군들을 사살한 것 빼고는 이번 작전은 모든 것이 완벽했다. 인민군들의 증오 때문인지 공포 때문인지 모르겠지만 GP를 지키던 국방군 1개 소대는 단 한 명도 살아남지 못했다.

오길록이 다시 한 번 남쪽을 지그시 바라보았다. 희뿌연 비구름 사이로 멀리 좌표 423538지점이 눈에 들어왔다. 1차 목표인 좌표 423538 지점에 도달하면 근위 3사단 예하의 일반 보병대대 소속 병력이 이들을 초월 전진하여 공격 선두에 위치할 것이다. 작전의 주목적은 적 격파 그 자체보다도 군단 직할 경보병여단 병력이 전선 후방으로 대규모 강행 돌파할 수 있는 돌파구를 확보하는 것이다.

경보병여단이 빠져나간 후부터는 오길록 대위가 지휘하는 민경중대의 일차적인 임무는 끝난다. 앞으로도 어려운 고비가 많겠지만 일단 저곳에 갈 때까지만 무사하다면 이 전쟁에서 목숨을 건질 가능성도 높을 것이다.

최초로 적진에 침투하는 부대가 위험할 것 같아도 본대보다 안전할 수도 있었다. 어차피 남조선 포병부대가 노리는 목표는 선견대 임무를 띤 민경중대가 아니라 후속하는 보병 본대가 될 것이 틀림없었다. 어떤 희생을 치르더라도 공화국 주도하에 무력통일이 된다면, 통일된 공화국에서 군관으로서의 그의 사회적 지위는 더욱 빛나리라 생각한 오길록 대위는 입가에 희미한 미소를 띠었다.

오길록 대위와 그의 중대원들이 남쪽 후사면으로 좁은 길을 따라 내려가자마자 고지 일대에 국군의 81밀리 박격포탄이 떨어지기 시작했다.

어차피 이 지역은 주방어지대 전방이라 국군의 병력 밀도가 높지 않았다. 인민군들은 여기저기 산재한 총경계부대들만 격파하면 되었다. 이미 이곳 저곳에서 근위 3사단 경보병대대 소속 침투조들이 국군 지휘소와 공용화기 진지를 습격하고 있었다. 북한에서는 GP와 GOP부대를 총경계부대라고 한다.

그 순간 남동쪽 방향에서 녹색 신호광탄 두 발이 하늘로 솟아올랐다. 오길록 대위는 '그러면 그렇지' 하고 모든 것이 순조로운 것에 대해 흡족해했다. 조금 전에 GP에 포탄을 날리던 81밀리 박격포 진지를 제압했다는 경보병부대의 신호였다.

6월 16일 09:37   경기도 연천군

산을 중간쯤 내려간 오길록 대위는 그곳에서 앞장서 간 척후소대의 선요원으로부터 상황보고를 들었다. 부하들이 주변을 경계하는 가운데 선요원이 짤막하게 보고했다.

좌표 421536지점에 지뢰원, 또한 236고지에 연한 비포장도로에서 한국군 1개 분대 병력이 남쪽으로 이동 중인 것을 발견했다는 것이다. 선요원은 연락병이다.

"지뢰지대 경고표시는 했갔디?"

"예, 기러습네다. 중대장 동지!"

오길록 대위의 물음에 선요원은 당연한 것을 왜 묻느냐는 표정으로 대답했다. 오길록 대위는 품속에서 지도첩을 꺼내 지뢰지대 좌표를 지도에 추가로 표시한 다음 다시 품속에 집어넣었다.

오길록은 236고지에 연한 비포장도로에서 이동 중이라는 국방군 병력은 사단 경보병대대나 다른 특수부대 소속 인민군 병력일지도 모른다는 생각이 들었다. 오길록 대위는 이 지역 일대에 민경중대뿐만 아니라 소속이 다른 병력이 남조선 국방군 복장을 입은 채로 활동하고 있다는 사실에 조금은 불안한 기분이 들었다.

정규군이 아니라서 전투분계선을 그어놓고 확실히 작전담당구역을 서로 구별하는 것도 아니었다. 같은 편이라 해도 민경중대 병력에게도 노출되지 않고 활동하고 있을 총참모부 소속 정찰국 요원까지 고려하면 여기저기에서 아군과 적군이 뒤섞여 있을 게 분명했다. 이런 식으로 뒤섞여 있다간 아군이 아군 총에 맞아죽을지도 모른다며 씁쓰레했다.

그런데 오길록 대위는 뒤통수 직후방 50미터 지점 땅 속에서 국방군 정보여단 소속 잔류접촉분견대가 그의 일거수 일투족을 관찰하고 있으리라고는 상상조차 하지 못했다.

6월 16일 09:38 경기도 연천군

좁은 군용 비포장도로에서 어른거리던 적 중대급 병력이 드디어 사라졌다. 언덕 밑 비트 속에 숨어 있던 국군 정보여단 소속 조성태 중사는 한숨을 길게 내쉬었다. 전시에는 이런 위험한 임무를 수행해야 한다는 것을 잘 알고 있었지만, 실제로 적이 점령한 지역 후방에서 잔류하는 것은 극도로 긴장되지 않을 수 없는 임무였다.

앞으로도 저 길을 따라 수많은 북한 병력이 지나갈 것이다. 아까 지나갔던 인민군 지휘관의 계급장은 대위였다. 국군과는 달리 모두 비슷비슷한 별 모양 계급장이라 헷갈렸다. 그러나 줄 하나만 그어진 별 네 개는 그의 기억이 맞다면 분명히 인민군 대위 계급장이었다. 당장 그 북괴군 대위놈 뒤통수를 한 방에 날려주고 싶었지만, 조성태 중사의 임무는 후방에 잠복하여 적 병력 이동상황을 상부에 보고하는 것이었다.

조성태 중사는 북한의 전면 남침이 시작됐다는 연락을 받은 즉시 정신없이 사전에 구축해놓은 잠복 진지로 뛰어들었다. 아직까지 잠도 제대로 깨지 않았고, 도대체 꿈인지 생시인지조차 헷갈릴 지경이었다. 지난 며칠 동안 제대로 잠을 못 자서 더 피곤했다.

산 위에 있던 GP병력이 전혀 내려오지 않은 걸 보면 GP에 있던 알

보병들은 다 죽거나 잡힌 모양이었다. 저번에 스쳐 지나가면서 얼굴을 한 번 본 GP장 이병주 중위는 어떻게 되었을까 궁금했다. 부인 얼굴이 정말로 귀엽다고 소대원들이 지껄이던데, 설마 그 귀엽다는 아내를 두고 먼저 죽진 않았겠지, 하며 애써 재수없는 생각을 지웠다.

긴장감을 달래려는 듯 조성태 중사의 머릿속은 쓸데없는 생각들이 자꾸 꼬리에 꼬리를 물고 있었다. 쥐구멍 크기도 안 되는 구멍만 뚫어 놓은 채, 땅 속에 아주 정밀하게 잘 위장된 비트였다. 하지만 불안한 마음은 어쩔 수 없었다.

북쪽도 특수전에는 일가견이 있는 마당에 비트 위로 갑자기 탐지봉이 '퍽' 하고 찍혀 내려오지 않을지 조성태는 무척 초조했다. 조성태 중사는 자기도 모르게 품속을 뒤져 군용담배 한 개비를 꺼내 물었다. 그 순간 조성태 옆에 잠자코 있던 이경호 병장이 조성태의 팔을 붙잡았다.

"조 중사님! 왜 이러십니까? 죽고 싶으십니까?"

조성태는 순순히 실수를 인정하고 담배를 내려놓았다.

"그냥 물고만 있으려고 했어. 답답해서 말이야."

"저도 무섭습니다. 계속 내려오겠죠?"

이경호 병장이 조성태를 잡았던 손을 풀며 약간은 긴장한 목소리로 말했다.

"그러게 말야. 개새끼들! 계속 내려오겠지. 이제 본격적으로 시작했나 봐."

이경호 병장이 길을 내려오는 새로운 그림자들을 발견하고 긴장했다. 그러나 조성태는 동료의 긴장감을 알아채지 못하고 계속 말을 이어나갔다.

"며칠 조용하더니 북쪽놈들이 왜 또 지랄이지? 남북화해 좋아하네, 씨발! 미친개들한텐 그저 몽둥이가 최고야. 전쟁이라니. 전쟁이라니! 씨발!"

조성태는 갑자기 흥분하여 언성을 높였다. 이경호가 말렸으나 이미 늦었다. 민경중대를 뒤따라 산을 내려오던 인민군 근위 3사단 소속 보병대대 병력 중 일부가 조용히 발걸음을 멈췄다.

지휘관인 듯한 자가 땅바닥에 한쪽 무릎을 대고 목소리가 들린 쪽을 유심히 살폈다. 짧은 시간이 흐른 후, 지휘관으로 보이는 사내가 뒤를 돌아보며 수신호를 보냈다.

병력 중 일부는 그 자리에서 멈추고, 나머지 일부는 조성태 중사가 잠복한 비트 좌우로 접근해갔다.

"나오라우, 국방군 동무! 거기 있는 거 다 알고 있다."

지휘관인 듯한 자가 조성태와 이경호 병장이 잠복한 비트 주위로 72식 자동보총을 휘갈겼다. K-2와는 확실히 총소리가 다른 아카보 소총 특유의 총성이 산을 울렸다. 조성태는 머리를 쥐어뜯으며 왜 그런 멍청한 짓을 했나 후회했다. 그러나 이젠 이미 늦었다.

"허튼 수작 말고 날래 기어 나오라우!"

그 지휘관은 민경중대를 후속하던 근위 3사단 제18보병연대 제1대대 소속 제3보병중대장 강민철 대위였다. 그는 분명히 목소리를 들었다. 인민군 대위는 틀림없는 국방군 비트라고 생각했는지 권총을 들고 슬금슬금 접근했다.

비트 속에서 밖을 본 조성태 중사는 극도로 긴장하고 있었다. 잠복근무의 철칙인 기도비닉조차 유지하지 못한 자신이 한심스러웠다.

'난 정보부대 체질이 아닌가 봐. 제기랄! 알보병부대 가서 뛰어다니는 게 내 체질인데. 그나저나 나가야 되나, 그냥 있어야 하나? 나가면 살려줄까? 확실히 우릴 발견하고 저러는 걸까, 그냥 저러는 걸까? 그냥 수류탄 터뜨려 자폭하고 말아?'

이런저런 잡생각을 하며 우물쭈물하는 조성태 옆에서 이경호 병장은 단호한 표정으로 통신장비를 움켜쥐고 있었다. 여차하면 수칙대로 통신장비와 각종 음어기재를 적이 이용할 수 없도록 파기한 후 자살할 각오였다.

또다시 요란한 총격음이 들렸다. 두 사람은 본능적으로 고개를 숙였다. 이 비밀아지트는 뒤쪽에 연결된 짧은 토굴 위로 출입구가 나 있고 밖으로 길을 내다볼 수 있는 구멍이 뚫려 있다. 도망가거나 적에게 저항할 수도 없는 구조인 것이다. 밖에서 날카로운 목소리로 재촉하는 소리가 다시 들려왔다.

"거기 숨어 있는 거 다 알고 있다. 날래 나오라우!"

"동무! 거기서 뭐 하는 기야?"

긴장하고 있는 두 사람의 귀에 새로운 목소리가 들렸다. 50미터쯤 떨어진 길 위에서 약간은 신경질적인 목소리가 이쪽으로 접근하고 있는 것이었다. 두 사람은 이곳을 본격적으로 조사하게 될까 봐 더욱 더 긴장했다. 이경호 병장은 아예 수류탄에서 안전핀을 뽑아들었다.

"대대장 동지!"

"동무! 신속하게 전진하디 않고 예서 뭐 하는 거요?"

아까 그 지휘관의 목소리는 바로 옆에서 들리는 듯했다. 조성태는 눈을 질끈 감았다.

"이곳에서 목소리가 들린 듯해서 조사하고 있습네다."

"이보라우! 강 동무래 긴장했구만. 헛소리말고 날래날래 서두르시라요. 시간이 생명이오. 동무래 사단 전투명령에 규정된 동무 구분대에 돌격목표 '가' 지점 도달시간이 언제인지 알고 있소?"

"죄송합네다. 즉각 전진하겠습네다."

"동무, 지금은 전시오. 동무가 전투명령을 제깍제깍 이행 못하면 어떻게 되는 줄 모르오? 동무는 물론이거니와 나도 연대 정치지도원 동지로부터 가혹한 비판을 당하게 될 것이오. 연대 전투척후인 동무 구분대가 이렇게 흐느적거려서야 어케 하갔소?"

"죄송합네다, 대대장 동지."

인민군 강민철 대위는 뭔가 조금은 못마땅한 표정을 남긴 채 남쪽으로 발걸음을 돌렸다. 포위망을 좁히던 인민군들이 길로 돌아가 행군을 계속했다.

아직은 이들이 공격 제1선에 있는 것이 아니었다. 어차피 이 지역의 일차적인 청소는 민경중대 병력들이 하고 지나갔다. 설사 이곳에 국군이 숨어 있다 해도, 패잔병 정도야 후속하는 또 다른 인민군 제2제대 병력이 맡을 것이라는 것이 이들 생각이었다.

비트 속에서 가슴 졸이던 조성태는 또다시 한숨을 내쉬면서 축 늘어졌다. 적은 그냥 지나간 것 같았다. 하늘이 살려준 것이다. 그러자 옆에서 수류탄 안전핀을 조심스럽게 다시 꽂은 이 병장이 조성태의 허리를 살짝 건드리며 재촉했다.

"뭐 하십니까?"

"응? 그래. 아! 그렇군. 이거 뭐 정신이 없어서 말이야."

조성태 중사는 통신기기를 들고 상부에 보고하기 시작했다. 압축된 비문으로 날아간 보고였는데 그 내용은 다음과 같았다.

ㅡ 공구시 삼십 팔분. 적 중대규모 통과. 공구시 사십분. 현재시간 적 대규모 병력. 접적행군대형으로 델타 브라보 공삼하나 둘넷둘 지점 통과 중. 화집점 알파 일일팔 지점 즉시 포격 요망. 화집점 알파 일일팔 지점 포격 요망. 여기는 알파 이글. 이상.

6월 16일 09:42 경기도 연천군

ㅡ 우두두두~ 콰콰쾅!

계곡 사이의 좁은 산길을 뛰듯이 행군하던 인민군 중대 병력의 머리 위로 갑자기 105밀리 고폭탄이 낙탄하기 시작했다. 제일 앞장서 가던 첨병소대 소대장 김무길 중위를 비롯한 첨병소대원 대여섯 명이 그 자리에서 폭사했다.

"중대, 분산대형으로!"

중대장이 외치기도 전에 인민군들이 허겁지겁 산개했다. 인민군 근위 3사단 소속 강민철 대위는 길옆 나무등걸에 몸을 납작 숨긴 채 거친 숨을 골랐다. 강민철 대위 얼굴에는 공포보다는 의혹투성이였다.

― 콰콰쾅!

이렇게 깊은 계곡인데, 남조선 포병이 유도사격을 실시하는 것은 아닐 것이라고 생각했다. 강민철이 보기에 아무래도 미리 계획된 화집점으로 사격을 실시하는 것 같았다. 계곡 사이 좁은 산길을 따라 포격이 계속 북으로 이어지고 있었다. 강민철은 분노가 치밀어올랐다.

"경보병부대 동무들은 뭐 하고 있는 기야? 머리 위로 남조선 포병 포탄이 떨어지는 일은 결코 없을 거라고?"

경보병부대가 모든 포병 진지를 사전에 파괴한다는 장담은 어차피 뻥포라는 것을 강민철도 잘 알고 있었다. 하지만 막상 머리 위로 포탄이 떨어지자 괜스레 경보병부대 동무들이 잘못한 때문이라는 원망이 생겼다.

'김무길 중위는 총각귀신이 되겠군. 불쌍한 동무.'

주제에 자존심은 있어 장마당의 여자 사기를 끝내 거부하던 김무길 중위는 아직 숫총각이었다. 선한 얼굴을 하고 있던 김 중위를 생각하자 강민철은 갑자기 콧잔등이 시큰해졌다.

"강행 돌파해야 되갔디?"

강민철이 옆에 있던 사관장에게 물었다. 나이가 많은 특무상사는 포탄이 낙하하는 와중에도 머리를 들고 앞을 보다가 중대장의 말에 무조건 고개를 끄덕였다. 멀리 떨어져 있는 소대장들이 강민철에게 빨리 행동할 것을 재촉했다.

그러나 계곡 옆 숲 속은 중대규모 부대가 우회하기에는 지형이 너무 험했다. 조만간 대대 본대까지 이곳에 도착할 시간이었다. 강민철은 불같이 화를 내는 대대장의 얼굴이 떠올랐다.

"어쩔 수 없다. 우회하자!"

약 100미터만 안쪽으로 우회하면 일단 이 포병사격은 피할 수 있을 것 같았다. 포격이 끝날 때까지 기다리다간 시간에 맞추지 못할 수도 있다. 강민철 대위는 선요원에게 우회한다는 사실을 즉각 대대에 알리라고 지시한 후 숲 속으로 길을 잡았다. 부하들이 그를 따라 뛰었다.

사람이 거의 들지 않는 숲 속은 너무도 험했다. 한여름의 숲 속은 잡목이 잔뜩 뒤엉켜 있어 풀숲 안에 멧돼지가 아니라 용가리나 불가사리가 숨어 있다 해도 모를 지경이었다. 비가 내리고 숲이 축축해 신속히 이동하기도 힘들었다.

그리고 소대장을 잃은 1소대에게 계속 첨병소대 역할을 맡기기에는 역시 무리였다. 그래서 강민철 대위는 3소대를 새로 첨병소대로 지명했다. 그런데 3소대원들의 움직임이 영 마음에 들지 않았다. 2소대와 3소대에는 입대한 지 얼마 안 된 전사나 기껏 1년 된 초급병사들이 많았다.

그것은 전쟁 직전에 비밀리에 많은 부대가 증설되고 새로 창설된 때문이었다. 기존 구분대원들이 타 부대로 전속되고 부대의 3분의 2가 신병들로 채워졌다. 요즘 젊은 녀석들은 제대로 먹지 못해서 입대한 지 얼마 안 된 전사들일수록 체격이 말이 아니라고 강민철은 씁쓸했다.

— 퍽!

"으윽!"

앞장서 가던 3소대의 첨병이 괴성을 지르며 쓰러졌다. 인민군들이 즉각 자세를 낮추고 소리가 난 방향으로 총구를 겨눴다.

"뭐, 뭐야?"

놀란 강민철 대위가 행군대형을 가로질러 앞쪽으로 뛰어갔다. 뜻밖에도 가관이었다. 중사 한 명이 무릎을 붙잡고 고통스런 신음을 내뱉고 있었다.

"이 바보 같은 놈아! 공화국 전사가 나뭇가지에 부딪쳐 쓰러지다니!"

그나마 3소대에서도 제법 군대밥을 먹었다는 놈이 저 지경이었다. 강민철 대위는 답답했다. 더 중요한 역할을 맡은 부대도 물론 많겠지만 공격 일선에 있는 그의 중대도 중요한 건 마찬가지였다. 그런데도 이렇게 새파란 전사와 초급병사들만 배치하면 어떻게 하란 이야기인지 강민철은 내심 모르겠다는 표정을 지었다.

1998년에 인민군의 계급제도가 바뀌었다. 전사와 상등병으로 단순하던 사병 계급제도가 전사, 초급병사, 중급병사, 그리고 상급병사로 세분화된 것이다. 복무연한이 차서 상급병사로 승진한 상등병들은 기분이 좋았겠지만 거꾸로 복무연한이 부족해 상급병사로 강등된 하사들의 불만을 사기도 했다.

"안 되갔어. 내래 선두에 서갔어."

강민철 대위는 부아가 치미는 것을 억지로 참았다. 그는 72식 자동보총을 지향사격 자세로 쥔 채 앞장서 나갔다. 길은 여전히 험했지만 강민철이 이끌자 중대의 이동속도가 빨라졌다.

숲을 헤치며 전진하던 강민철 대위의 눈에 숲 속 왼쪽 위 2~3부 능선 정도에서 뭔가 이상한 움직임이 있음이 들어왔다. 아까도 소리에 지나치게 민감하게 반응하다가 대대장에게 꾸중을 들었지만, 이번에는 정말 뭔가 있는 것 같았다. 강민철 대위는 조용히 손을 들어 중대원들에게 정지를 명했다.

있다! 뭔가가 있었다. 약 70미터쯤 위쪽 숲 속으로 2~3명 정도 되는 사람 그림자들이 빠른 속도로 남쪽으로 움직이고 있었다. 녹색이 가득한 숲 속에서 뭔가 녹색 물체가 움직이고 있는 것이다.

강민철은 어쩌면 아까 목소리를 낸 바로 그놈들일지도 모른다는 생각이 들었다. 갑자기 나무가 드문 지역이 나타나서 그 물체의 정체가 선명하게 드러났다. 얼룩무늬 위장복이었다.

"국방군이다!"

강민철 대위가 신음소리 같은 낮은 목소리를 내뱉은 것은 그의 72식 자동보총이 발사된 것과 거의 동시였다.

― 타-앙!

"우엑!"

짐승 같은 괴성을 지르며 총을 맞은 국방군 한 명이 경사진 곳으로 굴러 떨어졌다. 다른 중대원들도 강민철 대위의 주변에 엎드린 채 일제히 사격을 개시했다.

― 타다탕! 타타, 탁!

"쏘--라. ---다!"

그 국방군놈들이 뭐라고 외치고 있었다. 총소리에 묻혀 확실히 들리진 않았지만 국방군이 항복하려는 것이라고 강민철은 생각했다. 살아 있는 국방군은 이번이 처음이었다. 아까 지나온 산 위의 진지에는 처참하게 죽은 국방군의 시체들뿐이었다.

어쩌면 최초로 포로를 잡을지도 모르겠다는 생각이 들었다. 첫 번째 전과가 되겠다며 흐뭇해진 강민철 대위가 힘차게 외쳤다.

"사격 중지~."

그런데 저쪽에서 계속 뭐라고 외쳐대고 있었다. 그러나 거리가 멀어 무슨 말을 하는 건지 쉽사리 알아들을 수가 없었다.

"동-들! 사격하-말--. 해당화 13호! 우- ---군-요."

항복하려거든 그냥 순순히 항복할 것이지 무슨 잡소리를 저렇게 많이 하는지 웃겼다. 자세를 낮춘 강민철이 숲 속을 빠르게 지나갔다. 부하 몇 명이 그를 호위하며 뒤에서 따라갔다.

"무기를 아래로 던지고 일어서라! 허튼 수작 하면 골통을 날려버리갔어!"

말을 마치자 저쪽에서 짜증 섞인 목소리로 좀더 큰 목소리가 되돌아왔다.

"동무들! 혹 대동강 17호 앙이오? 우린 인민군이오. 해당화 13호!"

대동강이라는 말에 강민철 대위는 머리를 한 대 맞은 기분이었다. 아뿔싸! 상대는 같은 편인 인민군이었다. 대동강 17호는 대대의 식별군호였다. 작전인접지역으로 해당화 13호란 군호를 가진 상급부대 직속의 정찰부대 요원들이 기동하고 있으니 주의하라는 사전교육을 받은 적이 있었다.

이미 실수했음을 깨달은 강민철 대위였지만 한 번 더 확인을 하고 싶었다. 강민철은 상대방이 제발 인민군이 아니기를 속으로 빌고 또 빌며 암호를 외쳤다.

"칠보산!"

"머저리 같은 동무들! 함백산!"

욕설이 섞인 대답과 함께 저쪽에서 2명이 벌떡 일어섰다. 밑으로 굴러 떨어졌던 한 명은 미동도 없이 조용히 누워 있었다. 완전한 국방군 복색을 입은 사내들이 천천히 이쪽으로 다가오고 있었다. 건장한 사내 두 명은 온몸이 비와 땀으로 뒤범벅되어 있었다.

다소 험상궂은 인상의 사내가 아직 십 미터 정도 떨어진 거리에서 날카로운 목소리로 물었다.

"지휘관 동무가 뉘기요?"

부하 중대원들은 중대장 강민철 대위가 국방군들과 암구어를 주고

받기까지 하자 당황하고 있었다. 설마 중대장이 국방군과 내통하는 것은 아닌지 의심스런 표정을 띠고 있는 신병들도 있었다. 수십 개의 총구가 그들을 향하고 있는 가운데 두 사람이 이쪽으로 성큼성큼 걸어왔다.

"저, 접, 접네다."

강민철 대위는 기어들어가는 목소리로 대답했다. 강민철 대위는 상대방 계급도 모르면서 자기도 모르게 높임말을 쓰고 있었다. 날카로운 목소리를 가진 사내가 갑자기 날 듯이 뛰어오더니 강 대위의 뺨을 후려쳤다.

"종간나 새끼!"

그 사내가 강민철 대위의 멱살을 잡고 계속 치려 했다. 그러자 군사부중대장과 3소대장이 그 사내를 제지하느라 옥신각신하게 되었다. 중대 정치지도원인 변일태 중위는 한쪽 구석에서 팔짱을 낀 채 뭔가 잔뜩 못마땅한 표정으로 서 있었다.

약간 낭패한 표정을 지은 채 말없이 서 있던 다른 사내가 조용히 말했다. 느릿한 목소리였지만 위엄이 서려 있는 목소리였다.

"조 동무! 그만두기요."

발작하듯 강민철의 멱살을 쥐고 흔들던 사내는 그 말 한마디에 마치 로봇처럼 조용히 강민철 대위를 놓아주었다. 느릿한 목소리를 가진 함경도 사내가 지그시 강민철 대위를 살펴보더니 말했다.

"초탄을 쏜 것이 동무였음메?"

그 사내는 대답을 들을 필요도 없다는 듯 말을 이어갔다.

"동무! 사격 솜씨가 좋구만기래. 단 한 발에 우리 요원 심장을 꿰뚫다니! 앞으론 그 좋은 사격 실력을 원쑤의 심장에게 발휘하도록 하기요."

그 사내는 말을 남긴 채 다시 숲 속으로 향했다. 그러다 문득 생각났다는 듯 뒤를 돌아보았다.

"동무 이름이 뭐요?"

"옛! 강민철 대위입네다!"

"난 정찰국 소속 리 소좌요. 앞으로 또 만날 기회가 있갔디. 동무도 상황이 급할 테니 날래 갈 길을 가기요. 이쪽 지역은 전연지대라 노출된 건 어차피 우리 책임이요."

놀란 강민철과 부하들을 뒤로 하고 가던 리 소좌가 다시 생각났다는 듯 말을 이었다.

"너무 마음에 두지 말기요. 어차피 전쟁이란 거이 이런 거요."

6월 16일 09:45   인천광역시 강화군 강화읍

"이렇게 분할 수가! 우리가 양동작전에 속았단 말인가?"

해병 25연대 연대장이 갑곶돈대 위에서 분통을 터뜨렸다. 강화대교 옛다리는 북한 공작원들의 파괴공작에 의해 이미 무너졌다. 지금 전투는 그 옆을 가르는 강화대교를 두고 치열하게 전개되고 있었다. 긴급 전개됐던 강화도에서 다시 김포반도로 돌아가려는 해병대와 이들을 저지하려는 인민군 사이에서 각종 총포탄이 난무했다.

"위험합니다! 내려가십시오!"

연대 작전참모가 대령의 팔을 잡아끌었으나 연대장은 꼼짝하지 않았다. 강화역사관 바로 옆에 있는 갑곶돈대에는 약간의 성벽 위에 신미양요 때 조선군이 쓰던 시커먼 구식 대포가 전시되어 있었다. 한강으로 진입하는 이양선을 막는 포대로, 초지진 등 진보다 작은 곳이 돈대이다.

"문수산성도 점령당했구려."

강화대교 건너편 김포 쪽 산에서 기관총 예광탄이 길게 곡선을 그리며 강화도 쪽으로 쏟아졌다. 아슬아슬하게 유효사정거리 안에 들어 좁은 강 하구를 따라 옆으로 길게 전개한 해병대원들 일부에게는 큰 위협이었다. 특히 강화대교 중간 못 미처까지 전진한 해병대원들은 측면이 완전히 노출되는 위험에 빠졌다.

"연대장님! 병력을 후퇴시켜야 합니다."

강화대교 위에서 총격전을 벌이던 해병대원들의 숫자가 눈에 띄게 줄어들었다. 다리 위에서 폭발이 일며 해병 한 명이 물 위로 떨어졌다. 다리 위로 달리던 증원병력은 절반도 가기 전에 빗발치는 총탄에 몸을 낮춰야 했다.

"적 장갑찹니다!"

작전참모가 가리킨 강화대교 건너편 48번 국도 주변에 인민군 장갑차 몇 대가 나타났다. 상륙용 경전차도 모습을 드러냈다. 병력도 대폭 증강되었다. 이제 해병대가 강화대교를 점령하기는 점점 더 어려워졌다. 분을 이기지 못한 연대장이 주먹을 불끈 쥐었다.

"빨리 1개 대대를 남쪽으로 돌려 강화 제2교를 점령하시오. 물론 다리 건너편도 포함해서 말이오. 즉시!"

폭풍 속으로

6월 16일 09:48 강원도 화천군 화천읍

소대원들이 머리를 흔들어대며 비칠비칠 참호에서 일어났다. 다들 거의 제정신이 아니었다. 엄폐 진지에 머리를 처박고 있던 사람들이 일어나면서 술에 취한 듯 비틀거렸다. 일어나 움직이다가 다리 힘이 풀려 진흙탕에 무릎을 꿇는 병사도 있었다. 힘이 없다기보다는 일종의 멀미나 어지럼증이었다.

간신히 정신을 차린 목진우 상병이 진지 밖으로 고개를 내밀다가 눈이 크게 떠졌다. 주변에 생긴 변화는 상상했던 것 이상이었다. 물이 고인 참호에 다시 털썩 주저앉았다. 옆에 있는 동원예비군 병장은 눈이 반쯤 풀린 채 앉아 계속 신음소리만 흘리고 있었다.

"젠장! 이건 말도 안 됩니다!"

그 사이에 산 중턱 고지 주변은 지형이 너무 크게 바뀌었다. 그 무성하던 나무는 거의 남아나지 않았고, 흙언덕 몇 개는 송두리째 사라졌다. 커다란 구덩이가 곳곳에 무수하게 나 있었다. 교통호 곳곳이 포격에 무너진 것은 말할 필요도 없었다.

"박 병장님, 괜찮습니까?"

목진우 상병이 묻자 예비군 병장은 고개만 끄떡거렸다. 목진우는 그 예비군 병장이 부상자 벙커에 가느니 차라리 이곳에 있는 편이 안전하다고 생각하고 그대로 내버려뒀다. 지금은 별로 보탬이 되지 않더라도 지상전투가 본격화되면 하나라도 아쉬운 전력이 예비군이었다.

소대에 사상자가 상당히 많이 나왔다. 지원나온 20밀리 벌컨 진지와 기관총 진지 하나가 날아가고 소대원 다섯이 전사, 아홉 명이 중상을 입었다. 부상자 가운데는 포병 관측장교도 끼어 있었다. 비명이 여기저기서 동시다발적으로 터져나왔다. 조금 전까지 폭음 때문에 들리지도 않던 소리였다.

소대장이 무전으로 중대에 의무병 파견을 요청했다. 중대본부와 다른 소대도 사정은 다르지 않았지만 곧 지원해주겠다는 연락이 왔다. 부상자들을 벙커로 모으는 작업이 계속되었다.

중상자들은 부상이 심해 소대원들이 손을 쓸 수가 없었다. 구호작업을 마친 소대원들은 허탈한 표정으로 또 있을지도 모를 다음 공격을 기다렸다.

목진우 상병은 지난 4일 동안 많은 것을 겪었다. 집중포화와 북한 게릴라들의 침투, 죽어가는 동료들, 거의 잠을 못 자고 거듭되는 수색과 정찰, 매복 등 상상할 수 있는 최악의 상황에 처했다고 생각했다. 그러나 오늘 당한 것과 비교하면 아무 것도 아니었다.

목진우는 겨우 10분 사이에 진짜 전쟁을 겪었다. 4일 동안 이곳에 떨어진 포탄보다 더 많은 포탄이 방금 전 10분 사이에 날아왔다. 게다가 위력으로 미루어 일반 야포탄도 아니고 대구경 포탄이나 다연장로켓탄이었다.

엄청난 포화 뒤에는 대규모 폭격이 있었다. 비구름 위에서 폭탄의 비가 쏟아져 내렸다. 정확한 폭격은 아니었지만 항공기가 뜨기 어렵다고 알려진 비오는 날에 당한 폭격이라 심리적인 충격이 컸다.

잠시 후에는 누가 보더라도 미그기처럼 생긴 전투기가 갑자기 구름 밑으로 나타나 고지에 로켓탄을 퍼부어댔다. 다른 미그기 한 대는 잠시 좌우로 비틀대더니 산등성이에 충돌했다. 그래도 미그기들은 폭격을 멈추지 않았다.

고지에서 응사하려고 했을 때 화천댐 쪽에서 호크 지대공 미사일이 날아왔다. 급강하하는 미그기를 노리던 미사일은 목표를 잃고 엉뚱하게 산꼭대기 근처에서 폭발했다. 이때 산꼭대기에 있던 관측장교가 부상을 당했다.

폭격을 마친 미그기들은 거의 수직으로 날아가 비구름을 뚫고 사라졌다. 폭격이 끝날 때까지 아군 비행기는 악천후를 이유로 지원하러 오지도 않았다. 조금 전 상황을 기억한 목진우 상병이 진저리를 쳤다.

"북쪽에 헬기 몇 대가 내려옵니다."

소대 김태경 일병이 구경거리가 생겼다는 듯 말했다. 목진우 상병은 쳐다보지도 않는데, 북쪽 하늘을 살피던 김태경 일병이 계속 아는 체 했다.

"MD500입니다. 우리 편입니다."

일어설 힘도 없었지만 아무래도 이상하다고 생각한 목진우 상병이 간신히 일어났다. 저 멀리 산 아래 흘러가는 비구름 사이로 자그마한 헬리콥터 몇 대가 저공으로 날아오고 있는 것이 보였다. 빗줄기 아래에서도 남쪽을 향해 잘 날아오고 있었다. 김태경 일병이 망원경을 대고 외쳤다.

"얼랠래? 열 대가 넘는데요?"

"30대가 넘어! 근데 저놈들 아까 이쪽을 지나갔나? 우리 편 맞어?"

뒤에 따라오는 헬리콥터들은 덩치가 더 크고 숫자도 훨씬 더 많았다. 뭉툭하게 생긴 게, 아무래도 러시아제 같았다. 목진우와 김태경 일병의 눈이 마주쳤다.

"적이다! 대규모 적 헬기부대다! 비상!"

그때 산 중턱 진지를 연결한 교통호를 뛰며 선임하사가 외쳤다. 목진우 상병이 서둘러 소총을 겨눴으나 사정거리 훨씬 밖이었다. 이제 이 고지에 파견된 휴대용 대공 미사일 포대가 움직일 때였다. 대공 진지는 다행히 무사했다.

해발 1,200미터에 가까운 일산은 남쪽과 서쪽으로는 화천 읍내와 파로호, 화천댐, 그리고 북쪽으로는 평화의 댐과 휴전선까지 감시할 수 있는 중요한 감제고지였다. 휴전선에 접하지는 않았지만 이 산의 높이 때문에 적의 움직임을 멀리까지 관찰할 수 있어 방어에 아주 중요한 고지였다.

목진우 상병은 이제나 저제나 하며 미사일이 발사되길 기다렸다. 그러나 스팅어 지대공 미사일은 발사될 기미가 보이지 않았다. 헬기 로터 도는 소리가 여기까지 들려왔다. 김태경 일병이 자세를 낮추고 물었다.

"목 상병님! 왜 아직 미사일을 발사하지 않는 겁니까? 사정거리가 아직 안 됩니까?"

"젠장! 저건 원래 형광등이야!"

진지에는 스팅어 발사대와 20밀리 대공 벌컨 발사대가 각각 하나씩 있었다. 그런데 벌컨 포대는 조금 전 집중포격에 날아가고, 단 하나 살아남은 스팅어는 아직도 발사하지 않았다. 이제 헬기 엔진 소리까지 들려왔다.
"제기랄! 쏴버려!"
소대장이 신경질적으로 외쳤다. 소총에 의한 일제사격은 항공기에 대해서는 효과가 거의 없었다. K-3 경기관총이 불을 뿜어 탄환을 빗줄기 사이로 날려보냈다.
– 두두두두두!
선두에 선 헬기가 급상승하며 헬기 앞쪽이 번쩍거렸다. 북한이 독일로부터 밀수입한 휴즈사의 500D 헬기였다. 진지 주위로 파편이 마구 튀었다. 목진우 상병이 잽싸게 엎드렸다. 물먹은 모래주머니가 '퍽퍽' 뚫리며 흙탕물이 줄줄 흘러내렸다. 포화가 점점 심해져 갔다. 여러 헬기에서 동시에 쏘아대는 것 같았다. 짧은 비명이 몇 번 이어졌다.
"이러다간 모두 당하겠어! 태경아, 쏴라!"
목진우가 머리를 내미는 것과 동시에 소총을 자동으로 갈겼다. 헬기 방풍유리가 눈앞에 보일 정도로 가까웠다. 헬기 동체에 불꽃이 몇 개 튀는 것 같았다.
헬기 두 대가 이쪽으로 방향을 돌리자 목진우와 김태경이 잽싸게 고개를 숙였다. 두 번째 보충요원으로 들어온 예비군 병장은 멍한 눈으로 아직까지 그대로 앉아 있었다. 교통호 위로 기관포탄이 쓸고 지나갔다. 참호 안으로도 파편이 쏟아져 들어왔다. 김태경 일병이 비명을 질렀다. 기관포탄이 이곳 진지로 끝없이 쏟아지는 것 같았다.
헬기가 교통호 위로 지나가는 소리가 들렸다. 굉음과 바람 때문에 교통호 안에 있던 국군은 거의 정신을 차릴 수가 없었다. 잠시 후에는 폭음이 산 정상에서 연속 울렸다. 포병 관측반이 있는 곳인데, 반격하는 총소리는 들리지 않았다. 이곳에서 사격이 잠잠해지자 목진우 상병이 고개를 들었다.

산 아래, 북쪽으로는 헬기 행렬이 계속되고, 산 정상 쪽에서는 뭉툭한 헬리콥터 10여 대가 정지비행을 하고 있었다. 희미하게 북한 식별 마크가 보이는 것 같았지만 확실치는 않았다. 그런데 빗줄기 사이로 보이는 헬기들은 마치 땅과 연결된 것처럼 선이 이어져 있고, 그 선을 녹색 점들이 줄줄이 내려왔다. 목진우가 교통호에 머리를 숙이고 있는 소대원들에게 외쳤다.

"고지에서 레펠이다!"

"스팅어는 왜 쏘지도 않았어?"

선임하사가 산 정상의 헬기를 향해 자동소총을 쏘며 화내듯 외쳤다. 목진우는 탄창을 바꿔 끼면서 대답했지만 선임하사가 이해할 것 같지도 않았다.

"조금만 멀어도 사정거리가 안 되고, 사정거리 안에 들더라도 사격 준비 하는 데 시간이 워낙 많이 걸립니다."

스팅어 휴대용 지대공 미사일은 탄두 부분 시커를 냉각시키는 데만 11초 가량 소요된다. 조준하고 사격하는 데 소요되는 시간을 뺀 시간이다. 한국군이 보유하고 있는 휴대용 미사일 여러 종류 가운데, 이 고지에 투입된 것은 스팅어였다. 각 미사일별로 장단점이 있겠지만, 지금 상황에서는 단점이 최대로 부각되는 순간이었다.

"저놈들이 내려온다. 발사!"

아직까지 살아남은 국군 병사들이 고지 위를 향해 총을 겨눴다. 빗줄기를 뚫고 시커먼 것들이 달려 내려오고 있었다. 일제사격에서 몇이 쓰러지더니 그림자들은 이내 시야에서 사라졌다.

K-3 기관총 진지에서 총성이 길게 이어졌다. 그러나 앞쪽 교통호에서는 보이지 않았다. 목진우 상병이 진흙에 미끄러지면서 간신히 경사로를 기어올라가는데 폭발음 한 방이 들린 다음 기관총 진지는 사격을 멈췄다. 잠시 주변이 조용해졌다.

불안해진 목진우는 길을 내려올 수밖에 없었다.
"야! 태경아!"
목진우가 김태경 일병을 찾아 교통호를 뛰었다. 주변에 보이지 않고, 아까 들린 비명이 이제야 기억났다.

김태경 일병은 교통호 벽에 반쯤 기대어 앉아 있었다. 상태가 심상치 않았다. 눈을 뜨고 뭔가를 응시하고 있는데 목 주변에서 피가 조금씩 흘러내렸다. 옆에 앉아 있는 예비군 병장은 흰자위를 드러낸 채 눈길을 하늘로 향하고 있었다.

목진우가 김태경에게 다가가는 순간 교통호에 수류탄 몇 발이 굴러 들어왔다. 목진우가 수류탄을 보고 걸음을 멈췄다.

— 캉! 끄앙!

주변에 뭔가가 마구 날아갔다. 목진우가 고개를 들었을 땐 김태경과 예비군 박 병장이 있던 곳에는 파란색 누더기만 있었다. 목진우 상병은 잠시 멍한 눈으로 그것을 보다가 정신을 차렸다. 교통호 곳곳에서 함성과 함께 총소리가 연이어 들렸다. 인민군들이 교통호까지 침범한 것 같았다.

목진우가 소총을 돌리며 적을 찾았으나 주변에는 아무도 없었다. 북쪽 교통로에서 육박전이 시작되었다. 총성이 계속 들리고 수류탄이 이쪽 저쪽으로 날았다. 함성이 이어졌다.

동료들이 있는 곳으로 이동하려는데 뭔가 고동색 물체가 하늘을 뒤덮었다. 목진우는 덮어놓고 하늘을 향해 쐈다. 3점사로 조정된 소총에서 익숙한 진동이 느껴졌다. 연두색 물체는 인민군 시체가 되어 교통호에 얼굴부터 처박았다.

목진우 상병이 뒤를 돌아보니 적이 교통호를 따라 소대 벙커 쪽으로 달려가는 것이 보였다. 목진우가 따라 뛰다가 서면서 한 명씩 쓰러뜨렸다. 그런데 목진우 상병이 상대하기엔 적이 너무 많았다. 경사진

곳에서 미끄러지듯이 쏟아지는 인민군들은 어림잡아 1개 중대쯤 되어 보였다.

쏴도 쏴도 끝이 없었다. 수류탄이 굴러오자 옆으로 피하며 계속 위쪽을 향해 쐈다. 교통호에는 위에서 굴러 떨어진 인민군들 시체로 가득 찼다.

"젠장!"

실탄이 떨어지자 인민군 소총을 집어들고 쐈다. 팡팡 튀는 진동이 K-2 자동소총보다 훨씬 더 크게 느껴졌다. 가까운 거리에서 쏘아서인지 명중률은 좋았다. 인민군들이 한 명씩 픽픽 나자빠졌다. 그러나 거리가 너무 가까웠다.

인민군 세 명이 거의 동시에 교통호로 뛰어들었다. 목진우가 한 명을 잡았다고 느낀 순간 옆에서 달려든 인민군이 목을 잡고 매달렸다. 목진우가 쓰러질 뻔하다가 벽에 기대며 겨우 중심을 잡았다. 개머리판으로 인민군의 옆구리를 치고 총검으로 찌르려는 순간 바로 옆에서 총성이 울렸다.

6월 16일 09:51 경기도 연천군

인민군 강민철 대위가 지휘하는 보병중대가 좌표 423538지점에 도착한 것은 대대 본대보다 10분이나 늦은 뒤였다. 전투 첨병이 본대보다 오히려 더 늦게 도착한 것이다.

이미 민경중대는 좌표 423538지점 약간 남쪽에 위치한 642고지 정상에 포진하고 있었다. 강민철 대위가 642고지를 살폈다. 별 특징이 없는 평범한 고지였다. 다만 그 고지는 642고지라는 이름에 걸맞지 않게 낮았다. 해발고도는 높지만 주변이 약간 고지대라 상대적으로 낮아 보이는 것이었다.
　642고지는 사전에 침투한 경보병부대 병력이 미리 점령하고 있던 고지였다. 경보병여단 병력은 고지를 민경중대에게 인계하고 새로운 목표를 찾아 남쪽으로 내려간 뒤였다.
　강민철 대위는 남조선측에서 642고지 바로 남쪽의 735고지만 장악하면 방어에 큰 문제가 없기 때문에 642고지는 처음부터 별로 신경을 쓰지 않은 모양이라고 생각했다. 이미 대대 병력은 좌표 423538지점 일대에서 엄폐호를 구축하느라 정신이 없었다.
　대대장이 불같이 화를 내리라고 생각했으나, 강민철 대위를 한 번 노려볼 뿐 별다른 질책은 없었다. 강민철이 국군 포병의 불의사격으로 5명이 전사하고, 2명이 부상했음을 보고했다. 불의사격이란 기습사격을 뜻한다.
　강민철 대위는 정찰국 요원과 조우해서 그쪽에 우발적인 인명피해를 입혔다는 사실도 보고하려다가 그만두었다. 괜히 잠자는 승냥이의 수염을 불에 태우는 격이 될지도 모르기 때문이었다. 중대 정치지도원이 상부에 보고하지만 않는다면 어차피 대대장이 알 수도 없는 일이었다.
　"강 동무, 시간이 없소. 동무 구분대에게 계획대로 735고지 점령 임무를 맡기겠소. 여기서부터는 남조선 군대의 저항이 만만치 않을 것이오. 상부에서는 일단 여기서부터가 적의 1차 주저항선이라고 판단하고 있소. 동무는 이 임무의 중요성을 잘 알고 있을 것이오. 우리가 예정대로 이 저항선을 돌파하지 못하면…… 음."
　대대장은 그 부분에서 말을 잠시 멈췄다. 대대장은 잠시 무언가를 생각하는 듯 복잡하게 표정이 변했다.
　"음! 흠. 돌파구 지점은 이곳말고도 여러 곳에 후보 지점이 예정되어 있지만, 우리가 맡은 지점은 반드시 돌파해야 하오. 동무 구분대는 즉시 돌격전개계선으로 이동하시오."

　대대장은 강민철도 이미 잘 알고 있는 군단의 결심지도를 장황하게 다시 늘어놓은 셈이 되었다. 대대장이 말하려다 만 것은 인민군 민경중대가 확보한 돌파구로 경보병여단과 저격여단이 후방으로 깊숙이 강행 돌파할 예정이라는 이야기일 것이다.

　특수부대가 이 지역 일대를 통해 대규모 강행 돌파한다는 얘기는 이미 사단 내 중대장급 이상 모든 군관들이 다 아는 사실이었다. 그러나 형식적으론 분명히 대대장급인 중좌급 이상에게만 열람인가가 난 결심지도사항이었다. 결심지도란 작전계획을 뜻한다.

　강민철 대위가 중대원들에게 돌아왔다. 중간집결 지점에 늦게 도착했기 때문에 제대로 쉴 시간도 없는 인민군들은 무거운 몸을 일으켜 세웠다.

　중대원들은 별 불평없이 돌격전개선으로 이동할 준비를 마쳤다. 돌격전개계선에 도달하면 전투대형으로 전환하게 된다. 거기서부터는 정말 장난이 아닐 것이라고 강민철 대위도 충분히 예상하고 있었다.

6월 16일 10:01　황해도 개풍군 하조강리(개성직할시 판문군 조강리)

"발차!"

　우의를 입은 도하통제병이 쏟아지는 비를 맞으며 찢어져라 고함을 질러댔다. 커다란 화물을 실은 트럭 두 대가 동시에 요란한 소리를 내며 바퀴가 헛돌더니 뒤로 급발진했다. 50여 미터 거리를 전속 후진으로 달려나가는 두 대는 흡사 서로 먼저 강물에 뛰어드는 경주를 벌이는 것 같았다.

　— 끼이익~.

도하통제병이 손에 들고 있던 붉은색 수기를 잽싸게 올리자 일본제 미쓰비시 FW115 트럭이 급정거했다. 비에 잔뜩 젖은 흙바닥으로 타이어가 미끄러지고, 트럭은 강물 속으로 2미터 가량 밀려나간 후에야 정지했다.

그 사이 적재함에 실려 있던 PMP 부교 철주가 우당탕 소리를 내며 강물 위로 내던져졌다. 철주鐵舟는 속이 텅 빈 철제 공작물이며, 이것들을 연결하면 그 위로 차량과 병력이 강을 건너 이동할 수 있는 부교가 만들어진다.

"간나새끼들! 날래 나오디 못하갔니?"

잔뜩 긴장한 표정으로 시계를 쳐다보던 인민군 도하통제 군관이 트럭 두 대가 빨리 빠져나오지 않자 욕을 퍼부었다. 평소 때의 도하작전이라면 이렇게 난폭한 방법으로 부교를 하역하지 않는다. 부교가 망가질 우려가 있기 때문이다.

트럭 두 대가 허둥지둥 양쪽으로 각각 빠져나갔다. 곧이어 뒤쪽에 대기하고 있던 트럭 두 대가 같은 방법으로 강물을 향해 돌진했다.

운이 좋았는지 이제는 포격이 그쳤다. 총알도 날아오지 않았다. 중도하여단의 공병군관으로서 이런 조건에서 부교를 가설하는 일은 꿈만 같은 일이었다. 그러나 긴장을 늦출 수는 없었다. 국방군 포병대가 도하지점을 향해 언제 고폭탄을 퍼부을지 몰랐다.

PMP 부교는 러시아에서 개발한 조립식 부교의 일종이다. 차량에 적재될 때는 마치 두터운 매트리스를 포개놓은 것처럼 4개 부분이 겹쳐져 있다. 미국의 리번(Ribbon) 부교와 형태와 작동방법 등이 모두 비슷했다. 리번 부교는 운반이나 보관시에는 겹쳐졌다가 리번을 풀 듯이 펼쳐진다는 뜻으로 붙여진 이름이다.

강물 위로 내던져진 PMP 부교는 떨어지는 것과 동시에 고정핀이 뽑혀나가면서 활짝 펼쳐졌다. 이번에는 강 위에 대기하고 있던 주정들

차례였다. 둥둥 떠 있는 PMP 부교를 잽싸게 밀어서 강가로부터 멀리 떨어진 곳까지 끌고 나왔다. 그래야 다음 트럭들이 PMP 부교들을 내려놓는 데 방해되지 않았다. 한강 하구가 비좁을 정도로 순식간에 PMP 부교 수십 개가 떠다녔다.

펼쳐진 부교로 뛰어오른 공병부대원들이 빠른 동작으로 부교들을 연결하기 시작했다. 그리고 10여 개가 연결되면 곧바로 주정들이 강 중심을 향하여 끌고 나갔다. 작업은 순조롭게 이어졌다. 모두 세 곳에 중차량이 이동 가능한 부교를 가설하는 것이 목표였다.

PMP 부교를 227미터를 가설하는 데 필요한 표준소요시간은 50분이었다. 그러나 공병대가 포격을 받지 않고 부교 가설에 전념했을 때의 이야기였다. 그런 경우는 거의 없었다.

트럭들이 내동댕이치듯이 부교를 하차하는 덕택에 시간을 많이 절약할 수 있었다. 물질적 조건이 부족할 때 강조되는, 이른바 주체전술이었다. '하면 된다'는 예전 한국의 군사문화적 구호와 비슷한 구석이 있었다. 주정작업을 하는 부대원들이 능숙한 솜씨로 부교들을 이어갔다.

일렬로 부교를 이어나갈 필요는 없었다. 일단 50여 미터 가량 부교들이 연결되면 주정이 달라붙어서 강 중심 쪽으로 빠르게 밀고 갔다. 그곳에서 다시 이어붙이면 그만이었다. 다른 대대에 뒤질 수 없다는 경쟁심이 부대원들은 더욱 민첩하게 만들었다.

하도 소리를 질러대서 목이 쉬어버린 도하통제군관이 모자를 잠시 벗고 근처의 야산 위로 시선을 옮겼다. 노고개 정상 주변 비탈 곳곳에 만들어진 간이 진지에는 이미 장갑차량들이 자리를 잡고 있었다. 저고도로 침입하는 전투공격기에게 막강한 위력을 발휘하는 실카(Shilka) 자주고사포였다. 어느새 도하지점을 중심으로 치밀한 방공망이 구축되고 있었다.

6월 16일 10:05   경기도 연천군

강민철 대위가 속한 인민군 대대의 집결지는 642고지의 북쪽 사면에 위치한 완만한 고위평탄면이었다. 돌격전개계선에 가기 위해서는 바로 앞의 642고지 정상을 통과한 후 다시 산 아래로 내려가 개활지로 진입해야 한다. 642고지 정상에는 지금 사단 민경중대 병력이 배치되어 있었다.

642고지 남쪽 아래에는 개활지가 있었다. 그 개활지의 3분의 1 정도 되는 지점에 약 50미터 높이로 구릉지대가 약간 있었다. 그곳이 바로 돌격목표 '가' 지점이자, 돌격전개선이었다. 개활지는 약 1.5km 폭으로 펼쳐져 있고, 그 개활지 건너편에 공격 목표인 제735고지가 우뚝 솟아 있었다.

642고지의 남쪽 사면에 접어드는 곳부터는 국군의 곡사화기는 물론, 각종 직사화기에도 직접 노출되는 곳이었다. 강민철 대위는 이제부터 언제 어디서 죽을지 모른다는 긴장감이 엄습했다. 쏟아지는 빗줄기 속에서 유령처럼 움직이는 부하 중대원들은 단 한마디도 하지 않고 묵묵히 걸음을 재촉했다.

강민철 대위는 고지 정상을 통과하기 전에 인원점검을 해보았다. 아까 포탄에 맞아 5명이 전사하고 8명이 부상했다. 또 산길을 행군하다 한 명이 다리를 다쳐 돌격작전에 참가할 수 없을 것 같았다. 남은 건 130명이었다. 그나마 그 중에 70여 명이 입대한 지 1년도 안 된 새파란 전사나 갓 1년 넘은 초급병사들이었다. 강민철이 씁쓸한 표정을 지으며 642고지 정상을 향했다.

"강 동무! 표정이 별로 밝은 것 같디 않군기래? 죽으러 가는 건 아니니끼니 기렇게 죽을상 하진 말라우."

산 정상에서는 같은 근위 3사단 소속인 민경중대장 오길록 대위가 이죽거리고 있었다. 군관 임관 날짜로는 강민철 대위가 1년 정도 선임임에도 불구하고 먼저 당원이 됐다는 이유로 오길록 대위는 강민철 대위에게 반말을 놓았다.

강민철 대위는, 얼굴이 까무잡잡하고 처세에 능한 오길록이라는 인물이 별로 마음에 들지 않았다. 더구나 그 말도 괘씸했다. 말인즉 죽으라는 소리는 아니었으나, '가서 죽으라'는 악담이나 '겁쟁이'라고 놀리는 말처럼 들려 그다지 기분이 좋지 않았다.

강민철은 죽음에 대한 두려움은 별로 없었다. 인민군 군관으로서 이 전쟁은 공화국과 민족의 명운을 걸고 수행하는 필사의 전쟁이었다. 강민철 대위는 흔들림 없는 공산주의자로서, 이 전쟁이 가지는 명분을 확신하고 있었다. 강민철은 이런 전쟁에서 죽는다는 것은 어쩌면 행운이라 여겼다.

다만 신병이 너무 많은 것이 거슬렸다. 이런 녀석들을 이끌고 싸워야 한다는 게 답답할 뿐이었다. 1년 전의 그 완벽한 조직력을 자랑하던 원래의 구분대원들 얼굴이 떠올랐다.

이건 강민철 대위뿐만 아니라 신병 녀석들 스스로에게도 불행이라고 생각했다. 전쟁터에서 경험이 부족한 자들이 맞이할 운명은 죽음뿐이었다. 불쌍한 놈들이었다. 강민철은 어쩌면 대대장이 어차피 별볼일 없는 그의 중대를 위력수색용으로 쓰려고 하는지도 모른다는 생각이 들었다.

642고지 정상에 오르자 제735고지가 한눈에 들어왔다. 국방군들이 립신이동용교통호를 9부 능선 정도에 파놓고 있었고, 그 아래로도 겹겹의 철조망이 처져 있었다. 아마 중간 몇 군데는 지뢰지대까지 있을 것이라고 강민철 대위는 판단했다. 립신이동용교통호란 우리말로 입

사호에 해당한다.

대대장으로부터 건네받은 적정보고문서를 다시 한 번 꼼꼼이 들여다보았다. 국방군 2개 소대 정도가 735고지에 있었다. 좌우 이어지는 고지상에 1개 소대씩 더 있었다.

그러나 이들은 강민철 중대의 소관이 아니었다. 타 대대 소속 중대들이 맡을 것이다. 그의 상대는 2개 소대 정도의 병력이었다. 그러나 천신만고 끝에 735고지를 점령한다 해도 국방군이 막상 어느 정도의 예비대를 투입할지는 알 수 없었다.

고지를 점령하자마자 한국군의 중대급 예비대에게 강력한 역습을 받을지도 몰랐다. 개활지에서 인민군 중대원들 움직임은 735고지의 국방군에게 모조리 노출될 것이 분명했다.

야간공격도 아니고 천지가 희멀겋게 보이는 이런 비오는 아침에 개활지를 통과하는 정면 고지돌격전을 해야 한다고 생각한 강민철 대위가 설레설레 고개를 흔들었다. 구름이 짙게 끼고 비가 내려 해가 뜨지 않은 것이 그나마 다행이었다. 그러나 구름이 점점 밝아지고 있었다.

강민철은 더 밝아지기 전에 서둘러 공격하는 것이 나을 것이라고 판단했다.

– 쒸유우우~ 펑!

그 순간 642고지 정상 일대에 4.2인치 박격포탄이 작렬하기 시작했다. 후방에 위치한 국군이 발사한 포탄이었다. 어차피 위험지역인 건 알고 있었기 때문에 강민철 대위는 별로 놀라지 않았다. 민경중대원들이 이미 구축해놓은 엄체호 속으로 강민철의 중대원들이 재빨리 몸을 숨겼다.

– 우두두둑~ 콰콰쾅!

잠시 엎드려 있으려니 소리가 조금 다른 폭발음도 들려오기 시작했다. 강민철 대위가 고개를 슬쩍 들었다.

하늘에서 시뻘건 것들이 북쪽으로 날아가는 것이 보였다. 강민철의 눈이 포탄을 따라갔다.

대대집결지점에 국방군의 포병사격이 시작되고 있었다. 어림짐작하건대, 대대 본대가 위치한 집결지점으로 지향되는 포격은 1개 포병대대급의 TOT 사격은 족히 될 것 같았다.

그러나 대대집결지점은 곡사화기로 공격하기에는 일종의 사각지대였다. 강민철은 큰 피해는 없을 것 같다고 생각하며 일단 포격이 멎길 기다렸다.

6월 16일 10:15   서울 용산구

"주요 전선에서 치열하게 교전 중입니다. 적의 주요 진공로는 네 곳으로 파악됐습니다."

남성현 소장이 합동참모본부 지휘부를 앞에 두고 브리핑을 진행했다. 이제야말로 본격적인 전면전이 시작되었다. 긴장감이 합참 상황실에 가득했다.

그러나 지휘부는 자신감에 차 있었다. 휴전선 후방 강원도와 경상북도가 조금 걱정되기는 했지만 병력을 충분히 투입한만큼 북한 특수부대는 조만간 진압될 태세였다. 아직 전선이 뚫렸다거나 아군이 패배했다는 소식은 없었다. 다만 해병대 장성 한 명이 땀을 흘리며 연신 해병대 사령부와 연결된 모니터를 확인하는 것만이 특이할 뿐이었다.

벽면 중앙 지도에서는 화천, 연천, 문산, 그리고 김포반도가 있는 곳에 빨간색 점이 점점 많아지며 크리스마스 트리처럼 깜빡거렸다. 치열한 전투가 진행되고 있다는 표시였다.

예천과 안동에서 반짝이던 점은 조금 전에 사라졌다. 그런데 인민군 게릴라 부대는 국군 추격부대에 의해 완전히 진압된 것이 아니라 지금도 도주하고 있는 것이다.

게릴라의 완전 섬멸은 생각처럼 쉽지 않았다.

"적 진공로는 예상과 크게 다르지 않습니다. 다만 특이한 점은, 적이 화천 지역에서 헬기를 대량 운용했다는 것입니다. 보고에 의하면 적 헬기 약 200여 대가 동원됐습니다. 북괴가 보유한 모든 헬기의 절반을 넘는 집중운용 방식입니다."

"적이 춘천을 지나겠다는 뜻이오?"

남성현 소장의 설명에 김학규 대장이 웃기지도 않다는 듯이 피식거렸다. 화천에서 춘천까지는 강으로 이어지는 도로에 많은 다리가 있다. 그리고 곳곳에 감제고지가 있어서 춘천으로 이어지는 낭떠러지 외길을 내려다보고 있다.

그 길은 이것들을 일일이 점령하지 않고서는 도저히 전진할 수 없는 길이다. 단 한 곳이라도 한국군이 방어에 성공하거나, 아니면 후퇴하며 다리나 댐 하나라도 폭파시킬 경우, 북한이 공격을 멈출 수밖에 없는 지역이었다.

국군 지휘부는 인민군이 주요 진공로 가운데 하나로 화천 - 춘천선을 택했다는 것이 의아스러웠다. 아군 병력이나 화력도 충분한 곳이었다. 그러나 동부전선에서 그곳말고는 진격로로 삼을 만한 곳이 없기는 했다.

동부전선에서 다른 후보를 찾는다면 양구나 인제를 점령한 다음 홍천으로 향하는 길을 타는 방법인데, 험하기가 화천 - 춘천보다 더했으면 더했지 결코 덜하지 않은 곳이다.

나머지 하나가 동해안을 주공으로 삼는 경우이다. 태백산맥 동쪽에

난 해안분지를 따라 부산으로 진격하면 후방이 크게 위협받을 수 있다. 그러나 그 길은 제해권을 완전 장악하지 않고는 북한이 도저히 사용하기 어려운 진공로였다. 김학규 대장이 간단하게 결론을 내렸다.

"조공 아니겠소?"

"그럴지도 모릅니다. 그런데 적이 헬기를 집중운용하는 게 좀 걸립니다. 북한은 헬기 보유 대수가 적어서 효율적인 강습작전을 전개하기 어렵다는 것이 일반적인 평가입니다. 그런데 일반적인 상황이라면 우리 공군기가 요격을 하면 간단하지만, 악천후 상황이라 공군기가 쉽게 뜨지 못하고 있습니다."

남성현 소장의 설명에 김학규 대장이 믿어지지 않는다는 표정이었다. 헬기나 제트기나 하늘을 나는 비행기이긴 마찬가지였다.

"헬기는 뜨는데 왜 전투기는 못 뜨는 거요?"

"속도 때문입니다. 시계가 좋지 않은 상황에서 속도가 빠른 전투기는 자칫 지상에 충돌할 우려가 있습니다. 목표를 포착하기도 어렵기 때문에 비오는 날에는 전투기를 아예 띄우지 않는 것이 일반적입니다. 그리고 평시 같으면 헬기도 이륙시키지 않는 편이 낫습니다. 비오는 날에는 아예 이륙하지도 않았지만, 흐린 날에도 헬기 추락사고가 많이 났었습니다."

공군 참모총장이 나서서 설명했다. 그러나 합참의장은 도저히 납득할 수 없었다.

"북괴놈들은 이런 날씨에도 헬기를 대량 운용하는데 우리는 못 한다는 겁니까? 그렇다고 하늘만 쳐다볼 수는 없지 않겠소? 남 소장! 항공작전사령부에 연락해서 공격헬기를 있는 대로 출동시키라고 하시오."

정현섭 소령이 장군들의 회의를 느긋하게 지켜보고 있는데 모니터에서 뭔가 삑삑거렸다. 그리고 기다란 자막이 흘러 지나갔다.

'해병대 긴급 보고 : 애기봉 연락 두절, 포병대가 곳곳에서 적 특수부대로부터 공격받고 있음.'

정현섭이 단말기를 흐르는 자막을 읽다가 놀라는 동안 해군을 담당한 박기찬 소령이 장군들에게 외쳤다. 긴급한 사안이라고 판단한 통신실에서 상황실의 모든 단말기에 동시에 입력시킨 것이다.

"김포반도 애기봉과 그 주변 부대에서 모든 연락이 끊겼습니다!"

"맙소사!"

합참의장 김학규 대장이 벌떡 일어났다가 털썩 주저앉았다. 싸늘한 분위기가 상황실에 감돌았다. 한강 하구를 군사분계선이 지나므로 애기봉은 GOP지역과 다름없다. 그러나 일반적인 전초지대와 다른 것은, 한국군이 애기봉을 잃을 경우 도하하는 인민군을 저지할 방법이 별로 없다는 것이다. 포병 사격은 거의 전적으로 애기봉에서의 관측에 의존해왔다.

국군은 애기봉 방어에 자신이 있었다. 애기봉뿐만 아니라 주변 강하구변에는 강력한 진지가 형성되어 도하작전은 불가능할 것 같았다. 김포반도 곳곳에 있는 포병대의 전력도 막강한 편이었다. 그러나 인민군은 어떻게 된 셈인지 배후에 특수부대를 대량 침투시킨 것이다. 장군들은 땅굴을 떠올렸지만 이제 이미 늦었다.

후방 혼란을 위한 게릴라전으로 전쟁이 끝난다고 주장한 안우영 중장은 거의 얼이 빠진 모습이었다. 남성현 소장이 눈곱을 떼면서 해병대 소장에게 물었다. 장군들도 4일 동안 제대로 잔 적이 거의 없었다.

"어떻게 된 겁니까?"

"해병대만으로 반격하려고 했는데……."

자존심 강한 해병대 소장이 말꼬리를 흐렸다.

"뭐, 좋소. 어쨌든 사태부터 수습합시다."

남성현 소장이 일어나 연락장교들에게 다가왔다. 질문을 퍼부어대려는 것으로 판단한 정현섭이 잽싸게 상황을 다시 파악했다. 그동안 김포에서 발생한 변동사항은 거의 없었다.

"수도권 주변 동원사단들은?"

남성현 소장이 뻔히 아는 질문을 했다. 다시 확인하는 의미겠지만, 정현섭은 그 질문이 안우영 중장이나 합참의장 김학규 대장을 비웃는 걸로 보일 수도 있다고 생각하며 대답했다.

"강원도에서 각자 담당구역에 배치 중입니다. 다시 돌아오려면 시간이 너무 걸립니다."

"일단 그대로 두게. 후방이 엉망이 될 수도 있어."

의자에 주저앉은 합참의장이 힘없이 말했다. 남성현 소장이 김학규 대장을 힐끗 보다가 고개를 돌려 질문을 계속했다.

"그럼 김포반도에 있던 예비사단은?"

"이미 서울 북방에 전개됐습니다."

"인천에 있는 사단은?"

"주로 인천항과 2함대 사령부 주변 경비에 나섰습니다. 이동 전개에 시간이 좀 걸립니다."

참지 못한 합참의장이 악을 썼다.

"포병은? 그놈들이 도하하기 전에 집결지를 포병으로 때리면 돼! 거긴 해병대말고도 육군 포병대대가 많잖아? 자주포도 상당히 있고……. 다 공격받고 있는 건 아니겠지?"

정현섭이 당연하다고 대답하려다 말고 단말기를 살폈다. 방금 이동 전개 중이던 육군 자주포 대대는 약간 남쪽으로 움직이고 있었다. 한강 하구에 포격을 지속한 유일한 포병대대였다. 조금 전에 급속사를 마친 자주포 대대는 인민군의 대포병사격을 피해 이동 중이었다.

그런데 자주포 대대 식별부호에 전투 중이라는 표시가 떴다. 정현섭 소령이 '전투 중' 표시를 마우스로 클릭하자 간단한 설명문이 떴다.

"자주포 대대는 도하지점 대안에 대한 포격보다는 땅굴에서 나온 북괴군들과의 교전에 치중하고 있습니다."

"포격으로?"

남성현 소장이 의아하다는 듯이 물었다. 대답하는 정현섭은 비참한 느낌이 들었다.

"소총을 들고 싸우고 있습니다."

무슨 의미인지 파악한 남성현 소장의 얼굴이 벌개졌다. 아군 포병대 중 대부분이 적 보병부대의 공격을 받고 있는 최악의 상황이었다.

"음…… 타 부대 증원은?"

남성현 소장이 특전사령부에서 파견된 연락장교에게 다가갔다. 김포 주변에 특전여단 주둔지 하나가 있었다. 키가 큰 공수부대 대위가 자신 없이 보고했다.

"김포반도에 이르는 도로 곳곳이 차단돼 곤란합니다. 제8공수특전여단이 김포읍 쪽에서 48번 국도를 개척하고 있습니다."

"해병 25연대는? 빨리 투입시켜!"

남성현 소장이 해병대 콘솔로 다가갔다. 조금 전까지 김포반도의 위기를 보고하지 않아 송구스러운 표정을 짓던 해병대 연락장교가 고개를 더욱 더 숙이며 보고했다.

"김포 해병사단 예비로 있던 25연대는 강화도에 투입되었다가 현재 강화대교에서 전투 중입니다. 김포반도로의 진입이 사실상 봉쇄됐습니다."

남성현 소장이 빈 의자에 털썩 주저앉았다. 김포 북단은 이제 당분간 가망이 없었다. 남 소장이 마지막으로 허탈하게 물었다.

"공군 지원은?"

"비가 와서 어렵습니다. 위험을 감수하고 이륙하더라도 목표지점을 파악하기 곤란합니다."

김학규 대장이 벌떡 일어나 외쳤다. 더 이상 참을 수는 없었다.

"북괴군 1개 군단 병력이 도하하고 있어! 10만이 넘어. 어떻게 막으려고 병력을 다 빼돌려? 당장 뭐든 다 동원해!"

연락장교들이 예하 작전사령부들과 통화하기 위해 일제히 수화기를 집어들었다. 그때 공군 소속 장교가 보고했다.

"공작사 보고입니다! 전선통제기가 확인한 바에 따르면, 한강 하구에 부교 세 개가 가설되고 있습니다. 그 저속통제기는 그 보고를 마지막으로 연락이 끊겼습니다."

"인천에 37사단 포병대는 뭘 하나? 당장 그 부교를 날려버리라고 해!"

합참의장은 부교가 가설 중이라는 보고를 예민하기 받아들였다. 정현섭 소령이 수화기를 들었다. 지상작전사령부는 37사단을 호출해 한강 하구 일대에 대한 포병사격을 지시했다. 잠시 후에 MLRS대대가 발사를 시작했다.

MLRS대대는 한강 하구 중간과 함께 김포반도 대안을 노렸다. 그러나 대안에 집결한 보병은 때려봐야 소용없었다. 최우선적으로 도하용 부교를 파괴해야 하는데, 인민군에는 아직 예비 철주가 충분했다.

예비용 철주가 남아 있는 동안은 가설 중인 부교에 아무리 공격해봐야 소용이 별로 없었다. 인명피해는 많겠지만 당분간은 파손된 부분을 예비로 바꿔주면 된다.

그렇다면 강 하구와 직각 방향으로 가설되는 부교를 한꺼번에 날려야 하는데, 부교가 놓여진 정확한 위치를 몰라 포격은 정확하지 않았다. 자탄 수백 개가 헛되이 한강 하구 급류 위에서 폭발했다.

부교의 정확한 위치를 모르면 애기봉 전망대 주위 진지를 잃은 한

국군에게는 대안이 없었다. 김학규 대장이 마주 앉은 공군 참모총장에게 애원하듯 노려보았다. 참모총장은 작전계선에 있는 것은 아니지만 군정권을 통해 당연히 각 부대에 영향력을 행사한다.

"공군이 필요한 건 지금이오! 어떻게든 도하를 막아주시오!"

잠시 합참의장을 응시하던 공군 참모총장이 조용히 말했다. 불만에 가득한 목소리였다.

"전투기 조종사들에게 비오는 날에 비행하라고 하는 것은 어렵지 않습니다. 그런데 무기 도입건은 어떻게 된 겁니까? 뭘 갖고 싸웁니까?"

6월 16일 10:22 인천광역시 강화군 길상면

강화 제2교에서는 해병대가 조금 빨랐다. 다리를 경비하던 해병대 2개 분대가 먼저 초지진 건너편, 김포 대곶면의 승마산이라는 야산을 점령하기 위해 올라갔다. 그곳에는 엉성한 진지에서 예비군 1개 소대가 추위와 공포에 떨며 비를 맞고 있었다.

서로 피아 확인을 위해 긴장감이 약간 조성되었다. 그런데 어찌 된 셈인지 무전기는 전혀 소용이 없었다. 예비군 지휘부와 연락이 되지 않았다. 그래도 예비군 덕택에 해병대는 전투 없이 야산에 오를 수가 있었다.

해병대원들이 야산 기슭에 방어 진지를 구축하는 동안 땅굴에서 쏟아져 나온 인민군 일부가 325번 지방도를 타고 몰려왔다. 중화기는 거의 없는 1개 중대 병력이었다. 서둘러 강화 제2대교로 몰려가던 인민군들은 측면에서 공격을 받았다.

해병대는 이들을 기관총 사격 한 번에 간단히 격퇴시켰다. 이곳이 김포반도 곳곳에 뚫린 땅굴들에서 거리가 멀다는 점이 해병대에 결정적으로 유리하게 작용했다. 그러나 곧 도마산이 인민군에게 점령되었다. 기관총 사거리에서 간신히 벗어난 두 야산에서 해병대와 인민군들은 서로 얼굴을 마주보며 대치했다.

잠시 후 강화 제1교 전투현장에서 급파된 해병대 1개 대대가 다리에 도착했다. 인민군도 증원군이 속속 도착했다. 시간이 가면서 양측에서 중화기를 동원해 화력을 강화했다. 인민군은 장갑차와 경전차를 동원했으나 해병대가 토우 대전차 미사일과 무반동포로 반격해 인민군은 큰 피해를 입고 물러났다.

이후 이따금 야산에서 박격포가 터졌으나 큰 전투 없이 쌍방은 대치상태를 계속했다.

6월 16일 10:35 충청남도 서산군 태안반도 상공

고도 천 미터에서 편대를 구성한 KF-16 네 대가 비구름을 피해 고도를 높이기 시작했다. 땅에서는 지금 장마를 알리는 비가 주룩주룩 퍼붓고 있을 테지만 비구름 위로 올라가면 맑은 하늘에서 햇빛이 눈부시게 빛났다. 높은 하늘은 비와 전혀 상관없는 또 다른 공간인 것이다.

1번기 김영환 중령 왼쪽 뒤에 2번기 송호연 대위, 김영환 중령 오른쪽 뒤에 3번기 박성진 소령, 박성진 소령 오른쪽 뒤에 4번기 이재민 대위의 기체가 비행하고 있었다. 편대기의 위치가 손을 활짝 폈을 때 엄지손가락을 제외한 네 손가락 끝의 위치와 같다고 해서 핑거팁이라 불리는 편대 대형이었다.

핑거팁 대형을 이루고 비행하는 KF-16 전투기들에는 공대공 미사일 네 발과 900kg짜리 레이저 유도폭탄, 외부연료탱크, 랜턴 포드,

ECM 포드 등이 주렁주렁 매달려 있었다.

고도 7천 미터에 이르자 편대는 다시 수평비행으로 전환했다. 송호연은 어제 저녁식사 때 마신 맥주맛이 씁쓸했다고 생각했다. 다행히 어제의 항명사건은 전투기 두 대로 적기를 일곱 대나 격추시키는 전과를 올렸기 때문에 별탈 없이 마무리되었다. 하지만 송호연은 어제부터 짊어지게 된 에이스라는 짐이 어깨를 무겁게 누르는 것 같았다.

김영환 중령이 부추길 땐 몰랐지만 곰곰이 따져보니 김영환 중령도 이미 격추 대수가 다섯 대가 넘었다. 그런데도 송호연 혼자서 에이스 기념으로 대대 장교들에게 맥주 한 캔씩 돌렸다. 송호연은 김 중령을 볼 때마다 약간 낯뜨겁다고 느꼈다.

게다가 송호연은 조종사들의 꿈인 에이스가 된 게 별로 자랑스럽지 않았다. 첫날 새벽의 임무나 어제 임무에서 격추한 적기들 중 대부분이 지상공격이 주임무였던 자살특공대거나 폭격기였다. 전투기끼리 공중전을 벌여서 격추시킨 건 어제의 미그-19 두 대가 처음이었다. 기왕이면 정당하게 전투기끼리 맞붙어서 에이스를 땄으면 더 좋았을 거라고 생각했다.

그렇지만 이런 상황에서도 맥주 한 캔 즐길 여유가 있어서 좋았다. 그런 생각하는 송호연의 귓속으로 편대장 김영환 중령의 목소리가 울렸다.

- 편대장이다. 여유있을 때 목표물 위치와 주변 지형, 공격진입절차를 다시 한 번 확인해라.

김영환 중령의 목소리에 이번 출격의 목표물을 떠올린 송호연에게 불안감이 몰려왔다. 오늘 목표는 휴전선 너머 황해도 구월산 근처의 인민군 비상활주로와 지하격납고였다. 북한은 정규 비행장 이외에도 곳곳에 항공기 이착륙과 운용이 가능한 비상활주로와 대규모 지하격납고를 만들어놓고 있었다.

위성정찰 결과에 따르면 이틀 전부터 구월산 근처에서 항공기 이착륙이 빈번하게 감지되었다. 비행단 작전과에서는 이 항공기들은 이미 궤멸된 누천과 황주 기지 소속 항공기 일부가 한국 공군의 공격 전에 구월산 근처로 도피한 일부일 거라고 추정하고 있었다.

이번 출격에는 송호연의 알파 편대 외에 적 대공망 제압 임무를 맡은 브라보 편대와 공대공 호위임무를 맡은 찰리 편대가 송호연 앞쪽에서 비행하고 있었다. 이번 목표도 대공방어망이 철통 같은 곳이기 때문에 송호연은 꼭 호랑이 아가리로 들어가는 느낌이었다.

송호연은 왼쪽 허벅지 메모판에 붙여놓은 위성사진과 그 밑에 적어놓은 목표 좌표와 공격진입 패턴을 훑어보고 머릿속으로 다시 한 번 되뇌었다.

6월 16일 10:42 인천광역시 소연평도 서남쪽 30km 상공

― 알파 편대, 서산 관제탑이다! 즉시 방향을 0-8-5로 전환하고 최대한 빨리 김포 상공으로 진입하라!

무척 다급한 목소리였다. 송호연은 규정 지킬 것 다 지켜가며 느긋하게 일하는 관제요원들에게 답답해한 적이 많았다. 그런데 오늘따라 유난히 다급한 목소리였다.

― 알파 편대장이다, 무슨 일인가?

― 북괴군이 김포에서 도하하고 있다. 정찰기 보고에 따르면 부교 3개와 수륙양용차, 공기부양정 다수를 이용한 대규모 도하다. 알파 편대가 가장 가까이 있으니 즉시 저지하라!

― 알았다. 전 편대, 애프터 버너 온! 방향 0-8-5, 고도 5천으로 유지하라!

KF-16전투기들이 꼬리로부터 빨간 불꽃을 뿜으며 한 대씩 차례로 기수를 틀어 방향을 바꿨다. 무거운 연료와 폭탄을 매단 탓인지 전투기들은 그리 날렵하지 못했다.

― 관제탑이다! 도하지점에 적의 방공망이 엄청나다! 정찰기와 연락이 끊겼다. 브라보 편대는 공역 진입과 동시에 적의 방공망을 공격하라!

― 알았다. 알파 편대는 지금부터 브라보 편대의 통신 채널로 변경한다. 주파수는……

송호연이 편대장 김영환 중령의 지시에 따라 주파수를 변경했다. 그러자 브라보 편대의 무선통신이 들렸다. 레이저 유도폭탄에 비해 비교적 가벼운 SEAD 무장을 한 브라보 편대가 연료탱크 투하 후 가속해서 송호연 편대보다 먼저 김포 상공으로 접근하고 있었다.

6월 16일 10:45 인천광역시 강화군 강화도 상공

간격을 넓게 벌린 전투대형으로 김포를 향하던 KF-16 브라보 편대의 선도기에서 하얀 연기 줄기가 직선으로 뿜어져 나왔다. 흰 연기 끝에는 대레이더 미사일 함이 마하 2가 넘는 초음속으로 빗줄기를 뚫고 한강 하류 북쪽 강변을 향해서 돌진했다.

SEAD 임무를 맡은 브라보 편대였지만 장거리에서 적의 대공 레이더를 무력화시킬 수 있는 함 미사일은 편대장기만 두 발 장착하고 있었다. 한국 공군에게는 고가의 정밀유도무기에 속하는 함 미사일이 절대적으로 부족해서 나머지 기체에는 클러스터 폭탄과 일반 범용 폭탄이 달려 있었다.

지상에서도 하늘을 향해 수십 줄기의 연기가 치솟아올랐다. 지상

레이더의 유도를 받은 SA-2와 SA-5 지대공 미사일들이 KF-16 편대를 향해 접근했다.

위협을 느낀 전투기들은 채프를 뿌리며 고도를 낮췄다. 그러나 이들이 빗줄기 속에서 김포 상공으로 진입하는 순간 미리 준비되어 있던 강력한 대공화망이 그들을 에워쌌다.

― 편대장님, 대공화망입니다! 폭격 코스로 진입할 수 없습니다!
― 어쩔 수 없다! 최대한 저공으로 진입해서 투하 후 이탈하라!
― 2번기 진입! 투하!

원거리 공격무기가 부족한 한국 공군 현실에서는 위험을 무릅쓰고 적의 머리 위까지 가서 폭탄을 투하해야 했다. 급강하며 클러스터 폭탄을 투하하고 이탈하던 2번기 꼬리로 SA-7 휴대용 열추적 미사일이 접근했다.

엔진에 직격탄을 맞은 KF-16 전투기는 순식간에 공중에서 불꽃으로 변했다. 거의 같은 시각에 2번기가 떨어뜨린 클러스터 폭탄이 수많은 자탄을 대공포 진지 머리 위로 쏟아부었다. 잠시 폭발이 연속되었다.

― 2번기가 맞았습니다! 3번기 진입합니다!

고각도 폭격을 위해 급강하를 시작한 KF-16을 향해 오렌지색 예광탄 줄기들이 접근했다. 동체와 날개에서 불꽃이 튀었다.

― 맞았습니다! 탈출하겠…… 아악!
― 4번기입니다. 시정이 좋지 않아 목표파악이 힘듭니다! 저공으로 진입합니다!
― 4번기, 위험하다! 1번기가 엄호하겠다!

저공으로 진입하는 4번기의 머리 위로 1번기가 애프터 버너 불꽃을 길게 끌며 추월해갔다. 편대장의 기체 꼬리에서 뿜어지는 빨간 불꽃을 향해 지대공 미사일들이 입맛을 다시며 지상에서 벌떼같이 올라왔다. 예광탄 줄기 역시 악마의 혓바닥처럼 날름거리며 1번기 꼬리에 따라붙었다. 잠시 후 편대장기 역시 한 덩어리의 불꽃이 되고 말았다.

─편대장니이임!

브라보 편대 4번기의 조종사 방재용 대위는 입술을 깨물며 스로틀 레버를 최대한으로 밀었다. 빗줄기를 동반한 자욱한 구름과 안개 때문에 강변의 대공포 진지를 눈으로 찾기 힘들었다. 최대한 저공을 고속으로 비행하며 적의 머리 위에 900kg짜리 Mk.84 폭탄 두발을 떨어뜨릴 계획이었다.

강줄기를 따라 30미터 저공으로 비행하던 방재용 대위의 눈에 예광탄 줄기가 들어왔다. 방 대위는 예광탄 줄기의 뿌리를 향해 기수를 틀었다. 이제 오렌지색 예광탄 줄기들이 그를 향해 정면에서 돌진해왔다. HUD의 조준원이 예광탄 줄기뿌리에 일치하는 순간 Mk.84 폭탄 두 발을 분리시킨 전투기는 기수를 들어 급상승했다.

거의 동시에 도합 1,800kg의 강력한 폭탄이 지축을 뒤흔들며 폭발했다. 한국 공군이 보유한 폭탄 중에서 가장 무거운 Mk.84 폭탄의 후폭풍은 강렬했다. 주변의 대공포대를 쓸어버리며 위로 치솟아오른 후폭풍은 상승하던 브라보 편대의 4번기마저 삼켜버렸다.

다시 고요해진 하늘에서는 장마를 알리는 장대비가 하염없이 내리고 있었다.

6월 16일 10:48 인천광역시 강화군 강화도 상공

─편대장이다. 브라보 편대와 무선이 끊겼다.

잠시 통신망에 침묵이 흘렀다. 브라보 편대원들이 어떤 최후를 맞

앉는지는 통신망을 통해 충분히 상상할 수 있었다.

송호연이 대기실에서 같이 브리핑을 받던 브라보 편대원들의 얼굴을 떠올렸다. 방재용 대위는 사관학교 동기였다. 송호연은 불안으로 가슴이 방망이질 치기 시작했다. 잠시 뒤에는 송호연도 같은 운명이 될지도 몰랐다.

한강을 사이에 두고 강화군과 김포군을 마주 보고 있는 황해도 개풍군은 원래 북한의 고정식 대공 미사일 포대와 휴대용 미사일, 각종 대공화기가 밀집한 지역이다. 게다가 도하 지원을 위해서 대공망이 대거 추가 동원됐다면 얼마나 막강한 대공화력인지는 불을 보듯 뻔했다. 송호연도 브라보 편대 동료들처럼 될 가능성이 컸다.

송호연은 스스로 빨간 마후라의 명예와 긍지를 지닌 대한민국 전투조종사라고 다짐하며 불안을 떨쳐버리려고 노력했다. 임무를 위해서라면 죽을 줄 알면서도 어디든 가야 했다. 그것이 바로 군인의 운명이었다.

- 편대장이다. 전 편대, ECM 온! 연료탱크 투하하고 고속으로 진입한다. 대공위협이 강력하니까 고속 패스 후에 직선으로 이탈하라. 탱크 투하!

송호연은 김영환 중령의 지시에 따라 공격진입 준비를 시작했다. 지금 탑재한 무장은 지상 고정목표를 노린 레이저 유도폭탄이었다. 그런데 고가의 정밀유도무기인 레이저 유도폭탄은 한강 하구 양쪽의 대공화력과 도하병력을 상대하기에는 별로 적당한 무장이 아니었다.

- 편대장이다. 나와 2번기는 고공으로 진입하고 3, 4번기는 저공으로 분리해서 진입한다. 최대한 적의 화망을 분산시켜라!

오른쪽 다기능 디스플레이에 랜턴 포드에서 포착한 지상화면이 나타났다.

빗줄기와 짙은 비안개, 먹구름으로 겹겹이 가려진 지상은 4천 미터 고도에 있는 랜턴 포드로는 거의 식별하기 어려웠다.

"편대장님, 2번깁니다. 이 고도에서는 지상 식별이 아예 불가능합니다."

― 알고 있다. 기재취급 마치고 대기해라. 서산 관제탑 나와라, 알파 편대장이다. 시정불량으로 지상식별이 불가능하다. 도하 병력의 좌표를 알려주기 바란다.

― 알파 편대, 관제탑이다. 그 지역 지상 병력과 연락이 되지 않는다. 정찰기도 연락이 끊겼다. 편대장 판단으로 공격하라!

― 편대장이다! 일단 나와 2번기는 상공에서 진입한다. 박 소령! 목표가 잡히거든 바로 공격하라.

― 알겠습니다! 비구름 때문에 고도를 계속 낮추고 있습니다. 최선을 다하겠습니다!

그 순간 레이더 경보수신기가 울리면서 위험을 알리기 시작했다. 다기능 디스플레이의 랜턴 화면을 보고 있던 송호연이 놀라서 주변을 둘러보았지만 구름을 뚫고 올라오는 미사일은 없었다.

"미사일입니다!"

― 버너 켜고 가속! ECM 출력 최대! 선회하지 말고 마지막 순간까지 기다려라!

"알겠습니다. 2번기는 편대장님 왼쪽 300미터 후방에 있습니다!"

송호연이 마른침을 삼켰다. 미사일을 기다리는 순간은 시간이 언제나 영원처럼 길게 느껴졌다. 정면에서 구름을 뚫고 솟아오르는 흰 연기 줄기들이 보였다.

"12시 방향입니다. 여섯 발입니다!"

― 좌측으로 90도 선회! 미사일과 직각으로 비행한다!

송호연이 김영환 중령의 뒤를 따라 기수를 돌렸다. 조바심 탓인지 레이저 유도폭탄의 무게 탓인지 기체 반응이 매우 굼뜨게 느껴졌다. 미사일은 점점 더 가까이 다가오고 있었다.

― 채프 투하!

KF-16이 알루미늄 가루를 뿌려댔다. 전투기 꽁무니에 레이더 전파를 산란시키는 금속 구름이 만들어졌다. 미사일 두 발이 채프를 향해 기수를 돌리다가 서로 충돌하며 불꽃을 피워올렸다. 이제 남은 미사일들은 흰 연기가 아니라 미사일 몸체가 눈으로 보일 만큼 가까이 접근하고 있었다.

미사일 중 하나가 갑자기 방향을 바꾸더니 떨어져갔다. ECM 포드의 교란이 어느 정도는 효과를 거두고 있었다. 이제 남은 미사일 세 발은 송호연과 거의 같은 고도에서 전투기 옆구리를 향해서 돌진하고 있었다.

― 기동 준비!

"준비 완료!"

― 180도 롤! 스플릿 에스(S)로 하강한다! 출력 아이들(idle)!

송호연은 기체를 뒤집은 다음 스로틀 레버를 당겨 출력을 줄이고 최대한으로 조종간을 당겼다. 뒤집힌 채로 급하강하기 때문에 출력을 낮추지 않으면 속도초과로 고도를 많이 상실하거나 지상에 충돌할 위험이 있었다. 온몸이 조종석에 파묻히며 시야가 아득해졌다.

기수가 수평으로 돌아오자 송호연은 다시 출력을 높이며 기수를 왼쪽으로 틀었다. 2km 전방에 김영환 중령의 기체가 보였다. 지대공 미사일은 위쪽으로 향하면서 공격하도록 설계되었기 때문에 아래쪽을 향해서 기동하는 목표는 쉽게 추적하지 못했다.

게다가 연료가 제한된 미사일은 공기저항이 높은 저공으로 갈수록 기동성능이 둔해진다.

여유를 찾은 송호연이 뒤돌아보니 뒤쫓아오는 미사일은 없었다. 다시 정면을 보는 순간 김영환 중령의 기체 옆으로 미사일 하나가 지나가며 폭발했다.

6월 16일 10:50   인천광역시 강화군 강화도 상공

"편대장님! 1번기가 맞았다!"

송호연이 비명을 질렀다. 그러나 미사일에 맞은 것으로 알았던 편대장의 기체는 계속 비행하고 있었다. 빠른 속도로 뒤로 지나가는 비구름들 사이로 한강 하구가 희미하게 보이기 시작했다.

— 편대장이다. 근처에서 폭발했지만 시스템은 정상이다!

"편대장님, 조심하십시오! 아래쪽도 포화가 격렬합니다!"

— 샘이 또 발사됐습니다! 3번기, 샘 사이트 육안 확인! 공격진입합니다!

저공에서 진입한 박성진 소령이 지대공 미사일의 발사연기로 발사대를 확인하고 공격하는 순간이었다.

— 잡았다!

잠시 후에 박성진 소령의 환호성이 들렸다. 아래쪽에서 구름과 안개 사이로 비치는 폭발화염이 송호연에게도 보였다. 방금 발사한 미사일은 발사대 지령통제 방식이었는지 레이더 신호도 없이 송호연의 전투기 반대편으로 상승해갔다.

— 4번기, 진입합니다!

이번에는 이재민 대위의 차례였다.

— 화망이 두텁습니다! 도저히 뚫고 갈 수 없습니다!

전투기를 불꽃들이 따라가는 것이 아니라 불꽃 덩어리를 따라 전투기가 움직이는 것 같았다. 이재민 대위의 기체가 계속 비틀거리며 비행하다가 어느 순간 전투기가 돌에 걸려 넘어지는 사람처럼 위로 튕겨 올랐다.

— 으악! 4번기! 맞았습니다! 엔진 출력 제로. 유압 제로! 탈출하겠습니다!

― 삐익! 삐익!

편대 통신망에 소름치는 비상 시그널이 울려퍼졌다. 사출좌석에 설치된 비상 시그널 발신장치는 사출과 동시에 같은 주파수를 개방한 무선통신망에 비상신호를 발신한다.

― 3번기입니다. 낙하산을 봤습니다!

송호연은 자기보다 두 살 어린 이재민 대위를 떠올렸다. 아직 초짜 전투조종사였지만 언제나 말없이 성실한 녀석이었다. 송호연은 이재민 대위가 무사히 착지해서 적의 지상 포위망을 뚫고 귀환하기를 빌었다.

― 편대장님! 공격합시다!

윙맨을 잃은 박성진 소령의 격앙된 목소리가 들렸다.

― 편대장이다! 3번기는 공역을 이탈해서 대기해라! 나와 2번기가 진입하겠다. 고도 천오백 미터! 방위 0-9-0! 강을 따라 진입한다.

"2번기, 라저!"

― 편대장님! 위험합니다! 제가 대공포화를 유인하겠습니다!

― 3번기는 상공으로 올라가라! 어서!

― 아닙니다! 이 대위는 제 윙맨입니다! 복수를 해야 합니다.

― 3번기! 이건 명령이다. 어서 올라가! 2번기는 나를 따라서 공격 코스로 진입하라. 랜턴으로 목표를 찾아서 각자 투하한다. 기왕이면 대공포대말고 도하병력을 쳐라!

― 편대장님! 저는 이대로 못 갑니다. 편대장님도 그냥 진입하면 똑같은 꼴이 됩니다! 편대장님마저 보낼 수는 없습니다!

― 야! 박 소령! 너를 잃으면 난 편할 것 같냐?

― 제가 강변을 초음속으로 저공 돌파하겠습니다. 제가 미끼가 되는 동안 편대장님은 뒤에서 놈들을 때리십시오!

박성진 소령의 목소리는 진지했다. 단지 흥분으로 격앙된 목소리는 아니었다. 오히려 김영환 중령의 목소리가 더 떨리고 있었다.
 ─ 야! 박성진이! 너 말 안 들을래?
 ─ 3번기, 대한민국 공군 소령 박성진, 진입 개시! 편대장님, 뒤를 부탁합니다!
 박성진 소령이 차분히 말을 마쳤다. 지금의 차분한 목소리와 평소 다혈질인 박 소령의 얼굴이 송호연에게 전혀 다른 느낌으로 다가왔다.
 ─ 편대장이다! 2번기는 나와 동시에 최고출력으로 진입한다. 나는 강남, 너는 강 북쪽이다!
 "2번기, 라저!"
 체념한 듯 아무 감정이 없는 김영환 중령의 지시에 따라 송호연은 공격진입을 위한 선회를 시작했다. 송호연은 미끼 역할을 자청한 박성진 소령을 어느 정도 이해했다. 그러나 송호연이 편대장이 되었을 때 윙맨의 복수를 위해서 목숨을 걸 수 있을지는 아직 확신이 서지 않았다.

6월 16일 10:52   인천광역시 강화군 강화도 상공

 송호연 뒤쪽으로 이탈했던 박성진 소령의 기체가 천사백 미터 아래에서 송호연의 편대를 앞질렀다.
 ─ 3번기, 고도 100미터, 마하 0.9! 목표지점 6km!
 송호연은 3번기의 속도와 위치를 들으면서 기체 속도와 위치를 확인했다. 전방에 대공탄막의 검은 연기가 펼쳐지고 있는 것이 보였다. 검은 연기가 퍼져나가는 게 꼭 죽음의 꽃이 피는 것 같았다. 미사일 사거리가 어중간한 중고도인 탓에 레이더 미사일이나 열추적 미사일은 날아오지 않았다.

- 3번기, 고도 70미터, 마하 0.94! 목표지점 4km!
　- 고도 50미터, 마하 0.97! 목표지점 3km!
　- 고도 40미터, 마하 0.99! 목표지점 2km! 전방에 대공탄막입니다!
　박성진 소령은 김영환 중령과 송호연의 공격진입을 돕기 위해서 자신의 위치를 계속 불러주고 있었다.
　- 고도 35미터, 마하 1.01! 목표지점 800m!
　순간 저공에서 발생한 충격파가 강변을 휩쓸고 지나갔다. 송호연은 천오백 미터 상공에서도 지상에서 밀려온 충격파의 진동을 몸으로 느낄 수 있었다.
　초음속으로 비행하는 항공기에 밀려 압축된 공기가 한꺼번에 에너지를 발산하는 충격파는 엄청난 압력과 음파를 동반한다. 특히 저공비행 중에 발생한 충격파는 건물 유리창은 물론이고, 지상에 있는 생명체의 고막을 터뜨릴 정도로 강력하다. 강변에서 도하작업을 진행하던 북한 지상군들이 양손으로 귀를 감싸쥐고 땅을 뒹굴며 괴로워했다.
　다음 순간, 송호연의 기체 전방을 가득히 가로막던 대공화망의 연기가 순식간에 사라졌다.
　- 강하각 30도! 출력 아이들. 목표 포착 후 투하! 단독 이탈한다!
　- 카피! 강하각 30도. 출력 아이들!
　송호연의 기체는 기수를 숙이고 비구름과 안개로 가려진 강변을 향해서 돌진했다. 이런 날씨에는 야간용 랜턴 시스템도 별 효용이 없었다. 자욱한 구름이 송호연을 감쌌다. 조종석 전방 캐노피에 빗방울이 부딪쳤다. 전방 시야는 최악이었다.
　송호연은 정면 HUD에 보이는 자세와 고도에 온 신경을 집중했다. 이럴 때 믿을 수 있는 것은 조종사의 느낌보다는 정확한 계기였다. 다기능 디스플레이에도 지상의 움직임이 포착되지 않았다. 레이저 유도

폭탄이라도 레이저 지시를 못 받으면 일반 멍텅구리 폭탄과 다를 바가 없었다.

송호연은 이미 최저투하 고도 근처까지 내려와 있었다. 어쩔 수가 없었다. 송호연은 기수를 수평으로 하고 강변에 평행하게 진로를 잡았다. 구름 사이로 언뜻 보인 강가에 상륙용 주정들이 모여 있었다. 송호연은 투하 스위치를 누르고 급상승했다. 나머지는 운에 맡길 뿐이었다.

ㅡ편대장이다! 투하 후 이탈한다!

"2번기! 폭탄 투하 후 이탈!"

송호연은 그때 한강 하구를 가로지르는 부교 세 개를 발견했다. 주변 물 위를 달려나가는 수륙양용차와 공기부양정들도 보였다. 송호연은 안타까웠지만 그들을 공격할 무기가 없었다.

ㅡ3번기 돌파 완료! 상승한다!

잠시 멈췄던 대공화기가 다시 불을 뿜었다. 회피기동을 하며 이탈하던 송호연의 주위로 예광탄 줄기가 스쳐 지나갔다. 잠시 얼이 빠져 있던 대공포대에서 정신을 차리고 다시 공격하는 모양이었다.

송호연은 만일을 위해 채프와 플레어도 투하하면서 김포반도 북단 애기봉을 끼고 오른쪽으로 선회하며 기수를 남으로 돌렸다. 상승하면서 뒤를 돌아보니 폭발화염 옆으로 소형 미사일 수십 발이 사방에서 날아오고 있었다. 저 멀리 동쪽에 박성진 소령의 기체에서 뿜어낸 애프터 버너 화염이 보였다.

"열추적 미사일입니다! 조심하십시오!"

ㅡ출력 아이들! 플레어 투하!

ㅡ플레어가 떨어졌습니다!

이미 두 번이나 공격진입을 하며 플레어를 다 소모해버린 3번기 박성진 소령의 절박한 목소리였다. 교란수단이 없어진 KF-16 전투기 3번기는 출력을 최대한 줄이고 불규칙 선회를 실시하며 회피기동을 했다.

그러나 초음속으로 초저공을 비행한 박성진 소령의 기체는 이미 공기와의 마찰로 뜨거워져 있었고 애프터 버너로 달궈진 엔진노즐 역시 열추적 미사일에게는 더없이 좋은 목표였다.

김포반도 건너편에서 발사된 적외선 미사일 세 발이 박성진 소령의 꼬리로 달려들었다. 박성진 소령은 동료기들을 보호하기 위해 한강 하구 북단에 바짝 붙어서 비행하고 있었다.

― 젠장! 피할 수가 없다!

첫 번째 미사일이 엔진노즐에 박히며 폭발했다. 첫 번째 폭발화염이 가시기도 전에 두 번째, 세 번째 폭발이 이어졌다. 불덩이가 된 기체가 수직으로 곤두박질쳤다.

"박 소령님!"

― 박 소령!

응답이 없었다. 사출을 알리는 비상 시그널도 들리지 않았다. 대공포대의 사거리 밖으로 벗어나며 상승하는 KF-16의 조종석에서 송호연은 아무 말도 할 수가 없었다. 무거운 침묵이 흘렀다.

송호연은 잠깐 동안에 함께 생활하던 편대원 두 명을 잃었다. 편대장 김영환 중령의 목소리가 의외로 차분하게 이어폰에서 윙윙거렸다. 그러나 송호연에게는 들리지 않았다. 통신기 목소리에 전혀 신경이 쓰이지 않았다.

다시 한 번 김영환 중령의 목소리가 이어폰으로 송호연을 다그쳤다.

― 편대장이다! 2번기 뭐 하나!

"아, 아…… 알겠습니다."

― 알긴 뭘 알아? 정신 차려!

"죄송합니다!"

― 1-9-0으로 기수 돌리고 고도 5천 미터로 상승한다. 레이더 추적해서 내 뒤로 따라붙어라. 기지로 귀환한다.

"하지만 편대장님……."

― 뭐가 하지만이야?

김영환 중령은 평소 그답지 않게 목소리를 높였다.

"이대로 어떻게 귀환합니까?"

― 그럼 어떡할래? 자폭이라도 할 거야?

"그래도……."

― 정신 못 차려? 지금은 감상에 빠질 때가 아냐!

"편대장님, 너무하십니다!

― 무슨 생각 하는지 나도 안다. 하지만 조종사는 임무 완수만큼이나 자신의 생명과 기체를 소중히 여겨야 한다. 네 목숨은 너 하나만의 것이 아니라 우리 국민의 혈세로 키워진 대한민국 공군 소유다. 군인이라면 승리를 위해서 물러설 줄도 알아야 한다. 잔말 말고 기지로 따라와!

"알겠습니다. 방위 1-9-0, 고도 5천, 윌코(Wilco)!"

Wilco는 'WILl COmply'의 줄임말로, 무선통신상에서 수신한 메시지에 대한 응낙과 동시에 그렇게 수행하겠다는 표시다. 송호연은 내키지 않았지만 김영환 중령의 명령은 사실이었다. 송호연은 마지못해 기수를 돌렸다.

6월 16일 10:55 경기도 연천군

인민군 강민철 대위는 30분 넘게 계속되는 포격 속에서 이제는 지겨워지기 시작했다. 대대 병력이 있는 642고지뿐만 아니라 이곳에도 포격이 가해졌다.

굉음이 천지를 진동시키고 파편이 우박같이 쏟아졌다. 엄체호에서 고개를 숙이고 있는 강민철 대위는 포격이 언제쯤 끝나 고지를 공격할 수 있을지 난감했다. 공격계획이 크게 틀어지고 있었다.

포격에 의해 처음에는 부상병도 생기고 진지 주변에는 긴장감이 넘쳤다. 그런데 이제는 다들 엄체호 속에 틀어박혀 낮잠을 자는지 전혀 움직임이 없었다. 죽을 만한 부하들은 이미 모두 죽었다. 더 이상 새로울 것은 없었다.

강민철도 졸음이 쏟아지기 시작했다. 빗속에서 자는 것은 위험하지만 과도한 긴장이 계속되어 이제는 체력의 한계를 느끼는 것이다.

6월 16일 11:03 강원도 인제군

"흰둥아!"

"예! 이병 이환동!"

"이 시키, 똑바로 못해? 자, 요요요! 이리 온~."

예비군 한 명이 손가락을 까딱거리며 이환동을 강아지 부르듯 했다. 내무반 침상 위에 늘어져 그 광경을 지켜보는 예비군들이 낄낄댔다. 이환동은 강아지가 꼬리를 흔들 듯 엉덩이를 흔들어대며 헉헉거렸다.

"시정하겠습니다! 강아지 흰둥이!"

22사단에서 GOP에 투입됐다가 첫날 큰 피해를 입은 중대는 며칠째 후방지역에서 재편성을 하고 있었다. 소대는 보충요원으로 들어온 동원예비군들이 거의 채우다시피 했다. 그리고 훈련이 시작되었다. 오늘은 비가 너무 많이 와서 소대원들이 내무반에서 쉬고 있었다.

중대에 현역보다 예비군들이 훨씬 더 많으니 현역 기간요원들은 옴짝달싹하지 못했다. 그런데 특히 이환동 이병은 예비군들에게 꽉 잡혀 꼼짝 못했다.

"다른 데 놈들은 전투 중인데 너는 안전한 데서 노니까 어때?"

"선배님들도 마찬가지 아닙니까? 헤헤~."

"이게 감히 까불어? 이눔시키!"

예비군들이 내무반 침상에 걸터앉은 이환동의 머리를 쥐어박았다. 이환동은 뭐가 좋은지 계속 웃기만 했다.

"이병, 흰둥이. 헤헤."

"자, 손."

"헤헤."

이환동이 강아지처럼 두 발을 예비군의 손 위에 올렸다.

"우헤~ 이놈 정말 또라이 아냐? 잠잘 때 비명만 안 질러대면 귀여울 텐데 말야."

"선배님들, 너무하십니다."

김재창 상병이 판초우의에서 빗물을 줄줄 흘리며 내무반에 들어섰다. 그 뒤로 예비군 한 명이 따라 들어왔다. 외곽 경계초소에서 교대하고 오는 길이었다. 머쓱해진 예비군들이 자리로 돌아갔다.

"제정신도 아닌데 선배님들이 도와주셔야지, 장난이나 치면 되겠습니까?"

"미쳤으면 통합병원에나 보낼 것이지, 뭐 하러 여기서 잡고 있어?"

이환동을 놀려대던 예비군 한 명이 툴툴거렸다. 첫날의 전투 이래 이환동은 시간이 갈수록 정신이 이상해졌다. 자다가 비명을 질러대고 밥 먹다가도 식탁 밑으로 기어 들어갔다. 점점 정상으로 있는 시간이 줄어들었다.

그러나 중대장은 이환동 이병을 군 병원으로 보내지 않았다. 첫날 중대원들의 인명피해가 막심했기 때문에 한 명이라도 놓치고 싶지 않은 것이다.

이환동은 증세가 점점 더 심해지고 있었다. 이제는 이환동에게 총을 맡기기도 무서울 정도였다. 그래서 조금 전에도 이환동 대신 김재창이 근무를 섰다. 김재창은 싫은 기색도 없이 이환동을 보살폈으나 이환동의 존재 자체가 거슬리는 예비군들은 그렇지 않았다. 이환동 때문에 잠을 제대로 잘 수 없어 예비군들의 불만이 쌓이고 쌓인 것이다.

"야! 이환동 이 자식아!"

판초우의를 벗은 김재창이 이환동을 감싸안았다. 불쌍해서 견딜 수 없었다. 헤헤 웃던 이환동의 표정이 갑자기 변했다.

"김 상병님!"

"그래! 정신 좀 들어?"

김재창이 얼굴을 보니 이환동은 공포에 얼어붙어 입술이 파르르 떨리고 있었다. 이환동을 부둥켜안은 김재창은 가슴이 쓰렸다. 이환동이 김재창을 보면 적과 전투를 벌이던 때가 생각나는 모양이었다.

"야, 임마! 제발 정신 차려!"

이환동이 갑자기 김재창을 밀치며 벌떡 일어났다.

"충성! 이병, 이! 환! 동!"

내무반에 있던 예비군들이 이환동이 하는 짓을 싸늘한 눈길로 쳐다보았다. 하루에도 서너 번씩 지겹게 계속되는 일상사였다.

"적이다! 김 상병님! 위험해요!"

이환동은 어쩔 줄 몰라했다. 갑자기 바닥에 엎드리는가 하면 총을 들고 적을 향해 쏘는 자세를 취했다. 물론 그에게 총은 없었다. 군기가 빠진 듯한 예비군들도 이환동에게 총을 주면 위험한 줄은 알고 있었다. 내무반 총가에 자물쇠까지 채워진 유일한 소총이 바로 이환동의 K-2였다.

한참 좌충우돌하던 이환동이 침상 위로 뛰어올랐다. 관물대 앞에는 조금 전에 김재창과 함께 경계근무를 서고 돌아온 예비군이 벗어놓은 엑스밴드가 있었다. 내무반에 있던 사람들의 눈에 엑스밴드에 달린 수류탄이 크게 들어왔다. 이환동이 그곳을 향해 손을 뻗고 있었다.

"안 돼!"

김재창이 외치는 순간에도 이환동의 오른손이 왼손에 쥔 수류탄 안전핀에 가까워졌다. 내무반에 있던 사람들 중 절반은 얼이 빠져 이환동의 손을 멍청히 보고 있었고, 나머지는 내무반을 빠져나가려고 비명을 지르며 문을 향해 뛰었다. 안전핀에 손가락이 걸렸을 때에야 예비군 두 사람이 이환동을 덮치려고 달려들었다.

― 땅!

내무반 가득 총소리가 울렸다. 침상 구석에 처박힌 이환동의 눈이 커다랗게 떠졌다. 가슴에서 피가 울컥울컥 쏟아졌다. 이환동이 입가에 희미한 미소를 지으며 천천히 옆으로 쓰러졌다. 안전핀은 뽑혔지만 이환동은 죽어서도 수류탄을 꽉 쥐고 있었다. 하얀 눈자위가 드러난 눈이 침상 바닥을 응시하고 있었다.

이환동 바로 옆에 있던 예비군 두 명이 털썩 주저앉았다. 예전에 군대에서 자주 발생했던 흔해빠진 내무반 사고가 자칫 재연될 뻔한 순간이었다. 처음부터 끝까지 얼이 빠진 채 이환동을 지켜보던 예비군들이 시체에서 눈을 떼고 천천히 고개를 돌렸다.

그곳에 우뚝 서 있는 병사가 있었다. 총구를 내린 김재창 상병의 눈에서 눈물이 주루룩 흘러내렸다.

6월 16일 11:15 경기도 고양시 상공

구름층 위로 육중한 전폭기들이 검은 배기연을 뿜으며 북서쪽으로 날고 있었다. KF-16 SEAD 편대의 전멸 소식을 듣고 수원 기지에서 비상출격한 F-4D 팬텀 편대였다.

갑자기 편대 대형이 무너지며 각 기체들이 사방으로 흩어졌다. 잠시 후 지대공 미사일 수십 발이 구름 위로 솟아올랐다. F-4D 전투기들은 ECM 출력을 최대로 올리며 필사적으로 회피를 시도했다.

하지만 무거운 폭탄을 잔뜩 매단 전폭기들은 원하는 만큼 날렵하지 못했다.

미사일 하나가 급선회 중인 팬텀기를 스치며 파편을 쏟아부었다. 엔진에서 검은 연기를 토해낸 팬텀은 나선형을 그리며 지상으로 떨어져갔다. 잠시 후 조종석에서 불꽃이 튀고 낙하산 두 개가 하늘에 펴졌다.

기수를 낮추며 하강하던 또 다른 팬텀이 직격탄을 맞고 공중에서 폭발했다. 날개에 달려 있던 폭탄이 유폭하면서 공처럼 생긴 불꽃을 더 크고 붉게 만들었다.

나머지 팬텀기 두 대는 기동성을 위해 폭탄을 분리시키고 급선회했다. 그러나 죽음의 신은 이미 바로 앞에 와 있었다. 세 번의 폭발이 이어졌다. 한 대는 추락하고 살아남은 마지막 팬텀기 한 대가 비틀거리며 기수를 남쪽으로 돌렸다. 한쪽 엔진에서는 연기를 내뿜고 동체에서는 불꽃이 튀고 있었다.

6월 16일 11:16　경기도 고양시 상공

방금 죽음의 신이 춤을 춘 공역으로 또 다른 팬텀 편대가 진입했다. 지대공 미사일 재장전 시간의 빈틈을 노린 시간차 공격이었다.

확실하지는 않지만 북한이 보유한 SA-2 지대공 미사일은 발사대와 미사일 수량이 동일하다. 그렇다면 북한이 보유한 SA-2는 재장전이 불가능하다는 추정이 가능하다. 원래 SA-2의 재장전 시간은 3분에서 7분 정도다. 그리고 SA-5 지대공 미사일의 재장전에 소요되는 시간은

2분 가량이다.

　편대는 검은 비구름과 적란운이 층층이 쌓인 구름층 위로 비행했다. 구름 아래는 장대비가 퍼붓고 있어도 구름 위는 별천지처럼 고요했다.

　- 관제탑, 탱고 1호기다. 레이더 시그널은 있지만 발사된 미사일은 없다. 현재 레이더 사이트 유도로 목표지역에 접근 중이다.

　- 퇴각한 F-16 편대의 보고로는 적이 강변에 부교를 가설했다. 최선을 다해서 파괴해야 한다!

　- 탱고 1호기다! 현재 구름상태는 오버캐스트다! 구름으로 도배해 놓은 것 같다. 현재 고도에서 지상식별은 전혀 불가능하다! 지상좌표 지원 바란다.

　- 관제탑이다, 현재 지상지원 불가능하다. 목표지역 아군 지상병력은 전멸이다! 곧 저속통제기를 출동시키겠다.

　- 통제기를 기다릴 시간이 없다. 1분만 지나면 미사일이 올라온다!

　- 그렇다면 자력으로 폭격하라. 좌표지원은 불가능하다!

　- 탱고 편대는 구름 위 폭격으로 강 북안을 때린다! 전 편대, 무장기재취급 후 대기하라. 야, 이 대위! 항로 유도 잘 해!

　탱고 편대의 편대장은 백미러로 후방석을 잠깐 쳐다보고 다시 앞으로 눈을 돌렸다. 어차피 헬멧을 쓰고 바이저와 마스크로 가려진 얼굴이었다.

　후방석에서는 화기관제장교가 레이더와 항법용 계기들을 번갈아보면서 현재 위치와 폭탄 투하시점을 계산하고 있었다.

　승무원이 2명인 F-4 팬텀에는 전방석은 조종사, 후방석은 전자장비와 무기 계통을 담당하는 화기관제장교가 탑승한다. 지금처럼 계기비행만으로 지상목표에 접근해서 공격할 경우에는 승무원의 업무분담이 가능한 팬텀기가 무척 유리하다.

　- 지금입니다!

― 전 편대, 하강! 구름 속이니 투하 제원에 주의한다! 하강각 10도!

핑거팁 대형을 이룬 F-4 편대가 기수를 숙이며 구름 속으로 빠져들었다. 구름 속에서 계기에 의지해 폭탄을 투하한 전투기들은 한시라도 빨리 벗어나고 싶은 듯 기수를 돌렸다. 팬텀기 4대에서 분리된 클러스터 폭탄 십여 발이 만든 지 40여 년이 지난 팬텀의 사격컴퓨터가 계산한 탄도를 따라서 떨어져갔다.

고고도에서 투하된 폭탄들은 바람 방향에 따라 탄도가 큰 영향을 받는다. 특히 지금처럼 적란운 위에서 떨어뜨릴 경우에는 적란운 속의 상승기류에 휘말려 폭탄의 탄도가 흔들릴 수도 있다.

구름 속에서 탄도가 교란된 클러스터 폭탄들은 도하 병력 집결지에서 한참 멀리 떨어진 곳에 헛되게 자탄을 뿌렸다. 작은 폭발들이 목화밭에 열린 목화송이처럼 뭉게뭉게 피어났다. 대공화망 구성을 위해 도하지점 동서로 넓게 퍼져 있던 대공포 진지들 중 일부가 죽음의 목화송이에 희생양이 되었다.

6월 16일 12:35 경기도 양평

"오늘도 걷는다마아는 정처없는 이 바알~길. 쳇! 우린 완존히 번지 없는 주막이네."

동원예비군 원종석이 투덜거렸다. 기차는 빗속을 뚫고 천천히 달리고 있었다. 창 밖이 전혀 보이지 않았다. 김승욱은 차창에 흘러내리는 빗방울을 보며 딴 생각을 하고 있었다. 기차가 덜컹거리는 소음과 진동은 이미 익숙해진 지 오래였다.

"뭐, 걷진 않잖아. 왔다갔다하니까 좋다. 죽자살자 전투도 안 하고. 전에 6·25 때 어떤 할아버지는 말야."

곽우신이 신이 나서 떠벌리기 시작했다. 노인이 젊었을 때 전쟁이 났다. 서울에서 징집에 응한 그 노인, 당시에 그 젊은이는 간단한 훈련을 받고 전선으로 투입되었다. 그러나 총 한 방 못 쏴봤는데 국군이 후퇴하기 시작하고, 부대가 집결할 때마다 다시 후퇴명령을 받았다. 전투 한 번 없이 계속 후퇴하다가 대구쯤 와서는 타고 가던 트럭이 논바닥으로 굴러 중상을 입었다. 그 노인이 병원에서 퇴원할 때쯤 전쟁은 끝났다.

김승욱은 보이지도 않는 창 밖을 바라보느라 대화에 끼지 않았다. 기차는 서울로 향하고 있었다. 그 노인은 운이 정말 좋은 경우였다. 김승욱도 그렇게 해서라도 제발 전투에 끼지 않기를 바랐다. 그러나 원종석이 당장 반박했다.

"우리가 가는 곳이 항상 최전선이야. 그걸 왜 몰라?"

"알긴 하지만……"

"음…… 이제 보니까 우리 서로 이야기를 안 했군. 자넨 뭐 해?"

"나? 회사 다녀."

"무슨 회사?"

"응, 그냥 공장. 자네는?"

곽우신이 긁적거리다가 되물었다. 이제 보니 곽우신 몸에서 기름 냄새가 나는 것도 같았다. 원종석은 얼굴이 약간 붉어지더니 작게 대답했다.

지금까지 항상 자신감에 넘치던 원종석과 달리 김승욱도 힐끗 쳐다보았다.

"대학 휴학생이야."

"그 나이에 아직?"

원종석은 말하고 싶지 않은 기색이 역력했다. 그러나 숨길 것은 아니라는 듯 당당하게 말했다.

"한 학기 다니고 한 학기 아르바이트하느라······."

김승욱도 대학 다닐 때 그런 선배를 알고 있었다. 그 선배는, 겨울에는 싸구려 독서실에서 자고 여름에는 학교 뒷산에서 노숙했다. 그 선배 역시 아직 졸업하지 못했다.

"힘들게 다니는구나. 김승욱 자네는?"

이번에는 김승욱 차례였다. 김승욱이 씩 웃었다. 뭐라고 얘기해야 할지 갈피를 잡지 못했다. 그러나 결론은 하나였다.

"그냥 백수."

"보통 백수가 아닌 것 같은데?"

이번에는 원종석이 씩 웃었다. 김승욱의 허연 얼굴과 뱃살은 보통 백수에게는 나타나지 않는다. 돈 많은 고급 백수는 햇빛을 못 봐 항상 창백하게 허연 얼굴이지만 노느라 바빠 식사를 제대로 하지 못한다. 그래서 뱃살이 나올 수가 없다. 가난하거나 집에서만 빈둥대는 백수는, 이유야 다르지만 역시 식사를 거르기 일쑤다. 그래서 튀어나온 배는 직장인의 상징이며, 최소한 백수는 아니라는 증명서다.

"어쨌건 지금은 실업자야."

"전에 뭘 했는데?"

원종석의 질문에 김승욱은 잠시 망설였다. 펀드 매니저는 요즘도 돈 많이 버는 직업으로 알려져 있다. 그러나 사설 펀드는 그렇게 많이 남는 장사가 아니었다. 대규모 뮤추얼 펀드가 매매하는 대로 따라가며 부스러기를 주워먹는 게 사설 펀드의 일이었다. 소규모 펀드라 순발력은 있지만 대형 펀드처럼 자금으로 밀어붙여 주가를 좌지우지할 정도는 결코 아니었다. 결국 큰돈은 못 번다.

"사설 펀드회사에 다녔는데, 얼마 전에 망했어."

"아항~ 그럼 4월달 이야기겠구나."

"알아?"

원종석의 대학 전공이 뭔지 몰라도 금융시장 돌아가는 것을 잘 알고 있는 것처럼 말하기 시작했다.

"응. 그때 핫머니 300억 달러가 한꺼번에 들어왔다가 빠졌지. 외국인 장기투자 자금은 1,200억 달러나 됐는데도 헤지 펀드한테 왕창 깨졌어. 역시 핫머니 위력이 세다는 걸 보여줬지."

"그래, 잘 아는구나. 나도 그때 아차 하는 사이에 망했어. 졸지에 거지 됐지."

김승욱이 분했던 기억을 떠올리며 말하다가 아차 했다. 앞에 있는 두 사람이 김승욱을 어떻게 생각할지 두려웠다. 잠시 침묵하던 원종석이 김승욱의 시선을 애서 피했다.

"그래도 자넨 금방 회복할 거야. 이놈의 세상에선 80은 영원히 80이니까."

김승욱은 무슨 뜻인지 알고 고개를 돌렸다. 역시 원종석이 오해할 만했다. 그러나 김승욱은 원종석과 크게 차이가 나지 않는 계층에 속한다고 생각했다. 곽우신이 묻자 원종석이 대답했다. 상당히 불만이 가득한 목소리였다.

"그게 무슨 소리야?"

"IMF 이후에 구조조정을 거치면서 신자유주의 정책이 여러 가지 채택됐어. 그게 뭐냐면…… 음. 그렇지, 잘 사는 20퍼센트는 계속 잘 먹고 잘 살고, 우신이 자네나 나처럼 80퍼센트에 이르는 대다수는 뼈 빠지게 일해도 먹고살기 힘들다는 소리야. 앞으로도 더 심해질 거고 말야."

"그건 그렇지만…… 목소리 좀 낮춰. 꼭 옛날 빨갱이들 소리 같다."

곽우신이 주변 눈치를 살피며 낮게 말했다.

"그래도 자넨 잘 싸웠잖아? '자유'를 지키기 위해 말이야."

곽우신이 유달리 자유라는 말을 강조했다.

김승욱은 곽우신이 민주주의나 법치주의라는 말은, 듣기는 많이 들었겠지만 무슨 뜻인지 제대로 모를 게 분명하다고 생각했다. 일단은 주변에서 쏟아지는 시선을 피해야 했다. 그러나 원종석은 말소리를 줄이지도 않고 핏대를 세웠다. 김승욱은 조금 곤란했다.

"자유? 웃기네. 나한테는 빈곤할 자유뿐이야. 내가 왜 죽어라 싸웠냐고? 일단은 싸워야 안 죽고 살아남을 가능성도 크니까! 물론 빨갱이 세상보다는 지금이 차라리 조금 낫겠지."

의미없는 죽음

6월 16일 12:45 경기도 김포군 한강 하구

― 힘 내라우! 더 밀어!

스피커에서 나오는 둔탁한 소리가 도하통제군관이 탄 부교 가설용 주정에서 쏟아져 나왔다. 인민군 중도하여단 병력은 쏟아지는 폭우 속에서 부교를 유지하느라 안간힘을 쓰고 있었다. 부교마다 100여 척씩 달라붙은 주정들 뒤에 달린 모터가 최대출력으로 가동하며 부교를 강 상류 쪽으로 밀었다.

그러나 모터 소리만 요란할 뿐 하류 쪽으로 완만하게 휘어진 부교를 똑바로 교정시키는 데는 무리가 있었다. 물살이 너무 거셌다. 중도하여단의 작업을 독려하는 도하통제군관이 탄 주정도 자꾸 하류 쪽으로 떠밀려가 방향을 몇 번이나 바꿔줘야 했다. 부교 가설용 소형 주정들은 오늘 새벽에 트럭으로 실어왔다.

한강 하구를 가로지르는 부교 3개 위로 트럭 행렬이 끝없이 이어졌다. 전차부대는 부교 가설 직후부터 도하해서 한강 하구 북단에 남은 전차는 이제 더 이상 없었다. 가운데 길을 트럭에 내준 보병들도 빠른 걸음으로 남쪽으로 향했다. 지금 문제는, 썰물이 시작되어 부교가 자꾸 하류로 떠내려가려고 한다는 것이다.

부교가 잠시 일렁거렸다. 옆으로 공기부양정들이 속도를 내면서 일으킨 물살 때문이었다. 상륙용 경장갑차는 모두 도하한 뒤였다. 그러나 지금도 공기부양정들은 남북을 왕복하며 물자와 병력을 수송하고 있었다.

하늘로부터의 위협은 더 이상 계속되지 않았다. 강 북단에는 파괴된 인민군 전차와 장갑차뿐만 아니라 격추된 한국 공군기 잔해들도 있었다. 방공망을 단시간에 고밀도로 집적시킨 덕택에 오전 11시 다 돼서 가설한 부교들은 아직까지 살아남을 수 있었다. 한국 포병대의 포격도 이제는 뜸했다. 그건 땅굴에서 기어나온 인민군들이 포병대를 습격했기 때문이었다.

"저게 무시기요?"

도하공병들이 하늘에서 번쩍인 빛을 발견하고 고개를 들었다. 강 북단 동쪽, 한터라는 낮은 산 위 하늘에서 하얀 연기가 피어났다. 부교를 건너던 인민군들도 소리가 난 곳으로 고개를 돌렸다.

하늘에서 터진 미사일 같은 것이 불타는 잔해가 되어 천천히 떨어졌다. 그러나 그것말고는 아무 일도 생기지 않았다. 그래서 인민군들은 미사일이 공중에서 폭발한 것이라고 생각하고 안심했다. 그런데 이상한 일이 생겨났다.

대공포 진지가 밀집된 한터 곳곳에서 폭발이 연속 일어났다. 불꽃이 수백 군데에서 동시에 피어나며 야산을 온통 뒤덮었다. 공중에서 폭발한 현무 미사일에서 쏟아진 자탄들이 넓게 퍼지면서 거의 동시에 폭발한 것이다. 몇 시간 동안 하늘로부터 부교를 지켜주던 대공포 진지들이 한꺼번에 폭발에 휩쓸렸다.

몇 초 후 다른 미사일이 날아와 공중에서 폭발했다. 이번에는 애기봉 전망대 맞은편의 너른 들이 온통 폭연으로 뒤덮였다. 한강 하구를 도하하기 위해 트럭 수백 대가 대기하고 있는 곳이었다. 탄약 등 보급품을 적재한 트럭들이 연쇄적으로 폭발하며 불타올랐다. 현무 미사일의 강력한 위력이었다.

부교 위에 있던 인민군들은 가슴이 철렁 내려앉았다. 미사일이 강 하구 상공에서 터지면 자탄이 넓게 분산되어 물 위에 뜬 부교도 휩쓸릴 게 뻔했다. 인민군들이 남쪽을 향해 필사적으로 뛰기 시작했다. 트럭도 속도를 높였다. 폭이 넓은 PMP 부교 위에서는 트럭과 사람들이 뒤섞여 겁에 질린 소떼처럼 남쪽으로 질주했다.

현무 미사일의 공격은 계속되었다. 이번에는 하구 북단 도고개 쪽에 있던 대공포 진지들이 한꺼번에 휩쓸렸다. 살아남은 대공포가 별로 없었다. 도하 시작점에 밀집된 차량은 완전히 파괴돼 잔해로 변한 채 시커먼 연기를 뿜어내고 있었다.

강 하구 상공에서도 하얀 연기가 피어올랐다. 인천에 전개한 다연장로켓발사체계(MLRS)에서 발사된 M-77 로켓탄이었다. 로켓탄이 공중에서 분해되며 작고 하얀 연기 수백 개가 연속 생겨났다. 자탄이 분산되고 있는 것이다.

공중에서 넓게 퍼진 자탄 600여 개는 하얀 천조각을 길게 늘어뜨리며 떨어지기 시작했다. 이 장치는 자탄이 수직으로 떨어지도록 중심을 잡아주는 역할을 한다. 자탄이 넓게 퍼지며 강물 위로 떨어졌다. 자탄이 수면 위에 닿기도 전에 다른 로켓탄이 날아와 공중에서 또 터졌다. 하늘은 하얀 리번으로 가득 덮였다.

남쪽으로 달리던 인민군들의 머리 위로 자탄들이 쏟아졌다. 부교 주위에 떨어진 자탄들이 연속적으로 폭발했다. 크고 작은 물기둥들이 솟아올랐다. 강을 거슬러 부교를 밀어붙여 균형을 잡던 주정들이 폭발하며 가라앉았다. 주정에 타고 있던 도하공병여단 인민군들이 물에 빠지며 급류에 떠내려갔다.

부교 위에서는 반쯤 부서진 트럭이 불에 타며 강물 위로 뛰어들었다. 부교에 자탄이 명중할 때마다 인민군 대여섯 명씩이 폭발에 휘말려들었다. 자탄마다 200여 개씩 터져나간 파편이 사람과 트럭, 부교를 가리지 않고 구멍을 뚫었다. 아비규환이었다.

얼이 나간 채 죽어라 뛰던 인민군들이 급히 제자리에 섰다. 부교가 중간에 끊어진 것이다. 온통 구멍이 뚫린 가교용 철주 4개가 접합점이 끊겨 흙탕물에 떠내려가고 있었다. 그 위에 불타는 트럭 주변으로 인민군들이 가득 쓰러져 있었다.

몇 명이 뒤에서 밀치는 인민군들 때문에 물에 빠져 허우적댔다. 이들은 이제 더 이상 갈 곳이 없었다. 그들의 머리 위로 자탄 몇 발이 떨어졌다. 파편이 이들을 휩쓸어 강물로 내팽개쳤다.

현무 미사일과 MLRS 로켓탄에 의한 타격이 계속되는 가운데 복구작업이 시작되었다. 인민군 중도하여단 소속 주정들이 강 북쪽에서 철주를 밀고 달려왔다. 부교의 끊긴 부위에 철주를 연결하려는 작업이었.

거센 급류에서 작업은 쉽지 않았다. 인민군들은 쏟아지는 비와 급류가 되어 흐르는 흙탕물, 쉴새없이 날아드는 폭탄 속에서 악전고투를 했다. 일부 주정들은 철주를 연결하고 나머지 부교에 달라붙은 주정들에서는 중도하여단 인민군들이 철판과 산소용접기를 들고 나와 구멍 난 부분을 때우기 시작했다. 쏟아지는 빗속에서도 산소용접기의 하얀 섬광이 곳곳에서 번쩍거렸다.

한강 하구 북단에서는 불도저 십여 대가 나타나 도하 시작점 주위에서 파괴된 트럭을 밀어내고 있었다. 트럭 안에서 죽어가는 부상병들이 비명을 내질렀다. 그러나 불도저를 모는 인민군들은 상관하지 않고 트럭을 길 밖으로 밀어냈다.

트럭이 넘어지고 찌그러지기 시작했다. 트럭 안에 있던 인민군 부상병들이 뒤엉키며 흙탕물에 잠겼다. 불도저에 밀리며 트럭이 점점 더 찌그러들었다. 뒤엉킨 부상병들은 트럭에서 빠져나오지 못했다.

이렇게 복구작업 과정에서 많은 인원이 죽어갔다. 전쟁에서 사람 목숨은 중요하지 않았다. 특히 공산권 군대에서는 더욱 더 그랬다. 그리고 지금 인민군은 시간과의 싸움을 진행 중이었다.

6월 16일 13:52   경기도 김포군 양촌면

제8공수특전단 1개 대대 병력은 쏟아지는 빗속에서 치열한 전투를 치르면서도 차근차근 서쪽을 향해 진군했다. 도로가 사방팔방으로 뻗친 양곡면 면사무소 일대가 점령 목표였다. 김포반도 북쪽에서 포위당한 해병대를 구출하기 위한 작전이었다.

그런데 시간이 지날수록 한강 하구를 도하하고 땅굴에서 기어나온 인민군들의 숫자가 기하급수적으로 불어났다. 공격 전면에서 강력히 저항하던 인민군들은 이제 경전차와 중화기를 동원해 반격에 나섰고, 특전단 병사들은 두 번에 걸쳐 인민군의 공격을 격퇴시켰다.

이제 더 이상의 전진은 무리였다. 지금은 길을 따라 늘어선 민가를 엄폐물로 삼아 분산해 거듭되는 인민군의 공격을 막고 있었다.

빗속을 뚫고 얼룩무늬 군복을 입은 세 명이 달려오는 모습이 보였다. 특전단 병사들이 사격하려다가 멈췄다. 한국 해병대 복장이었다. 해병대원들이 공수부대원들을 보며 손짓으로 인사를 건넸다. 그러나 특전단 요원들은 아군 해병대원들에게도 경계태세를 늦추지 않았다.

"우린 해병대라니까요!"

"손 들어! 움직이면 쏜다. 백제!"

공수대원 중사가 수하를 시작했다. 팀을 이끄는 공수부대 대위는 해병대원들이 접근하는 것을 용납하지 않았다.

"붕어빵!"

"누구냐?"

"해병대 26연대. 용무? 용무는 개별적으로 후퇴 중이다. 에이~ 같은 편끼리 너무 그러지 맙시다. 점심도 못 먹고 포위망 속에서 몇 시간째 싸우다 겨우 여기까지 왔는데……."

해병대 병장이 약간 빈정대며 다가왔다. 거리는 20미터 정도였다. 공수부대원들이 경계를 약간 풀었지만 해병대원들을 보는 눈은 결코 부드럽지 않았다. 해병대와 공수부대는 오랜 앙숙으로 알려졌다. 시내에서 무리지어 지나가다가도 눈만 마주치면 패싸움을 벌이기로 악명이 높다.

"접근하지 마!"

특전단 대위가 그들을 제지했다. 암구어를 안다고 반드시 같은 편은 아니었다. 특히 이번처럼 적과 아군이 뒤섞인 상황에서는 적이 아군 복장을 하고 전선 후방으로 넘어올 수도 있었다. 북한 특수부대원이라면 완벽한 표준어를 구사할 수 있을 것이다.

아무래도 약간의 심문과정이 더 필요했다. 대위가 젊은 특전하사관들을 보고 생각난다는 듯이 해병대원들에게 물었다. 암구어가 붕어빵이라는 것도 연관됐다.

"체리주스는 몇 명이지?"

"체리주스?"

— 파파팡!

총구 10여 개가 동시에 불을 뿜었다. 대위가 명령하지도 않았는데 특전단 요원들이 해병대원들을 쏜 것이다. 해병대원 병장이 고개를 갸웃거리고 다른 두 명이 금시초문이라며 서로 얼굴을 마주친 것이 신호탄이나 다름없었다. 해병대원 셋의 몸은 일순간에 벌집이 되어 버렸다.

체리주스는 최근 젊은이들에게 선풍적인 인기를 끌고 있는 댄스그룹 이름이었다. 용모나 노래나 비슷비슷한 그룹들이 단지 구성원 수로 구별되는 가요계에서 라이브로 승부를 내는 그들의 존재는 독특했다. 남녀 두 쌍으로 이뤄진 그 아이돌 그룹을 모르는 사람은 간첩이었다. 그리고 해병대원 셋은 그 댄스그룹을 몰랐다는 죄로 시체가 되어 진흙탕에 나뒹굴었다.

"체리주스는 입만 뻐끔대는 붕어들이 아니란 말야~."

나이는 많아도 체격이 좋은 상사가 발로 툭툭 차며 총을 시체들 옆에서 치웠다. 중요임무를 띠고 해병대원 복장으로 위장하고 후방으로 침투하던 북한 저격여단 군관 셋은 졸지에 온몸에 구멍이 뚫린 시체로 변했다.

6월 16일 14:04 강원도 화천군

인민군은 헬기를 대량으로 집중운용하여 강습작전을 계속했다. 도로 주변 감제고지마다 헬기 수십 대가 한꺼번에 달려들었다. 대공포나 휴대용 지대공 미사일로 헬리콥터 한두 대를 격추하더라도 고지를 방어하는 국군은 도저히 그들을 감당할 수 없었다.

한국군이 코브라 공격헬기 10여 대를 띄워 북한 헬리콥터들에 대항했다. 비가 오는 날은 시계를 확보하기 어렵기 때문에 헬기끼리의 전투는 쉽게 이뤄지지 못했다.

그러나 양측 헬기들이 접근하자 전투는 일방적인 학살에 가까웠다. 숫자가 훨씬 더 적은 코브라들이 스팅어와 기관포로 북한 헬기들을 확실히 제압했다.

북한 헬기들은 덩치가 큰 대신 기동력이 떨어지고 무장이 너무 빈약했다. 기동성 면에서 겨우 대응할 수 있는 500D 헬기들은 코브라의 상대가 되지 못했다.

그러자 당장에 북쪽 하늘에서 미그기 2개 편대가 날아왔다. 미그기들이 고지 정상 부근을 한 번 휩쓸고 지나갔다. 고지 정상 부근이 튀는 불꽃과 연기로 엉망이 되었다.

코브라 헬기들은 고도를 잔뜩 낮추고 남쪽으로 쏜살같이 도주했다. 속도가 빠른 미그-17 전투기들은 코브라 공격헬기를 공격하기는커녕 목표를 포착하지도 못했다. 쏟아지는 폭우 때문에 미그기들의 등장은 무력시위에 불과했다.

그때 갑자기 미그기 두 대가 공중에서 폭발했다. 구름 위에서 암람 공대공 미사일 두 발이 날아온 것이다. 곧이어 한국 공군기들이 구름 밑으로 나타났다.

KF-16 전투기 4대가 미그기들에게 사이드와인더를 날렸다. 암람은 방금 발사한 두 발이 비행단 재고의 마지막으로, 이젠 완전히 바닥났다. 오늘 온다던 암람과 함 미사일은 아직 도착하지 않았다. 사이드와인더가 미그기의 꼬리를 잡으며 날아가고 있었다.

공중에서 불꽃이 나타났다. 시커먼 연기가 땅으로 이어졌다. 그런데 발사된 사이드와인더 7발 가운데 겨우 2발만이 목표를 잡았다. 빗줄기와 안개 때문에 미사일이 목표를 제대로 잡지 못했다. 미그기들은 잽싸게 북쪽으로 도주했다.

한국 공군기들은 구름 밑에서 오래 버티지 못하고 다시 기수를 높여 구름 위로 올라갔다. 잠시 후에 다시 북한 헬리콥터들이 나타났다.

6월 16일 14:55   서울 용산구

"방금 용화산이 점령됐습니다."

정현섭 소령이 급보를 전했다. 용화산은 화천군에서도 남쪽에 위치하고, 춘천과의 경계 바로 북쪽에 있는 해발 870여 미터의 높은 산이었다. 주변지역을 감제할 수 있는 중요한 고지이기도 했다.

북한 강습부대는 시시각각 남쪽으로 다가오고 있었다. 헬기강습부대답게 남진 속도가 의외로 빨랐다. 긴급 출격한 한국 전투기들은 날씨 탓에 이들의 전진을 막기 어려웠다. 헬기로 막으려 해도 인민군 전투기들의 위협 때문에 힘들었다.

국군 수뇌부는 어떻게든 춘천을 지키려 했으나 지금 상태에서는 진퇴양난이었다. 북한 동부전선의 모든 역량뿐만 아니라 보유 헬기 중 절반 이상을 투입할 정도로 북한은 필사적이었다. 합참 지휘부는 날씨 탓만 하고 있을 수는 없었다.

"북괴 지상군은 지금 어디 있나?"

합참의장 김학규 대장이 물었다. 강습부대와 인민군 지상군의 남진 속도는 약간 차이가 났다.

"조금 전에 화천시에 진입했습니다. 현재 시가전이 전개되고 있습니다."

정현섭이 대답하면서 포위당한 국군이 절망적인 상태에서 필사적으로 저항하는 것을 상상했다. 배후가 차단당한 방어군은 불리한 입장이었다. 김학규 대장이 고개를 저었을 때 남성현 소장이 물었다.

"저들의 공격방향은 어느 쪽이겠습니까? 가평일 수도 있고, 홍천 쪽일 수도 있겠습니다만……"

"서울이 있는 가평 쪽이 아니겠습니까?"

육군 참모차장이 대답했다. 일단 수도권을 노리는 북한의 전략상 그럴싸하기도 했고, 어찌 보면 육군의 희망이 섞인 답이기도 했다. 당장에 안우영 중장이 거들었다.

"그렇게 된다면 홍천에서 밀고올라가 배후를 치면 좋을 텐데요."

그러나 희망사항일 뿐이었다. 만약 북한 헬기부대를 효과적으로 제압하지 못하면 홍천에 밀집한 국군 병력도 그렇게 유리한 상황만은 아니었다.

합참의장이 전면 한반도 지도를 응시했다. 다른 고위 장성들도 시선을 돌렸다. 지도에는 4개 축선을 따라 붉은 전등이 이어지고 있었다. 특히 강원도 화천과 김포반도에서 붉은 점이 번지는 속도가 빨라지고 있었다. 연천 방면에서는 국군의 강력한 반격을 받아 인민군의 전진이 멈춘 상태였다. 문산에서도 치열한 접전이 계속되고 있었다.

그리고 강원도에서 깜빡거리는 붉은 점들도 많았다. 그러나 북한 게릴라들이 준동한 면적은 더 이상 늘어나지 않았다. 경상북도와 충청북도에서 이동한 동원사단들이 확실하게 포위망을 구축하고 있었다. 정현섭 소령이 안도의 한숨을 내쉬었다.

"어떻게든 부교를 때려부숴야 할 텐데……."

합참의장의 관심은 김포반도에 집중되어 있었다. 김포는 서울 바로 서쪽이고, 하필 한강 남쪽이었다. 자칫하면 서울이 인민군에게 포위될 수도 있었다.

한강 하구를 가로지르는 부교들은 공군과 다연장로켓으로 몇 번이나 공격을 가했지만 금세 복구되곤 했다. 북한의 대공포화망은 큰 피해를 입었는데도 불구하고 아직도 건재했다. 조금 전에 정찰임무를 띠고 출격한 전선통제기 한 대가 보고를 마치기도 전에 격추되었다. 지금도 인민군들이 그 부교를 통해 김포 땅을 밟고 있었다.

정현섭이 59동원사단의 현재 위치를 살폈다. 전시를 감안한다면 기차를 이용한 부대이동은 비교적 빠른 편이었다. 그러나 다른 동원사단들은 차례를 기다리고 있었다. 전체적으로 봐서 이동은 결코 쉽지 않았다.

"해병대 2사단이 후퇴를 거부하고 있습니다."

그때 해병대 소장이 곤란한 듯 보고했다. 정현섭 소령은 그 말의 의미를 바로 알아들었다. 피해를 입은 해병 2사단 2개 연대 병력은 퇴로가 완전히 차단된 상태였다. 퇴로를 확보하기 위한 제8공수특전여단의 노력도 수포로 돌아갔다. 해병대는 겹겹이 에워싼 인민군들의 공격에 최후까지 저항하고 있었다.

"강화 제2대교는 아직도 해병 25연대 수중에 있소?"

"그렇습니다."

해병대 소장이 땀을 흘리며 보고했다. 해병대는 전우애가 굉장히 강한 편이다. 안절부절못하는 해병대 소장이 안쓰럽게 보일 정도였다.

"그럼 그쪽으로 후퇴시키시오. 강화도에서 농성전이라도 벌여야 하지 않겠소? 공군 쪽에서 최대한 지원을 해주시오."

합참의장이 해병대 소장에게 말한 다음 공군 쪽 연락장교에게 시선을 돌렸다. 해병대 2개 연대도 살리고 해병대의 명예도 존중하는 방안이었다. 해병대 소장이 기쁜 얼굴로 대답했다.

"알겠습니다."

6월 16일 15:02 강원도 양양군 양양읍

— 쏴아아~.

이곳은 정족산 기슭이었다. 오상훈 중사는 천막 입구에 쭈그리고 앉아 들이치는 빗방울을 맞아가며 담배를 피우고 있었다. 오상훈 중사는 자기 꼴이 너무 청승맞다고 느꼈다. 전쟁이 터진 이래 내리 4일간

잠도 거의 못 자고 커피로만 버티려니 미칠 지경이었다. 이제 커피 냄새만 맡아도 구역질이 날 것 같았다.

천막 내부에 있는 전자장비들은 대단히 민감해서 안에서 담배를 피울 수 없었다. 원래는 입구에서 담배를 피우는 행위도 엄격하게 금지되어 있었다. 그러나 체내에 축적해둔 니코틴 성분이 완전히 고갈되자 주의집중이 되지 않아 오상훈은 도저히 일을 할 수가 없었다. 그래서 꼬불쳐둔 꽁초를 꺼내 이런 짓을 하고 있는 것이다.

담배는 세 모금만 빨면 필요한 니코틴 양이 충족되기 때문에 더 이상 빨 필요가 없다고 어느 놈이 그랬다지만 아마도 그놈은 담배 맛을 모르는 놈이라고 오상훈은 생각했다. 필터 끝에 조금 남은 꽁초를 끝까지 다 피우기 위해 깊이 빨아들이는데 갑자기 신호음이 울렸다.

"앗 뜨뜨!"

손가락으로 담배를 입에서 빼려고 했는데 필터가 입술에 붙는 바람에 손가락을 진하게 데었다. 오상훈은 급히 담배를 비가 오는 천막 밖으로 던지고 책상으로 달려갔다. 화면에 익숙한 부호가 나타나 깜빡거렸다.

"로미오 478, 이 개자식! 드디어 움직이는구나. 이봐! 추적반!"

오상훈이 손가락을 핥으면서 천막 구석을 향해 외쳤다. 그러자 동기인 박채훈 중사가 눈을 비비며 손가락으로 동그라미를 만들어 보였다. 조금 전까지 박 중사는 어두운 구석에서 꾸벅꾸벅 졸고 있었다.

로미오(R) 478은 지난 사흘간 오상훈이 추적하던 신호였다. 이번엔 감도가 아주 좋았다. 아마도 30분 전 설악산 방면에 감청장비를 설치한 것이 결정적인 이유 같았다. 그 전에는 홍천과 양양 두 군데에 설치된 감청설비로 추적해야 했기 때문에 정확한 위치측정이 어려워 번번이 놓쳤지만 이젠 달랐다.

오상훈 바로 앞에 놓인 장비는 겉보기엔 옛날 전동타자기처럼 투박하게 생겼다. 그런데 이 장비는 설악산과 홍천, 그리고 양양 방면에 설치된 감청장비 세 대에 수신된 전파 발신지점을 역추적해서 간첩이나 인민군 정찰대의 위치를 탐지하는 초고성능 전자장비였다.

화면에 나오는 '#' 기호로 표시된 그래프가 쭉쭉 올라가더니 드디어 OK라는 글자가 깜빡거렸다. 옆에 있는 프린터가 전파 발신지점의 좌표를 찍어내기 시작했다. 주변에 있던 동료들이 달려와 흥분된 얼굴로 종이가 밀려나오는 것을 지켜봤다. 오상훈이 그 종이를 통신병에게 건네주며 말했다.

"이 좌표, 즉시 킬러팀에게 넘겨!"

개전 이후 인민군 정찰대 다수가 후방으로 침투해서 활발한 활동을 하고 있었다. 주임무는 역시 국군 후방 상황의 정탐이었다. 그런데 간혹 급히 이동 중인 한국군 지휘부 요원이나 연락병들이 중간에서 습격을 받는 경우가 종종 있었다.

납치된 이들을 심문해서 얻은 결과는 인민군 군단사령부나 평양으로 전송될 것이 분명했다. 그 심문과정이 얼마나 끔찍한 것인가는 오 중사도 어느 정도 알고 있었다.

인민군 정찰대를 찾아 제거하는 작업은 헌터(Hunter)와 킬러(Killer), 두 팀으로 나눠져 있었다. 헌터의 임무는 전파 발신원을 추적해 위치를 파악하는 것으로, 바로 오상훈이 속한 팀이 수행했다. 킬러 임무는 공수특전여단 소속 대원들이 맡았다.

킬러팀을 즉시 현장에 투입시키기 위해 UH-60 헬기 2대가 특전여단 대원들을 태운 채 하늘에 계속 대기하고 있었다. 양양군 미천계곡 상공을 날던 UH-60 두 대가 즉시 항로를 북북동으로 바꾸고 질풍처럼 날아갔다.

6월 16일 15:28 강원도 양양군

　인민군 정찰조장 장용철 상위는 구운 옥수수 알갱이를 씹으며 도로 교차점을 바라봤다. 어젯밤부터 내리기 시작한 비는 하루종일 쏟아져 비트 안까지 축축이 젖어들었다. 오늘 아침부터는 폭우로 변했다. 구운 옥수수가 든 비닐봉지 안에도 습기가 가득 차 옥수수를 씹어도 '오도독' 하는 느낌이 없었다.
　5인용으로 만들어진 비트의 내부는 악취로 가득 찼다. 소변은 물론 대변까지 비트 안에서 해결하려니 구린내가 진동을 해 코가 녹아내릴 지경이었다. 함부로 입구를 열고 환기시킬 수도 없었다. 어젯밤 기도비닉에 각별히 조심하라는 내용의 전문을 사령부로부터 받았기 때문이다.
　사령부에서 기도비닉에 신경을 쓰라고 별도지시를 내릴 정도라면 이미 정찰조 몇 개가 국방군들에게 깨진 모양이라고 장용철은 생각했다. 불안감 때문에 입 안이 바싹바싹 타들어가는 느낌이었다.
　"날이 어두워지면 여길 떠야겠소."
　"저도 그렇게 생각합니다, 조장 동지."
　비트 안쪽에서 부조장 리학림 상사가 대답했다. 이동해서 다른 비트를 만드는 건 상당히 고단한 일이었다. 곳곳에 전개된 국군 초소들을 피해야 하는 위험도 뒤따랐다.
　― 두두두두두~.
　그때 갑자기 헬기 엔진 소리가 들렸다. 거리가 가까운지 지면이 헬기 소리에 맞춰 진동하기 시작했다. 세워둔 총 세 정이 비트 바닥에 쓰러졌다. 누워 있던 대원들이 벌떡 상체를 일으키며 총을 잡았다.
　헬기 로터가 일으킨 하강풍 때문에 나뭇잎에 고인 빗방울이 한꺼번에 비트 덮개 주변으로 쏟아져 내렸다. 후두둑거리는 소리가 멈추지 않았다. 대원들은 천장만 쳐다보고 있었다.

헬기들이 이 주변을 맴도는 것 같았다. 비트 덮개에 가려 직접 보이지는 않았다. 그런데 입구에 있던 장용철은 헬기 배기가스의 탁한 기름 냄새까지 강하게 느낄 수 있을 정도였다. 헬기는 비트 바로 근처에 있었다.

정찰조원들은 침조차 삼키지 못한 채 헬기들이 조용히 사라져주기를 속으로 빌고 또 빌었다. 비트 내부는 좁았다. 통로도 위로 나 있었다. 국군에게 입구가 발견되면 떼죽음을 당하는 수밖에 없었다. 그러기에 이들은 늘 초긴장상태로 있어야 했다.

피를 말리는 긴장의 연속이었다. 장용철은 이런 순간이 정말 싫었다. 약 1분간 주변을 오락가락하던 헬기 소리가 점차 멀어졌다. 시간이 조금 더 지나자 그 소리는 완전히 사라졌다.

"갔습니다."

"휴……."

긴 한숨 소리가 비트 안 여기저기서 들렸다. 장용철은 긴장 때문에 이마에 맺힌 식은땀을 소매로 닦았다. 전신에 힘이 쭉 빠지는 것 같았다.

"동무! 주변에 국방군 아새끼들이 내렸는지 확인하라우."

장용철 상위가 부하들에게 명령하고는 머리를 무릎 사이에 묻었다. 힘든 순간이었다.

6월 16일 16:05　경기도 파주시 문산읍

자유의 다리가 놓여 있는 임진각 주변에서는 치열한 전투가 진행되고 있었다. 중포탄이 쉴새없이 쏟아졌다. 어두운 하늘 아래 천지가 진동했다.

임진강 건너편은 대부분 인민군이 장악하고 있었다. 다리 건너 서쪽 교두보 일부분에서 버티고 있는 한국군 1개 중대는 치열한 포화에도 불구하고 악착같이 위치를 지켰다. 임진강 건너 도로에 인민군이 나타나면 여지없이 무반동포가 발사되어 즉각 제압했다.

이들에게는 특별한 임무가 부여되어 있었다. 판문점 공동경비구역에서 유엔군은 한국군의 도움을 받아 후퇴하고 있었다. 이들이 자유의 다리를 건너기 전에는 다리를 절대 폭파할 수 없었다. 그리고 지금도 다리 위로는 가끔 분대 단위나 개별적으로 후퇴하는 한국군 행렬이 이어졌다.

판문점 경비를 맡은 유엔군은 6월 13일 새벽에 북한의 포격이 시작되자 공동경비구역을 국군에게 인계하고 후퇴했다. 잠시 후방에 있던 유엔군은 전선이 잠잠해진 사흘 동안 사태를 지켜보았다. 강원도 쪽이 시끄러웠지만 아무래도 전면전이 일어날 것 같지 않았다. 그래서 정전협정 위반을 따지기 위한 협상테이블 분위기를 조성하기 위해 6월 16일 아침에 다시 판문점 경비임무를 인수해 휴전선에 투입되었다. 정말 운이 없는 경우였다.

휴전선에 인접한 대성동 마을과 통일촌 주민들은 나흘 전에 이미 후방으로 소개된 뒤였다. 문산읍 주민들도 대부분 서울 이남으로 피난을 떠났다. 그리 복잡하고 비극적인 상황은 아니었다.

"개자식들! 왜 이리 굼뜬 거야?"

강문진 병장이 참호 바닥에 바짝 엎드린 채 투덜거렸다. 옆에 있는 현역 사병은 슬쩍슬쩍 바깥으로 고개를 내밀었다. 어떻게 된 일인지 중립국 감시요원들과 유엔군 경비요원들은 올 생각을 하지 않았다.

임진강 저쪽으로 후퇴하지도 못하고 시시각각 포위되고 있는 분대원들은 초조함이 극에 달했다. 12명으로 이뤄진 분대에는 동원예비군 네 명이 있었다. 강문진은 첫날 포격에 부상당한 현역병 대신 어제 새로 보충된 경우였다.

— 카카캉! 카칵!

의미없는 죽음 313

K-3 분대지원기관총이 불을 뿜었다. 강문진이 고개를 들어 살피니 인민군 100여 명이 몰려오고 있었다. 통일촌 쪽에서 이쪽을 향해 자세를 낮추고 전진해오던 인민군 셋이 쓰러졌다. 나머지는 엎드리거나 가로수 미루나무 뒤로 숨었다. 시계가 좋지 않아 아군의 관측을 뚫고 접근한 적이었다.

이제 K-201 유탄발사기 사수인 강문진이 나설 차례였다. 탄약을 재고 쏘려는 순간 참호 모래주머니에 '퍽퍽' 소리가 나며 기관총탄이 박혔다. 강문진이 머리를 숙였다. 총알이 빗발쳐서 머리를 들 수 없었다. 그래서 참호 반대쪽 벽에 기대며 앉은 자세로 쏘았다.

"어여차~."

— 퉁!

잠시 후에 슬쩍 머리를 들었다. 미루나무 옆에서 연기가 피어올랐다. 인민군들이 있는 곳에 정확히 명중하지는 않았지만 비슷한 위치였다. 강문진이 방향을 조금 바꿔 다시 사격했다.

"온다!"

강문진은 인민군들이 몰려온다는 말인 줄 알고 사격하기 위해 고개를 들었다. 그러나 분대원들이 보는 곳은 다른 방향이었다. 도로 위에 미군 차량 행렬이 나타났다. 선두와 후미에 선 험비 몇 대가 서쪽을 향해 기관총과 유탄기관포를 쏘아대며 달려오고 있었다.

국군이 지원사격을 시작했다. 중대원들이 일제히 사격을 시작하고 강문진도 유탄을 연거푸 발사했다. 기관총이 불을 뿜고 박격포탄이 목표를 향해 날았다. 포병 관측장교가 바쁘게 좌표를 불러댔다. 곧 집중 포격이 시작될 순간이었다.

중립국 감시요원들과 유엔군들은 간신히 몸만 빠져나온 것 같았다. 원래 이들은 아침 10시경 인민군에게 포위됐었다. 미 제2사단이 남쪽으로 철수하면서 북한군 초소와 얼굴을 마주 보고 근무하는 유엔군은 경비병력도 얼마 없고 화력도 형편없이 약했다.

그런데 유엔군과 북한군의 전투는 국제법적으로도 여러 가지 문제를 일으킬 수가 있었다. 인민군은 유엔군에게 적극적인 공격을 하지 않고 다만 포위만 했다. 그리고 유엔군 지휘관인 미군 중령은 전투 초반에 항복하려고 했다.

그러나 쏟아지는 폭우가 항복을 불가능하게 했다. 백기가 상대방에게 보이지 않는 것이다. 그리고 공동경비구역 내에 근무하는 한국군이 항복을 거부하고 계속 전투를 수행했다. 그런 상태가 10여 분 넘게 지속되었다.

잠시 후 유엔군이 북한군의 인질이 되는 것을 막기 위해 국군이 투입되었다. 판문점 주변에서는 치열한 전투가 시작되고 양측의 포격이 집중되었다.

국군 1개 대대가 치밀한 포화에도 불구하고 주변의 인민군을 몰아내며 판문점 너머 북방한계선을 뚫고 북한 땅으로 돌입했다. 한국군 정규군으로서는 최초로 북한 땅으로 진군한 것이다. 그러나 이들은 반격을 받아 곧 격퇴되었다.

그 사이에 유엔군은 개성으로 통하는 1번 국도를 따라 남하하기 시작했다. 그러나 집중포화가 그들을 곱게 가도록 내버려두지 않았다. 유엔군에 사상자가 속출했다. 태국군 장교 한 명은 포격에 전신이 찢겨지며 사망했다. 영국군 장교는 다리를 잃는 중상을 입었다.

유엔군 경비대는 일단 캠프 보니파스로 향했다. 그러나 주둔지는 맹렬한 포화에 흔적도 없이 사라지고 없었다. 캠프 보니파스는 1986년 판문점 도끼만행사건 때 희생자 미 2사단 보니파스 대위를 기념하여 개명된 기지였다.

유엔군은 서둘러 동쪽으로 향했다. 기본적으로 외국군이며 비전투

요원들이 지금 당장 할 일은 도망가는 것말고는 없었다. 공동경비구역 소속 한국군은 벌써 국군 대대를 따라나선 지 오래였다.

이들은 판문점 동쪽 캠프 리버티벨에 견고한 벙커가 있는 것을 발견했다. 포화는 이들을 따라다니며 계속되었다. 그래서 이들은 일단 벙커에 틀어박혀 있었다. 그렇게 몇 시간이 지났다.

그러나 신속히 이 지역에서 후퇴해야 했다. 이름만 남아 있는 유엔군 사령부의 후퇴독촉도 심했다. 포격이 멈춘 순간을 이용해 바깥으로 나오니 갖고 온 차량도 대부분이 박살나고 고기동차 몇 대만이 남았다.

다시 이들을 곤경에서 구해준 것은 국군이었다. 유엔군의 후퇴작전을 위해 트럭 몇 대를 빌려준 것이다. 판문점에 투입됐던 국군 1개 대대가 이들의 후위를 맡아 천천히 후퇴하고 있었다.

"빨리 와라. 이놈들아!"

강문진은 전투에 별로 관심없었다. 어서 중립국 감시요원들과 유엔군이 자유의 다리를 지나 강문진이 속한 중대도 후퇴하길 바랐다. 이곳에 겨우 5시간쯤 있었지만 다시 기억하고 싶지 않은 끔찍한 시간이었다.

고기동차와 트럭들이 다리를 건너자 도로 위에 후퇴하는 국군이 나타났다. 거의 1개 대대 병력은 사주를 경계하며 질서정연하게 달려오고 있었다. 예상외로 피해는 크지 않은 것 같았다. 교통호 곳곳에서 휘파람을 불어댔다.

"2대대 자식들, 멋있네!"

강문진 옆에 있던 현역 사병이 말한 소리였다. 강문진도 그들을 보며 웃었다. 2대대원들이 영웅답다고 생각했다. 유엔군 수십 명을 구한 대대원들이었다. 포탄이 작렬하고 있는 벌판을 배경으로 도로가 사기

왕성한 국군으로 가득 메워졌다. 멋있어 보였다. 강문진에게 암살자는 영웅이 아니었다. 그러나 불 속을 뚫고 아이를 구하는 소방관은 영웅이었다. 2대대는 소방관들이나 다름없었다.

강문진은 통일촌 쪽으로 유탄을 쏘면서도 연신 2대대의 움직임을 주시했다. 저들이 후퇴해야 중대가 마지막으로 후퇴할 수 있었다. 그러면 자유의 다리는 공병대에 의해 폭파된다. 따라서 강문진이 살아남을 가능성이 그만큼 높아지는 것이다. 2대대가 다리에 거의 도착한 순간이었다.

– 쿠쿠쿠쿠쿵!

다연장로켓탄이 자유의 다리 남동쪽에서 연이어 작렬했다. 로켓탄은 계속 날아왔다. 강문진이 철모를 누르며 뒤돌아보니 임진각 주변은 아예 초토화되고 있었다. 너른 평지라 피할 곳도 별로 없었다. 급조한 무개진지 위로 파편의 폭풍이 휩쓸었다. 저런 포격을 당한다면 살아남을 사람이 별로 없을 것 같았다. 중대원들 중 대부분은 이쪽에도 포격이 쏟아질까 봐 참호 안에서 머리를 처박고 있었다.

– 투투툿! 트르륵!

총성이 다시 이어졌다. 귀에 익은 K-2 자동소총 소리였다. 일제사격이 시작됐나 보다며 강문진이 고개를 내밀었다. 그때 이상한 광경을 보게 되었다. 2대대원들이 중대 교통호로 뛰어든 것이다. 수류탄이 이곳 저곳을 향해 공중을 날았다.

"적이다! 아군이 아냐!"

소대장이 외쳤다. 소대원들이 긴가민가하며 총구를 돌렸다. 강문진은 말로만 듣던, 국군으로 위장한 인민군이라 생각하며 방아쇠를 당겼다. 익숙한 진동이 전해졌다. 덤으로 유탄도 한 발 발사했다. 밀집된 곳에 폭발하며 동시에 대여섯 명이 날아갔다.

교통호에서 육박전이 시작되었다. 1미터 이내에서 소총이 발사되고 수류탄의 위력이 빛을 발했다. 그때 통일촌 쪽에 몰려 있던 인민군들이 함성을 지르며 달려왔다. 우측 3소대 지역은 거의 적에게 점령당했다.

옆에 있던 현역 사병이 총을 쏘다가 픽 쓰러졌다. 강문진이 소스라치게 놀라 주저앉았다. 사병은 몸이 파르르 떨리더니 곧 축 늘어졌다. 목에서 피가 콸콸 쏟아져 나왔다. 죽음은 강문진 바로 옆에 있었다.

진퇴양난이었다. 이제 다리를 건널 수도 없었다. 아니면 곧 자유의 다리가 폭파될 수도 있었다. 강문진은 이제 죽게 되나 보다며 떨리는 마음을 주체할 수 없었다. 불의의 기습을 당한데다가 적이 너무 많았다. 그리고 복장도 똑같았다. 강문진이 현역이라면 몰라도 예비군이라 서로 얼굴을 알 수 없었다.

"진내사격이다! 진내사격 실시!"

소대장이 외치는 순간 소대장 가슴에서 붉은 피가 터져나갔다. 하늘을 향해 뿜어진 피가 비처럼 교통호에 쏟아졌다. 그때 소대 교통호 곳곳에 배치된 기관총 3정이 동시에 불을 뿜었다. 수평으로 멈추지 않고 쏘는 횡사 연속사격이었다.

강문진이 참호 안에 앉아 머리를 숙였다. 총성은 끝없이 이어졌다. 아군이고 적이고 교통호 위로 머리를 들고 있는 자들은 모조리 목표가 되어 몸과 팔, 머리가 처참하게 터지거나 뜯겨져 나갔다. 교통호 바깥에 있던 자들은 숨을 곳도 없었다.

— 쿠앙!

바로 옆에서 들려온 소리였다. 가장 오른쪽에 있던 소대 기관총 진지 하나가 날아간 순간이었다. 수류탄 투척거리 안쪽인 것 같았다. 적은 바로 앞까지 다가오고 있었다.

강문진은 안 되겠다는 생각이 들었다. 토끼뜀하듯 슬쩍 고개를 들었다가 숙였다. 역시 아군 복장을 한 인민군들이 교통호를 따라 쇄도하고 있었다. 교통호 굴곡 뒤에 숨은 분대원들 두 명이 총격을 가했으나 압도적인 병력에 오래 버티지 못할 것 같았다.

강문진이 안전핀을 뽑고 수류탄을 던졌다. 구불구불한 교통호의 맞은편이었다. 폭음과 비명이 어우러졌다. 하나를 더 던지고, 쓰러진 사병이 갖고 있던 수류탄을 집어 다시 두 개를 더 던졌다. 수류탄은 맞은편 교통호에 골고루 떨어졌다.

생각해보니 참호 안에 수류탄 상자가 있었다. 강문진이 상자에서 수류탄을 꺼내들고 다시 던지려고 일어선 순간이었다.

— 픽!

강문진은 갑자기 세상이 하얗게 보였다. 앞에 머리를 든 인민군은 없었다. 총알은 뒤쪽, 아군 기관총 진지에서 날아왔다.

6월 16일 16:41　경기도 동두천시

심창섭 중사는 소대원들과 함께 소요산 북쪽 골프장에 있었다. 물론 골프를 치러온 것은 아니었다. 소대원들은 사전에 준비된 교통호를 따라 배치되었다. 관리가 워낙 잘 돼서 손볼 데는 별로 많지 않았다.

연천에서 동두천으로 이어지는 회랑은 폭이 1km도 되지 않았다. 북한이 대규모 기계화부대를 이용해 서울을 공격하려면 이 길을 따라 내려와야 했다. 한국군에게는 전략적으로 중요한 길이었다.

그런데 부대는 약간 북쪽으로 이동한 상태였다. 첫날과 달리 기습을 받지 않고 준비할 시간이 있었기 때문이었다. 지금 전방에서는 치열하게 전투 중이었다. 연천이 곧 함락당할 것이라는 소문이 나돌고 있었다.

다급한 전황과 달리 소대원들은 다들 멍청한 눈이었다. 드넓은 골프장에는 파란 잔디가 끝없이 펼쳐져 있었다. 그 위로 비가 쏟아져 초록색 잔디밭이 더욱 더 예뻐 보였다. 그 푸른 잔디 위에서 하얀 해오라기 두 마리가 놀고 있었다. 여긴 정말 평화로운 곳이었다. 멀리서 들려오는 포성만 뺀다면.

"저 푸른 초원 위에, 그림 같은 집을 짓고, 사랑하는 우리 님과."

김한빈 병장이 혼잣말처럼 몇십 년 전 노래가사를 토막토막 잘라서 흥얼거렸다. 골프장 잔디밭을 보면 자연스럽게 그 노래가 흘러나올 만했다. 심창섭 중사가 웃었다.

"자넨 애인도 없잖아?"

"그러니까 말입니다. 백 년쯤은 살아야 될 텐데요."

심창섭 중사가 말문을 닫았다.

심창섭은 잠시나마 전쟁을 잊고 싶었는데, 눈치 없는 김한빈은 전쟁이 두려워 그 노래를 부른 것이다.

아직 심창섭이 있는 소대의 차례가 되지 않았다. 그러나 조만간 인민군이 이곳까지 들이닥칠 것이고, 그렇게 되면 죽기 살기로 싸우는 수밖에 없었다. 초조했다. 차라리 지금 당장 싸우는 게 나을 것 같기도 했지만, 심창섭은 절대 그러기를 바라지는 않았다.

6월 16일 17:24 강원도 춘천시 신북읍

"11시 방향, 튀어나온 놈. 발사!"

굉음이 울리며 신동중학교 건물 옆에 숨은 한국군 K-1 전차가 울렁거렸다. 포탄이 퍼부어대는 빗줄기를 뚫고 날아갔다.

민순기 중위는 전차장용 사이트를 들여다보고 있었다. 1초도 지나지 않아 방금 연막탄 연기를 빠져나온 인민군 T-62 탱크가 조금 흔들렸다. 민순기는 정확히 맞은 것인지 긴가민가했다.

그 전차는 잠시 후에 포탑이 공중으로 튀고 차체 내부에서 화염이 뿜어져 나왔다. 포탑은 약간 뒤로 떨어져 차체에 반쯤 얹혀졌다. 전차 내부에서 시커먼 연기가 모락모락 새어나왔다. 다른 목표는 잘 보이지 않았다. 희뿌연 연막탄이 천지를 뒤덮고 폭우가 쏟아지고 있었다.

"명중! 다음…… 잠깐! 날탄 장전."

민순기 중위가 직접 조준했다. 빗줄기 속에서 뭔가 반짝거리는 것에 조준간을 맞췄다. 그가 알고 있기로 그 빛은 액티브 적외선 관측장비가 작동할 때 나는 빛이었다. 눈으로는 보이지 않지만 열영상 장비에는 확실히 보였다.

― 날탄 장전 완료!

"발사!"

다시 익숙한 진동이 민순기 중위의 몸을 뒤흔들었다. 날개안정철갑탄이 발사된 직후 장탄통이 쪼개지며 화살같이 기다란 포탄이 날아갔다. 포탄은 목표를 정확히 가격해 관통했다.

"명중! 다음!"

― 목표가 없습니다.

"왜 없나?"

포수의 보고에 민순기 중위가 조준기 스위치를 조작해 CPS를 선택했다. 포탑 위의 잠망경이 돌아가며 목표를 찾았으나 멀쩡한 적 전차는 보이지 않았다. 전차장용 사이트 안에는 자욱한 연막 속에 있는 전차들이 강한 영상을 내보내고 있었다. 이미 파괴되어 불타고 있는 전차였다.

나머지 적 전차들은 후진으로 도주하고 있었다. 포성이 점점 잦아들었다. 사위는 점점 더 어두워졌다.

위도유원지 쪽 4차선 국도로 밀고 내려온 인민군 전차들은 국군 제

21기갑여단 전차 1개 대대가 펼친 포위망 안에 갇혀 도륙당했다. 일단은 전차포 사거리와 명중률에서 차이가 났고, 화기관제장치에서 우열이 완전히 판가름났다.

국군 전차는 멀리서 정확히 명중시킬 수 있었지만 인민군 전차는, 사정거리는 둘째치고 목표를 포착하기도 힘들었다. 비가 오고 있는 것이 화기관제장치가 우수한 K-1 전차에 극히 유리하게 작용했다.

"소대 1호차다. 보고하라."

ㅡ2호차, 이상 무! 적 전차 3대 격파했습니다.

ㅡ3호차 이상 무! 적 전차 2대 격파.

"좋다. 다들 잘했다. 당분간 대기한다. 전방을 주시하라."

민순기 중위는 뿌듯했다. 전차 1개 소대로 적 전차 1개 중대를 잡았다. 인민군 T-62 전차는 국군 K-1 전차의 상대가 되지 않았다. 그때 인터컴이 울렸다.

ㅡ중대장이다. 전 차량 후퇴한다. 강 건너편이 적에게 점령당했다.

민순기 중위가 해치를 열고 포탑 위로 올라갔다. 듬성듬성 작은 건물이 세워진 넓은 개활지에 인민군 전차들이 불타오르고 있었다. 파괴된 전차는 줄잡아 50여 대쯤 되어 보였다.

오른쪽을 보니 1중대 전차들이 대열을 이탈해 2차선 지방도로로 향하고 있었다. 넓은 강변 5번 국도로 가지 않는 게 이상했다. 민순기 중위의 궁금증은 금방 풀렸다. 인민군 자주포에서 발사된 포탄이 주변에 낙하하고 있었다.

ㅡ중대, 오른쪽으로 빠져나간다. 서둘러! 우린 소양 제1교로 간다.

조급해진 중대장이 재촉했다. 민순기 중위가 해치를 닫고 들어왔다. 포탄이 근처에 떨어져 작은 파편이 전차를 때려댔다. 민순기 중위가 기분 잡쳤다는 듯 인터컴 마이크를 잡고 조종수를 불렀다.

"김 이병, 가자!"

6월 16일 17:40 경기도 김포군 한강 하구

"군관 동지! 남동쪽을 보시라요!"

도하통제군관은 부관이 소리치는 방향을 향해 고개를 들었다. 자그마한 검은 점이 하늘 위로 느리게 움직이고 있었다. 그는 제발 공화국 항공기이기를 간절히 바랐다. 계속된 한국 공군과 지대지 미사일 공격으로 부교는 이미 만신창이가 된 상태였다. 더 이상 공격이 이어진다면 부교를 유지할 수 없는 상황이었다.

그러나 도하통제군관의 갈망을 비웃기라도 하듯이 도하지점 양안에 배치된 고사포들이 불을 뿜기 시작했다. 포탄들은 느린 속도로 움직이는 검은 점 주변에 무수히 작렬했다. 예광탄들의 십자포화를 얻어맞은 조그만 항공기는 바로 한국 공군의 KO-1 저속통제기였다. 황급히 방향을 바꾸려 선회했지만 고사포탄이 작렬하면서 작은 기체를 곧 집어삼켜 버렸다.

도하통제군관은 부교 위를 힘겹게 주행하는 트럭들을 절망적으로 바라보았다. 주정들을 많이 잃었기 때문에 부교가 강의 흐름을 못 이기고 하류로 잔뜩 기울어진 상태였다. 그 위로 4군단의 군수품을 적재한 지원트럭들이 위태롭게 강을 건너고 있었다.

어렵게 최저수위인 간조를 넘기고 한숨을 돌렸던 도하통제군관은 겁이 나기 시작했다. 저속통제기가 날아올 정도라면 국군도 단단히 마음먹었음이 틀림없었다.

한강 하구는 간조시에 유속이 가장 빠르다. 그것은 해수위가 낮아지므로 강의 흐름이 바다를 향해 더욱 더 빠르게 유입되기 때문이었다.

국방군의 항공기가 지면에 부딪쳐 폭발한 시간으로부터 정확하게 1분 후에 포탄이 날아왔다. 도하통제군관이 가장 두려워했던 결과가 현실이 되는 순간이었다.

한국군 포병대가 저속통제기로부터 표적지시를 받고 사격을 시작한 것이다. 공기를 가르는 날카롭고도 불쾌한 소리가 부교 쪽으로 가까워진 다음 수십 미터 상공 위에서 폭발했다.

대장갑 파괴용 집속탄인 DPICM탄이었다. 그리고 자탄들은 상류 쪽에 설치된 제2부교와 주정 위로 흩뿌려지면서 연쇄적으로 폭발했다. 포탄이 날아온 방향은 뜻밖에 북동쪽이었다.

도하통제군관은 절망스런 표정으로 파주 방면을 바라보았다. 작전계획에 따르면 파주 지역에 배치된 한국군 포병대는 지금쯤이면 인민군 5군단의 진격을 상대하기도 급급해야 했다. 도하통제군관의 분노는 인민군 5군단과 한국군 포병대 양쪽 모두를 향했다.

제2부교를 지탱하던 주정들 중 일부가 파괴되자 부교로 가해지던 강의 압력이 더욱 더 가중됐다. 한계점을 넘어선 부교가 붕괴되는 것은 순식간의 일이었다.

무너진 제방처럼 제2부교는 가운데 부분이 터지며 그 위에 있던 트럭들이 강물로 떨어지고 있었다. 철주가 주정과 부딪치며 주정도 한꺼번에 휩쓸렸다.

포탄들은 곧이어 도하통제군관이 서 있는 제3부교 쪽으로도 쏟아졌다. 엄폐할 장소는 없었다. 제2부교가 부서지면서 조각난 PMP 부교 철주들은 마치 흐트러뜨린 레고 블록처럼 둥둥 떠서 제3부교 쪽으로 쇄도했다.

참사가 시작되었다. 끝없는 포격과 폭격에도 불구하고 지금껏 버텨왔던 부교들이 사라질 순간이었다. 조각난 철주들이 제3부교에 충돌하기 시작했다. 부교가 출렁이며 인민군 몇이 급류에 떠내려갔다. 100여 미터도 흐르지 않아 인민군들은 더 이상 머리를 수면 위로 내밀지 못했다.

부교에 대한 급류의 압력은 점점 가중되었다. 부교가 잠시 크게 출렁거렸다. 그것을 바라보던 도하통제군관이 아연실색할 사이도 없었다. 도하통제군관 바로 옆 상공에서 DPICM탄이 또다시 폭발했다. 파주 방면의 한국군 포병 3개 대대가 목숨을 담보로 김포반도를 지원하고 있었다. 거센 충격으로 넘어진 도하통제군관은 점점 의식을 잃어갔다.

이제 하중을 이겨내지 못한 제3부교가 와해되면서 트럭들과 공병들이 한강 물 속으로 고꾸라져 들어갔다. 반도 안 남은 주정들은 더 이상 부교를 지탱할 수도, 복구를 시도할 수도 없었다. 인민군 4군단을 성공적으로 도하시킨 PMP 부교들은 이제 그 수명을 다하고 쓰레기가 되어 조각조각 서해로 흘러들었다.

6월 16일 18:10 강원도 양양군

비트 밖은 여전히 빗방울이 쏟아지고 있었다. 보통 때 같으면 아직 훤할 시간이지만 쏟아지는 비와 낮게 드리운 먹장구름 때문에 주변은 칠흑처럼 어두웠다. 비트 내부 바닥은 이제 축축한 정도가 아니라 물이 고여 발목까지 차고 있었다.

부조장 리학림 상사가 이동을 앞두고 마지막 무전을 치기 시작했다. 모르스 부호로 암호문을 전송하는 시간은 약 1분 정도였다. 이제 몇 번만 더 두드리면 전송작업은 끝난다.

다들 긴장이 조금 풀어질 무렵 갑자기 송신기에 연결된 안테나선이 쑥 뽑혀나갔다. 리학림은 기절할 듯이 놀랐다. 옆에 있던 장용철 상위 역시 마찬가지였다. 오랜 훈련의 결과 이들은 비명을 지르거나 하지는 않았다. 이들이 총기를 드는 순간 비트 입구가 활짝 열리며 안으로 뭔가 굴러 떨어졌다.

입구에 서 있던 리학림이 본능적으로 비트 밖을 향해 몸을 날렸다. 순간 주변 수풀 사이에 숨어 있던 수십 개의 총구가 거의 동시에 불을 뿜었다.

비트 입구에서 4미터 정도 떨어진 위치에서 리학림은 온몸에 총알구멍이 난 채 즉사했다.

폭음이 두 번 연속 터지며 비트 입구로 뭔가가 튀어나왔다. 수류탄 파편에 잘려나간 인민군 정찰대원의 신체 일부분이었다. 특전여단 킬러팀 대원들이 비트 입구에 대고 자동사격으로 총탄을 퍼부었다. 그러나 총격은 필요없었다. 정찰조원 4명은 비트 내부에서 서로 뒤엉킨 채 죽어 있었다.

신참 특전하사관들이 구덩이 속에 들어가 시체들을 끌어내기 시작했다. 비트 바닥과 벽, 천장에는 정찰조원의 피와 살점이 덕지덕지 엉겨붙어 있었다. 역겨운 피비린내가 이런 일에 익숙지 않은 신참 대원들의 속을 뒤집어놓았다.

5분 뒤 인민군 1군단 정찰대대 소속 정찰조원 5명의 시체가 비트 주변에 나란히 널렸다. 시체들은 고깃덩이라는 표현이 적당할 정도로 끔찍한 모습이었다. 비옷으로 대충 덮어놓았지만 비옷 아래로 흘러나온 피가 주변 땅바닥을 붉게 적셨다.

연락을 받고 정보부대 요원들이 헬기를 타고 도착했다. 정보부대원들이 사진을 찍기 위해 비옷을 걷고 폴라로이드 카메라를 들이대다가 기겁했다. 비가 쏟아지는 어두운 숲에서 카메라 플래시가 계속 터졌다.

시체들은 특전여단 대원들에 의해 시체 포장용 비닐백에 넣어져 인근 농가에서 구한 지게로 도로까지 운반되었다.

지게 위에서 흔들거리는 비닐백 위로 빗방울들이 무심하게 떨어져 내렸다.

6월 16일 18:45   경기도 김포군

"동무들~."

인민군 박장익 소위가 연설을 시작하려 했으나 하전사들은 멍한 눈으로 허공만 주시하고 있었다. 싸울 의지가 남아 있는 것 같지 않은 사람들이었다.

이들에게도 첫 번째 전투는 지나치게 격렬했을 것이다. 박장익이 속으로 이를 갈았다. 중대를 통틀어 살아남은 군관이 별로 없었다. 박장익은 앞에 몰려앉은 인민군들을 살폈다.

다들 얼굴이 연기에 시커멓게 그을렸거나 파편에 부상을 입고 붕대를 감고 있었다. 영락없는 패잔병 몰골이었다. 이런 자들을 데리고 전투에 참가해 박장익이 살아남을 수 있을 것 같지 않았다.

6월 16일 20:53   경기도 연천군

― 치칙!

인민군 강민철 대위는 눈이 멀 만큼 밝은 빛이 보이는 순간 바닥에 엎드렸다. 조명탄이 순간적으로 몇만 룩스에 이르는 밝은 불빛을 뿜으며 천천히 하늘을 흘러가고 있었다. 그런데 일반적인 조명탄 폭발로 보기에는 훨씬 낮은 고도였다.

"어느 동무가 조명지뢰를 건드렸구만기래!"

3중대장 강민철 대위는 돌격전개계선으로 설정된 언덕에 엎드려서 전방의 2중대 상황을 주시하고 있었다. 2중대는 공격 제1제대였고, 강민철이 지휘하는 3중대는 공격 2제대였다.

그런데 조명지뢰가 터진 곳은 중대 분진점을 넘어선 지역이었다.

공격간 분진점을 통과하면 예하 부대별로 분리하여 전진하게 된다. 조명지뢰가 터진 곳은 2중대 좌익이 통과하는 지점이었다. 2중대 주력은 조명지뢰가 터진 곳보다 오른쪽으로 300미터 정도 떨어진 지점을 통과하고 있을 때였다.

공격기도가 너무 일찍 노출되었다. 오늘 고지공격은 공격기도를 최대한 은폐하기 위해 포병의 지원사격도 가급적 늦추고, 시간도 짧게 하도록 계획되어 있었다. 그런데 산 어귀에 도착하기도 전에 공격기도가 노출된 것이다.

아까 낮에는 치열한 포격 때문에 전진을 멈추고 대기해야 했다. 인민군 보병은 아무래도 밤에 움직이는 편이 유리했다. 그리고 지금은 충분히 어두웠다. 폭우를 퍼붓던 구름은 가랑비가 되며 빗줄기가 조금 가늘어지긴 했지만 여전히 줄기차게 뿌려대고 있었다.

2중대가 845고지를 확보하면 강민철이 지휘하는 3중대는 2중대를 초월 전진하여 더 남쪽에 위치한 723고지를 타격하도록 계획되어 있었다. 만에 하나 공격 1제대인 2중대 병력이 845고지 점령에 실패하면 강민철이 지휘하는 3중대가 공격 제2제대로 845고지 점령에 나서야 했다.

강민철이 고개를 들어 망원경으로 845고지를 주시했다. 산 정상과 하늘이 만나는 공제선 부근으로 뭔가 어른거리고 있는 듯한 물체들이 보였다. 조명지뢰가 터졌으니 산 아래까지 내려와 있을 국방군 청음초뿐만 아니라 고지 정상에 있는 방어 주력들도 일찍감치 대비에 들어갈 게 분명했다. 강민철이 투덜거렸다.

"제길! 오늘밤은 피곤한 시간이 되겠구만!"

조명지뢰가 폭발한 지점은 지형상 국군의 직사화기는 물론 포병도 지원하기가 곤란한 사각지역이었다. 강민철은 조만간 국군의 박격포탄이 조명지뢰가 터진 지점으로 떨어지리라 예상하고 정신을 집중하고 있었다.

그런데 아무리 기다려도 그럴 기미가 없었다. 조명지뢰가 터졌는데도 남쪽이나 북쪽이나 시치미를 떼기로 같이 약속이나 한 것처럼 조용하기만 했다. 강민철은 상식 밖의 일이라고 생각했다. 그렇다면 고지를 방어하고 있는 국방군의 무전기에 문제가 생긴 것이 아닌가 하는 희망 섞인 상상을 했다.

— 뚜두두! 뚜르르륵!

그 순간 강민철의 가슴을 철렁하게 하는 소리가 터져나오기 시작했다.

"아니! 웬 기관총 소리야?"

그 소리는 강민철이 예상하던 박격포 소리가 아닌 둔중한 중기관총 소리였다. 845고지의 지형이 워낙 복잡해서 산 9부 능선 위에 위치하고 있을 국군의 기관총이 산 어귀 일대를 커버할 수는 없었다. 강민철이 혹시나 하고 다시 고개를 들어 845고지 정상 일대를 살폈다. 예상대로 총구화염이 전혀 보이지 않았다.

강민철은 미친 듯이 시선을 옮기며 산 어귀 일대를 살펴보았다. 아무래도 산 정상이 아니고 산기슭 일대에서 기관총을 쏘고 있는 것 같았다. 정신없이 총구화염을 찾고 있던 강민철의 눈에 섬뜩한 불빛이 들어왔다. 2중대 주력이 전개한 지역 우측방에서 소대급을 넘는 총구화염이 보였다.

강민철은 초조함으로 바싹 마른 입 속에서 갑자기 쓴맛을 느꼈다. 아무래도 산 어귀에 청음초 정도가 아니라 전투전초가 배치된 모양이었다. 인민군 2중대 주력 측방이 국군 기관총에 완전히 노출되었다. 강민철은 문득 군관학교 수업 중에 교도군관 동지가 강조하던 말을 떠올렸다.

'동무들! 명심하기요. 돌격 중인 보병 구분대가 기관총의 측사에 노출되는 것은, 추격기가 적기에게 꼬리를 잡히는 것보다 더 비참한 결

과를 초래하오.'

― 트륵! 드르르륵!

요란한 총성 속에 비명이 묻혀 들려오고 있었다. 언뜻 비명 속에서 '오마니'라는 외침 소리를 들은 것 같았다. 강민철은 그 애절한 외침을 듣자 자기도 모르게 고개를 뒤로 돌려 북쪽에 위치한 721고지를 바라보았다.

강민철이 무의식 중에 721고지를 본 것은 고지 정상에 위치한 인민군 대대 지휘부가 즉각 조치를 취해주길 바라는 마음 때문이었다. 공격시간에는 기도비닉 유지를 위해 2중대가 7부 능선에 도달하기 전까지 모든 무선망을 사용하지 말도록 엄격하게 지시가 내려와 있는 상태였다.

― 쉬이이이익~ 쉬쉿~ 쾅!

― 슈슛~ 콰쾅!

전방 일대에 박격포탄이 떨어지기 시작했다. 강민철은 자기도 모르게 손에 힘을 꽉 주었다.

"고렇디!"

강민철은 대대 지휘부가 즉각 박격포로 응사한 것이라고 생각했다. 강민철은 즉각 2중대를 지원해준 대대 지휘부가 고마웠다.

― 슈우욱~ 퍽!

순간, 강민철의 눈앞에 드러난 시야가 파스텔조의 색상으로 변했다. 마치 달나라에 온 듯했다. 조명탄이 터진 것이다. 2중대 주력이 전진도 후퇴도 못하는 상태에서 납작 엎드려 있는 모양이 한눈에 들어왔다. 주변에 하늘을 향해 누워 있는 것은 모두 시체였다.

"염병할! 공화국 인민군이 아니라 남반부 국방군이 박격포를 쏘고 있는 모양이구만!"

강민철은 초조한 마음으로 다시 북쪽의 721고지를 뒤돌아보았다.

순간, 북쪽 고지에서 황색 신호탄 한 발이 솟아올랐다. 2중대에 후퇴를 지시하는 약정신호였다. 그것은 곧 3중대의 돌격준비를 의미하는 것이다.

강민철 대위는 즉각 언덕을 내려가 3중대 병력이 대기하고 있는 곳으로 달려갔다. 중대원들 위장상태와 방음상태를 점검하다 보니 전방에서 중포탄이 작렬하는 폭음이 들리기 시작했다. 인민군 사단포병이 122밀리 중포로 845고지 일대를 강타하는 모양이었다.

잠시 후에 처참한 몰골을 한 2중대 병력이 거의 기어오다시피 돌격 전개계선으로 돌아오고 있었다. 병력의 거의 3분의 1 정도가 죽거나 다쳐 전투불능상태였고, 거기에 더해 3분의 1 정도는 최소한 경미한 부상이라도 입은 듯했다. 10분도 안 되는 짧은 시간에 기관총과 박격포에 노출된 것치고는 피해가 너무 막심했다.

그 꼴을 보자 강민철의 부하들도 기가 많이 죽은 표정이었다. 강민철은 공격하기도 전에 하전사들의 사기가 떨어지는 건 곤란하다고 생각했다. 그때 중대 정치지도원 변일태 중위가 일장 연설을 시작했다.

"조선인민군 강민철 구분대 동무들! 동무들은 이 위대한 조국통일전쟁에 참가한 것을 영광으로 생각하시오! 동무들은 한 목숨 바쳐 용맹하게 일떠서길 바라오. 위대하신 장군님의 영도 아래 남조선 인민들을 양코배기 미제의 압제로부터 기필코 해방시키고야 말겠다는 강철 같은 신념으로……"

변일태 중위의 장광설에 하전사들은 시큰둥한 표정으로 서 있었다. 자기 목숨이 달려 있는 상황에선 아무리 위대한 명분도 의미가 없는 것이다. 그 꼴을 보다 못한 강민철이 직접 나섰다.

"3중대 동무들! 긴 말 않갔소. 밤이라고 해서 혼자만 살려고 처지는

의미없는 죽음 331

동무들이 있으면, 결국 우리 모두 죽을 것이오. 동무들이 얼마나 열렬히 전투에 임하는지 내가 잘 관찰하겠소. 그리고…… 그 결과에 따라 고향에 있는 동무들 가족의 배급기준이 달라질 것이오. 이 점 특히 명심하길 바라오!"

강민철 대위는 차마 '제일 뒤로 처지는 하전사들은 뒤통수에 아군 총알을 맞을 각오를 하라'는 협박을 할 수는 없었다. 어차피 누구나 알고 있는 이야기를 이런 분위기에서 한다는 건 오히려 사기를 더 떨어뜨릴 뿐이라는 사실을 잘 알고 있었다. 그리고 그런 독전임무는 중대 정치지도원인 변일태 중위나 할 짓이었다.

10분쯤 지나자 고지를 향한 인민군의 지원포격이 멈췄다. 강민철이 지휘하는 3중대는 즉각 접적행군대형으로 언덕을 넘어 남쪽으로 전진하기 시작했다.

백두대간

6월 16일 21:05   경기도 김포군 양촌면

"우리 소대 임무는 김포가든 주위에서 적의 공격을 저지하는 것이다. 그곳은 아직 직접 전투가 벌어지는 곳은 아니다. 그러나 언제든 최전선으로 변할 수 있다. 여러분들은 역전의 예비군인 만큼 실전에서도 후배 현역 사병들의 모범이 되길 바란다. 그리고……"

흔들리는 트럭 짐칸 어둠 속에서 소대원들에게 훈시를 하는 오관식 중위의 눈빛이 반짝거렸다. 개머리판을 바닥에 놓고 총을 세운 동원예비군들은 똑바로 앉은 자세에서 굳은 표정으로 훈시를 들었다.

김승욱은 소대장의 목소리가 귀에 들어오지도 않았다. 김승욱은 아랫배가 살살 아프기 시작했다. 무서운 일에 접하기 전에 왜 배가 아픈지 알 수 없었지만, 지금 상황은 도망가고 싶을 만큼 무서웠다. 전선이 바로 코앞에 있었다. 지금 여기서도 총성과 포성이 연이어 들려왔다.

그때 환한 빛이 트럭 안을 비췄다. 트럭에 가득한 예비군들이 자세는 똑바로 했지만 눈동자는 뒤쪽으로 잔뜩 돌아갔다. 트럭 뒤에 보이는 주유소가 붉은 화염을 내뿜으며 타오르고 있었다. 뜨거운 열기가 지나가는 트럭 안에까지 전해졌다. 비가 쏟아지는 밤하늘이 붉게 비쳤다.

김포읍에서 강화도로 통하는 48번 국도 주위에 산재한 주유소들은 모두 파괴되었다. 북한군 차량들이 유류보급에 이용하는 것을 방지하기 위해서였다. 주유소 주인들이 자발적으로 불태운 곳도 있었지만, 대부분은 국군 파괴조가 투입되어 불살랐다. 휘발유가 폭발하여 인명피해도 상당히 많이 났다.

훈시가 계속되는 동안 트럭이 멈췄다. 다른 소대원들이 트럭에서 내리는 소리가 들려왔다. 오관식 중위가 빠른 말로 마지막 당부를 했다.

"그럼 훈련받은 대로 행동하고, 스스로를 생각해서 꼴통짓은 하지 말기 바란다. 조국과 민주주의도 중요하지만, 먼저 우리 목숨을 지키기 위해 용감히 싸워야 한다. 그것이 여러분 자신뿐만 아니라 여러분 가족과 조국을 위한 길이기도 하다. 자, 내리자!"

예비군들이 트럭에서 하차했다. 김승욱이 트럭에서 뛰어내리다가 배 쪽에서 뭔가 뚝 하는 느낌을 받았다. 결국 단추가 터져나간 것이다. 바닥을 더듬거렸다. 그러나 어두워서 단추가 어디로 떨어졌는지 찾을 수 없었다.

소대장이 준다던 전투복 바지는 오늘도 받지 못했다. 김승욱은 기분 더럽다고 생각하는데 옆에 원종석이 다가왔다.

"저 소대장놈, 꼴통은 아니지만 또라이 같아. 무슨 일 생길까 무서워."

김승욱은 꼴통하고 또라이가 무슨 차이인지 모르겠지만, 주변에 사람이 들끓는 것을 보고 의아했다. 전쟁터에 이렇게 많은 민간인들이 있을 줄은 예상치 못한 김승욱이 주변을 둘러보았다.

도로 가에는 피난민들이 짐을 이고 지고 빗속을 걸어가고 있었다.

그들은 겁에 질리고 피곤한 모습들이었다. 비가 쏟아지는데도 우산을 쓴 사람은 별로 없었다. 그만큼 피난길은 힘겨웠다.

여기까지 오는 동안 죽을 위기를 수없이 넘기고 인민군과 국군으로부터 적 특수부대원이 아닌지 의심을 받아야 했다. 시민들이 집을 나설 때 몰고온 승용차는 부서지거나 빼앗겼다. 도로가 차로 메워져 버리고 오기도 했다. 그래도 민간인들은 아직 살아남았으니 다행이었다. 조금만 더 가면 후방지역이었다.

"자, 가자!"

소대장이 예비군들을 이끌고 김포가든 건너편으로 걸어갔다. 진지는 이미 만들어져 있었다. 도로 차단목 한쪽에 기본적으로 있는 벽돌로 만든 무개진지말고도 모래주머니를 쌓아 만든 진지도 서너 개 있었다. 소대장의 지시에 따라 주변 건물에도 예비군들이 올라갔다. 논으로 내려가는 분대도 있었다.

다른 소대는 김포가든 주차장 쪽에 배치됐다. 또 하나의 소대는 가든 뒤쪽에 배치되었다. 대대에서 지원나온 현역 기간병들이 길모퉁이 한쪽에서 106밀리 무반동총을 설치하고 있었다. 예비군들이 내린 다음 중대 병력을 싣고 온 트럭이 후방 쪽으로 돌아갔다.

김승욱은 트럭 행렬이 보이지 않을 때까지 지켜보았다. 그 차에 타고 싶은 마음이 굴뚝같았으나, 탈 수 없었다. 평시 같으면 운전사에게 돈 몇 푼만 쥐어주거나, 인심 좋은 운전사를 만나면 공짜로도 탈 수 있는 트럭이었지만 지금은 아니었다.

북서쪽으로 불꺼진 아파트촌이 을씨년스럽게 어둠 속에서 우뚝 솟아 있었다. 섬광이 아파트촌 뒤에서 연이어 터져나갔다. 그쪽은 지금 치열하게 전투가 벌어지는 최전선이었다.

도로 위에 사람들 한 무더기가 또 몰려왔다. 피난민에 섞인 향토예비군들은 엉성한 복장에 자그마한 카빈 소총 총구를 땅으로 향한 채 힘없이 걸어왔다. 부상당한 동료를 어깨에 부축하거나 들것에 싣고 오는 예비군들은 반쯤 얼이 나가 있었다.

　모자를 벗고 장발을 한 향토예비군 한 명은 멍한 눈이고, 터벅거리는 다리가 몹시 후들거렸다.

　― 꾸우우우웅~.

　섬광이 주변을 확 비추며 충격파가 지면을 일렁거리게 만들었다. 아직 참호에 들어가지 않은 김승욱이 중심을 못 잡고 쓰러졌다. 파편이 눈앞을 스치며 지나갔다. 뜨거운 바람이 거세게 몰아쳤다.

　"젠장! 포격이야!"

　어느새 엎드린 원종석이 헬멧 밑으로 빼꼼이 눈을 뜨고 중얼거렸다. 김승욱은 정신이 없었다. 화들짝 놀라 총부터 거머쥐었다. 적이 온 것이 아니라 포격인 것을 알아챈 김승욱이 다시 엎드렸다. 그러나 제2탄은 날아오지 않았다.

　포탄이 떨어진 곳을 찾았다. 도로 바로 옆에 명중했는지 아스팔트가 반쯤 홀랑 날아가고 콘크리트로 얇게 포장된 갓길까지 움푹 패였다. 그 근처에는 시커먼 것이 두세 개 지글거리며 타고 있었다. 조금 전까지 사람이었던 물체였다.

　파편에 맞은 사람들이 길 위에 엎어져 있었다. 대부분 피난민이었다. 아이들과 함께 있는 여자들이 많았다.

　"아아악! 살려주세요!"

　40대쯤 되어 보이는 부인이 부상을 입고 길가에 주저앉아 있었다. 피난민 행렬은 아우성이었다. 정신없이 뛰어가고 손을 놓친 아이들 울음이 도로를 가득 메웠다.

　김승욱은 아버지가 떠올랐다. 병원에 계신 아버지는 위험한 상태는 아니지만 정신을 차리지 못했었다. 김승욱이 철모를 손으로 누르며 울부짖는 피난민들을 향해 뛰어갔다.

"이봐! 자리를 지켜!"

소대장이 말렸으나 김승욱은 멈추지 않았다. 아주머니는 다리에서 피가 흘러내리고 있었다. 나이답지 않게 분홍색 블라우스를 입고 있었다. 부축한 김승욱이 낑낑거리며 일으켜세웠다.

"돌아오라니까!"

"갑니다!"

절뚝거리는 아주머니는 무거웠다. 12살쯤 된 아이가 울면서 따라왔다. 위험한 길 위에서 오래 있는 것은 위험했다. 김승욱이 아주머니를 업고 뛰었다. 아이는 엄마를 부르며 뛰어왔다.

언제 다시 포탄이 떨어질지도 몰라 무서워서 빨리 뛰었다. 그런데 중년부인은 생각보다 가벼웠다. 뛰는데 전투복 바지가 내려가며 걸리적거렸다. 어기적거리며 분대로 돌아온 김승욱이 부인을 참호 뒤에 내려놓았다.

아주머니는 눈을 감고 신음소리를 내고 있었다. 아이가 옆에 앉아 엄마를 부르며 울부짖었다. 부인의 상태를 살핀 원종석이 가든 쪽을 향해 외쳤다.

"위생벼엉! 의무병!"

김승욱은 겨우 다리 좀 다친 아주머니를 보고 원종석이 너무 놀라는 것이 아닌가 생각했다. 소대장까지 와서 환자의 상태를 자세히 살피다가 벌떡 일어섰다. 소대장이 고개를 흔들더니 김승욱을 보며 놀란 눈을 했다.

"자네, 판초우의 뒤를 보게."

알 수 없는 소대장의 말이었다. 김승욱은 뭔가 이상한 생각이 들어 판초우의를 당겨 뒤쪽을 보다가 기겁했다. 시뻘건 피가 등에 가득 묻어 흐르고 있었다. 빗줄기가 천천히 피를 씻어내렸다.

놀란 김승욱이 아주머니를 다시 살폈다. 분홍색으로 봤던 옷은 검

붉은 색으로 변해 있었다. 의무병이 뛰어올 때쯤 아주머니는 고개를 옆으로 돌렸다. 아이가 끝없이 서럽게 울어댔다.

6월 16일 21:30 경기도 연천군

　강민철 대위가 지휘하는 인민군이 전진을 시작했다. 연두색 철모를 쓰고 녹갈색 군복을 입은 인민군들은 소총 멜빵을 어깨에 메고 소총 앞부분을 오른손으로 잡은 채 빠른 걸음으로 걸었다.
　중대 분진점에서 3소대의 1개 분대가 좌측으로 분리되었다. 1소대와 3소대의 나머지 병력은 직진을 계속했다. 오른쪽으로는 2소대가 전진했다. 강민철은 3소대와 함께 했다.
　국군이 방어하고 있는 845고지로 갈 수 있는 가장 평탄한 접근로는 3소대 1개 분대가 담당했다. 그 길은 845고지 왼쪽의 계곡을 따라 완만하게 정상으로 접근할 수 있는 길이었다.
　만약 지금 그들이 군인 신분이 아니고 가볍게 등산에 나선 것이었다면 당연히 택할 만한 길이었다. 아까 조명지뢰가 폭발한 곳도 그 계곡 입구였다.
　3중대 주력은 845고지 정면으로 움직였다. 이 길은 북쪽에 인민군이 점령한 721고지에서 중대의 전진상황을 쉽게 관측할 수 있기 때문에 대대 지휘부와 연락 및 협조가 용이한 길이었다. 그만큼 국군도 만반의 대비를 하고 있을 접근로였다.
　2소대가 담당한 오른쪽 측면 접근로는 비교적 험준해서 야간에 기동하기에는 조금 곤란한 지형이었다. 작은 산짐승이나 다니는 오솔길을 따라 힘들게 비탈을 올라가야 정상에 도달할 수 있었다.
　강민철은 중대 분진점에서 오른쪽으로 갈라지고 있는 2소대원들을 물끄러미 바라보았다. 어쩌면 피차간에 이 길이 마지막 길이 될지도 몰랐다.

강민철은 2소대를 인솔하고 가는 군사 부중대장에게 뭔가 당부의 말을 하고 싶었다. 하지만 긴박한 전장에서 마음놓고 말을 나눌 수도 없었다. 다만 부중대장의 손을 한번 덥석 잡아주었을 뿐이었다. 부중대장이 일없다는 표정으로 눈을 끔뻑거린 것을 어둠 속에서 볼 수 있었다.

정확히 55분 후에 중대 주력과 2소대가 국군이 방어하고 있는 고지에 동시에 돌입해야 했다. 약정된 시간에 맞추지 못할 경우, 둘 중 먼저 돌입한 병력은 국군의 집중공격을 받아 개죽음을 당할 것이 분명했다. 강민철은 제발 2소대가 제시간에 맞춰주길 바랐다. 3소대 1분대와 2소대 병력이 어둠 속으로 사라져갔다.

강민철이 이끄는 병력도 움직이기 시작했다. 물에 젖은 풀이 군화 발목을 스쳤다. 비가 쏟아져 앞이 제대로 보이지 않았다.

"헉!"

강민철 바로 앞에서 걸어가고 있던 하전사 한 명이 낮은 신음소리와 함께 걸음을 멈췄다. 강민철은 자세를 낮추고 조심스럽게 다가가 초급병사의 어깨를 잡고 그 인민군의 얼굴을 바라보았다. 표정으로 왜 멈췄는지 물은 것이다. 상황이 불투명한 적전이기 때문에 함부로 목소리를 낼 수는 없었다.

그 초급병사는 당황한 표정으로 땅바닥을 손짓하고 있었다. 강민철은 무의식적으로 땅바닥을 바라보았다. 깜깜한 밤에 뭐가 보일 리가 없었다. 그 인민군은 조심스럽게 단어 하나를 토해냈다.

"지뢰!"

강민철은 상체를 낮추고 초급병사의 발 아래를 조심스럽게 살펴보았다. 갑자기 피비린내가 물씬 풍겼다. 강민철은 재수없다고 느꼈다.

아까 죽은 2중대 전사 중 누군가의 팔목이었다.
 아까 2중대가 매복에 당했던 곳에 도달한 것이다. 강민철은 그 초급 병사에게 앞으로 계속 전진하도록 고갯짓을 했다. 초급병사는 덜덜 떨며 계속 걸어갔다.
 주변에는 비참하게 죽어 있는 2중대 인민군들 시체가 어둠 속에 희미하게 너부러져 있었다. 당장 시신들을 거두어주고 싶었지만 시신회수 임무는 재편성 후에 뒤따라올 2중대가 맡을 것이다.
 어쩌면 아까 2중대를 기습한 국군이 아직 있을지도 모른다는 생각이 들었다. 강민철은 병력을 좌우로 분리하여 전투대형을 갖추고 조심스럽게 그 지역을 횡단했다.
 다행히 별다른 적정은 보이지 않았다. 이윽고 인민군이 아닌 국군 시체를 발견했다. 이곳에 매복하고 있던 국군 전투전초는 인민군 포격에 죽거나 이미 철수한 것 같았다. 대충 훑어보니 주변에 국군 시체가 10여 구 정도 보였다. 국군이 사용한 무기가 별로 남아 있지 않은 것으로 보아 살아남은 국군이 많은 것 같았다.
 흔적을 보면, 아까는 적어도 국군 소대급 이상이 개인호까지 파두고 매복하고 있었던 것 같았다. 이곳은 인민군이 점령하고 있는 북쪽의 721고지에서 빤히 내려다보이는 곳이었다. 별로 은폐가 잘된 것 같지 않은데 어떻게 연대 정찰소대원들이 이것도 발견하지 못했는지 강민철은 의아스러웠다. 초조했다. 어디서 총알이 날아올지 모른다는 걱정이 들기 시작했다.
 전쟁이 시작된 후 예상이나 계획대로 진행된 일은 하나도 없었다. 군관학교를 우수한 성적으로 졸업할 때 강민철은 자신이 군인으로서 천부적 소질을 타고난 사람이라는 우쭐한 기분이 든 적도 있었다. 하지만 실제 전쟁은 달랐다. 모든 게 불확실하고 모든 게 애매했다. 모든 공격이 그렇지만 이번 공격도 너무 모험적인 요소가 많았다.

'아까의 인민군 포병포격에서 살아남은 국방군 전투전초가 있다면 시간상 지금도 철수하는 도중일 것이다.'

'이 길, 혹은 3소대의 1개 분대가 전진하고 있는 좌측 길에서 철수하는 국방군과 마주칠 가능성도 배제할 순 없다.'

'불리한 지형에서 마주친다면 결과는 치명적이다.'

'국군이 양공에 속아넘어가지 않고 모든 화력을 일찌감치 고지 정면으로 집중한다면 역시 중대 주력이 위험해진다.'

'2소대가 시간에 맞추지 못하면 돌격은 결국 실패할 것이다.'

강민철의 머리에서 온갖 생각들이 빙빙 돌았다. 불리하거나 최악의 경우만 먼저 떠올랐다.

인민군이 국군 전투전초의 배치를 전혀 파악하지 못한 걸로 보아 적정보고문서도 의심스러웠다. 만약 고지 정상에 국군 2개 소대가 아닌 완편 중대급 이상이 있거나, 혹은 고지를 점령하자마자 국군 중대급 예비대의 강력한 역습을 받는다면 모든 게 끝장이었다.

2중대가 점검을 마치고 곧바로 3중대 뒤를 따르겠지만, 아까의 피해를 보면 재편성을 해야 할 정도이기 때문에 3중대 뒤를 제대로 받쳐줄지는 미지수였다.

'어떻든간에 최후 순간까지 2소대가 노출되지 않으면 고지 점령은 성공할 수 있다. 2소대의 움직임을 숨길 수만 있다면……'

이런저런 상념에 빠져 무의식적으로 걸어가고 있던 강민철이 앞서가던 하전사와 부딪쳤다. 또 지뢰인가 생각하는 순간 대열 전체가 멈췄음을 깨달았다. 이들은 주간에 관측했던 철조망지대에 도착한 것이다.

별다른 지시가 없었는데도 첨병으로 앞서가던 하전사들이 1소대장의 지휘하에 통과지점 두 군데를 확보하고 있었다. 허리 정도 높이의 철조망이 약 40센티미터 간격으로 3중으로 쳐져 있었다. 아까 인민군의 포격으로 군데군데 망가진 곳이 많았지만, 만만하게 생각할 순 없었다. 철조망 사이사이에 폭발되지 않은 지뢰들이 남아 있을지도 몰랐다.

김무길 중위의 폭사 이후 새롭게 1소대장으로 현지 임명된 박 소위는 다행스럽게도 생각보다 능숙했다. 강민철 대위는 작업하는 것을 지켜보다가 또다시 군관학교 시절을 떠올렸다.

'후보군관 동무들! 밤은 백만의 원군과 마찬가지요. 밤을 잘 활용할 경우에만 간악한 원쑤로부터 승리를 쟁취할 수 있소!'

야간전투는 여러 가지 점에서 주간전투와 다르다. 밤에는 낮보다 밀집대형을 취해야 한다. 어둠 속에서 병력이 너무 흩어지면 통제하기가 곤란해지기 때문이다.

그렇다고 해서 각개 병사가 너무 가까이 붙어 있으면 아까의 2중대처럼 매복에 허무하게 당할 수 있다. 그런데 1소대장 박 소위는 강민철이 일일이 지시하지 않아도 용의주도하게 야간 철조망지대 통과를 잘 지휘하고 있었다.

개척된 통과지점 2개를 통해 인민군들이 개인당 2~3미터 간격으로 능숙하게 철조망지대를 통과했다. 강민철은 이 광경을 보니 마치 소대 훈련시범을 보는 것 같다는 생각이 들었다.

6월 16일 21:58   강원도 홍천군 북방면

민순기 중위가 해치를 밀고 고개를 내밀었다. 전차 안에 있으니 너무 답답했다. 차가운 비바람이 얼굴을 때렸다. 시원했다. 깜깜한 도로에는 그의 전차 앞으로 수많은 전차와 차량 행렬이 이어지고 있었다.

춘천 북방에서 포격에 쫓겨온 국군 21기갑여단은 중앙고속도로를 타고 홍천으로 향했다. 원래 인민군 주력이 집결하는 순간을 노려 선제공격해서 짓뭉개려고 북쪽으로 이동한 전차들이었다. 오후에 있었던 전투에서는 일방적으로 이겼지만 그곳은 전차전을 벌일 만한 곳이 아니었다.

춘천 쪽에는 전투가 벌어진 그곳 빼고는 전차부대가 기동할 만한 넓은 야지가 별로 없었다. 고급지휘관이라면 기갑여단을 소모적인 시가전에 투입하지는 않을 것이다. 보병사단 소속이 아니라 독립 기갑여단은 그 위력을 충분히 발휘할 만한 평원으로 재빨리 이동시키는 편이 훨씬 더 나았다.

그리고 춘천은 세 방향에서 밀고 내려온 인민근에 의해 점점 포위되고 있었다. 적 병력이 너무 많았다. 초반에 헬기 집중운용에 의한 감제고지 점령전은 폭우 때문에 인민군들에게 유리하게 작용했다. 헬기가 서로 충돌하거나 산봉우리에 부딪쳐 추락하는 사고가 빈발했으나 인민군 군단장은 인명 손실쯤은 아까워하지 않았다.

"김 이병! 고개 똑바로 내밀고 있는 거야?"

민순기 중위가 해치로 들어오면서 조종수 김용성 이병을 다그쳤다. 전차가 가만있을 때는 괜찮은데 움직일 때는 아무래도 마음이 놓이지 않았다. 인터컴을 통해 자신감에 넘친 김 이병의 목소리가 들려왔다.

─ 예! 안전거리 유지하고 있습니다!

깜깜한 도로에서 조명도 없이 달리는 것은 힘들었다. 전차 안에서 광량증폭식 야시장비를 이용해 전차를 운전할 수도 있지만 민순기 입장에서는 조작이 미숙한 신참 조종수에게 미덥지 않았다. 차라리 전차 밖으로 고개를 내밀게 하는 편이 더 나았다.

비오는 밤에 희끄무레한 곳을 시속 40km로 달리는 것은 쉽지 않은 일이었다. 게다가 김 이병은 사고를 친 전적이 많았다. 조종수가 비를 맞게 하는 것은 징벌적인 성격도 있었지만, 전투 중이 아니면 전차 밖으로 고개를 내밀고 운전하는 것이 더 안전했다.

― 쳇! 이렇게 후퇴만 해서 언제 싸우나?

소대 2호차 포수의 목소리였다. 인터컴을 잘못 조작해놓은 모양이었다. 민순기 중위가 빙긋 웃었다. 소대의 전차 승무원들은 자신감에 넘쳐 있었다.

6월 16일 22:12 경기도 연천군

7부 능선쯤에 도달할 때까지 어떤 일도 일어나지 않았다. 다행스럽게도 아직 모든 것이 순조로웠다. 강민철은 포병에게 공격지원사격을 요청하기로 한 시간이 다 되어간다고 생각했다.

― 타탕!

― 타타탕! 타탁, 탕!

그때였다. 총성이 울리기 시작했다. 소리가 여러 번 반향되어 어느 곳인지 금방 알 수 없었다. 상당히 먼 곳에서 울리는 총성 같기도 하고, 가까운 곳 같기도 했다.

― 푸슈슉~ 퍽!

"조명탄이다!"

강민철이 반사적으로 한쪽 눈을 감고 조명탄이 터진 곳을 향했다. 3소대 1분대가 전진하고 있는 왼쪽 계곡방향 상공에 조명탄이 환한 빛을 발산하고 있었다. 연노란색 빛을 뿜어대는 조명탄이 연기와 함께 허공을 조용히 날아갔다.

3중대를 기습한 국군 전투전초가 저 계곡으로 철수하고 있던 모양이었다. 강민철은 제발 3소대 1분대가 무사하길 바랐다.

그러나 어떻게 보면 상황은 유리하게 돌아가고 있었다. 3소대 1분대는 주공 방향을 속이기 위해 기만임무를 맡은 양공부대였다. 3소대 1분대는 어느 정도 전진한 후 일부러라도 요란하게 총격음을 내서 시선을 유도하기로 되어 있었다. 일단 왼쪽 계곡 쪽에 인민군이 접근하고 있음을 고지 정상의 국군에게 알리기만 하면 3소대 1분대의 임무는 달성되는 것이다.

왼쪽 계곡 일대에서 총격전이 벌어지면 고지 정상의 국군은 그 방향으로 신경을 쓸 것이다. 물론 정면 쪽도 대비하겠지만 최소한 화력 강도는 약해질 수 있었다. 더구나 2소대가 전진하고 있을 오른쪽 측면까지 대비할 여력은 없어질 것이 분명했다.

강민철은 비를 맞으면서도 계속 주변을 살피며 걸었다. 중대원들은 말 한마디 없이 고지를 향해 잘 올라가고 있었다.

— 퓌유유우~ 피시시식!

721고지 정상에 있는 인민군 대대 지휘부에서 82밀리 박격포가 발사되었다. 대대에서 계곡 쪽으로 연막탄을 발사한 것이다. 계획대로 잘 되고 있었다. 강민철은 3소대 1분대 쪽을 국방군이 주공으로 생각해주면 좋겠는데, 국방군이 그리 쉽게 속아줄지는 아직 의심스러웠다.

왼쪽 계곡 방향은 남북 양쪽이 쏘아대는 조명탄과 연막탄, 그리고 각종 포탄 굉음으로 요란하게 진동하고 있었다. 원래 소리가 그리 크지 않은 박격포였지만 계곡 안쪽인 탓인지 소리가 시끄럽게 공명했다.

— 푸슉~ 퍽!

강민철은 갑자기 주변이 대낮같이 밝아지는 것을 느끼며 몸을 땅에 완전히 밀착시킨 채 납작 엎드렸다. 강민철이 위치한 고지 정면 쪽으로도 국군 조명탄이 발사된 것이다. 고지 정상의 국군이 대응을 시작한 것 같았다.

— 슈~욱, 퍼펑! 펑!

이내 주변에 국군이 발사한 60밀리 박격포탄이 터지기 시작했다. 강민철은 조금 옆의 바위 쪽으로 기어가면서 이 지점에서 포격요청을 해야겠다고 생각했다. 강민철은 즉시 통신수가 메고 있는 2호 무전기를 들고 대대를 통해 포격요청을 했다.

"여기는 능라도. 대동강 17호는 비둘기를 날려라!"

─ 치직! 츠읏~ 대동강 17호는 비둘기 다섯으로 날린다.

대대는 5분 후 인민군 사단포병의 사격이 개시될 것임을 알려왔다. 피차 사전에 약속된 포병지원이었기 때문에 일일이 좌표를 불러줄 필요는 없었다. 사탄 유도도 721고지 정상에 있는 대대에서 맡을 것이다.

"동무들! 즉각 현 위치에서 호를 파시오!"

강민철은 갑자기 생각났다는 듯 중대원에게 은폐, 엄폐할 수 있게 땅을 파라고 지시했다. 고지전에서는 이동이 멈출 때마다 무조건 땅을 파들어가야 살아남을 수 있다. 위에서 내려다보면 표적이 크게 보인다. 그만큼 명중당할 확률이 컸다. 지금도 언제 어디서 어떤 화기가 그들을 목표로 삼을지 몰랐다.

땅이 질퍽해 호는 쉽게 파였다. 호를 얕게 판 강민철과 다른 인민군들은 땅에 붙어 꼼짝하지 않았다. 얼굴 옆으로 물이 자그마한 도랑이 되어 졸졸 흘러 내려갔다. 포탄이 간헐적으로 주변에서 터졌으나 피해는 거의 없었다.

─ 우두두둑~ 꽈르릉! 꽝!

강민철이 찔끔했다. 그러나 포탄은 이쪽에 떨어진 것이 아니었다. 거의 벼락이 치는 듯한 중포 포성이 845고지 정상에서 울리기 시작했다. 이내 박격포탄이 날아오는 횟수가 눈에 띄게 줄어들었다.

─ 여기는 대동강 17호. 치직! 지붕을 날린 후 병아리 칠과 아홉을 잡는다.

"여긴 능라도. 알았다, 대동강 17호."

대대는 일단 사단 포병이 845고지 정상을 포격하여, 국군이 박격포를 발사하지 못하게 제압하겠다는 의도를 알린 것이다. 그 후 7부 능선에서 9부 능선까지 다시 거꾸로 올라가면서 포격을 하여 국군이 설치한 지뢰와 강구지뢰 등 각종 장애물을 제거할 것이라는 통보였다.

― 콰앙!

거의 귀가 먹을 정도로 엄청난 작렬음이 바로 근처에서 울렸다. 강민철이 한바탕 흙먼지를 뒤집어썼다. 사단포병이 7부 능선으로 탄착점을 이동시킨 모양이었다.

그런데 중대 주력이 위치한 지점과 탄착점이 너무 가까웠다. 한 발만 오탄이 떨어져도 중대 주력이 몰사할 판이었다. 강민철은 급히 무전기에 대고 지뢰지대가 조금 더 높은 곳에 있음을 알렸다.

"여긴 능라도. 대동강 17호. ―커억 헉― 나오라 병아리는 조금 더 위에 있다."

말을 하다가 먼지 때문에 순간적으로 목이 메었다. 비오는 날에도 흙먼지가 일다니, 기가 막혔다. 숲이 울창했던 산이 온통 파인 흙구덩 투성이가 되었다. 사단포병의 위력은 그만큼 막강했다.

대대에서는 아무런 대답이 없었지만 포격은 이내 다시 위로 연신되고 있었다. 강민철이 일어나자 부하들이 몸을 반쯤 일으켜 이동할 준비를 갖췄다.

"동무! 포격을 후속하여 전진하라우요."

강민철은 1소대장에게 즉시 1소대 병력을 인솔하여 위로 전진하라고 명령했다. 1소대원들이 옆으로 길게 대오를 갖췄다.

"지뢰가 남아 있을지도 모르니 조심하라우요, 동무!"

1소대장 박 소위는 대답 대신 힘차게 고개를 끄덕이고는 정상으로 향했다. 강민철은 1소대장이 명령수발의 필수절차인 복명복창을 안

했지만, 오히려 더 믿음직스럽다는 느낌을 받았다.

 강민철도 잠시 후 3소대의 2, 3분대 병력을 주축으로 한 나머지 병력을 인솔하고 정상으로 향했다.

 보병이 포격을 따라가는 전진방식이었다. 구 소련에서 즐겨쓰는 전술이었는데, 자칫하면 아군 포격에 아군 보병이 절단날 수 있는 위험한 방법이었다. 대신 보병 전진로 앞에 있는 위험요소들을 확실히 제거해준다는 장점이 있었다.

 서방세계에서는 공격준비 포격을 비교적 장시간에 걸쳐서 하는 반면, 공산권계에서는 짧은 시간에 집중적으로 수행한다. 장시간에 걸쳐서 포격을 하면 관측반의 도움을 받아 충분하고 정확한 타격효과를 거둘 수 있다. 반면 적 진지의 보병이 포격을 피해 숨어 있다가 포격이 그치면 아군 보병을 맞아 싸울 준비를 할 시간을 줄 수 있다는 단점이 있었다.

 짧은 시간에 집중적으로 포격을 가할 경우에는 적 진지의 보병이 고개를 들지 못하게 하고 아군 보병이 적 진지 바로 앞까지 진출할 수 있다. 대신에 적 진지를 확실히 무력화시키기는 어렵다. 6월 13일 새벽, 철책선에 실시된 인민군의 포격이 그런 경우였다.

 1소대 병력이 약진으로 8부 능선을 막 통과했을 때쯤이었다. 포격이 갑자기 멈췄다. 강민철이 북쪽 하늘을 보며 투덜거렸다.

 '젠장! 왜 이리 빨리 포격을 멈춘 것이야?'

 강민철은 포병사격이 9부 능선 일대를 충분히 타격하지 못한 채 중간에서 멈췄다고 판단했다. 어차피 국군의 대포병 레이더 기술이 만만치 않기 때문에 인민군 포병은 긴 시간 동안 연달아 포격할 수는 없었다. 그러나 강민철에겐 당장 목숨이 달려 있는 일이었다. 급히 통신수를 불렀다.

"여긴 능라도. 대동강 17호 나오라."

― 츠읏! 여긴 대동강 17호. 비둘기는 날 수 없다.

대대 지휘부는 묻지도 않았는데 사단포병이 더 이상 사격지원을 할 수 없다고 알아서 대답해온 것이다. 강민철은 사단포병이 국군에게 공격당한 것은 아닐까 생각했다.

어차피 일개 중대장급이 모든 상황을 다 파악할 수는 없는 노릇이었다. 사단포병이 공격당했을 수도 있고, 즉시 진지를 이동해야 하는 위급한 상황이 생겨 갑자기 사격을 멈추고 이동준비를 하고 있는지도 몰랐다.

― 타타탕! 트르륵~ 땅! 펑!

포격이 멈추자 기다렸다는 듯 양쪽은 소총, 수류탄, 총류탄, 기관총을 미친 듯이 쏘아대기 시작했다. 1소대원들이 포복과 약진을 반복하며 힘겹게 정상으로 전진했다.

이제 2소대와 약속한 돌격시간은 정확하게 3분이 남았다. 포복과 약진으로 총탄 속을 기어가던 1소대원들이 드디어 돌격준비를 하는 것 같았다.

"도올 겨역 아프로~!"

1소대장이 힘차게 구령을 외쳤다. 1소대원들이 벌떡 일어나며 함성을 질러댔다.

"이야야아~ 공화구욱 만세!"

드디어 1소대 하전사들이 일제히 9부 능선에 있는 국군 참호선으로 돌격을 개시했다. 착검한 68식 자동보총을 지향사격 자세로 쥔 채 달리는 인민군들은 어둠 속에서 악귀처럼 보였다.

― 따당! 빵!

인민군이 하나 둘씩 쓰러지기 시작했다. 지형이 인민군에게 매우 불리했다. 1소대원들은 시간이 갈수록 인원이 줄어드는 속도가 빨려졌다. 빨리 우측방에서 2소대가 나타나지 않으면 이들은 위험했다. 강민철은 오른쪽에서 2소대원들의 힘찬 돌격함성이 들리길 기다렸지만 그쪽에서는 아무 소리도 들리지 않았다.

— 퍼엉!

뜻밖에 바로 앞에서 강구지뢰 폭발음이 들려왔다. 강민철은 강구지뢰가 폭발하는 폭음을 들으며 자기도 모르게 고개를 숙였다. 클레이모어의 위력을 충분히 몸으로 겪은 강민철이었다.

'젠장! 결국 강구지뢰가 남아 있었군. 조금 더 포격을 해줬더라면……. 그나저나 2소대는! 2소대는? 제발 2소대가 나타나야…….'

고개를 들어보니 무리죽음을 당한 인민군들이 비탈길에 너부러져 있었다. 제일 앞에서 전진하던 1소대장 박 소위를 비롯해 6~7명이 그 자리에서 폭사한 것 같았다.

'1소대장 자리에는 아무래도 귀신이 붙은 모양이군.'

1소대장 자리에 액운이 끼었다는 생각이 든 것과 돌격해야겠다는 생각이 든 것은 거의 동시였다. 강민철이 직접 지휘하는 중대 잔존 병력은 1소대 50미터 정도 후방에 위치해 있었다. 지금 돌격을 멈추면 결국 공격은 실패한다. 1소대만 개죽음당하는 것이다. 강민철이 소총을 높이 치켜들었다.

"주웅대, 전원 도올겨억 아프로오!"

강민철은 두려움을 떨치려는 듯 더욱 악을 써서 구령을 내뱉으며 힘차게 앞으로 내달렸다. 군화가 진창에 빠져 쩍쩍 달라붙었다. 아까 실시됐던 3중대의 공격 때 인민군 포병대가 남긴 자국이었다.

인민군들이 함성을 지르며 달려나갔다. 국군 참호선에서 기관총이 연사되며 인민군들이 줄줄이 쓰러졌다. 피해가 너무 컸다. 이 상태라면 도저히 국군 참호선에 도달할 것 같지 않았다. 이제 2소대가 나타나지 않으면 중대는 전멸당할 가능성이 높았다. 모든 것은 2소대의 출현시기에 달려 있었다.

총알과 화약연기 사이로 미친 듯이 달려가자 갑자기 마치 꿈을 꾸는 듯한 느낌이 들었다. 옆으로 나란히 내달리던 인민군 하전사들 중에 총에 맞아 천천히 쓰러지며 흙바닥에 나뒹구는 것이 눈에 들어왔다. 강민철은 얼굴 옆으로 '휘이익' 하고 날아가고 있는 총알이 주먹만 하게 보이는 듯한 환상에 빠져들었다.

전방에서 총구화염에 비치는 국군 얼굴이 하나 둘 흑백으로 눈에 들어오기 시작했다. 수류탄이 곳곳에서 터졌다. 비명이 아련히 들리는 듯했다.

— 따다당! 픽. 퍽~ 빠직!

정신없이 달려가고 있는 강민철의 눈에 이미 앞서 돌격한 1소대원들이 국군 참호 안으로 돌입하는 것이 보였다. 백병전이 시작된 것이다. 그러나 1소대원들은 열 명도 남지 않았다.

창격조법과 총검술로 인민군과 국군이 맞서 싸웠다. 인민군들이 악착같이 달려들었으나 병력과 체력이 앞선 국군에 밀리고 있었다. 그래도 일부분만이라도 인민군이 병력 우세를 점한 참호는 확실히 점령하고 있었다. 1소대 인민군은 이제 단 네 명이 남아 싸우고 있었다.

강민철의 눈에 1소대원의 총검에 가슴을 찔려 버둥거리고 있는 앳된 얼굴의 국군이 언뜻 보였다. 총검을 찌른 인민군 얼굴은 잔뜩 일그러졌다. 인민군뿐만 아니라 국군의 얼굴에도 공포가 가득 서려 있었다.

강민철은 국군도 인민군처럼 같은 인간이라는 사실을 새삼스럽게 느끼면서 계속 앞으로 내달렸다. 입이 바짝 마르고 숨이 가빴다. 심장이 터질 것 같았다.

같이 달리는 부하들이 점점 줄어들고 있다는 느낌이 들었지만 이곳에서 멈출 수는 없었다. 바로 앞에 국군 참호선이 보였다. 이제 죽는 건 마찬가지였다. 이왕이면 앞으로 달려가다 죽고 싶었다.

강민철이 마침내 국군 참호로 돌입하는 찰나였다. 뛰어가던 속도를 줄이지 않고 참호선을 달리며 적을 찾아 자동소총을 겨누려는데, 몸 전체에 뭔가 커다란 충격이 왔다.

― 퍽!

"허억!"

국군이 소총 개머리판으로 강민철의 뒤통수에 '돌려 쳐'를 한 것이다. 강민철은 달리는 가속도 그대로 국군 참호 속으로 처박혔다. 교통호에 쓰러진 강민철은 진흙과 흙탕물이 입으로 들어오는데도 꼼짝할 수 없었다.

'아! 이렇게 죽는구나…….'

강민철은 정신이 아득했다. 그러고는 정신을 잃었다.

"도올격 아프로! 고옹화국 만세에!"

― 콰캉! 투카카카!

강민철이 간절하게 기다려왔던 돌격함성이 저 멀리 아득하게 울렸다. 그러나 강민철은 그 소리를 듣지 못했다.

6월 16일 22:40   경상북도 울진군 죽변면

가파른 경사지 위에 철조망이 길게 늘어져 있었다. 철조망은 꼭대기에 설치된 대형 나트륨 조명등과 어우러져 마치 빛으로 만든 성벽처럼 어둠 속에서 반짝였다.

울진 원자력발전소가 위치한 곳은 바닷가라 비바람이 매우 강했다. 가만있어도 비옷이 펄럭거렸고 약한 가지와 나뭇잎들이 떨어져 도로 위를 나뒹굴었다.

　원자력발전소는 워낙 중요한 시설이기 때문에 그 경비에 투입된 병력은 다른 건물들과 확연히 차이가 날 정도로 많았다. 중무장한 장갑차들이 주기적으로 발전소 내부도로를 따라 돌아다녔다. 철조망을 따라 진지마다 예비군들이 빠짐없이 투입되었다. 하늘에는 악천후에도 불구하고 헬리콥터가 떠서 서치라이트로 발전소 주변을 샅샅이 뒤지고 있었다.

　일반인들은 원자력발전소를 폭파시키면 막대한 방사능 물질이 누출되어 주변 일대는 물론 수백 킬로미터 밖까지 오염될 것이라고 쉽게 생각한다. 그러나 가동 중인 원전을 그렇게 만들기란 무척 어렵다.

　원자로는 총 7겹으로 둘러싸여 있고 원자로 가동을 제어하는 컴퓨터는 다중으로 쉴새없이 각 부분의 작동을 감시해서 조금만 이상해도 곧바로 원자로를 정지시킨다. 악랄한 테러범이 마음먹고 그런 짓을 하려 해도 결코 쉽지 않은 것이다. 하지만 목적 자체가 발전능력의 제거에 있을 경우, 원자로 파괴에 의한 방사능 오염을 노리는 것보다는 훨씬 더 쉽다.

　원자로는 막대한 양의 냉각수를 필요로 하고 있기 때문에 보통 바닷가에 건설한다. 그리고 그 바닷물을 펌프로 끌어들여 냉각을 시키기 때문에 이 펌프장을 파괴시킬 경우 원자로는 가동을 멈출 수밖에 없다. 해파리나 새우떼가 펌프장 입구에 설치된 이물질 제거용 철망을 틀어막아 발전소가 정지되는 사태는 실제로 우리나라에서도 가끔 있었다.

　발전기에서 생산되는 전력은 송전선을 따라 전송되는 전력보다 전압이 낮다. 발전기 자체의 절연문제로 전압을 너무 높일 수 없기 때문이다. 그래서 발전기의 전력을 멀리 떨어진 도시지역에 공급하기 위해서는 전압을 높여주는 변압기가 따로 있다. 이 기능을 수행하는 주변압기가 파괴될 경우 전력공급이 끊어질 수밖에 없다. 물론 원자력발전소도 이런 사실을 알기 때문에 각별히 보안에 신경을 쓴다.

빗방울은 전혀 가늘어지는 기색이 없었다. 원자력발전소 펌프장으로 들어가는 수로 위에도 빗방울이 하얗게 거품을 일으키며 떨어졌다. 시커먼 바다는 심하게 출렁거리고 있었다.
— 퍽!
취수로 끝 선착장 위를 경비하던 예비군이 갑자기 휘청거리더니 바닥에 쓰러졌다. 바로 옆에 있던 다른 예비군이 총구를 돌리는 순간 뭔가 조그마한 것이 하늘을 가르며 날아갔다. 다른 예비군도 서서히 무너졌다.
작은 그림자 하나가 바다에서 올라오더니 선착장 위로 조심스럽게 접근했다. 그림자는 선착장 바닥에 쓰러진 예비군의 판초우의를 벗긴 다음 뒤집어썼다. 그림자의 주인공은 인민군 해상저격여단 특수공작조 김삼수 중좌였다. 거친 바다에서 오랫동안 시달렸기 때문에 걷는 자세가 자연스럽지 못했다.
김삼수 중좌가 시체를 번쩍 들어 출렁거리는 바다로 던져버렸다. 쏟아지는 비 때문에 핏자국을 지울 필요는 없었다. 김삼수 중좌가 무전기를 집어들었다. 몇 번 뻑뻑거리는 소리가 났다.
약 5분 정도 시간이 흘렀다. 선착장 위로 그림자들이 비틀거리며 올라오기 시작했다. 김삼수가 거느린 해상저격여단 대원들이었다. 잠수복을 벗은 대원들이 방수가방에서 군복을 꺼내 갈아입기 시작했다.
그들은 바다 속에 있는 침투용 상어급 잠수함에서 출발하기 전부터 이미 한국군 군복으로 위장하고 있었다. 정동진에서 민간인을 학살할 때도 국군 복장이었다. 이들은 도로와 산을 오가며 동해안을 따라 내려왔다. 국군은 많은 병력을 동원했으나 결국 이들을 놓치고 말았다.

판초우의를 걸치고 철모를 푹 눌러쓰자 전혀 분간을 할 수 없게 되었다. 해상저격여단 대원들은 잠시 어둠 속으로 숨었다.

김삼수가 수로를 따라 걸었다. 멀리 빗속 조명등 그늘 아래에 경비병 한 명이 보였다. 김삼수가 취수로 건너편 둑을 힐끗 보니 부조장이 태연히 걸어가고 있었다. 부하들은 김삼수와 간격을 두고 뒤를 따라왔다.

"이보쇼! 불 좀 빌립시다."
"선배님! 근무 중에 담배 피우시면 안 됩니다. 그리고 동초 위치를 지키십시오!"

김삼수 예상대로 펌프장 주변에 있는 경비병은 선착장과 달리 현역이었다. 현역 사병은 김삼수를 향해 총구를 겨눴다가 다시 '좌경계총' 자세로 총을 세웠다. 김삼수는 누가 봐도 군기 빠진 직장예비군이었다.

"에이~ 좀 봐주쇼! 예? 좀 빌려줘요."

뻣뻣하게 구는 경비병을 향해 다가서던 김삼수가 담배를 쥔 오른손을 내밀었다.

"불붙인 담에 빨리 돌아가십시오."

현역 사병이 어쩔 수 없다는 듯이 판초우의 속을 뒤적이더니 라이터를 꺼냈다. 상대가 라이터불을 켜는 순간 김삼수의 왼손이 번개같이 움직여 목을 그었다.

― 컥!

목에서 피가 벌컥벌컥 뿜어져 나와 판초우의 위로 쏟아졌다. 국군 경비병은 김삼수의 대검에 목이 거의 절반 가까이 잘려나갔다. 경비병은 비명도 지르지 못하고 몇 번 허우적대다 뻣뻣이 굳어갔다.

"고맙수다."

황금색으로 빛나는 나트륨 조명 아래서 김삼수가 하얗게 이를 드러내고 웃었다. 부하들이 달려와 시체를 수로에 던져버렸다. 쏟아지는 비와 어둠은 이 모든 것을 감춰주는 공범자였다.

수로 끝을 지나자 부조장이 부하들 세 명을 인솔해 다가왔다. 앞에는 2중 철조망이 설치되어 있고 그 뒤에 경계 병력도 있었다. 취수로 작업용 출입문 위에는 조명등이 설치되어 있었다. 김삼수와 부하들이 태연히 문으로 걸어갔다.

손전등 불빛이 김삼수 얼굴에 비춰졌다. 눈이 부셨다. 불빛 너머로 날카로운 목소리가 들려왔다.

"등대!"

"오징어! 특전단 병력이다. 펌프장 경비를 강화하라는 지시를 받고 이동해왔다."

"연락을 못 받았습니다."

아까보다는 많이 누그러진 목소리였다. 그러나 철조망 속의 상대는 여전히 문을 열어줄 기색이 아니었다. 이럴 때는 공격적으로 나가는 것이 효과적이라 생각한 김삼수가 소리를 버럭 질렀다.

"야! 이 개새끼야! 아직도 연락 못 받았어? 문 빨리 열어! 비오는 밤길을 뺑이쳐서 겨우 도착했는데 이럴 거야? 여기 소대장 빨리 불러내! 너희 중대장 이름이 송재문 대위지? 그리고 이 새끼, 너 계급이 뭐야?"

갑작스런 고함에 국군 병사가 얼어버렸다. 상대 철모에 붙은 계급장이 소령인 것을 확인한 상병이 급히 스위치 쪽으로 다가갔다.

"죄송합니다. 얘가 아직 신참이라…… 잠시만 기다리십쇼."

"김 상병님, 안 됩니다!"

이병이 말렸지만 소용없었다. 중대장 이름까지 알고 있는 마당에 더 이상 버틸 재간이 없었다.

"가만있어, 자식아!"

- 칭! 끼이잉!

2중 철조망에 붙은 2겹의 문이 금속성을 내며 열렸다. 안쪽에서 버튼으로 조작하게 되어 있는 방식이었다. 김삼수는 안으로 들어가 꼬장꼬장하게 굴던 이병의 가슴을 밀치면서 고함쳤다.

"쓰발! 이 새끼야! 누구는 여기 오고 싶어 온 줄 알아? 너, 계급이 뭐야?"

"옛! 이병 오제민입니다."

"그래? 너 이거나 먹어라!"

말이 끝나기도 전에 부동자세로 서 있던 이등병의 심장에 대검이 박혔다. 이병은 상황을 도저히 이해할 수 없다는 듯 두 눈을 동그랗게 뜬 채 김삼수의 발치에 쓰러졌다. 옆에 서 있던 상병도 김삼수의 부하가 뒤에서 달려들어 목을 부러뜨려 죽였다.

김삼수와 해상저격여단 병사들은 죽은 경비병으로부터 워키토키를 회수한 다음 펌프장을 향해 걸어갔다. 가는 도중에 워키토키가 삑삑거렸다.

- 삐리리리! 12번 초소, 이상 없나?

김삼수가 워키토키에 입을 갖다댔다.

"12번 초소, 이상 없다."

- 삐리리리! 12번 초소, 김 상병 목소리가 아닌데, 너 누구야? 오제민 이병이야? 대답해봐!

펌프장을 지키는 국군 소대장이 소대원들 목소리를 모두 기억하고 있는 모양이었다. 더 이상 속이기는 힘들었다. 수신호로 부하들에게 펌프장을 향해 뛰라고 지시한 다음, 대충 대답하고 김삼수도 달리기 시작했다.

"예! 오제민 이병입니다."

몇 초 후 다시 워키토키가 울렸다. 이번엔 의혹이 가득한 목소리였다.

― 삐리리리리, 12번 초소, 너 누구냐? 오제민 맞어? 김 상병 바꿔봐!

그때 발전소 북쪽 하늘이 번쩍이더니 굉음이 천둥처럼 어둠 속을 쩌렁쩌렁 울렸다. 드디어 발전소 습격작전의 주력인 저격여단 병력이 작전개시에 들어간 것 같았다. 총소리가 발전소 전체에 울려퍼지기 시작했다. 워키토키에서 들려오는 목소리도 심하게 떨리고 있었다.

― 너, 누구야? 누구야?

"내래 간첩이외다!"

김삼수가 워키토키를 바닥에 내팽개쳤다. 작은 무전기가 시멘트 바닥에 부딪치며 산산조각 났다. 2열 종대로 달리던 해상저격여단 공작조원 10명이 펌프장 입구의 철조망 앞에 도착했다. 총소리를 듣고 허둥대는 경비병이 보였다.

"등대!"

"오징어! 특전단 병력이다. 게릴라가 침투했다는 명령을 받고 경계강화를 위해 왔다."

경비병은 잠시 놀라는 것 같았다. 현역 사병이 경비실로 가는 사이에 전화벨이 울렸다. 김삼수는 주저하지 않았다. 소음권총을 꺼내 철조망 저편에 있는 경비병에게 총탄을 퍼부었다.

― 픽! 픽! 픽! 픽! 픽!

경비실 안에서 전화를 받던 병장이 가슴을 붙잡고 쓰러졌다. 밖에 있던 일병 역시 얼굴과 가슴에 총탄을 몇 발씩 맞았다. 입구 경비병력이 간단히 제압되자 폭파전문요원이 문에 폭약을 장치했다.

'펑' 소리가 나더니 문 잠그는 장치가 날아갔다. 문이 열렸다. 이때는 이미 침투사실이 기지 전체에 알려져 사이렌 소리가 요란했다. 흐린 날씨에도 불구하고 조명탄 수십 발이 발사되어 주변을 밝혔다.

허겁지겁 달려가는 김삼수는 펌프장 건물 출입구에 서 있던 병사 2명이 그를 바라보고 총을 겨누는 것을 발견했다. 김삼수가 바닥에 쓰러지듯 엎드리며 들고 있던 M-16 자동소총으로 출입구 근처를 자동으로 긁었다.

— 빠바바방!

다른 해상저격대원들 역시 일제히 사격을 개시했다. 국군 경비병 2명이 벌집이 되었다. 부조장이 달려가 문 손잡이를 돌렸다. 전혀 움직이지 않았다. 성질 급한 부하 한 명이 자동소총으로 냅다갈겼다.

— 따다다당! 카캉!

문짝 표면은 총알자국이 수십 개나 났지만 약간 페인트가 벗겨진 정도에 불과할 뿐이었다. 폭약으로 파괴하기는 불가능했다. 두께가 5cm가 넘는 두꺼운 철판이었다.

김삼수는 문이 잠겼을 때 어떡해야 하는지 잘 알고 있었다. 해상저격여단 대원들은 곧 펌프장 건물 오른쪽으로 돌아 지붕으로 올라가는 계단을 탔다. 지붕에는 커다란 채광창이 여섯 군데나 있다. 물론 4층 건물 맞먹는 높이라 위험하지만 위에서 타고 내려갈 밧줄은 이미 준비되어 있었다.

지붕으로 올라간 해상저격여단 특수공작조원들은 채광창을 부수고 아래쪽으로 밧줄을 던졌다. 그때 아래쪽 건물 바닥에서 총구화염이 번쩍였다. 인민군 한 명이 비명을 지르며 바닥으로 떨어졌다.

"쏘아!"

옆으로 피한 김삼수가 외쳤다. 인민군들이 연막탄을 여러 발 건물 안으로 던졌다. 위와 아래에서 총격이 잠시 이어졌다. 자욱한 연기가 피어오르자 인민군들이 차례대로 건물 바닥으로 내려갔다. 한 명은 남아서 국군 증원부대의 접근을 경계하도록 했다. 마지막으로 김삼수가 줄을 타고 연기가 무럭무럭 피어오르는 펌프장 바닥으로 내려갔다.

건물 바닥은 연막이 자욱하게 끼어 바로 앞도 제대로 보이지 않을 지경이었다. 거대한 펌프가 천천히 돌아가는 소리가 건물 내부공간을 웡웡 울리고 있었다. 김삼수는 흡사 거대한 괴물의 심장에 들어온 느낌이 들었다.

인민군들은 발전소 외부 지리는 사전에 정보수집을 해서 잘 알고 있었지만 펌프장 건물 내부구조까지는 파악할 수 없었다. 거의 장님들끼리 싸우는 거나 다름없었다.

벽에 바짝 붙어 고양이 걸음으로 움직이던 김삼수는 모퉁이를 돌다가 갑자기 한 사람과 충돌했다. 자욱한 연막 때문에 얼굴이 제대로 보이지 않았다. 그런데 살결물 냄새가 확 풍겨왔다. 스킨로션이라 부르는 화장품이었다.

틀림없는 국군이었다. 인민군은 이런 사치품을 쓰지 않는다. 다짜고짜 와락 잡아당겨 대검을 가슴 깊숙이 박아넣었다. 국군 병사는 움찔 하더니 김삼수의 발 아래 풀썩 쓰러졌다.

연막 속에서 빨간 불을 배경으로 움직이는 그림자가 보였다. 어차피 복장은 국군 복장으로 같으니 실루엣으로 구별할 수가 없었다. 그런데 그림자는 판초우의를 입고 있지 않았다. 그렇다면 김삼수의 부하가 아니었다. 해상저격여단 대원들은 밖에서 들어왔기 때문에 모두 판초우의를 입고 있었다. 김삼수가 단 한 발에 그림자의 머리를 명중시켰다. 표적이 된 국군은 바닥에 주저앉았다. 총이 바닥에 '철커덩' 하며 떨어지는 소리가 들렸다.

─ 타타타타타…… 철컥!

김삼수의 위치를 알았는지 누군가가 자동사격을 퍼부었다. 총탄이 주변 벽과 강철제 구조물에 부딪치며 요란한 소리와 불꽃을 일으켰다.

유탄이 김삼수의 뺨을 가볍게 스쳤다. 살이 찢어지며 피가 턱을 타고 뚝뚝 떨어졌다. 상대 위치는 총구화염을 보고 이미 파악했다. 김삼수에게 총탄을 날린 국군 병사는 탄창을 갈아 끼우느라 잠시 사격을 멈춘 모양이었다.

김삼수가 수류탄을 던졌다. 강철제 기둥 뒤에 숨어 있던 국군 병사를 날려버렸다. 폭음 소리, 그리고 소름끼치는 비명이 들렸다. 구석에서 누군가 소리쳤다. 귀에 익숙한 목소리, 부조장 목소리였다.

"조장 동지! 문 엽네다."

비바람이 몰아쳐 연막이 서서히 걷혔다. 상황은 이미 끝나 있었다. 축축이 젖은 시멘트 바닥에는 국군 10여 명이 칼에 찔리거나 총에 맞아 시체로 변해 나뒹굴고 있었다. 수류탄이 터진 부근에는 시체 3구가 너부러져 있었다. 특수공작조 역시 한 명이 죽고 2명이 중상을 입었다.

김삼수가 배전반으로 가서 주전원 스위치를 내렸다.

— 우우우우우…….

소리가 점점 잦아들더니 거대한 펌프가 정지했다. 펌프 속에 고여 있던 물이 요란한 소리를 내며 쏟아져 나왔다. 물소리가 그치자 실내는 괴이할 정도로 조용했다. 외부에서 들려오는 총소리가 크게 들렸다.

김삼수는 부하들에게 폭약 설치작업을 시작하도록 지시했다. 대원들이 등에 메고 온 수십 킬로그램의 고성능 폭약을 폭파전문요원이 거대한 펌프의 주요 부위에 설치했다.

— 삐리릭! 적이 오고 있습니다. 장갑차 2대 포함. 보병 중대급 추정.

옥상에 있던 감시병이 보내온 무전이었다.

"수고했수다. 그만 내려오라우요."

이제 작업은 마무리 단계에 있었다. 김삼수가 부하 몇 명을 차출해서 부비트랩을 설치하도록 시켰다. 옥상 감시를 맡았던 요원이 줄을 타고 내려와 멋지게 착지했다.

　부비트랩은 출입문과 천장 채광창 근처에 집중적으로 설치되었다. 김삼수의 얼굴에서 미소가 떠올랐다. 국군이 부비트랩을 건드려 엄청난 피해를 입을 생각을 하니 웃지 않을 수 없었다. 바닥에 쓰러진 국군 시체 밑에도 부비트랩이 설치되었다.

　김삼수는 배전반을 조작해서 펌프에 이물질이 끼어드는 것을 막기 위한 취수구 철망을 모두 열었다. 바다로 탈출하기 위해서였다. 준비가 끝나자 김삼수가 앞장서서 취수로에 뛰어들었다. 다른 대원들 역시 차례대로 취수로 안으로 들어가 바다를 향해 헤엄쳐갔다.

"으으으……."

　어디선가 비명이 들렸다. 피바다 속에 너부러진 시체들 사이에서 한 명이 비틀거리며 기어나왔다. 수류탄이 터지면서 다리가 날아간 예비군이었다. 원래 이 직장예비군은 펌프장에서 근무하는 직원이었다. 예비군은 선명하게 핏자국의 길을 만들면서 약 5미터 정도 떨어진 배전반까지 힘겹게 기어갔다.

　떨리는 손가락이 전원 스위치에 닿았다. 스위치를 누르자 천장에서 환하던 불빛이 순간적으로 깜빡했다. 전동기에 전원이 공급되자 '웅~' 하는 소리가 났다. 핏방울이 덕지덕지 묻은 떨리는 손이 출력조절레버를 당겼다. 힘이 다했는지 예비군이 풀썩 쓰러졌다.

　- 우우우우웅…….

　거대한 모터가 굉음을 울리며 다시 돌아가기 시작했다. 아까보다 훨씬 더 큰 소리였다. 예비군이 쓰러지면서 출력조절레버를 최대위치까지 당겨버렸기 때문이다. 펌프가 최대 출력으로 가동되면서 물을 무섭게 빨아들였다.

　　　　　*　　　　*　　　　*

김삼수 중좌와 해상저격여단 특수공작조원들은 취수로 중간 정도를 빠져나가고 있었다. 이들은 펌프장에서 들려오는 부비트랩 터지는 소리를 행진곡 삼아 바다를 향해 빠르게 헤엄쳤다. 아무 것도 모르는 국군이 사방에서 터지는 부비트랩에 엄청난 피해를 입을 것을 생각하니 김삼수는 한없이 즐거웠다.

김삼수는 바다 쪽으로 헤엄쳐가다가 이상한 느낌을 받았다. 갑자기 취수로에 있는 물이 펌프장 쪽으로 빠르게 흐르기 시작했다. 당황한 김삼수가 속도를 더 냈다. 그러나 아무리 헤엄쳐도 김삼수와 요원들은 계속 펌프장을 향해 끌려갔다.

간이 배 밖에 나왔다고 자부하는 김삼수조차 얼굴이 하얗게 질렸다. 인민군들이 필사적으로 뭔가를 붙잡으려 했지만 계속 빨려 들어갔다. 철망이 내려져 있으면 그것을 붙잡고라도 버틸 수가 있겠지만 이미 철망은 손이 닿지 않는 장소까지 올라가 있었다. 펌프가 작동하는 소리가 김삼수의 등뒤로 점점 다가왔다.

"조장 동지! 으아~."

"장군님 만세! 공화국 만세!"

비명 같은 만세 소리를 마지막으로 김삼수와 부하들의 몸이 폭주하는 펌프 안으로 빨려들었다.

국군 진압부대가 상당한 피해를 입고 펌프장 안으로 진입한 것은 바로 그 직후였다.

"조심해. 물건은 아무 것도 건드리지 마!"

떨리는 음성이었다. 부비트랩에 벌써 다섯 명이 희생당했다. 명령을 내리는 국군 장교의 음성은 떨리고 있었다.

"이놈 좀 멈춰! 펌프 주전원 스위치를 찾아봐!"

"스위치 조심해! 부비트랩이 있을지 모른다!"

인솔한 장교와 분대장이 사병들에게 다시 한 번 주의를 주었다. 병사들이 조심스레 천천히 스위치를 찾았다. 스위치는 펌프 뒤쪽 배전반에 붙어 있었다. 배전반 바로 밑에 예비군 하나가 피를 흘린 채 죽어 있었다.

갑자기 전기가 나가며 조명이 모조리 꺼졌다. 김삼수가 그 광경을 봤다면 저격여단 소속 병력이 변압기 파괴에 성공했다고 기뻐했을 것이다. 그러나 김삼수 중좌는 이미 이 세상 사람이 아니었다. 주변압기와 거리가 상당히 떨어져 있어 폭발음은 몇 초 뒤에 들렸다.

"뭐야? 전기가 왜 나가?"

"손전등 켜!"

어둠 속에서 투덜대는 소리가 여기저기서 들렸다. 손전등을 비추며 전동기 받침 근처를 살피던 한 병사가 고함을 질렀다.

"폭탄이다!"

째깍거리는 소리가 작게 들려왔다. 이미 타이머는 몇 초 남지 않았다. 이들은 다리가 공포로 얼어붙어 움직일 수가 없었다.

일순간 주변이 환해졌다. 그 직후 모든 것이 날아갔다. 수십 톤이 넘는 압력탱크와 전동기들이 장난감처럼 부서지며 날아갔다. 4층 건물 높이와 맞먹는 커다란 펌프장 건물이 산산조각 났다. 펌프장 주변에서 경계를 서던 국군 병사들도 폭풍에 날리며 쓰러졌다.

강원 남부와 경북 일대는 물론 수도권까지 전력을 공급하던 울진 원자력발전소가 제기능을 상실했다. 이에 따라 정부의 전력수급계획이 상당히 제한을 받게 되었다. 그러잖아도 전국 곳곳의 전력전송망이 게릴라나 간첩들에 의해 공격받고 있는 상황이었다. 이러한 불안정한 전력공급은 단순히 전기가 들어온다, 안 들어온다는 문제가 아니었다.

전력공급은 상징적인 의미가 크다. 피의 움직임이 멈춘 사람은 신체의 각 부위가 썩어들어가 결국은 죽고 만다. 마찬가지로 전기는 국가의 피다. 현대적인 산업시설을 갖춘 나라치고 전기가 공급이 제대로 되지 않는 상황에서 버텨낼 수 있는 국가는 없다. 걸프전에서도, 세르비아 공습에서도 전력관련 시설은 주된 공격목표였다.

장시간의 정전은 아니었다. 전력전송망이 전국을 그물처럼 엮어놓았기 때문에 이 지역에는 몇 분 만에 전기가 다시 공급되었다.

그러나 경북 일원의 시민들은 마음이 편치 못했다. 안동방송국 사건으로 가뜩이나 불안한 상황에서 원자력발전소 부근에서 총성이 계속 이어지고 정전사태까지 일어났다. 병력이 대폭 증강되어 울진 부근은 살벌한 분위기로 변했다. 시민들의 불안감은 더욱 더 극심해졌다.

6월 16일 22:57 경기도 연천군

어머니였다. 어머니가 보였다.
'오마니! 저 민철이야요. 제가 군관이 됐시요, 으마니.'
군관이 된 후 처음으로 강민철이 고향으로 돌아갔을 때였다. 강민철의 출신성분은 이른바 동요계층에 속했다. 일제시대에 친척 중에 부농이 있었다는 이유 하나만으로 강민철의 부모는 동요계층으로 분류되었다. 부농이었던 친척 가족은 적대계층으로 분류되었음은 물론이다.

동요계층이 군관이 되기란 정말 힘들었다. 강민철의 능력을 높이 산 연대장의 강력한 추천으로 군관이 될 수 있었다.

어머니는 눈물을 흘리며 정말 아이처럼 좋아하셨다. 별것 아닌 일로 공화국에서 대접을 못 받는 2류 쌍놈 공민이 되었다며 억울해하시던 어머니에게 그 일보다 기쁜 일이 또 어디 있으랴.

공화국 사정이 예전 같지 않아 군관 가족이라 해도 옛날처럼 많은 혜택을 받진 못했다. 하지만 강민철은 가끔 고향에 부식품이라도 부쳐 줄 수 있어 여간 행복하지 않았다.

어머니의 주름진 얼굴에 미소가 번지는 것을 보고 가슴이 뭉클해오 던 강민철의 귓속에 엉뚱한 소리가 들리기 시작했다.

"중대장 동지! 중대장 동지!"

"중대장 동지, 정신차리시라우요. 흐흑, 저 부중대장입네다. 점령했 시요. 고지를 점령했시요. 정신차리시라요."

"허억……."

한숨을 내쉬며 강민철이 상체를 벌떡 일으켰다. 강민철 옆에서 군 사 부중대장이 눈물을 흘리며 앉아 있었다.

"아! 중대장 동지, 다행입네다. 다행입네다! 나 때문에 중대장 동지 가 죽는 줄 알았시요."

군사 부중대장이 땀과 눈물과 위장소재로 뒤범벅이 된 얼굴을 닦으 며 말했다.

'아! 2소대가 결국 우측방으로 돌격하는데 성공했구나.'

강민철은 국방군이 구축해놓은 엄체호 속으로 자기가 옮겨져 있다 는 것을 깨달았다. 엄체호 밖에선 간간이 국방군 포탄이 떨어지고 있 었다. 머리가 약간 멍했지만 큰 상처를 입은 것 같진 않았다.

"이 새끼! 중대장 동지가 죽었으면 네 얼굴가죽을 벗겨 죽이려 했 다! 이 반동 국방군 아새끼야!"

중대 특무장이 거친 소리를 뱉으며 국군 포로 한 명의 가슴을 군화 발로 걷어찼다.

"우억!"

그 젊은 국군 포로는 신음소리도 제대로 못 낸 채 뒤로 고꾸라졌다.

"야, 이 개자식들아! 니들이 그렇게 민족을 위한다면서 이따위 전쟁질이냐? 이 미친놈들아!"

 왼쪽 팔에 총상을 입은 듯한 그 포로는 뜻밖에도 생생한 목소리로 반항하고 있었다. 손이 묶여 있어 제대로 일어나지도 못하는 주제에, 휴지처럼 구겨진 채 계속 발악했다. 강민철은 우선 중대장의 본분부터 생각했다.

 "동무들, 바깥 사정은 어떻소? 진지에 경계병력은 잘 배치했소?"

 "걱정마시라우요, 중대장 동지! 2소대장과 3소대장이 병력을 잘 통제하고 있습네다."

 잠깐 포로 쪽을 힐끗 돌아본 군사 부중대장이 이내 말을 이어갔다.

 "조만간 2중대 병력도 이곳에 도착할 것입네다."

 강민철은 돌격간 얼마나 많은 병사들이 전사했는지 물으려다가 그만두었다. 중대 병력의 반 이상이 전사했을 거라고 생각했다. 밖에서 부상병의 신음소리가 여기까지 들려왔다.

 "전쟁으로 통일되는 게 민족 앞날에 도움이 될 것 같으냐? 이 전쟁 사이코들아!"

 "이 반동 아새끼, 말버릇이 더럽구만! 아직까지 정신을 못 차리고 깐죽거리다니. 주둥아리 안 닥치갔어?"

 중대 정치지도원 변일태 중위가 겨우 상체를 일으킨 국군 포로의 얼굴을 다시 군화발로 걷어찼다. 또다시 국군 포로가 휴지처럼 구겨졌다.

 강민철은 그 꼴이 보기 싫었다. 강민철의 뇌리에 고통으로 버둥거리던 앳된 국군 병사의 절망적인 눈동자가 되새겨졌다. 강민철은 참호 돌입 직전 보았던, 총검에 심장이 관통당한 채 괴로워하던 국군 병사를 떠올리고 있었다. 절대절명의 위기에 처한 사람의 눈빛은 짐승 눈빛보다 더 섬뜩했었다.

 "이보라우, 동무. 교화시킬 생각을 해야지. 포로를 그렇게 거칠게 다루어서야 되갔소?"

"무슨 소리를 하시는 겁네까? 중대장 동지. 이 국방군 아새끼가 중대장 동지 머리를 개머리판으로 찍은 바로 그 새낍네다!"

중대 특무장이 천부당 만부당하다는 표정으로 대답했다. 강민철은 적이 놀란 표정으로 그 포로의 얼굴을 바라보았다. 저 국방군 병사가 머리를 쳤다고 생각하니 이상한 생각이 들었다.

지금 상황은 완전히 바뀌었다. 강민철 대위는 그 국군 병사에게 적대감이 들진 않았다. 승리한 자의 여유인지도 모른다. 물론 막상 그때 죽었다면 다른 생각이 들었을지도 몰랐다. 물론 죽으면 아무 생각도 못 하겠지만.

"내가 살아남으려면 어쩔 수 없잖아, 이 개새끼들아! 니들이 먼저 전쟁 일으켰지, 우리가 일으켰냐?"

휴지처럼 구겨졌던 그 국군 포로는 어느새 다시 상체를 발딱 일으켜 세우고 독설을 퍼붓고 있었다.

"이봐, 문 상병 왜 이래? 너 돌았냐? 입 다물어, 제발."

그러고 보니 엄폐호 안에는 또 다른 국군 포로가 있었다. 그 포로도 손이 뒤로 묶여져 있는 듯 자세가 어색했다. 계급장을 보니 중사였다. 그 국군 중사는 악을 쓰고 있는 국군 포로를 달래며 조심스럽게 인민군들의 표정을 살폈다.

"안 돌았어요. 씨발! 재수없으려니 내가 군에 있을 때 전쟁이 터지다니. 에이, 퉤! 영명한 장군님 좋아하네. 미친놈은 그놈이지."

그 포로가 성역을 건드리자 엄체호 안에 있던 인민군들의 표정이 험악해졌다. 일반 인민들은 공화국에 대한 충성심이 약해졌다고는 하지만 인민군 장교사회에선 어림도 없는 일이었다.

그 시끄러운 국군 포로가 무슨 소리를 하든지 중대장인 강민철 대위에게만 시선을 모으고 있던 군사 부중대장이 돌아보지도 않은 채 낮고 강렬한 목소리로 경고를 했다.

"이보오, 국방군 동무! 입 다물고 조용히 있으라우요. 마지막 경고요"

옆에서 안절부절못하고 있던 국군 중사가 자기도 괴롭다는 듯 머리를 좌우로 흔들었다. 그러더니 혼잣말 같은 소리를 조심스럽게 주절거리기 시작했다. 중사 입장에서는 어떻게든 부하의 생명을 보호할 책임이 있었다. 이런 상황에서 자칫 입 잘못 놀려서 죽는 건 개죽음이었다.

"으~ 요즘 신세대들은 정말 구제불능이야. 이봐, 문 상병 정신 차려. 너 그럼 안 돼. 너 지금 술 처먹고 파출소에 끌려온 거 아니야. 아직도 분위기 파악 제대로 안 돼?"

강민철은 배배 꼬는 서울 말씨가 무척이나 거슬린다는 느낌을 억지로 눌렀다. 강민철이 그 국군 중사에게 물었다.

"이보오, 국방군 동무! 신세대가 무슨 뜻이야요?"

"아, 예. 그건 말 잘 안 듣고, 분위기 파악 잘 못하고, 하여간 골때리는 애들이 있습니다."

국군 중사는 만사가 귀찮다는 표정으로 힘없이 대답을 내뱉었다. 강민철은 정확한 의미는 알 수 없지만 대충 알 것 같았다.

'공화국에도 요즘 기런 아새끼들이 만티.'

강민철이 뒤통수를 매만지며 벌떡 일어나 엄폐호 바깥으로 나섰다. 포격은 이제 없었다. 멀리 도로에는 뭔가 검은 것들이 꿈틀거리며 지나가고 있었다. 연천 회랑을 지나는 인민군 기계화부대였다.

6월 16일 23:31 서울 용산구

"회랑 주변 고지를 점령하면서 차근차근 내려오는군."

합참의장 김학규 대장이 연천 쪽에서 밀려오는 인민군 기계화부대의 표지를 보며 분한 듯 중얼거렸다. 연천 방면은 도로 주변에서 벌어지는 고지전 양상을 띠고 있었다.

국군 보병이 광증폭식 야시경을 보유하고 있지만 전통적으로 공산권계 군대가 야간전에 더 강한 편이었다. 김학규 대장은 그것이 걱정이었다. 지금 바깥은 칠흑같이 어두운 밤이다.

그리고 만약 인민군 기계화부대의 진격이 조금 빠르다면 주변 고지에서 인민군에게 소모전을 강요하고 포병 사격을 확실히 유도하여 격멸시킬 수 있을 것이다. 그런데 인민군은 의외로 차분한 공격을 펼쳤다.

"저놈들은 시간이 없을 텐데?"

합참의장이 갸웃거렸다. 인민군은 일반적인 예상과 다른 공격전술을 펼치고 있었다. 대규모 기갑부대를 동원해 한꺼번에 짓쳐들어오지 않는 것이다.

"기동군단이 옆구리를 찌르거나 북진할까 봐 겁내는 겁니다."

육군 참모차장이 단언했지만 합참의장은 고개를 흔들었다. 철원 쪽에서도 치열한 전투가 계속되고 있었다. 지금 상태에서는 예비인 기동군단을 움직일 때가 아니었다.

"아무래도 김포반도 쪽이 주공 아니겠습니까?"

안우영 중장이 거들었다. 그러나 김학규 대장은 들은 척도 하지 않았다. 강원도 건으로 안우영의 의견은 바로 씹힌 것이다. 김포는 인민군의 파상적인 공격을 국군이 비교적 잘 막아내고 있었다.

정현섭 소령은 벽면 지도에 못박힌 합참의장의 눈치를 보며 문산-파주 방면을 다시 검토했다. 대부분 평지인 이곳은 대규모 포격전이 지금도 계속되고 있었다. 방어에 나선 한국군이 제대로 전개하기 어려운 반면에, 공격하는 인민군 기계화부대도 전진에 애로를 겪고 있었다. 지금은 쌍방이 집중한 엄청난 포격으로 인해 피차 교착상태였다.

문산읍은 포격을 받아 시가지가 거의 파괴되었다. 그 파괴된 건물 잔해를 엄폐물 삼아 국군이 대전차방어 준비에 임하고 있었다. 병력은 남북 양측이 충분히 투입한 상태였다. 다만 피아간의 포격이 격심해 움직이지 못할 뿐이었다.

춘천시에서는 외곽경계선 중심으로 전투가 전개되고 있었다. 소양강 북쪽뿐만 아니라 소양강을 건너 춘천으로 들어가는 교량 두 곳도 인민군에게 넘어갔다. 화천 쪽에 후퇴하지 못한 국군 부대가 많아 섣불리 다리를 파괴하지 못한 것이 첫 번째 이유였다.

그리고 예의 그 대규모 헬기부대가 한꺼번에 몰려왔다. 국군 공병장교가 다리를 폭파하기 위해 스위치를 눌렀으나 무슨 이유인지 폭약이 점화되지 않았다. 특수부대에 의해 제거된 것이다.

다리를 점령한 인민군은 물밀듯이 몰려와 춘천을 삼면에서 포위했다. 그러나 국군으로부터 강력한 저항을 받아 시가지로 진입하지 못했다. 춘천 교외에서는 지금도 치열하게 전투가 전개되고 있었다.

정현섭은 역사의 아이러니라고 생각했다. 춘천은 북위 38도선에서 남쪽으로 13킬로미터에 위치하기 때문에 6·25 때 북한군이 쉽게 점령할 수 있다고 판단했다. 그러나 국군 6사단의 격렬한 저항에 부딪쳐 피해만 입고 공격은 사흘 동안 진척되지 않았다. 결국 국군 6사단은 전선의 균형을 위해 질서정연하게 퇴각했다. 그런데 지금은 춘천이 휴전선으로부터 50km나 떨어져 있는데 공격 첫날에 시가지 외곽에 인민군들이 출현하고 있었다.

"박 소령! 미국 항공모함은 어디 있나?"

합참의장이 묻자 해군 박기찬 소령이 키보드를 조작하며 대답했다. 해군작전사령부와 연결된 회선이 아니라 한미연락사무소와 관련된 파일이 열렸다.

"해리 트루먼은 군산 서쪽 해상에 있습니다. 비가 와서 공중지원이 어렵다고 합니다."

"중국 쪽에서 반발이 심합니다. 아무래도 핵항모라는 게······."

해군 참모총장이 끼어들었다. 지금까지 서해에 미국 해군 항공모함이 들어오면 중국이 신경질적인 반응을 보여왔다. 특히 원자력 추진 항공모함이 서해에 진입하면 중국이 날카롭게 반응했다. 한국 입장에서는 아무래도 지금 전쟁이 국제적 문제가 되는 것은 곤란했다. 합참의장이 다시 물었다.

"다른 항모전단은?"

"먼저, 미 항모 로널드 레이건은 호놀룰루에서 출발해 17일 밤에 쓰가루해협을 통과하여 동해로 진입할 예정입니다. 18일부터 작전 가능합니다. 레이건은 펠라우 상륙전단을 동반했습니다."

박기찬 소령은 미 항모전단의 움직임을 완전히 꿰고 있었다.

"컨스털레이션 항모전단은 페르시아만에서 출발했습니다. 타라와 상륙전단과 함께 말래카해협을 지나 북상 중입니다. 19일부터 서해에서 작전이 가능합니다. 컨스털레이션이 도착하면 해리 트루먼은 컨스털레이션과 교대해 동해로 진입할 예정입니다."

"상륙작전은 어느 규모로 가능한가?"

합참의장이 묻자 박기찬 소령 대신 해병대 소장이 나섰다.

"상륙전단이 한반도 해역에 진입하면 북한 전역 어디든 대규모 상륙작전이 가능합니다. 미 해병은 1개 연대상륙전투단, 한국 해병은 2개 연대를 투입할 수 있습니다. 나머지 병력이 전투 없이 행정상륙을 한다면 북괴 병력을 분산, 포위, 섬멸할 만하기에 적당한 어느 지역이든 상륙작전을 수행할 수 있습니다. 그리고 이번 상륙작전을 위해 한미연합해병사를 창설할 필요가 있겠습니다."

끄덕거리던 합참의장이 해병대 소장의 마지막 말에 인상을 찌푸렸다. 연합해병사령부 문제는 지휘권에 관계된 문제이고, 미국이 지휘권을 놓칠 리 없었다.

"한미연락사무소 정도로는 곤란하다 이거요?"

"그렇습니다……."

해병대 소장이 안타깝다는 듯 머리를 조아렸다.

"좋소, 알겠소. 이봐, 정 소령. 강원도 쪽 상황을 정리해보게."

합참의장은 북한 특수부대가 준동하는 곳을 뭉뚱그려 강원도라고 했다. 울진 원자력발전소를 중심으로 현재 상황을 보고하라는 뜻이었는데, 울진은 안동이나 예천처럼 경상북도 북부지역이다. 북한 게릴라들이 활동하고 있는 지역을 합참의장이 의도적으로 강원도로 축소시키고 싶어한다고 생각하며 정현섭 소령이 보고했다.

"예! 23시 10분 현재 울진 원자력단지에서 대규모적인 북괴군의 파괴공작이 있었습니다. 모두 다섯 곳이 습격받아 두 곳이 심각한 피해를 입었습니다만, 보고 드렸다시피 방사능 누출사고는 없습니다. 그러나 전력수급률이 개전 이래 최악의 상황으로 떨어졌습니다."

"흠…… 이놈들을 어떻게 잡는다?"

원주-삼척선은 오늘 새벽에 이미 뚫린 것으로 확인됐다. 예천과 안동에서 난리를 친 북한 특수부대는 한국군 지휘부로 하여금 식은땀을 흘리게 만들었다. 남성현 소장이 얄팍한 서류뭉치를 합참의장에게 내밀었다.

"의장님! 강원도에 침투한 적의 활동지역을 일자별, 규모별로 분석했습니다. 분석 결과 침투한 적 병력은 기존의 평가인 2천 명 정도가 아니라 훨씬 대규모로 파악되고 있습니다."

"그게 무슨 소리요?"

합참의장이 눈살을 찌푸렸다. 그러잖아도 북한 게릴라들 때문에 골

머리를 앓는데, 숫자가 더 많다면 골치 아픈 일이 분명했다. 그런데 특수부대의 전력은 일반적으로 과장되는 경향이 있다.

"특전사나 정보사의 정보분석 보고는 북괴 특수부대 최소 3개 여단에서 몇 개 대대를 추린 것으로 되어 있지만, 제 의견은 다릅니다. 정찰국이나 작전국 소속말고도 경보여단 3개 대부분이 내려온 것으로 보입니다."

"그럼 병력은?"

"최소 8천 명 이상입니다. 그리고 추가적으로 적 게릴라의 이동방향에 관한 정보입니다."

남 소장의 대답에 합참의장이 신음을 흘렸다. 남성현 소장이 설명 대신 노트북 LCD 화면을 합참의장에게 돌렸다. 화면에는 강원도와 경북 일대가 나온 등고선 지도가 떠 있었다. 남성현 소장이 엔터 키를 누르자 시간대별로 사건발생지역과 피해규모가 지도에 표시되기 시작했다. 합참의장이 날카롭게 외쳤다.

"백두대간!"

정현섭 소령은 합참의장이 맥주 사오라는 이야기인가 잠시 착각했다. 그러다가 정현섭이 생각난다는 듯이 자판을 두들겨 대특수작전 지도 파일을 열었다. 사건발생지역들을 빨간색 동그라미로 표시하니 북쪽으로부터 뚜렷하게 연결되는 선이 그려졌다.

삼척 정도까지는 태백산맥과 거의 일치했지만 그 남쪽부터는 분명히 달랐다. 삼척시와 태백시의 경계에서 남서쪽으로 붉은 원이 계속 연결되었다. 그것은 강의 흐름에 의해 끊기지 않고 산봉우리와 능선이 계속 연결되는 백두대간이었다.

"어떻게 해야 되겠소?"

"이동방향을 차단하고 이동로 주변에 인의 장벽을 쳐야 합니다. 그리고 아군 특전사나 특공여단은 그들이 지나갈 만한 곳에 매복하는 방법을 씁니다. 이 방법은 지역에 따라서는 상당한 효과를 얻었습니다."

남 소장의 말을 들은 정현섭 소령은 영화 '사막의 라이언'이 언뜻 떠올랐다. 이탈리아군이 쓴 것은 사막을 가로지르는 전기철조망이었다. 물론 남성현 소장의 제안은 무작정 사막을 차단하는 이탈리아군과는 달랐다.

"최후발견 지점에서 50에서 70km 남쪽을 미리 차단해야 합니다. 출몰예상 지점에 철조망과 기관총을 연결하면 좋은 효과를 볼 수 있겠습니다. 출몰지점이란 물론 이동예상 지점입니다. 잘하면 출몰예상 시간도 추정할 수 있습니다. 그리고 게릴라들이 속리산에 도달하기 전에 섬멸시켜야 합니다. 이대로라면 경부선 철도와 경부고속도로가 위험합니다."

남성현 소장이 한국 산업의 대동맥을 언급하자 합참의장의 안색이 바뀌었다. 이 작전이 한국군 입장에서 얼마나 부끄러운 일이 될지는 알고 있었다. 북한의 심리전에 말려든 것을 국민들에게 자인하는 셈이었다. 그러나 경부선이 공격당하는 것보다는 나았다. 합참의장이 간신히 한마디를 내뱉었다.

"알겠소!"

6월 17일 02:10 경상북도 포항시 송라면

빗방울이 차창으로 떨어져 얼룩이 졌다. 비에 젖은 도로를 환하게 밝히며 트럭과 버스로 이뤄진 기다란 행렬이 포항 시가지를 빠져나와 7호 국도를 따라 북상했다. 군용차량들은 모두 해병대 소속이고 버스들은 민간차량을 징발한 것이었다.

한동안 해안선을 끼고 달리던 차량 행렬은 드디어 포항시와 영덕군의 경계지점인 송라면 지경리에 도착했다. 한밤중에 대형 차량 수십 대가 엔진 소리를 요란하게 내며 마을 앞을 지나가자 잠귀 밝은 노인들이 집 밖에 나와 그 모습을 구경했다.

길게 줄을 지어 좁은 마을 앞 도로를 통과한 차량들은 백사장 바로 앞에서 멈췄다. 갑작스런 해병대 장교의 방문을 받고 마을 이장이 허둥지둥 달려나왔다.

버스와 트럭에서 노무자들이 내리기 시작했다. 대부분 20대 후반에서 30대 초반으로 보였다. 겨우 30가구 정도가 사는 작은 어촌은 순식간에 수백 명의 젊은이들로 넘쳐났다. 다들 불만스런 기색이 가득했지만 분위기가 험상궂어 불만을 토로할 입장은 아니었다.

전쟁통이라 모든 것이 살벌했다. 특히 동원노무자들을 관리하는 해병대원들은 며칠간 제대로 잠을 자지 못해 신경이 곤두서 있었다. 최대한 신경을 건드리지 않는 것이 서로 편했다.

면장갑을 낀 동원노무자들이 트럭에 올라 포장을 걷고 물건들을 바닥으로 던지기 시작했다. 그것들은 떨어질 때마다 쩔그렁거리는 소리를 냈다. 가시철조망과 사람 키보다 더 큰 쇠막대기 다발들이었다.

하역조가 물건을 트럭에서 내리면 운반조가 그것을 파도가 철썩대는 해안까지 나르고, 현역 해병대 병사들과 함께 구성된 설치조가 철조망을 설치했다. 파도가 철썩이는 동해 해변 모래밭에 금세 철조망이 만들어지더니 내륙을 향해 빠른 속도로 뻗어나가기 시작했다.

6월 17일 03:25   경상북도 영천시 자양면

"씨! 진짜 춥네……."

깜깜한 어둠 속에서 투덜대는 소리가 들렸다. 이곳은 포항시와 영천시 자양면이 접하고 있는 해발 820미터의 보현산 수석봉이었다. 고지대라서 밤공기는 서늘한 정도가 아니라 춥다는 표현이 딱 맞았다. 추위에 덜덜 떨던 예비군 한 명이 투덜대자 곧 인근 진지에서 나직한 소리가 들려왔다.

"아, 참. 조용하입시다! 경계근무 서는 사람이 뭐 저래 말이 많노?"

짜증 가득한 한마디에 투덜대는 소리가 죽었다. 달은 짙은 구름에 가려 보이지 않았다. 캄캄한 주변 수풀에서는 벌레 우는 소리가 가끔 들릴 뿐 너무나 조용했다. 간혹 조금씩 수군대는 소리가 들렸지만 인근 진지에서 짜증 섞인 '씨……' 하는 소리가 나면 곧 조용해졌다. 모두들 신경이 곤두서 있었다.

예천 공군부대가 습격을 받고 안동이 인민군 특수부대에 점령당했다는 소문은 안동 인근은 물론 영남지역 전체에 은밀하고 광범위하게 퍼져 있었다. TV방송에서는 아무런 언급이 없었지만 소문은 빠르게 번졌다. 그것은 정부 당국이 통제를 한다고 해서 차단될 그런 성격이 아니었다. 텔레비전으로 그 광경을 직접 본 사람들이 너무나 많았다. 그들의 입을 모두 다 막을 수는 없었다.

그런 소문을 들은 젊은 사람들은 반신반의했지만 노인들은 고개를 끄덕였다. 그들은 한국전쟁 당시 정부의 발표만을 믿다가 배신당한 뼈아픈 경험이 있었다. 안동 점령사건 소문을 들은 노인들은 모두 내심으로는 '그러면 그렇지' 하는 생각들이었다. 하지만 입 밖으로 발설하지는 않았다. 전쟁 중에는 비록 사실이라 하더라도 함부로 말을 해서는 안 된다는 것을 지난 전쟁에서 몸소 체험했기 때문이다.

산 속에서 오들오들 떨며 경계근무를 서고 있는 예비군들은 영천시 향토예비군이었다. 한밤중에 난데없이 이동명령을 받고 트럭에 실려 보현산 깊은 산 속으로 들어선 향토예비군들은 다들 황당하기 그지없었다. 중대장들이 갑자기 삽을 하나씩 나눠주며 산에 올라가 진지를 파고 경계근무를 서라는 명령을 내렸던 것이다.

그 명령을 들은 예비군들은 인민군들이 영천 북방 가까운 곳까지 쳐들어온 것으로 생각했다. 그게 아니라면 향토예비군들이 산 속에 들어가 진지를 파고 들어앉을 이유가 없었다.
　　상황이 이토록 심각하게 보였지만 향토예비군들은 도망칠 수 없었다. 영천은 그들이 태어나고 자란 고향이었다. 부모나 친지들이 살고 있는 그곳을 버리고 도망간다는 것은 생각할 수 없었다.

　　명령이 명령인지라 칠흑 같은 어둠 속에서 넘어지고 구르면서 험준한 보현산 자락을 타고 지정된 고지로 기어올라갔다. 해발 800미터 수준의 고지들이 파도치듯 이어진 고지대라서 날씨가 추웠다. 예비군 수백 명은 추위에 떨며 밤도깨비가 되어 한 차례 난리를 치렀다.
　　축성작업이라고 하기엔 낯간지럽지만 임시로 얕은 참호선을 파는 작업이 완료되었다. 한시가 급한 상황이라 여유를 두고 충분히 깊은 참호를 팔 수는 없었다. 날이 밝으면 본격적인 작업을 하기로 하고 예비군들이 진지 안으로 들어갔다. 잠시 뒤 왼쪽에 있는 작은 고지에서도 자기들과 비슷한 소동이 일어나는 것을 보고 예비군들은 상황의 심각함을 다시 한 번 깨달았다.
　　향토예비군들에게 지급된 카빈 소총과 실탄 수십 발로는 인민군 특수부대와 정면으로 부딪치는 것은 자살행위였다. 습격을 받는 것은 곧 죽음뿐이란 생각에 예비군들은 초긴장상태에서 날이 밝기만을 기다렸다.

　　6월 17일 04:10　경기도 김포군 양촌면

　　─ 콰쾅!
　　─ 부우웅~ 끼이이익!

고개 정상 부근에 대구경 포탄이 한 방 터지며 교통호 안에서 사격하던 국군 2명이 날아갔다. 동시에 도로 위에서 지프가 급브레이크를 밟는 소리가 밤하늘을 찢었다. 쏟아지는 파편에 머리를 숙였던 최창수 상병이 고개를 슬쩍 든 순간이었다.

— 취이이~.

지프에 탑재된 106밀리 무반동총에서 주황색 불꽃이 날아갔다. 지프는 K-1 전차 바로 옆에서 예광탄을 발사한 것이다. 300미터 거리에서 논바닥 위를 꾸물거리며 달리던 북한 경전차 한 대에 12.7밀리 스팟탄이 맞고 튀었다.

최창수 상병이 그 짧은 사이를 이용해 인민군 서너 명이 몰려 있는 곳을 향해 자동소총을 3점사로 놓고 방아쇠를 세 번 당겼다. 둘이 맞고 쓰러졌다. 적과의 거리가 가까워질수록 안 맞는 경우보다 맞는 경우가 더 많아지고 있었다. 위험 신호가 머릿속에서 깜빡거렸다.

쏟아진 비 때문에 물이 가득 찬 논바닥에는 북한 경전차 30여 대와 함께 수도 없이 많은 인민군들이 달려오고 있었다. 푹푹 빠져드는 논바닥에서 인민군들은 기관총에 쓰러져가면서도 안간힘을 쓰며 달려왔다.

군데군데 파괴된 전차가 검은 연기를 뿜어댔다. 조명탄 아래 회색빛을 띤 논바닥에는 더 이상 움직이지 못하는 인민군들이 가득 널려 있었다. 시체들 위로 비가 하염없이 쏟아져 피를 씻어내렸다.

— 쓔우!

지프 뒤쪽에서 하얀 연기가 피어올랐다. 지프는 즉시 후진해서 고개 뒤로 후퇴했다. 조금 전 스팟탄에 맞았던 전차가 섬광과 함께 굉음이 터져나왔다. 바로 옆을 달리던 인민군들 대여섯 명이 한꺼번에 논바닥에 쓰러졌다. 고갯마루에 있는 K-1 전차 세 대가 포를 쏘아댈 때마다 인민군 전차들이 박살났다.

― 팡!

공중에서 연기가 퍼지며 뭔가 바닥으로 쏟아졌다. 논바닥 곳곳에서 폭발이 일며 불꽃 주변에 있던 인민군들이 우수수 쓰러졌다. 그런 분산탄이 연이어 날아오고, 그럴 때마다 인민군들이 온몸에서 피를 뿜으며 논바닥에 머리를 처박았다.

고개 오른쪽 언덕에 배치된 최창수 상병은 엎드린 자세로 탄창을 교환했다. 그 오른쪽에 있는 이관일 일병이 자동으로 갈기고, 그 옆에서 김재권 일병이 연신 유탄을 발사하고 있었다. 그리고 최창수의 왼쪽에서 K-3 기관총이 끊임없이 불을 뿜어냈다. 기관총 사수는 동원예비군이었는데, 최창수는 그 사람의 이름을 잊어버렸다.

스무네미고개에 진을 친 육군 37사단 1개 대대 병력은 2시간째 고개를 지키며 인민군의 진격을 막아내고 있었다. 그 전에 이 고개를 방어했던 대대는 겨우 한 시간도 못 채우고 교대를 요청했다. 지금도 적의 압력이 점증하고 있었다. 국군 1개 대대는 고개 양쪽 언덕에 포진해 방어에 나섰으나 피해가 늘어나 이제 더 이상 버티기 어려웠다.

인민군이 발사한 포탄이 고개 근처에 끊임없이 작렬했다. 10분에 한 번꼴로 방사포탄 수십 발이 한꺼번에 터져 피해가 커졌다. 최창수가 소속된 분대는 이제 4명밖에 남지 않았다. 나머지는 모두 죽거나 다쳐 후송된 것이다.

"탱크들이 논바닥을 기어오다니. 믿을 수 없어! 저놈들 캐타필라에 뭘 단 거 아냐? 저런 바퀴로 어떻게 논을 지나가?"

최창수가 다시 총을 겨눴다. 목표를 찾는 데는 시간이 걸리지 않았다. 목표는 얼마든지 있었다. 인민군들이 접근할수록 심장박동이 빨라지다 못해 전화벨이 울리는 것처럼 연속됐다. 가슴이 아팠다. 어깨에 익숙한 진동음이 느껴지더니 총알이 뿌려지듯이 발사됐다. 200미터

밖에서 논바닥에 박힌 발을 빼내려고 용을 쓰던 인민군 한 명이 뒤로 넘어졌다.

"논에 빠지는 건 바퀴 모양 때문이 아니라 단위면적당 무게 때문입니다. 험한 길 지날 땐 캐터필러가 바퀴보다 더 유리합니다."

이관일 일병이 양각대 위치를 조절하며 대답했다. 적이 그 사이에 더 접근하고 있었다. 최창수가 생각해보니, 공사장을 오가는 트럭보다는 불도저나 포크레인이 진흙탕에서 더 잘 움직이는 것 같았다.

— 클클클클~.

북한 전차 한 대가 논두렁을 타고 넘어오려다가 걸리며 캐터필러가 헛돌았다. 출력을 올릴수록 전차는 논두렁에 더 깊숙이 빠져들었다. 절호의 목표였고, 국군 전차가 이것을 놓칠 까닭이 없었다.

경전차는 단 한 방에 반쪽이 나며 깨졌다. 전차가 타며 내뿜는 화염에 노출된 인민군들에게 최창수 옆에 있던 기관총이 연사로 발사됐다. 다섯 명이 줄줄이 쓰러졌다. 최창수도 그 옆을 달리던 인민군들에게 쏘았다. 한 명씩 계속 쓰러졌다. 자동소총에 실탄이 떨어져 철컥거리는 소리를 냈다.

— 쒸유우우우~.

"방사포탄이다! 숙여!"

여기저기서 경고를 발했다. 최창수가 고개를 숙이며 눈을 감았다. 이번에는 얼마나 죽어나갈지 알 수 없었다. 굉음보다 진동이 먼저 교통호를 엄습했다. 잠시 아무 것도 들리지 않았고, 아무 것도 보이지 않았다.

"아아악! 아아악!"

포연이 조금 가라앉았을 때 사방에서 비명이 터져나오기 시작했다. 가까이서 비명이 들린다고 생각한 최창수가 머리를 들었다. 이관일 일병이 고개를 숙이고 있는 뒤로 김재권 일병이 하늘을 보고 누워 비명을 질러대고 있었다.

　인민군은 고개 바로 밑에까지 달려왔다. K-1 전차들과 고개 주변 언덕에서 기관총으로 이들을 쓰러뜨렸다. 인민군들은 동료들이 쓰러져도 계속 함성을 지르며 올라왔다. 교통호 곳곳에서 수류탄을 던졌다. 논바닥에 처박힌 수류탄들이 한꺼번에 터졌다. 인민군들도 한꺼번에 쓰러졌다.

　이제 적의 숫자는 얼마 남지 않았다. 4차선 지방도로 위를 달려오던 서너 명이 집중사격을 받고 한꺼번에 쓰러졌다. 마지막으로 인민군 한 명이 시체더미 사이에서 무릎을 꿇었다. 고개 아래에 무수한 시체와 부서진 전차 잔해, 부상병들을 남기고 전투는 끝났다.

　최창수가 벌떡 일어나 김재권에게 달려갔다. 최창수는 김재권의 바로 앞에서 우뚝 섰다. 더 이상 접근하기 무서울 정도였다.

　김재권은 온몸이 피투성이였다. 팔 하나가 날아가고 옆구리에서 시뻘건 것이 삐져나와 있었다. 얼굴은 붉은 피로 온통 덮이고 앞니도 반쯤은 빨간색이었다. 붉은 피가 참호 안에 쏟아져 붉은 진흙이 시뻘겋게 물들었다. 김재권이 상처를 살펴보고 놀라 날카로운 비명을 질러댔다.

　"의무병! 의무병!"

　최창수가 비명처럼 옆 소대에서 움직이는 의무병을 불렀다. 그러나 의무병은 다른 부상병들 때문에 바빴다. 들것을 든 동원예비군들이 부상병을 싣고 고개 아래로 달려가고 있었다.

　"의무병! 빨리 와!"

　다른 부상병을 살펴보던 의무병이 달려왔다. 최창수는 말도 못하고 헉헉거리며 손가락으로 김재권을 가리켰다. 교통호 옆에 총알이 박히며 소리를 내자 의무병이 자세를 낮췄다. 잠시 후 들것병 두 명이 달려왔다. 의무병은 비명을 질러대는 김재권을 잠시 살펴보았다.

"기대."

그 한마디를 남기고 의무병이 다른 곳으로 뛰어갔다. 들것병 두 명이 잔뜩 자세를 낮추고 의무병을 따라갔다. 최창수는 무슨 뜻인지 이해하지 못하고 잠시 멍청히 서 있었다. 방금 의무병이 내뱉은 말은 환자 분류항목인 것 같았다. 김재권은 힘이 없어 비명도 지르지 못한 채 숨만 몰아쉬었다.

"의무병! 야, 이 개새끼야! 뭘 기대한다는 거야?"

최창수가 의무병을 향해 욕설을 퍼부어댔다. 그러다가 아까부터 계속 머리를 숙이고 있는 이관일 쪽으로 눈길을 옮겼다. 뭔가 이상한 느낌이 들었다. 최창수가 이관일의 어깨를 만지자 이관일이 옆으로 스르륵 쓰러졌다. 최창수가 잠시 숨을 멈췄다.

〈3권에 계속〉